KB163753

플로스강의 물방앗간 2

The Mill on the Floss

세계문학전집 143

플로스강의 물방앗간 2

The Mill on the Floss

조지 엘리엇

한애경, 이봉지 옮김

민음사

차례

4부
굴욕의 골짜기[*]

* 『천로역정』에 나오는 지명.

1

보쉬에[1]는 몰랐던 개신교의 한 분파

여름날 론강을 따라가다 어느 지점에 이르면, 강둑 여기저기 흩어져 있는 폐가들 때문에 햇빛이 황량하게 느껴질 것이다. 그 폐허는 언젠가 물살 빠른 강이 불어나 코로 호흡하는 나약한 인간들을 휩쓸어 죽이고[2] 그들의 거주지를 황폐하게 만들었던 노한 신처럼 마을을 파괴했음을 알려준다. 여러분은 최고의 전성기에도 저속한 우리 시대의 너절한 삶을 대변할 뿐인 이 평범한 주택들의 음울한 잔해와, 성이 많은 라인 강변의 폐허가 불러일으키는 효과가 기이하게 대조된다고 생각할지 모른다. 폐허가 되어버린 라인 강변의 성들은 푸른 바

---

1) Jacques-Bénigne Bossuet(1627~1704). 프랑스의 주교.
2) 「창세기」 7장 22절에 홍수로 인한 파멸이 묘사된다.

위 절벽과 꽤 조화를 이루어서 산에 심긴 소나무처럼 자연스럽다. 아니, 마치 힘 있는 부모에게서 탁월한 건축적 재능을 물려받은 인류의 후손이 지은 것처럼, 처음 성을 지었을 때도 그렇게 어울렸을 것이다. 게다가 그 당시는 로맨스가 성행하던 시대였다! 만일 저 도둑 같은 귀족들(그들은 자기 영지를 지나는 여행자를 습격했다.)이 술을 좀 마신 괴물이라면, 그 귀족들에게는 야수 같은 위엄이 있었다. 즉 그들은 집에서 기르는 보통 돼지가 아니라, 송곳니로 찢고 물어뜯는 멧돼지였다. 그들은 미와 덕, 그리고 점잖은 인생의 관습과는 영원히 반대되는 악마 쪽 세력을 대변한다. 그 귀족들은 그림 속의 방랑하는 음유시인, 부드러운 입술을 지닌 공주, 경건한 은둔자, 수줍은 이스라엘 사람과는 매우 대조된다. 당시는 번쩍이는 금속과 휘날리는 깃발 위로 햇살이 비치는 화려한 색조의 시대였다. 또한 모험과 격렬한 투쟁의 시대이기도 했다. 아니, 종교 예술과 종교적 열정이 살아 있던 시대였다. 그 시절에 성당들이 건축되고, 이교도들의 요새 앞에서 장렬히 전사하려고 위대한 황제들이 서양의 궁전을 떠나 성스러운 동방으로 가지 않았던가? 그래서 나는 라인 강가의 성들을 보노라면 시적 감흥에 전율한다. 그 성들은 위대한 인간의 역사적 삶에 속해 있으며, 내가 한 시대의 비전을 세우게끔 해준다. 그러나 론강에 위치한 폐허 마을의 침침하고 공허한 시선과 앙상한 뼈대는, 대다수 인간의 삶이 편협하고 추악하고 비굴한 존재라는 생각으로 나를 짓누른다. 어떤 재난이 닥쳐도 그런 존재는 고상해질 수 없으며, 그 천박함만을 적나라하게 드러내는 경향이 있다.

그래서 나는 자신이 살았던 흔적을 이 폐허로 남긴 사람들의 삶이란 알려지지 않은 무명의 활력들을 다 더한 전체의 일부이며, 개미나 비버의 삶과 마찬가지로 잊혀질 거라는 냉정한 생각을 하게 된다.

아마도 플로스 강가에 사는 이 구식 가족의 생활을 지켜본다면 여러분은 이런 답답한 감정에 짓눌릴 것이다. 슬픔조차 그들의 생활을 희극이나 비극의 수준으로 끌어올릴 수 없다. 말하자면 탐욕스러운 생활이다. 털리버가와 도슨가의 삶은 고귀한 원칙과 낭만적 이상, 적극적인 자기부정의 신념으로 이뤄진 삶이 아니다. 또한 비참함과 범죄 같은 어두운 그림자를 드리우는, 통제할 수 없는 거친 열정에 따라 움직인 것도 아니다. 원시적이며 거칠고 단순한 욕망도 없고, 순종하지 않으려고 비싼 대가를 치르는 일도 없으며, 농부의 삶에 시적인 정신을 불어넣어, 자연이 써놓은 것을 어린애처럼 읽어내는 일도 없다. 배운 것도 없고 세련되지도 못한, 전통적이며 세속적인 생각과 습관을 여기서 보게 된다. 분명히 가장 단조로운 인생을 보게 된다. 구닥다리 이륜마차에 존경을 받으려는 듯 거만한 자세로 앉아 있거나, 음식을 많이 차리지도 않았으면서 질펀하게 놀아보려는 욕심을 보게 되는 것이다. 이런 사람을 자세히 들여다보면, 가혹한 불행을 겪느라 세상에 대한 맹렬한 집착이 흔들릴 때도 종교의 흔적은 찾아볼 수 없으며 분명한 기독교 교리는 더더욱 찾아볼 수 없다. 눈에 보이는 것만 믿으니, 보이지 않는 것을 믿는 신앙이란 차라리 이교도들의 신앙과 마찬가지다. 그들은 도덕관념을 강하게 지키려 하지만, 물려받은 관습 이상의 기준은 없는 듯하다. 여러분은 그런 사람들 사이에서 살기 어렵다. 여러분은 아름답고 위대한 것이나 고귀한 그 무엇을 추구할 만한 출구가 없어서 질식해 버릴 것이다. 그들이 살아가는 대지와는 인연을 끊은, 하나의 민족 같은 이 아둔한 남녀들에게 화가 날 것이다. 그들은 큰 강이 영원히 흘러, 작은 맥박처럼 오래된 영국의 도시를 전 세계의 강력한 심장 고동에 연결시키는 이 풍요한 대지와는 인연을 끊고 산다. 이런 개미 같은 도슨가와 털리버가의 정신상태보다는 신에게 채찍질을 하거나 자기 등에 채찍질을 할 정도로 강력한 미신이, 인간의 신비한 운명에 더 어울릴지 모른다.

나는 이 숨 막히게 편협하다는 느낌을 여러분과 나누려 한다. 그러나 그런 느낌이 톰과 매기의 삶에 어떻게 작용했는지 알려면, 우리가 그렇게 느끼고, 또 그런 느낌이 여러 세대 동안 젊은 사람들의 마음에 어떤 영향을 미쳤는지 생각해 볼 필요가 있다. 즉 앞을 향해 나가려는 인간의 마음은 이전 세대가 지녔던 정신 수준을 넘어서려 하지만, 그런데도 그들은 정신적으로 이전 수준에 가장 강하게 집착한다. 순교자든 희생자든, 인간의 모든 역사적 진보에 있어 겪는 고통은, 모든 마을의 수많은 이름 없는 가정에서 이런 식으로 일어난다. 더구나 우리는 이런 사소한 것과 큰 것의 비교를 기피할 필요는 없다. 과학에서 최고의 노력이란 가장 사소한 것과 가장 위대한 것을 연결시키는 일관성을 알아내는 것이라고 하지 않던가? 내가 알기로는, 관계를 폭넓게 관찰하는 사람에게는 자연과학 안의 그 어느 것도 사소한 게 없으며, 모든 개개인은 하나하나가 모든 조건을 더한 전체를 의미한다. 인생을 고찰하는 일도 분명히 마찬가지다.

확실히 도슨가와 털리버가의 종교적 도덕적 사고방식은 너무나 특이해서, 그들이 대영제국 개신교도라는 지적만으로는 짐작하기 어렵다. 점잖고 부유한 가족이 성장해 번성하는 모든 이론의 바탕이 마땅히 그렇듯, 그들 인생관의 중심에 건전함은 있었지만 신학적인 측면은 없었다. 도슨가 자매들이 처녀 시절에 성경을 읽다가 다른 페이지보다 어떤 페이지를 더 잘 펼쳤다면, 그건 말린 튤립 꽃잎 때문이었다. 그 꽃잎은 역사나 경건, 교리를 더 좋아하지 않고, 아주 고르게 꽂혀 있었다. 그들의 종교는 단순하고 반은 이교적이었다. 하지만 이교도라는 것이 본래 선택을 뜻한다면, 이교도는 아니었다. 마치 천식처럼 가정에 스며든 감리교를 빼면, 그들은 다른 종교에 뭐가 있는지도 몰랐기 때문이다. 그들이 어떻게 알 수 있겠는가? 유쾌한 시골 교구 목사란 논쟁가가 아니라 휘스트 게임을 잘하고, 한창때를 맞은 아가씨 교인에게 늘 농담을 걸 준비가 되어 있었다. 도슨가의 종교는 관습적이고 신분이 높은 것이라면 무엇이든 존중하는 것이었다. 교회 무덤에 묻히려면 세례를 받아둘 필요가 있으며, 미지의 위험에 대비해 임종 전에는 미리 종부성사를 받아두는 게 안전하다는 식이었다. 그런데 장례식에서 관을 제대로 멜 사람과 잘 요리된 햄을 준비하고, 흠잡을 데 없는 유언을 남길 필요도 있었다. 도슨 집안사람이라면 마땅히 해야 할 일이나, 교구에서 가장 부유한 집안의 관습이나 가문의 전통에 비추어 볼 때 해야 할 일을 제대로 못 해 욕먹고 싶지도 않았다. 가령 부모에 대한 순종, 친척에게 충실하기, 근면, 철저한 정직, 검약, 나무 그릇과 구리 그릇을 반짝반짝 문질러 닦기, 더 이상 유통되지 않는 동전 모으기, 시장에 일류 제품만 내놓기, 그리고 집안에서 만든 것이라면 대체로 뭐든 좋아하기 같은 것들 말이다. 도슨가는 자부심이 매우 강한 집안으로, 전통적인 의무나 예의에 어긋난다는 꾸짖음을 들으면 자부심이 온통 무너질 정도였다. 그 자부심은 철저한 성실과 철저한 일, 그리고 인가된 규칙에 대한 충실함과 명예심을 동일시하는 것이었기 때문에 여러 가지 측면에서 건전하다고 하겠다. 그래서 사회에서는 그 사회 가문의 몇몇 가치 있는 자질을 도슨가 어머니들에게 신세 지고 있다. 이 어머니들은 버터와 우유 밀죽을 잘 만들고, 그런 걸 잘 못 만들면 망신이라 여겼다. 정직하지만 가난하게 사는 것은 도슨가의 좌우명이 아니었고, 가난하면서 부자처럼 보이는 것은 더욱 아니었다. 차라리 그 집안에서는 정직하면서도 잘살기를 내세웠다. 그저 잘사는 정도가 아니라, 사람들이 짐작하는 것보다 훨씬 부자여야 했다. 유서를 읽을 때 기대한 것보다 가난하다고 밝혀지거나 친척들의 촌수를 꼼꼼히 고려하지 않고 유산을 멋대로 남겨 사람들에게 인정받지 못한다면, 존경받으면서 살다가 장례를 잘 치른다 해도 아주 잘못 산 인생의 종말다. 친척에게는 항상 일을 제대로 처리해야 한다. 제대로 처리한다는 것은, 가족에게 자랑거리가 되지 못하는 친척의 잘못을 엄격하게 바로잡아 주어야 한다는 것이다. 그렇다고 해서 가족의 구두 쇰쇠나 다른 재산 가운데서 정당하게 최소한 받아야 할 몫을 못 받게 하지는 않았다. 도슨가의 성격에서 두드러진 자질은 성실이다. 그 성질의 장단점은 모두 자부심에 찬 정직한 이기심이다. 가문의 명예나 이익에 해가 된다면 뭐든 그 이기심 때문에 싫어하고 솔직히 불편한 '친척'에게 심한 말을 퍼붓기도 했지만, 그렇다고 친척을 저버리거나 무시하지는 않았다. 먹을 빵도 없을 지경으로 친척을 내버려두지는 않았지만, 쓴 나물과 함께 먹게 했던 것이다.[3]

털리버가의 혈통에도 같은 종류의 전통적 믿음이 흐르고 있었다. 그러나 더 다혈질이라, 관대하지만 경솔하고, 따뜻하고 다정하지만 성급하게 화를 잘 냈다. 털리버 씨의 할아버지는 랠프 털리버라는 인물의 후손이라는데, 매우 영리했지만 몰락을 자초한 인물이었다. 그 영리한 랠프는 아마 대단히 열정적이며, 힘찬 말을 타고, 아주 단호히 자기 고집만 내세웠을 것이다. 한편 도슨 가문에는 스스로 몰락한 사람이 없었는데, 그 가문의 방식은 그렇지 않았다.

상품 값을 후하게 쳐주던 피트[4] 수상 시절, 그 찬란한 과거에 성장한 도슨가와 털리버가의 인생관이 이러했다면, 세인트오그스의 사회 상태를 이미 알고 있는 여러분은 그들의 성숙한 삶을 변화시킬 만큼 큰 영향을 미친 요소가 아무것도 없음을 짐작할 것이다. 심지어 반(反)가톨릭적인 설교를 하던 후기에는, 사람들이 이교도처럼 생각하면서도 여전히 자신을 선

---

3) 「출애굽기」 12장 8절. 유월절 식사에 대한 지시의 일부로, 양고기를 불에 구워 무교병과 쓴 나물과 함께 먹으라고 되어 있다.

4) William Pitt(1759~1806). 영국의 수상.

량한 기독교인이라고 생각하는 일이 가능했다. 따라서 털리버 씨가 정기적으로 교회에 출석하는 교인이었지만, 성경 겉장에 복수를 기록했다는 사실에 놀랄 필요는 없다. 이런 얘기는 돌코트 물방앗간이 속한 저 매력적인 시골 교구의 목사에게는 아무 문제가 없는 일이다. 그 목사는 격조 높은 일을 하던 훌륭한 가문의 흠 없는 총각으로, 명예를 얻었고 사교 범위도 넓었다. 털리버 씨는 교회 예배와 관련된 다른 모든 일과 마찬가지로 그 목사님을 존경하는 태도로 공손히 대했다. 그러나 털리버는 교회와 상식은 다른 것이라고 생각했다. 그는 남이 그에게 상식을 논하기를 원치 않았다. 좋지 못한 환경에서 스스로 자리를 잡아야 하는 씨앗들에는 자연이 선물한 갈고리 장치가 달려서, 달라붙기 어려운 표면에도 잘 달라붙을 것이다. 털리버 씨 위에 뿌려진 영적 씨앗에는 분명히 그런 갈고리 장치가 전혀 없었고, 그렇기 때문에 다시 바람에 날아가 버렸던 것이다.

2
찢어진 그물 사이로 가시가 들어오다

근심의 첫 충격에 동반되는 바로 그 동요에는 견딜 수 있게 해주는 무언가가 있다. 마치 예리한 고통이 가끔 자극되어, 순간적으로 강렬한 흥분을 일으키는 것처럼 말이다. 그런 시간이 지나면 서서히 삶이 바뀐다. 슬픔은 김이 빠져버리고, 더이상 고통에 맞설 만큼 강렬한 감정도 없고, 기대할 것 없이 지루한 하루하루가 반복되며, 시련도 지루한 일상사가 된다. 바로 이때 절망이 위협적으로 다가온다. 바로 이때 영혼의 절대적 갈망이 느껴지고, 눈과 귀는 뭔지 알 수 없는, 인내에 만족을 줄 수 있는 우리 존재의 비밀을 찾느라 바짝 긴장하게 된다.

열세 살밖에 안 된 매기에게 이와 같이 아주 어려운 시기가 닥쳤다. 일반적인 소녀의 조숙함을 겪고 있는 데다, 투쟁과 갈등을 남보다 일찍 경험했던 것이다. 그녀가 내면의 충동과 외부 사실 사이에서 겪는 갈등은 풍부한 상상력과 열정적 성격을 지닌 사람이라면 반드시 겪어야 할 운명이다. 그녀는 벌레 먹은 다락 선반 사이에서 나무 인형에 못을 박은 뒤로 현실과 책, 몽상이라는 세 겹의 세계를 너무나 열망했기 때문에, 신중함과 자제력이 아주 부족하다는 점만 제외하면 이상하게도 어느 모로 보나 나이에 비해 걸늙었던 것이다. 지적으로는 소년티를 벗지 못했지만, 오히려 톰은 이런 신중함과 자제력 같은 자질 때문에 어른스러워 보였다. 그리고 지금 매기의 운명은 조용하고 서글프며 단조로워졌고, 이로 인해 그녀는 어느 때보다 내면으로 몰입했다. 아버지는 다시 일을 하게 되었고, 사건도 정리되었다. 예전에 살던 곳에서 웨이컴의 관리인으로 일하는 중이었다. 톰은 매일 아침저녁으로 일을 다녔고, 잠깐 집에 있을 때면 말수가 점점 더 적어졌다. 무슨 할 말이 있겠는가? 매일 그날이 그날 같았고, 그가 인생에 대해 지녔던 관심이 다른 면에서는 전부 거부되고 짓밟혔기 때문에, 야심만만하게 불행에 저항한다는 한 가지 통로에만 집중되었다. 그는 아버지와 어머니의 괴팍한 성격에 아주 진저리를 쳤다. 톰은 막연한 감정이나 상상력에 가려지지 않는 매우 분명하고도 건조한 눈을 지녔기 때문에, 집안이 편안하고 잘살 때에는 원만하게 넘어가던 모든 일이 지금은 적나라하게 드러났다. 불쌍한 털리버 부인은 조용히 살림하던 예전 모습을 다시는 회복할 것 같지 않았다. 어떻게 그럴 수 있겠는가? 그녀가 내심 흡족히 여기던 물건들이 다 사라져버린 마당에. 설탕 집게를 처음 구입한 후로 지난 25년 동안 그녀가 스스로 이 세상을 안다고 믿게 해준 모든 소박한 희망, 계획, 어림짐작, 그리고 자기 보물을 아끼는 작은 기쁨이 갑자기 사라졌다. 그녀는 이 공허한 생활 속에서 당황했다. 곰곰 생각에 잠겨 과거와 현재를 비교할 때마다, 다른 여성에게는 일어나지 않는 일이 자기에게 일어난 이유를 알 수 없다고 계속 말하곤 했다. 아름답고 통통하던 금발의 부인이 지쳐서 점점 말라가는 모습은 보기에도 딱한 일이다. 그녀는 정서적 신체적 불안 증세를 겪고 있었고, 일과를 끝마치고 나면 수시로 텅 빈 집 주위를 맴돌았다. 그러면 매기는 깜짝 놀라서 어머니를 찾아 나섰고, 가만히 앉아 쉬지 않고 건강을 해치면 톰이 무척 속상해할 거라고 말씀드리며 나무라기도 했다. 그런데 이렇게 난감한 바보짓을 하는 와중에도, 가엾게도 자기를 희생하는 겸손한 모성애가 엿보였다. 매기는 어머니의 신경쇠약 때문에 피곤하고 서글프면서도, 불쌍한 어머니에게 애정을 느꼈다. 어머니는 매기가 손을 더럽히는 힘든 일은 절대로 못 하게 했다. 매기가 벽난로 청소를 하거나 문질러 닦아 어머니를 도우려 하면 몹시 언짢아했다. "놔둬라, 애야, 손 거칠어진단다." 어머니는 이렇게 말하곤 했다. "그건 엄마 일이야. 바느질을 못 하겠구나. 눈이 안 보여." 그러고는 매기의 머리를 조심스레 계속 빗겨주었다. 이제 어머니에게는 매기의 머리가 만족스러웠다. 구불거리지는 않지만, 지금은 아주 길고 숱도 많았던 것이다. 매기는 어머니가 애지중지하는 딸은 아니었다. 아니, 차라리 매기가 아주 달랐으면 훨씬 좋아했을 것이다. 그러나 개인적으로 하찮은 욕망에서도 상처받고서, 그녀는 장차 이 어린 딸의 삶에 의지해야 할지 모른다는 걸 알았다. 그래서 자기보다 살날이 훨씬 많은 딸의 손이 거칠어지지 않게 하려고 아주 기꺼이 손이 닳도록 일했다.

그러나 유감스러운 일이지만, 계속 어리둥절해 있는 어머니보다 절망에 빠져 말없이 뚱한 아버지가 매기에게는 더 고통스러운 존재였다. 아버지에게 마비 증세가 일어나 어린애같이 늘 의지할 것처럼 보일 때만 해도, 또한 아버지가 자기 불행을 아직 반밖에 몰랐을 때도, 매기는 영감처럼 강하게 샘솟는 연민을 느꼈다. 아버지를 위해서라면 가장 힘든 삶도 쉽게 견딜 만큼 새 힘을 느꼈다. 그렇지만 지금, 말도 잘하고 기분이 좋던 예전과는 이상할 만큼 대조적으로, 아버지는 어린애처럼 의존하는 대신 말없이 목표에 아주 집중했다. 이런 상태가 몇 날 몇 주일씩 계속되었다. 활기 없는 눈은 열망이나 즐거움으로 빛난 적이 없었다. 실망과 불만으로 인생이 끝나버린 중장년의 사람들이라면 으레 겪는 이런 우울을 젊은 사람으로서는 좀처럼 이해할 수 없었던 것이다. 그들의 얼굴에는 미소라는 게 너무나 낯설어서 입술과 눈썹 주위로 생긴 모든 서글픈 주름살은 미소가 무엇인지도 모르는 것 같았다. 그러면 환영받지 못한 미소는 곧 사라져버린다. '왜 저분들은 가끔 기운을 내어 기뻐하지 않는 걸까?' 쾌활한 젊은 사람은 이렇게 생각할 것이다. '그렇게 하려고 마음만 먹으면, 아주 쉬울 텐데.' 흩어지지 않는 이 답답한 구름 때문에, 분명히 더 어려운 시절에도 사랑과 동정만을 보였던 자식의 애정조차 조바심을 일으키기 마련이다.

털리버 씨는 집을 떠나서는 어디에도 머물지 않았다. 시장에서 황급히 돌아왔으며, 예전처럼 사업차 방문한 집에 머물러 잠시 얘기나 하자는 초대도 모두 거절했다. 자기 운명을 받아들일 수가 없었다. 자존심 때문에 모든 태도에 상처를 받았다. 친절하든 냉정하든, 자기를 대하는 모든 사람의 행동에서 그는 자신의 처지가 변했다는 암시를 감지했다. 심지어는 웨이컴이 와서 그 땅을 둘러보고 사업이 잘되어 가는지 물어본 날보다 자기와 화해한 채권자 몇 명을 만난 장날이 더 불쾌할 정도였다. 지금 그는 온 생각과 노력을 기울여 채권자들에게 돈을 갚으려고 저축하는 데 목표를 집중했다. 이렇듯 분명한 요구에 영향을 받다 보니, 자기 집 안에서 누구에게든 아끼거나 인색하게 굴지 않던 마음씨 후한 그는 점차 빵 한 조각에도 칼 같은 구두쇠가 되었다. 털리버 부인은 남편이 만족할 정도로 음식과 연료를 절약할 수 없었다. 그는 가장 싸구려 음식 말고는 먹지도 않았다. 아버지가 우울해지고 집안이 황량해지자 톰은 울적하고 강한 반감도 느꼈지만, 채권자들에게 돈을 갚아야 한다는 아버지 생각에는 철저히 공감했다. 불쌍한 젊은이는 돈을 벌었다는 기쁜 마음으로 첫 월급을 가져와서 그 돈을 양철 상자에 넣도록 아버지에게 드렸다. 그 물방앗간 주인의 눈이 희미하게나마 기쁨으로 빛나는 것은 양철 상자 안에 조금씩 쌓여가는 금화를 보는 때뿐이었다. 하지만 그것도 미약하고 순간적이었다. 왜냐하면 그 적은 저금으로 빚이라는 지겨운 악몽을 떨쳐버리기까지 오랜 시간이 걸릴 거라는 생각, 아마 그의 일생보다 더 오래 걸릴지 모른다는 생각으로 그 기쁜 눈빛이 곧 사라졌던 것이다. 설령 톰의 저축을 보탠다고 해도, 계속 쌓이는 이자까지 500파운드 이상 부족한 빚은 일주일에 30실링씩 모아서 갚기에는 너무 깊은 수렁처럼 보였다. 잠자리에 들기 전 다소나마 온기를 주려고 때는, 다 꺼져가는 장작불 주위에 둘러앉은 네 사람은 이 한 가지 점에서는 전적으로 생각이 같았다. 자랑스럽고 성실한 도슨가의 피가 흐르는 털리버 부인은 돈 관리를 잘못해 빚을 지는 것은 도덕적 웃음거리라고 교육받았다. 그녀는 '옳은 일을 하고' 명예를 회복하려는 남편의 뜻을 거스르는 것은 나쁜 일이라 생각했다. 그녀는 채권자들의 빚을 다 갚으면 그릇과 리넨 옷감을 찾아야 한다는 꿈처럼 혼란스러운 생각을 하고 있었다. 그러나 갚을 수 없는 빚을 지고 있는 동안에는 그 무엇도 정당하게 자기 소유라고 할 수 없다는 생각이 확고했다. 그녀는 모스 부부가 갚겠다는 돈을 털리버 씨가 너무 단호히 거절했다고 불평을 좀 하긴 했지만, 가장 싼 밀가루도 낭비하지 않을 정도로 집안 경제에 관한 한 남편의 요구에 순종했다. 유일하게 남편의 뜻을 거스르는 일이라면, 이따금 톰에게 평소보다 좀 더 맛있는 식사를 준비해 주려고 부엌에 뭔가 몰래 갖고 들어가는 것뿐이었다.

구식인 털리버 집안 사람들이 가진 빚에 대한 이런 편협한 생각 때문에, 아마도 폭넓은 상업적 의견과 광범한 철학이 널리 퍼진 오늘날의 많은 독자들은 얼굴에 미소를 지을 것이다. 그런 상업적 견해와 철학에 따르면, 세상만사는 우리가 애쓰지 않아도 알아서 굴러가기 마련이다. 나와 거래하는 상인이 나 때문에 손해를 본다면, 다른 상인은 또 다른 사람 덕분에 이익을 얻는다는 사실에 비추어 차분히 보아야 한다. 그러니 세상에 잘못된 빚이 있다면, 그것은 특정한 우리가 단순한 이기심으로 동료 시민 대신 빚 갚기를 싫어하기 때문이다. 나는 매우 단순한 사람들 얘기를 하는 중이며, 그들은 분명히 개인의 성실이나 명예에 관해서는 의심하지 않는다.

이 모든 우울과 욕망에 편협하게 집착하면서도 털리버 씨는 여전히 '어린 딸'을 사랑하고 있었다. 딸이 만족스러울 만큼 그를 기쁘게 해주지는 못했지만 아버지에게는 딸의 존재가 필요했다. 아직도 딸은 아버지가 직접 보고 싶은 존재였지만, 이제는 다른 모든 일과 마찬가지로 봄처럼 감미로운 부성애에 비통함이 섞였다. 매기는 밤이면 하던 일을 놓고, 아버지 무릎 옆에 낮은 의자를 갖다 놓고 앉아서 자기 뺨을 아버지 무릎에 기대는 습관이 생겼다. 그녀는 아버지가 자기 머리를 쓰다듬어주거나, 아버지를 사랑해 주는 딸이 있다는 생각에 위로받았다는 표시를 해주기를 얼마나 바랐던가! 그러나 이제 그녀가 어루만져도 아버지나 톰에게서는 아무 반응이 없었다. 그녀의 인생에서 그들은 두 명의 우상이었다. 톰은 집에 있을 때면 가끔 지치고 정신이 멍했다. 아버지는 딸이 무럭무럭 성장한다는 생각에 비통한 마음이 들곤 했다. 빨리 자라서 여인이 될 것이다. 인생을 잘 살아갈 수 있을까? 가족이 몰락했으니 결혼을 잘할 가능성도 희박해졌다. 게다가 그리티 고모처럼 딸이 가난하게 결혼해야 한다는 생각도 하기 싫었다. 그런 일이 있다면 그는 무덤에서라도 돌아누울 것이다. 어린 딸이 어릴 때부터 집안이 몰락해 모스 고모처럼 고생을 하게 되다니. 편협한 개인 경험에 갇힌, 배운 것 없는 사람이 지속적인 불행에 짓눌리다 보면 내심 서글프고 비통한 생각을 끊임없이 반복하기 쉽다. 똑같은 말, 똑같은 장면이 줄곧 맴돌고 그에 따라 기분도 똑같이 서글프고 비통해진다. 마치 계속 움직이는 기계처럼 그는 1년이 다 지나도록 맨 처음 상태에 머물렀다.

똑같은 하루하루는 드물게 찾아오는 방문객 때문에 변화가 있었다. 이제 이모부들과 이모들은 잠깐씩만 방문했다. 물론 그들은 식사 때까지 있지 않았고, 털리버 씨의 쓸쓸한 침묵 때문에 긴장이 고조되었다. 이모들이 이야기를 나눌 때면, 이런 침묵 때문에 카펫 없는 맨바닥의 거실이 더욱 울리는 것 같았다. 그리하여 이 가족을 방문하는 일은 여러모로 점점 불쾌해지고 뜸해졌다. 다른 친지들로 말하자면, 몰락한 사람의 주변 공기는 냉랭해지는 법이며, 추운 방에서 나가듯 사람들은 기꺼이 떠났다. 다만 한 사람의 남자이자 여자일 뿐, 가구도 없고 줄 것도 없고 더 이상 중요하게 여겨지지 않는 사람은, 만나고 싶은 이유나 나눌 대화의 주제를 당혹스럽게 거부한다. 성스러운 불길 속에서 따뜻한 형제애를 맛보는 그런 교파에 소속되어 있지 않다면, 저 아득한 옛날 기독교 문명사회에서 원래의 자기 수준 이하로 몰락해 버린 가족에게는 황량한 고독만이 남는다.

3
과거의 목소리

밤꽃이 피기 시작한 어느 날 오후, 매기는 현관문 밖으로 의자를 꺼내놓고 앉아 무릎 위에 책을 펼쳤다. 그녀의 검은 눈동자가 책을 떠나 여기저기 둘러보았지만, 햇빛을 즐기는 것 같지는 않았다. 그 햇살은 오른쪽으로 돌출한 현관 위에 놓인 재스민의 그늘을 뚫고서 그녀의 창백하고 둥근 뺨에 잎사귀 그림자를 드리워, 오히려 햇빛에 드러나지 않은 그 무엇을 찾는 듯했다. 그날은 여느 때보다 더 비참했다. 웨이컴이 방문하고 난 뒤 화가 나서 발작을 일으킨 아버지는 사소한 잘못을 핑계로 방앗간에서 일하는 소년을 때렸던 것이다. 병이 든 후, 전에도 한 번 화가 나서 비슷한 발작을 일으킨 적이 있었다. 그때는 말을 때렸는데, 그 장면은 매기의 마음에 지울 수 없는 공포심을 남겼다. 언젠가 어머니가 때를 못 맞춰 우연히 뭐라 중얼거렸다가는 어머니마저 때리지 않을까 하는 생각이 들었던 것이다. 가장 큰 두려움은 아버지가 돌이킬 수 없이 창피한 일을 저질러 현재의 불행에 불행을 보태는 것이었다. 매기가 무릎에 펼친 톰의 낡은 교과서는 짓누르는 듯한 그 두려움을 견딜 만한 인내심을 주지 못했다. 그래서 주위를 멍하니 둘러보는데, 눈에 자꾸 눈물이 고였다. 그녀는 밤나무나 머나먼 지평선을 바라보지 않고, 장차 집안의 슬픔이 어떻게 전개될 것인지 미래의 장면을 그려보았다.

갑자기 대문이 열리고 자갈길 밟는 발소리에 그녀는 정신이 번쩍 들었다. 들어온 사람은 톰이 아니라 물개 가죽 모자를 쓰고 푸른 플러시 천 조끼를 입은 남자였다. 도전적인 얼룩무늬 불테리어 한 마리가 등에 보따리를 멘 그 사람 뒤로 바싹 따라왔다.

"오, 봅, 당신이군요!" 매기가 반색하는 미소를 지으면서 깜짝 놀라 일어섰다. 아무리 환하게 반겨도 너그러운 봅에 대한 기억을 덮을 만큼 친절하게 대할 수는 없었다. "만나서 반가워요."

"고맙습니다, 아가씨." 봅이 말했다. 그는 모자를 벗고 기쁜 낯을 보이다가, 곧 개를 내려다보고는 역겨운 듯 당황스러움에서 벗어나려 이렇게 말했다. "꺼져, 이 바보야!"

"오빠는 아직 집에 오지 않았는데요, 봅." 매기가 말했다. "오빠는 낮에 늘 세인트오그스에 있어요."

"그렇군요, 아가씨." 봅이 말했다. "톰 도련님을 만나 뵈면 기쁠 텐데. 하지만 오빠 때문에 온 건 아니에요. 자, 보세요!"

봅은 짐을 문간에 내려놓으며, 끈으로 묶은 조그만 책 꾸러미를 함께 내려놓았다. 그러나 매기의 주의를 끌려는 것은 분명히 옆구리에 끼고 온 빨간 손수건에 싸인 물건이었다.

"여기 좀 보세요!" 그는 빨간 뭉치를 다른 뭉치 위에 올려놓더니 풀었다. "너무 제 마음대로라고 생각하지 않았으면 좋겠어요. 아가씨, 그런데 이 책들은 우연히 발견한 거예요. 이게 아가씨가 잃어버린 책들을 조금이라도 채워줄 거란 생각이 들었어요. 그림에 관한 아가씨 얘기를 들었으니까요. 그림이라면, 여기 좀 보세요!"

빨간 손수건을 풀자 구닥다리 '선물용 장식 책'과 로열 8절판 크기로 된 예닐곱 권의 '초상화 전집'이 드러났다. 그리고 조지 4세[5]의 초상화를 힘주어 언급했는데, 침울한 머리에 목도리를 잔뜩 두른 위엄 있는 모습이었다.

"여기 온갖 신사가 다 있어요." 조금 흥분한 봅이 책장을 넘기며 말을 이었다. "갖가지 코가 다 있지요. 대머리도 있고 가발 쓴 사람도 있어요. 이분은 국회의원인 것 같군요. 자, 여기 보세요." 그가 '선물용 장식 책'을 펼치며 덧붙였다. "여기 아가씨가 볼 만한 숙녀 분이 있네요. 곱슬머리인 분과 머릿결이 부드러운 분, 고개를 한쪽으로 돌린 채 미소를 짓는 분, 막 울 것 같은 분, 여기 좀 보세요. 문밖 마당에 앉아 계신 분은 올드 홀에서 열린 무도회 때 마차에서 내리는 모습을 제가 본

---

5) 영국의 국왕(1762~1830). 정치적 식견이 없고, 왕비와 이혼하는 등 방종한 생활을 하며 왕의 권위를 떨어뜨린 인물.

적 있는 숙녀처럼 차려입으셨네요. 제 눈은, 이런 분들에게 구애하러 가는 신사는 어떤 옷을 입을지 궁금하네요! 어젯밤 시계가 12시를 칠 때까지 이 그림들을 보면서 잠을 안 잤어요. 정말이에요. 그분들에게 말을 걸면 마치 아는 사람처럼 그림 속에서 절 바라볼 때까지 말이에요. 하지만 참! 그분들에게 어떻게 말해야 할지 모르겠더라고요. 그분들은 아가씨에게 더 어울릴 거예요. 그리고 책방에 있던 사람은 그 그림들이라면 큰소리칠 수 있다고 하더군요. 그 사람 말로는 일류 책이래요."

"그럼 날 위해 이 책들을 샀단 말이네요, 봅." 매기가 말했다. 그녀는 이 꾸밈없는 친절에 깊은 감명을 받았다. "당신은 너무너무 착한 분이에요! 하지만 그걸 사느라 돈을 너무 많이 썼을까 봐 걱정이네요."

"제 걱정 마세요!" 봅이 말했다. "그 책들이 아가씨가 팔아 버린 책을 조금이라도 보상해 준다면, 값을 세 배라도 치렀을 겁니다, 아가씨. 책이 없어져 괴로워하던 아가씨 모습을 잊을 수가 없었어요. 마치 제 앞에 걸린 그림처럼 그 모습이 제 옆에 딱 붙어 있는 겁니다. 그래서 헌책방에 펼쳐져 있는 그 책을 보자, 화가 났을 때 꼭 아가씨 같은 눈을 한 숙녀가 책에서 쳐다보는 것 같았어요. 제 실례를 용서해 주시겠죠, 아가씨. 그래서 제 마음대로 아가씨를 위해 그 책을 사야겠다고 생각했어요. 그러고는 숙녀들에게 어울릴 만한 신사가 가득한 책도 샀죠. 그러고 나서," 여기서 봅은 끈으로 묶은 작은 책 꾸러미를 들었다. "그림뿐 아니라 책도 좋아할 거라 생각했어요.

이것들도 제 마음대로 샀어요. 이 책들은 글자가 빽빽해요. 그 래서 이 최고의 책들과 함께 가져와도 별일 없겠다고 생각했 죠. 거절하지 않으면 좋겠어요. 금화를 거절한 톰 도련님처럼 이 책들을 받지 않겠다고 말하지 않았으면 좋겠어요."

"아니에요, 정말 아니에요, 봅." 매기가 말했다. "내 생각 해 서 나나 톰 오빠에게 너무 잘해 줘서 아주 고마워요. 전에는 아무도 그렇게 친절을 베풀어준 적이 없는 것 같아요. 내 생각 을 해주는 친구는 많지 않아요."

"개를 한 마리 길러보세요, 아가씨. 누구보다 좋은 친구가 될 겁니다." 봅이 서둘러 갈 생각으로 둘러멨던 짐을 다시 내 렸다. 그는 매기같이 젊은 아가씨에게 말을 하면서 상당히 수 줍음을 느꼈다. 그러나 그는 보통 자신의 얘기를 하듯, 말을 시작하면 '멈출 수가 없었다.' "멈스를 드릴 수는 없어요. 저와 헤어지면 몹시 슬퍼할 테니까요. 어이, 멈스, 뭐라고, 이 쓰레 기 같은 놈아?" (멈스는 긍정의 표시로 꼬리를 한 번 흔드는 것 이 상으로 자기 의사를 장황하게 나타내려 하지 않았다.) "하지만 강 아지 한 마리를 드릴게요, 아가씨, 괜찮겠죠."

"고맙지만 됐어요, 봅. 집 지키는 개가 있거든요. 내 개를 따 로 키울 수는 없을 거예요."

"에, 안됐네요. 아니면 강아지 한 마리가 있는데. 순종이 아 니라도 괜찮다면 말이에요. 어미가 펀치 쇼에 나오거든요. 드 물게 똑똑한 암놈이죠. 그 개가 짖을 땐 깊은 뜻이 있어요. 그 말을 알아듣는 사람은 아침부터 저녁까지 반도 안 되죠. 어느 친구가 항아리를 나르고 있었어요, 가난하고 비천한 노점상이죠. '그래, 토비는 잡종일 뿐이야. 그놈한테는 뭐 볼 게 없잖아.' 그가 말하더군요. 하지만 제가 이렇게 대꾸했죠. '그래, 네가 바로 그 잡종 아닌가? 널 보니, 네 부모도 별 볼일 없겠군 그래.' 그렇다고 저도 순종만 좋아하는 건 아니지만, 똥개끼리 서로 으르렁거리는 건 봐줄 수 없죠. 안녕히 계세요, 아가씨." 봅이 갑자기 짐을 다시 둘러메면서 이렇게 덧붙였다. 자기가 너무 주책스럽게 수다를 떨었음을 의식했던 것이다.

"다음에는 저녁에 와서 오빠도 만나요, 봅." 매기가 말했다.

"네, 아가씨, 고맙습니다. 다음에 오죠. 부디 안부 좀 전해 주세요. 예, 도련님은 멋지게 자란 분이죠, 톰 도련님 말입니다. 다리도 길어졌나 봐요, 전 그렇지 못한데요."

짐을 다시 내렸다. 이번에는 지팡이 갈고리가 잘못되었던 것이다.

"멈스를 똥개라고 부르지 마세요." 매기는 멈스에게 관심을 보이면 개 주인이 기뻐할 거라고 생각했다.

"아니에요, 아가씨, 절대로 아니에요." 봅이 연민의 미소를 지으며 말했다. "멈스는 플로스강 주변에서 볼 수 있는 가장 멋진 잡종이죠. 거룻배도 여러 번 함께 탔어요. 또 시골 신사들이 멈춰 서서는 그놈을 보곤 했지만, 멈스가 그 신사들을 빤히 마주 보는 모습은 볼 수 없을걸요. 그놈은 자기 일만 하거든요. 그렇다니까요."

일반적으로 불필요한 대상이 있을 때면 그 존재를 참아내는 듯하던 멈스의 안색은, 이 최고의 칭찬이 아주 잘 맞음을 증명해 주었다.

"무척 험악해 보이네요." 매기가 말했다. "쓰다듬어줘도 될까요?"

"네, 그럴 겁니다, 고마워할 거예요. 이놈은 친구를 알아보거든요, 멈스 말입니다. 이놈은 생강빵을 던져준다고 덥석 달려들진 않는답니다. 생강빵보다 도둑놈 냄새를 훨씬 잘 맡죠. 그렇다니까요. 그럼요, 전 호젓한 곳을 걸을 때면, 몇 시간이고 이놈과 얘길 해요. 제가 잘못을 좀 하면 이놈에게 늘 얘길하죠. 멈스가 모르는 비밀은 없어요. 제 엄지손가락 일도 알죠, 정말이에요."

"엄지손가락 일이라니요, 그게 뭔데요, 봅?" 매기가 물었다.

"바로 이겁니다. 아가씨." 봅이 말했다. 그는 재빨리 사람과 원숭이의 유일한 차이[6]를 드러내는 제스처를 해 보였다. "알다시피, 무명을 잴 때 치수를 조금씩 빼는 겁니다. 제가 무명을 갖고 다니거든요. 갖고 다니기에는 그 천이 가벼운 데다 값도 비싸기 때문이죠. 그래서 큰 엄지를 쓰거든요. 1미터 끝에서 엄지로 잰 뒤, 엄지 안쪽에서부터 자르죠. 그러면 나이 많은 부인네들은 눈치를 못 채거든요."

"하지만 봅," 매기가 진지하게 말했다. "그건 사기예요. 그런 말은 듣고 싶지 않아요."

"그래요, 아가씨?" 봅은 후회하는 듯이 말했다. "그런 말 해

---

6) 19세기 영국의 대표적 고생물학자로 인간의 유인원 기원설을 주장해 큰 논쟁을 불러 일으켰던 리처드 오언의 책 『고릴라에 관해』(1865)를 암시한다. 오언은 인간이 유인원에서 진화할 수 있었던 결정적 이유로 매우 큰 뇌를 지적했다.

서 죄송합니다. 하지만 멈스에게 말하는 데 너무 익숙해서요. 아주 인색한 부인일 경우에는 사기를 좀 쳐도 그놈이 상관하지 않거든요. 그런 부인들은 옥신각신해서 무명을 공짜로 가지려고 하거든요. 부인들은 제가 어떻게 밥벌이하는지 생각지도 않는다니까요. 저를 속이지 않는 사람에게는 속인 적이 없어요, 아가씨. 정말이에요. 저는 정직한 놈이에요, 정말이에요. 다만 장난을 좀 치죠. 이젠 흰족제비를 쫓아다니지 않거든요. 인색한 부인네들 말고는 속일 사람도 없어요. 안녕히 계세요, 아가씨."

"잘 가요, 봅, 이렇게 책 갖다줘서 너무 고마워요. 그럼 톰 오빠 보러 다시 오세요."

"네, 아가씨." 봅이 몇 걸음을 옮기며 말했다. 그러더니 반쯤 돌아서 이렇게 말했다. "그 속임수 때문에 저를 나쁘게 생각하신다면, 엄지손가락으로 속이는 일 그만둘게요, 아가씨. 하지만 아쉬울 겁니다, 정말이에요. 그렇게 좋은 속임수는 찾아보기 힘들거든요. 엄지손가락이 크다고 무슨 소용 있겠어요? 작은 손가락이 낫죠."

이와 같이 기꺼이 봅을 인도하는 성모 마리아가 되려던 매기는 자기도 모르게 웃었다. 그러자 그녀를 흠모하는 봅의 푸른 눈동자도 빛났다. 그는 이런 기분 좋은 후원을 받으며 모자에 손을 올려 인사한 뒤 떠났다.

버크[7]가 기사도 시대의 쇠락을 슬퍼하는 위대한 애가를 썼

_____

7) Edmund Burke(1729~1797). 영국의 웅변가이자 정치사상가.

음에도 불구하고, 기사도는 사라지지 않았다. 아득한 옛날, 작은 손가락이나 옷깃을 만져본다는 것조차 꿈꿀 수 없는 여성을 흠모하는 많은 청장년의 숭배 속에서 아직 그 기사도 시대는 살아 있다. 마치 연인의 이름을 크게 부르면서 전투에 나가는 갑옷 입은 기사나 되는 것처럼, 등에 봇짐을 둘러멘 봅은 이 검은 눈동자의 아가씨를 존경하며 흠모하고 있었다.

매기의 얼굴에서는 즐거운 빛이 곧 사라졌고, 전보다 한층 더 우울해졌다. 그녀는 기운이 너무 없어서 봅의 책 선물에 관해 누가 물어본다면 대답도 하고 싶지 않을 정도였다. 그래서 그녀는 책들을 침실에 갖다 내려놓고 의자에 앉아 아직 들여다보지도 않았다. 창틀에 뺨을 기댄 그녀는 쾌활한 봅의 운명이 자기보다 훨씬 행복하다고 생각했다.

화사한 봄이 다가오자 외로움, 그리고 기쁨이 완전히 사라져버렸다는 매기의 상실감이 더욱 커졌다. 즐겨 가던 집 주위 야외 피난처들은 모두 집 안의 슬픔과는 무관했고, 밝은 햇살에서도 미소를 얻지 못했다. 그 피난처는 부모와 더불어 그녀가 성장하고 소원을 갖는 데 본분을 다해 준 것처럼 보였다. 이 가련한 아이가 지녔던 모든 애정과 기쁨은 아픈 신경과도 같았다. 그녀에게는 이제 더 이상 음악도, 피아노 소리도, 합창도, 갇힌 영혼에서 온몸에 짜릿한 전율을 전해 주던 열정적으로 외치는 감미로운 현악기 소리도 없었다. 그리고 학창 시절 중에서 그녀에게 지금 남겨진 것이라고는 몇 권의 교과서뿐이었다. 그녀는 그 책들에 관해 모두 알고 있지만, 거기에서 전혀 위로를 얻지 못한다는 사실을 가슴 아프게 생각하며 책들을 들춰보았다. 학교에 다닐 때도 종종 그 책들에 더 많은 내용이 담겨 있기를 바랐다. 거기서 배운 내용이라고는 모두 방금 잘린 기다란 실의 끝과도 같았다. 게다가 이제는 학교 생활의 경쟁이라는 간접적인 매력도 없으니 『텔레마크의 모험(Les Aventures de Télémaque)』[8]은 다만 겨와 같았다. 기독교 교리에 관한 딱딱하고 무미건조한 질문도 마찬가지였다. 그런 책에는 맛도, 힘도 없었다. 가끔 매기는 매우 재미있는 상상 속에서 만족을 얻을 수 있다고 생각했었다. 스콧[9]의 소설과 바이런[10]의 시를 모두 가질 수 있다면! 아마 그랬다면 그녀는 하루하루 현실에서 느끼는 감각을 둔화시킬 만큼 충분한 행복을 찾았을지 모른다. 하지만…… 그것은 그녀가 원하는 게 아니었다. 그녀는 자기만의 상상의 세계를 그릴 수 있었다. 그러나 지금은 어떤 상상의 세계도 그녀를 만족시키지 못할 터였다. 그녀는 이 힘든 현실의 삶을 설명해 줄 그 무엇을 원했다. 활기 없는 아침 식탁에 앉아 있는 불행해 보이는 아버지, 아이처럼 정신 나간 어머니, 시간이나 메우는 사소하고 지저분한 일들, 또는 지치고 재미없는 여가 때문에 더욱 짓눌리는 듯한 공허감, 뭔가 다정하고 구체적으로 표현된 사랑을 받고 싶다는 욕구, 톰이 그녀의 생각이나 느낌에 개의치 않으며 남매가 더 이상 친구가 아니라는 비참한 생각, 다른 사람 아닌 그녀에게 다

---

8) 1669년 페늘롱이 자기 학생인 부르고뉴 공작의 도덕 교육을 위해 쓴 상상적 모험기.

9) Walter Scott(1771~1832). 영국 낭만주의 시인이자 소설가.

10) George G. N. Byron(1788~1824). 영국의 대표적인 낭만주의 시인.

가왔던 모든 행복의 박탈. 그녀는 스스로 이해하고, 그런 이해를 통해 자신의 어린 가슴을 무겁게 짓누르는 중압감을 견디게 해줄 어떤 열쇠를 원했던 것이다. '위인들이 아는 진짜 지식과 지혜'를 배웠다면, 자기가 인생의 비밀을 안다고 생각했을 것이다. 현자들이 아는 바를 배울 수 있는 책이 그녀에게 있다면! 매기는 현자나 시인에 관해서만큼이나 성인과 순교자에도 관심이 없었기에 아는 것도 별로 없었다. 그녀는 자기가 배운 지식의 일반적 결과로, 성인이나 순교자란 가톨릭의 확장에 항거했던 일시적 수단이었으며, 스미스필드[11]에서 다 죽었다고 짐작했던 것이다.

이런 생각을 하던 중 그녀는 자기가 톰의 교과서를 깜빡 잊었다는 생각이 떠올랐다. 그 책들은 가방에 넣어서 집으로 보내졌던 것이다. 그러나 그녀는 너무 만져서 이상할 정도로 낡아빠진 몇 권의 책이 전부임을 알게 되었다. 라틴어 사전과 문법 책, 라틴어 초본, 찢어진 유트로피우스[12], 다 낡아빠진 베르길리우스, 올드리치[13]의 논리학, 화를 불러일으키는 유클리드 등이었다. 게다가 라틴어와 유클리드, 논리학은 분명히 남성의 지혜에 있어서 상당한 단계일 것이다. 남자들은 그런 지식 때문에 인생에 만족하며 기뻐할 것이다. 충분한 지혜에 대

---

11) Smithfield, 존 폭스의 『순교자』(1563)라는 책은 스미스필드 시장에서 화형당한 순교자를 언급한다. 스미스필드는 종교적 순교자들이 처형되던 런던의 장소를 가리킨다.
12) Eutropius, 로마 역사에 관한 책.
13) Henry Aldrich(1648~1710). 영국의 신학자, 철학자, 작곡가.

한 열망이 아주 없어진 것은 아니었다. 미래라는 사막에 어떤 신기루가 가끔 떠오르곤 했다. 그녀는 그 신기루 가운데서 놀라운 성취 덕분에 인정받는 자기 모습을 보는 것 같았다. 그래서 그 가련한 아이는 영혼의 갈망과 자기도취라는 환상 속에서 인식이라는 나무의 이 껍질 두꺼운 열매를 조금씩 물어뜯기 시작했다. 그녀는 남는 시간이면 라틴어와 기하학 그리고 삼단논법 형식을 공부하고, 가끔 자기 이해력으로 이 특수한 남성의 학문을 잘 해낼 수 있다는 승리감을 맛보기도 했다. 한두 주간에 가끔 낙담하기도 했지만, 마치 약속의 땅을 향해 혼자 출발하여 그 여행이 목마르고 길도 없으며 불확실한 여행이라는 사실을 알아낸 것처럼, 그녀는 아주 단단히 결심하고 계속 공부했다. 단호히 결심한 초기에는, 올드리치의 책을 들판에 갖고 나가 책에서 눈을 들어 종달새가 날아다니는 하늘이나 물새가 애써 서툴게 날며 바스락 소리를 내는 강가의 갈대나 관목을 바라보곤 했다. 그럴 때면 불현듯 올드리치와 이 살아 있는 세계는 전혀 무관하다는 생각이 들었다. 날이 갈수록 더 실망하게 되었다. 인내심보다 열망이 점점 강해졌다. 어쨌든 창가에서 책을 읽으며 앉아 있을 때면 그녀의 시선은 바깥 햇살에 멍하니 고정되어 눈에는 눈물이 고이곤 했다. 가끔 어머니가 방에 없으면 공부는 온통 눈물로 끝나곤 했다. 그녀는 자기 운명에 반항했으며, 외로움 아래 시들어갔다. 그녀가 바라는 것과 전혀 다른 부모님을 향해, 그녀를 구속하고 늘 그녀의 생각이나 감정을 무너뜨리는 어떤 차이를 드러내는 톰을 향해, 용암처럼 발작적인 분노와 증오가 그녀의 애정과 양심 위로 흘러넘쳤다. 그래서 자기가 악마가 되는 게 그리 어려운 일이 아니라는 생각에 소스라쳐 놀라곤 했다. 그럴 때면 덜 더럽고 황량한 무언가를 찾아 집에서 도망치는 터무니없는 로맨스를 생각해내느라 머리가 분주했다. 그녀는 아주 위대한 사람에게 갈 것이다. 아마 월터 스콧에게 가서 그녀가 얼마나 비참하며 영리한 존재인지 이야기해 줄 것이다. 그러면 그는 분명히 그녀를 위해 뭔가 해줄 것이다. 그러나 그녀가 이런 상상을 하고 있을 때, 저녁을 보내려고 방에 들어온 아버지는 자기가 들어온 줄도 모르고 꼼짝없이 앉아 있는 그녀의 모습에 놀라 불만스럽게 말하곤 했다. "아니, 슬리퍼를 몸소 가져와야겠냐?" 그 목소리는 마치 창처럼 매기의 가슴을 찔렀다. 자기 말고 타인에게도 슬픔이 있었으며, 그녀는 타인의 슬픔에 등을 돌리고 저버릴 생각을 하고 있었던 것이다.

그날 오후, 쾌활한 봄의 주근깨투성이 얼굴을 보자 그녀의 불만은 새로운 국면에 접어들었다. 그녀는 다른 사람이 느끼는 것보다 더 큰 열망의 짐이 자기에게 놓인 것을, 그리고 이 지상에서 가장 위대하고 훌륭한 그 무엇을 추구하는 이 너무나 엉뚱한 열망을 견디는 것을, 일부 자기 삶에서 겪어야 할 역경이라고 생각했다. 그녀는 자기도 봅처럼 쉽게 만족할 수 있는 무식한 사람이나, 아니면 톰처럼 마음에 확고한 목표를 세우면 다른 건 모두 무시하는 그런 사람이 되고 싶었다. 불쌍한 어린것! 점점 더 손을 꼭 마주 잡고 창틀에 머리를 기대고 발로는 바닥을 구를 때, 그녀는 고통 속에서 외로웠다. 마치 불가피한 투쟁에 대해 훈련받지 못한 영혼을 지닌 채 학교생활을 그만둬야 했던, 당시 문명 세계의 유일한 소녀나 되는 것처럼 말이다. 힘없는 문학이나 거짓 역사 나부랭이가 아니라 인류를 위해 여러 세대에 걸쳐 애써 수고하여 쌓아 올린 어렵게 얻은 사상의 보고를, 그녀는 하나도 물려받지 못했다. 또한 색슨 족과 확실치 않은 다른 왕들에 관한 쓸모없는 지식은 많았지만, 불행히도 그녀의 내부와 돌이킬 수 없는 외부 법칙에 관해서는 도무지 아는 게 없었다. 습관을 다스려 도덕이 되게 하고, 순종과 의존의 감정을 발전시켜 종교가 되게 하는 것 같은 법칙 말이다. 그녀는 혼자 불행을 겪으면서 몹시 외로웠다. 마치 자기만 빼고 모든 소녀들이, 절실한 필요와 강력한 욕망으로 가득했던 젊은 시절을 잊지 않은 어른들한테서 귀여움과 보살핌을 받는 것 같았다.

마침내 매기는 창틀 위에 놓인 책에 시선을 돌렸다. 그녀는 몽상에서 반쯤 깨어나 멍하니 '초상화 전집'의 책장을 넘겼지만, 함께 끈에 묶인 작은 책 꾸러미를 살펴보려고 곧 그것을 옆으로 밀어놓았다. 『구경꾼의 아름다움(Beauties of the Spectator)』, 『라셀라스(Rasselas)』, 『인생의 경제(Economy of Human Life)』, 『그레고리의 편지(Gregory's Letters)』. 그녀는 이 책들의 내용을 모두 알고 있었다. 『그리스도교 교회력(Christian Year)』,[14] 찬송가 같은 책은 다시 내려놓았다. 그러나 토마스 아 켐피스[15]라? 독서할 때 지나쳤던 이름이다. 기억으

---

14) 1827년에 출판된 존 키블(John Keble, 1792~1866)의 책.
15) Thomas à Kempis(1379~1471). 중세의 종교철학자.

로만 알던 이름을 더 잘 알게 될 때 누구나 느끼는 그런 만족을 느낀 그녀는 호기심으로 그 작고 낡고 볼품없는 책을 집어 들었다. 책은 여러 모서리가 접혀 있었고, 지금은 영영 죽어버린 누군가가 펜과 잉크로 어떤 문단에 진한 표시를 해놓았다. 잉크는 세월이 지나 오래전에 갈색으로 변해 있었다. 매기는 책장을 한 장 한 장 넘기면서 표시된 문단들을 조용히 읽어보았다.

자신에 대한 사랑이 세상의 그 무엇보다 해가 된다는 것을 알라……. 자신의 의지나 기쁨을 만족시키려고 이것저것을 찾고 여기저기에 있고 싶어 한다면, 평온하지도 근심에서 자유롭지도 못할 것이다. 왜냐하면 만사에는 뭔가 부족한 게 있고 모든 장소에는 뭔가 거슬리는 사람이 있기 때문이다……. 위아래든, 어떤 길을 가든, 어디서나 십자가를 발견할 것이다. 내적으로 평안하며 영원한 면류관을 즐기려면, 어디서나 반드시 참아야 한다……. 이런 경지에 이르고 싶다면, 용감하게 출발해서 뿌리에 도끼를 대야 한다. 그래서 자신과 모든 사사로운 세속적 이익을 원하는 감춰진 성향을 뽑아 없애야 한다. 자신을 지나치게 사랑하는 이 죄에 바로 모든 게 달려 있으니, 무슨 일이 있어도 이 죄를 완전히 극복해야 한다. 이 죄가 일단 극복되고 정복되면, 곧 아주 평화롭고 평안해질 것이다……. 몹시 고통받고 강한 유혹에 이끌리고 심한 괴로움을 당하고 여러 가지 방법으로 시험당하고 수련한 사람과 비교하면, 당신의 고난은 별게 아니다. 그러므로 다른 사람들의 더 무거운 고통을 상기해야 한다. 그러면 조그만 역경을 더 쉽게 견딜 수 있을 것이다. 그리고 만일 그런 역경이 작아 보이지 않는다면, 성급함 때문에 그렇게 되지 않도록 조심하라……. 속삭이는 신의 음성을 듣고 세상의 속삭임에 귀를 기울이지 않는 자는 복되도다. 밖에서 들리는 소리를 듣지 않고 내면에서 가르쳐주는 진리를 듣는 자는 복되도다…….

읽어가는 동안 두렵고도 이상한 전율이 매기를 스쳤다. 마치 그녀의 영혼이 마비되어 있는 동안, 활기찬 영혼을 지닌 존재에 관해 들려주는 한 줄기 엄숙한 음악 소리 때문에 한밤중에 깨어난 것 같았다. 그녀는 빛바랜 잉크로 표시된 문단을 계속 읽어나갔다. 그 표시된 문단을 찬찬한 필체가 가리켜주는 듯했고, 그녀는 자기가 읽고 있다는 사실을 거의 의식하지 못했다. 오히려 읽고 있는 낮은 목소리를 듣는 것 같았다.

이곳은 당신의 안식처가 아닌데 왜 여기서 두리번거리는가? 하늘이 당신의 거처가 되어야 하고, 모든 세속적인 것은 내세로의 여행을 촉진하는 것으로 간주되어야 한다. 모든 것은 사라지고, 그와 더불어 당신도 사라진다. 그것들에 집착하지 않도록 주의하라. 그러지 않으면 얽혀서 멸망해 버릴 것이다……. 만일 누가 자기 재산을 다 준다고 해도 그것은 아무것도 아니다. 누가 깊이 참회한다고 해도 그 참회는 다만 사소한 것이다. 누가 모든 지식을 얻는다 해도 아직 멀었다. 누가 큰 덕을 지니고 아주 열렬히 헌신한다 해도 아직 부족한 게 많다. 한 가지가 가장 필요하다. 무엇일까? 모든 것을 떠나 자신을 버리고, 완전히 자기 자신에게서 나와, 털끝만큼도 자기애를 갖지 않는 것이다……. 가끔 네게 말했고, 지금도 다시 똑같이 말한다. 자신을 버리고 자신을 포기하라, 그러면 내적 평화를 한껏 누릴 것이다……. 그러면 헛된 상상과 마음의 나쁜 동요, 쓸데없는 걱정이 모두 사라질 것이다. 그러면 엄청난 공포가 떠나고, 과도한 사랑은 없어질 것이다.

매기는 갑작스러운 환영을 더욱 또렷이 본 것처럼, 길게 심호흡하고 숱 많은 머리를 뒤로 넘겼다. 그녀가 다른 비밀을 모두 버리게 만든 인생의 비밀이 바로 그 순간 여기 있었다. 바로 여기에 외부의 도움을 받지 않아도 도달할 수 있는 숭고한 경지가 있었다. 바로 여기에 통찰력과 힘, 정복이 있었다. 그것들은 전적으로 그녀의 영혼에 깃든 것으로부터 얻을 수 있었고, 그녀의 영혼에서 최고의 교사[16]가 귀를 기울이며 기다렸다. 갑자기 풀린 문제의 해답처럼, 청춘의 모든 불행이 자기 행복에만 마음을 두었기 때문에 초래되었음을 깨달았다. 자기 행복이 온 우주에서 가장 필요한 중심 문제나 되는 것처럼 말이다. 그녀는 처음으로 자기 욕구의 충족을 보던 관점에서 벗어나, 자기 인생을 하늘의 인도를 받는 전체 중 하찮은 일부로 해석할 가능성을 보았다. 그녀는 그 낡은 책을 반복해서 읽고

---

16) 이 교사는 성령인 하느님으로, 성령은 신자의 영혼에 머물며 직접 진리를 가르쳐준다. 「요한복음」 14장 17절, 16장 13절.

또 읽었다. 슬픔의 전형이자 모든 힘의 근원인, 보이지 않는 교사와의 대화에 푹 빠졌다. 잠깐 불려 갔다 되돌아와서는 버드나무 너머로 해가 질 때까지 책을 읽었다. 상상은 현재에 머물지 않고 급히 지나갔지만, 그녀는 겸손과 전적인 헌신을 계획하면서 깊어가는 황혼 속에 앉아 있었다. 또한 처음 발견한 열정으로, 포기야말로 그녀가 오랫동안 헛되이 갈구했던 만족에 도달하는 입구처럼 보였다. 그러나 그녀는 그 늙은 수도사가 토로하는 설교에서 가장 내면적인 진리는 파악하지 못했다. 사실 더 나이가 들지 않고서야 어떻게 알 수 있겠는가? 슬픔을 기꺼이 견딘다 해도, 포기는 슬픔으로 남는다는 진리 말이다. 매기는 아직 행복을 원했고, 그 열쇠를 찾아냈기 때문에 미친 듯이 기뻐했다. 그녀는 교리나 체계, 즉 신비주의나 정적주의의 교리나 체계라면 아는 바가 없었다. 하지만 아득한 중세에서 들려온 이 목소리는 인간 영혼의 신념과 경험을 직접 전해 주었고, 매기에게는 확실한 교훈으로 다가왔다.

바로 그것이, 책방에서 6펜스만 지불하면 살 수 있는 그 작은 구닥다리 책이, 오늘날까지도 쓴 물을 단 물로 변화시키는 기적을 만들어내는 이유라고 나는 생각한다. 반면 새로 발표된 비싼 설교와 논문들은 만사를 예전 상태 그대로 둔다. 그 구닥다리 책은 마음으로 해야 할 말을 기다렸다가 손으로 쓴 것이다. 그것은 고독하고 감춰진 번민과 분투, 신뢰와 승리의 연대기다. 피를 흘리며 돌 위를 걷는 사람들에게 인내를 가르치려고 벨벳 쿠션에 앉아 쓴 게 아니다. 그래서 그것은 언제까지나 인간의 욕망과 위로의 지속적인 기록이며, 수년 전에 느

끼고 고통받고 포기했던 한 수도사의 목소리로 남아 있는 것
이다. 그는 아마도 수도원에서 서지[17] 천 가운을 걸치고 머리
를 깎고, 찬양을 많이 하고 장기간 금식하며, 우리와는 다른
말투로 말했을 것이다. 그러나 침묵하는 머나먼 하늘 아래서
열정적인 욕망과 노력, 실패와 피로를 똑같이 느꼈을 것이다.

　멋없는 가족 이야기를 쓰다 보면, 건전한 사회에서 쓰는 말
씨가 아니라 강조체 말투를 쓰기가 쉽다. 건전한 사회에서는
원칙과 믿음이 지극히 절제될 뿐 아니라, 어떤 주제든 항상 가
볍고 우아한 아이러니로 언급된다는 사실이 전제된다. 그러나
또 한편으로 건전한 사회에는 적포도주와 벨벳 카펫, 6주 전
의 저녁 식사 약속, 오페라와 환상적인 무도회장이 있다. 순종
말을 타면서 지루함을 날려 보내고, 클럽에서 어슬렁거리거
나, 소용돌이치는 것 같은 여자들을 피하고, 출세하는 것 등
이 패러데이[18]가 만든 과학이며, 최고급 저택에서나 만날 법
한 고위 성직자가 만들어낸 것이 그 사회의 종교였던 것이다.
그러니 그 사회에 믿음이나 강조를 생각할 필요나 시간이 있
었겠는가? 그런데 가벼운 아이러니라는 얇은 날개 위에 떠 있
는 건전한 사회는 아주 값비싼 산물이다. 광범하고 열성적인
국가의 삶을 악취 나고 고막이 터질 듯 시끄러운 공장에 압축
할 것을 요구하고, 광산에 가두고, 용광로에서 땀 흘리며 일
하고, 분쇄하고, 망치질하고, 얼마간은 탄산의 위협을 받으면

---

17) 짜임이 튼튼한 모직물.
18) Michael Faraday(1791~1867). 영국의 유명한 화학자이자 물리학자.

서 직물을 짜는 것이다. 혹은 목장에 흩어져 있거나, 비 오는 날 음산해 보이는 점토질이나 백악질의 옥수수 밭 위에 위치한 외딴집이나 오두막에 흩어져 있는 것이다. 이와 같이 넓은 국가의 삶은 온전히 강조라는 것에 토대를 두고 있다. 즉 그것은 결핍에 의한 강조인데, 건전한 사회와 가벼운 아이러니를 유지하기 위해 필요한 모든 활동을 강요한다. 그것은 복도가 길어도 싸우는 소리가 줄지 않는 가정불화의 한복판에서 수년째 냉담하고 거칠 것 없이 보내는 힘든 삶이다. 그런 상황에서도 무수한 영혼 가운데는 단호한 믿음이 꼭 필요한 사람이 많다. 이처럼 불쾌한 모습을 지닌 삶은 심지어 생각을 거의 하지 않는 사람에게도 어떤 답을 요구한다. 그것은 마치 뭔가가 당신을 스쳐 아프게 해서 소파 속을 뒤질 때, 그게 물오리털이든 완벽한 프랑스 스프링이든 문제되지 않는 것과 마찬가지다. 어떤 사람은 술을 굳게 믿고 진(gin)에 열광하거나 새로이 기댈 발판을 찾는다. 하지만 나머지 사람은 건전한 사회에서 열정주의라 불리는 것을 요구한다. 귀중한 상을 주지 않아도 동기를 부여해 주는 어떤 것, 손발이 지쳐 아프고 사람들이 매정한 표정으로 우리를 바라볼 때도 인내하고 인간적인 사랑을 베풀게 하는 그 무엇을 원한다. 즉 분명히 개인의 욕망과는 다른 것, 자신을 포기하고 우리 소유가 아닌 것을 위해 적극적인 사랑을 베푸는 그 무엇을 요구한다. 가끔 그런 열정주의는 멀리까지 메아리치는 목소리, 가장 절실한 욕구에서 나온 경험의 목소리를 발견한다. 그리고 매기는 소녀의 얼굴에 뭔지 모를 슬픔을 지닌 채 외로운 시간을 견딜 수 있는 희망과 노력을 찾아냈는데, 이는 바로 길게 여운을 남긴 이 목소리 안에 머물렀기 때문이다. 그녀는 기존의 권위와 정해진 안내자의 도움을 받지 않고 스스로 한 가지 신념을 만들어냈던 것이다. 왜냐하면 그런 권위나 안내자가 가까이에 없었고, 그녀의 필요는 절실했기 때문이다. 매기에 대해 알고 있으니, 그녀가 자포자기할 때도 약간의 과장과 고집, 오만과 자부심과 충동이 있다는 데 놀라지 않을 것이다. 즉 그녀의 삶은 여전히 그녀에게는 드라마였으며, 그 드라마 속에서 자기 역할을 확실히 해야 한다고 자신에게 요구했다. 그래서 가끔 지나치게 외향적으로 행동해 겸손한 마음을 잃기도 했다. 그녀는 종종 너무 높이 날았다가 불쌍하게도 깃털이 듬성듬성한 작은 날개로 진흙탕에 처박혔다. 가령 그녀는 양철 상자의 돈에 조금이나마 보태고자 간단한 바느질을 하기로 결심했다. 그뿐 아니라 열렬한 자발적 고행의 첫 단계로 좀 더 조용하고 간접적인 방법 대신, 세인트오그스에 있는 옷 가게에 주문을 받으러 갔다. 톰이 이 필요 없는 행동을 나무라자 그녀는 그 책망을 아주 부당하고 친절하지 못한 행동, 아니 박해하는 행동으로만 생각했다. "난 여동생이 그런 일 하는 게 싫어." 톰이 말했다. "네가 그런 식으로 비하하지 않아도 빚은 갚을 거야." 속된 마음과 자기주장이 담긴 그 말속에는 분명히 다정함과 용감함도 들어 있었지만, 매기는 황금 낟알은 무시하고 그 말을 찌꺼기로 간주해 톰의 책망을 외부의 핍박으로 여겼다. 그녀는 기나긴 밤을 꼬박 새우면서, 그토록 늘 오빠를 사랑해 온 자기한테 톰이 너무 냉정하다고 생각하곤 했다. 게다가 그녀는 이 냉정함에 만족하고, 아무것도 더 요구하지 않으려 애썼다. 그것은 우리가 이기심을 버리기 시작할 때 우리 모두가 좋아하는 길이다. 즉 아량과 공정한 관용, 자책이라는 가파른 길보다, 오히려 순교와 인내라는 길이다. 순교와 인내의 길에는 야자나무 가지가 자라며, 아량과 공정한 관용, 자책의 길에는 잎을 모아서 입을 만한 무성한 명예가 없다.

베르길리우스, 유클리드, 올드리치 같은 오래된 책들, 즉 지식 나무에 매달린 시든 과일은 모두 치워버렸다. 매기가 현자들의 생각을 나눠 갖겠다는 헛된 야심에는 등을 돌렸기 때문이다. 열정의 첫 단계로, 그녀는 그런 필요에서 벗어났다는 승리감에서 책들을 집어던졌다. 또한 그 책들이 자기 소유였다면 절대로 후회하지 않겠다며 태워버렸을 것이다. 그녀는 세가지 책, 즉 성경과 토마스 아 켐피스 그리고 『그리스도교 교회력』(더 이상 '찬송가'로 거부되지 않는)을 너무나 열심히 줄기차게 읽어서, 그녀의 내면은 리듬 있게 계속 떠오른 기억으로 채워졌다. 그리고 그녀는 모든 사물과 삶을 새로운 신념에 입각하여 아주 열렬히 알려고 해서, 일할 때 그녀의 마음에는 다른 어떤 것도 필요치 않았다. 즉 부지런히 바느질을 하며 앉아 있는 동안, '쉽다'고 오해받지만 매기에게는 결코 쉽지 않은 셔츠 바느질과 다른 복잡한 스티치를 하면서 앉아 있는 동안에 말이다. 팔목이나 소매 같은 것은 마음이 산만할 때면 안팎을 뒤집어 꿰매기도 했다.

열심히 바느질하는 매기의 모습은 누구에게나 즐거운 광경이었다. 가끔 갇힌 열정이 화산처럼 폭발했지만, 얼굴에는 새로운 내면의 삶이 다정하고 부드럽게 빛났다. 만발한 청춘으로 안색과 윤곽이 점차 풍부해져서 한층 사랑스러워졌다. 매기 내면의 변화, 매기가 '그토록 착하게 자랐다'는 사실에 어머니는 당황하고 놀랐다. 한때 반항적이었던 이 아이가 순종적인 아이가 되고, 자기 의지를 주장하지 않는다는 것은 참으로 놀라운 일이었다. 매기가 하던 일에서 고개를 들면 어머니의 시선은 자기에게 고정되어 있었다. 마치 늙은 육체가 그 시선에서 뭔가 필요한 온기를 얻는 것처럼, 어머니의 눈은 딸을 바라보면서 매기의 젊고 큰 눈이 마주 보길 기다렸다. 어머니는 큰 키에 피부가 가무잡잡한 딸을 좋아하게 되었다. 딸이라는 존재가 걱정과 자부심을 가질 수 있는 유일한 가구였던 것이다. 그리고 매기는 스스로 어떤 치장도 하고 싶지 않았고 고행하고자 하는 바람에도 불구하고, 머리모양만큼은 어머니 뜻에 따랐다. 그녀는 어머니가 옛날의 가련한 유행에 따라, 숱 많은 검은 머리를 화관 모양으로 땋아 머리 꼭대기에 얹은 머리 장식 안에 넣도록 내버려두어야 했다.

"엄마를 좀 즐겁게 해주렴, 애야," 털리버 부인이 말했다. "한때는 네 머리 때문에 고생을 많이 했지."

매기는 어머니를 달래고 함께 긴 하루를 유쾌하게 할 수 있는 일이라면 다 좋아했다. 그래서 그런 부질없는 장식에 동의해, 낡은 프록코트 위로 여왕 같은 머리를 보여주곤 했다. 그러나 그녀는 한결같이 자기 모습을 거울에 비추어 보지 않으려 했다. 털리버 부인은 매기의 머리와 예상치 못한 다른 착한 일에 남편이 주의하게 했지만, 남편은 무뚝뚝하게 대답하곤 했다.

"그 애가 어땠는지는 충분히 잘 알아, 예전부터 말이야. 아무것도 새롭지 않아. 하지만 그 애가 더 평범하지 못하다는 건 안된 일이야. 그 앤 버림받을 거야. 아마 그 애와 어울릴 만한 남자는 그 애와 결혼하지 않을걸."

그리고 매기의 몸과 마음에서 풍기는 매력 때문에 그는 더욱 우울해졌다. 그녀가 책 한 장을 읽어주거나 단둘이서 고난이 축복으로 바뀐 데 대해 이야기하는 동안, 그는 참을성 있게 앉아 있었다. 그는 그 모든 일을 착한 딸의 일부로 받아들였다. 인생에 있어 딸의 기회를 망쳤기 때문에, 자신의 불행이 더욱 서글펐다. 그의 마음에는 열렬한 목적과 충족되지 못한 복수심만 가득해서 새로운 감정이 들어설 여지가 없었다. 털리버 씨는 영적인 위로를 원하지 않았다. 빚이라는 몰락을 떨치고 복수하고 싶을 따름이었다.

5부
알곡과 가라지*

* 「마태복음」 13:18-30. 최후의 심판의 날이 오면 알곡과 가라지, 즉 의인과 악인이 구분된다는 내용.

1

붉은 계곡에서

가족실은 양쪽 끝에 창이 있는 긴 방이었다. 창문 하나는 텃밭 너머 리플강을 따라 플로스 강둑 쪽으로, 다른 하나는 방앗간 마당 쪽으로 나 있었다. 매기는 일감을 들고 방앗간 쪽 창문에 기대어 앉아 있었다. 그때 웨이컴 씨가 평소처럼 검정말을 타고 마당으로 들어서는 것이 보였다. 그런데 평소와 달리 그는 혼자가 아니었다. 누군가와 함께였다. 그 사람은 외투를 입고 멋진 조랑말을 타고 있었다. 그 사람이 필립이라는 것을, 그가 돌아왔다는 것을 매기가 알아차린 순간, 그들은 벌써 창문 앞에 다가와 있었다. 필립은 그녀에게 모자를 들어 보였다. 그의 아버지는 그 동작을 곁눈질로 알아차리고 두 사람에게 매서운 눈초리를 보냈다.

매기는 황급히 창가를 떠나 일감을 가지고 2층으로 올라갔다. 때로 웨이컴 씨가 집으로 들어와 책을 살펴보는 적도 있었고, 또한 아버지들이 지켜보는 앞에서 필립을 만나봐야 즐겁지도 않을 것이었기 때문이다. 아마도 언젠가는 그를 만나 그저 악수나 나누고, 더 이상 친구일 수는 없지만 그래도 그가 톰에게 베푼 선의와 옛날에 매기 자신에게 해주었던 얘기들을 아직도 기억한다고 말해 줄 수 있을 것이다. 매기는 필립을 다시 보아도 전혀 동요되지 않았다. 그녀는 아직까지 어린 시절에 가졌던 감사와 연민을 간직하고 있었고 그의 명석함을 기억하고 있었다. 칩거 초기 몇 주간 그녀는 자신에게 친절했던 사람들 중 하나로 그의 얼굴을 자주 떠올렸다. 예전에 그들이 얘기를 나눌 때 꿈꾸었던 것처럼 그가 자기 오빠이자 스승이었으면 하고 바라기도 했다. 그러나 그 소망은 그녀가 꿈꾸던 삶에 대한 다른 꿈들과 함께 사라져버렸다. 게다가 오랜 외국 생활은 필립을 완전히 바꿔놓았을지도 몰랐다. 너무 세속적으로 변해 이제는 그녀가 무슨 말을 하건 전혀 관심이 없을지도 몰랐다. 그러나 그의 얼굴은 정말이지 거의 변하지 않았다. 단지 창백하고 조그맣던 소년의 얼굴이 좀 더 커지고 어른스러워졌을 뿐, 회색 눈과 소년티 나는 갈색 곱슬머리도 여전했고, 연민을 불러일으키는 불구의 모습도 그대로였다. 이런 생각 끝에 매기는 정말이지 그에게 몇 마디 해주고 싶어졌다. 어쩌면 그는 아직도 예전처럼 감상적일지 모르고, 그녀가 다정하게 쳐다봐 주기를 원할지도 몰랐다. 그가 그녀의 눈을 매우 좋아했다는 것을 기억하는지도 궁금했다. 매기는 거울 쪽을 바라보았다. 칩거 생활 이후 거울은 줄곧 벽 쪽으로 돌려

놓여 있었다. 그녀는 그것을 끄집어 내리려고 의자에서 반쯤 일어섰다. 그러나 곧 그만두고 일감을 집어 들었다. 가슴속에서 꿈틀거리는 희망을 억누르려고 열심히 찬송가 구절을 생각했다. 이것은 필립과 그의 아버지가 길을 따라 되돌아가는 것이 보일 때까지, 그래서 그녀가 다시 아래층으로 내려갈 수 있게 될 때까지 계속되었다.

6월이 한창인 때였다. 매기는 자신에게 남겨진 유일한 즐거움인 산책을 좀 더 길게 하고 싶었다. 하지만 그날과 그 이튿날에는 일감 때문에 너무 바빠서 대문 밖에도 나갈 수 없었다. 고작해야 문간에 앉아 야외에 대한 갈증을 달래는 정도였다. 그녀가 세인트오그스에 가야 할 일이 없을 때 자주 가는 산책 코스 중 하나는 '언덕'이라고 불리는 곳 너머에 있는 장소였다. 그 언덕은 돌코트 물방앗간 대문 옆을 지나는 길을 따라 뻗어 있는, 그리고 꼭대기를 나무들이 왕관처럼 두르고 있는 보잘것없는 흙더미에 불과했다. 보잘것없다고 하는 까닭은 그 높이가 기껏해야 둑 정도에 불과했기 때문이다. 그러나 둑에 불과한 그 언덕이 운명적인 결과를 가져오는 수단이 될지도 모르므로, 나는 여러분에게 돌코트 물방앗간 왼편과 언덕 너머 리플강까지 펼쳐진 아름다운 들판 사이에 들쑥날쑥한 담장처럼 길게 뻗은 나무가 무성한 약 400미터 길이의 높은 둑을 상상해 보기를 권한다. 둑이 낮아지는 곳에 작은 샛길이 있다. 그것은 언덕이 다시 솟아오르는 곳으로 뻗어 있었다. 그곳에서 언덕은 채석 작업 때문에 생겨난 어지러운 구덩이와 흙무덤으로 변한다. 채석장은 오래전에 폐쇄되어서, 흙

무덤과 구덩이는 이제 가시나무와 잡목으로 우거졌다. 그 사이로 군데군데 양들이 자주 뜯어 먹는 바람에 면도하듯 짧게 깎인 풀밭이 듬성듬성 보였다. 어린 시절 매기는 붉은 계곡이라 불리는 그곳을 매우 두려워했다. 구덩이에서 도둑과 맹수가 튀어나올 것만 같아서였다. 만약 톰의 용맹에 대한 신뢰가 없었더라면 그녀는 결코 거기에 놀러 가지 않았을 것이다. 그러나 이제 그곳은 그녀에게 매우 매력적으로 보였다. 습관적으로 땅바닥만 바라보는 그녀에게 폐허가 된 땅과 뭔가를 닮은 바위들, 그리고 깊게 팬 골짜기는 특이한 매력을 지니고 있었다. 특히 여름철에 머리 위 비탈에서부터 비스듬히 내리뻗은 양물푸레나무 그늘 밑의 풀밭에 앉아 있을 때면 그곳은 더욱 매력적이었다. 그곳에서 그녀는 침묵이라는 옷에 달린 작은 종소리 같은 풀벌레 소리에 귀를 기울였다. 또한 멀리 떨어진 가지 사이로 뚫고 들어오는 햇빛을 바라보면서, 그것이 야생 히아신스의 여유로운 하늘빛을 뒤쫓아 와서 원래의 집인 하늘로 되돌려 보내려는 것 같다는 생각을 하기도 했다. 6월 이맘때면 찔레꽃이 한창이었다. 그녀가 자기 마음대로 다녀도 좋게 된 첫날, 다른 곳들을 제쳐두고 붉은 계곡으로 간 데에는 그것도 또 하나의 이유가 되었다. 그녀는 정말 산책을 좋아했다. 그래서 금욕 생활을 하기로 마음먹은 이래, 때로 그녀는 산책을 너무 자주 하지 말아야겠다고 생각하기도 했다.

단골 산책로인 길모퉁이를 돌아 스코틀랜드 전나무 사이로 뚫린 좁은 길을 따라 계곡에 들어서는 그녀의 모습이 보인다. 성긴 그물 같은 천으로 만든 대대로 물려받은 검은 명주 숄 사이로 낡은 연보라 원피스를 걸친 늘씬한 용모다. 아무도 보는 사람이 없음을 확신하자 그녀는 모자를 벗어 팔뚝에 묶었다. 그녀는 실제 나이인 열일곱보다 훨씬 나이가 들어 보인다. 모든 탐색과 열망이 사라져버린 체념 어린 슬픈 시선 때문일까, 아니면 가슴이 넓은 체구 탓에 벌써 여자티가 나기 때문일까? 운명의 역경과 자발적인 고행에도 불구하고 그녀의 젊음과 건강은 전혀 상하지 않았다. 회개하느라 수많은 밤을 마룻바닥에서 잔 흔적도 눈에 띄지 않았다. 그녀의 눈은 반짝이고, 갈색 뺨은 통통하며, 도톰한 입술은 붉었다. 피부가 검은데다 머리색도 검고 게다가 키가 큰 그녀의 모습은 스코틀랜드 전나무와 닮아 있었다. 그녀는 그 나무들을 사랑 어린 시선으로 올려다보았다. 그러나 그녀를 바라보면 왠지 불편한 마음이 든다. 그녀 안에 공존하는 대조적인 요소들이 금방이라도 충돌해 폭발할 것 같은 조마조마한 느낌 때문이다. 그녀에겐 챙 없는 모자를 쓴 나이 든 얼굴에서 자주 보이는 숨죽인 표정이 있다. 그것은 그녀의 단단한 젊음과는 어울리지 않았다. 그 때문에 우리는 그녀의 젊음이 갑자기 열정적인 시선을 통해 폭발하여 모든 표면적 고요를 흩어버리지나 않을까 하고 불안해하는 것이다. 꺼졌다고 방심하는 순간 느닷없이 치솟는 불길처럼.

그러나 그 순간 매기 자신은 전혀 불안하지 않았다. 조용히 자유로운 공기를 즐기며 전나무를 바라보고 있을 뿐이었다. 그녀는 생각했다. 부러진 가지는 지난번 폭풍우의 흔적이고, 그 폭풍우는 붉은 나뭇가지를 위로 더욱 죽죽 뻗게 만들었을 뿌이라고. 위를 처다보고 있는 동안, 앞쪽 잔디밭에서 그림자가 움직였다. 아래를 내려다보고 그녀는 깜짝 놀란 몸짓을 했다. 필립 웨이컴이었다. 그가 먼저 모자를 들었다. 그러고는 얼굴을 붉히면서 그녀 쪽으로 다가와 손을 내밀었다. 매기도 놀라서 얼굴을 붉혔지만 곧 기쁜 마음이 되었다. 그녀는 손을 내밀고 불구의 얼굴을 내려다보았다. 그 순간 그녀의 진실한 눈에는 어릴 적에 느꼈던 감정만이 가득 찼다. 그 기억은 그녀의 내부에 항상 강렬히 간직되어 있었다. 그녀가 먼저 말을 건넸다.

"놀랐잖아." 그녀는 살짝 미소를 지었다. "여기서 사람을 본 적이 없거든. 여기는 웬일이야? 나를 만나러 온 거야?"

매기는 자신이 다시 어린애가 된 것만 같았다.

"그래," 여전히 당황하며 필립이 말했다. "네가 무척 보고 싶었어. 어제 너희 집 근처 둑에서 네가 나오는가 보려고 오랫동안 지켜보았어. 그런데 안 나오더군. 오늘도 지키고 있었는데 네가 길에 들어서는 것을 보고 저편 둑으로 따라왔지. 기분 나쁘지 않았으면 좋겠는데."

"아니야." 매기는 단순하고 진지하게 말했다. 그러고는 마치 필립이 따라오기를 바라는 것처럼 걷기 시작했다. "오빠가 와서 기뻐. 오빠와 얘기할 기회가 있었으면 하고 바랐거든. 옛날에 오빠가 톰 오빠와 나한테 잘해 준 것을 잊은 적이 없어. 그렇지만 오빠도 우리를 그렇게 잘 기억하고 있는지는 모르겠네. 톰 오빠와 나는 그 뒤로 정말 엄청난 일들을 겪었어. 그래서 이전의 일들을 더 많이 생각하게 된 것 같아."

"내가 너를 생각한 만큼 네가 나를 생각했을 것 같지는 않은데." 필립이 수줍게 말했다. "떠나 있는 동안 네 그림을 그렸어. 서재에서 네가 나를 결코 잊지 않겠노라고 말하던 그날 아침 모습 그대로 말이지."

필립은 호주머니에서 커다란 세밀화 케이스를 꺼내 열어 보였다. 검은 곱슬머리를 귀 뒤로 넘기고 꿈꾸는 듯한 묘한 시선으로 허공을 응시하며 탁자에 기댄 그녀의 옛 모습이 나타났다. 수채화 물감으로 채색한 스케치였는데 초상화나 다름없이 훌륭한 것이었다.

"세상에," 매기가 기쁨으로 얼굴을 붉히며 미소 지었다. "나는 정말 괴짜였어. 머리를 그렇게 빗고 분홍색 옷을 입었던 게 기억나. 정말 집시 같았어. 지금도 여전히 그런지 모르지만." 그러고는 잠깐 쉬었다가 필립에게 물었다. "어때, 오빠가 상상하던 모습 그대로야?"

그녀의 말은 교태 부리는 여자가 쓰는 말일 수도 있다. 그러나 필립을 바라보는 그녀의 밝은 눈길은 교태 어린 눈길이 아니었다. 그녀는 그가 지금의 자기 얼굴을 좋아하기를 바랐다. 그러나 그것은 사랑받기를 좋아하는 그녀의 천성이 발동한 것일 뿐이었다. 그녀와 눈길이 마주치자 필립은 오랫동안 잠자코 그녀를 바라보았다. 그러고는 조용히 말했다.

"아니야, 매기."

매기 얼굴의 광채가 조금 흐려졌다. 그녀의 입술이 살짝 떨렸다. 눈꺼풀도 내려왔다. 그러나 그녀는 얼굴을 돌리지 않았다. 필립은 계속 그녀를 바라보았다. 그러고는 천천히 말했다.

"내가 상상한 것보다 훨씬 더 아름다워."

"정말이야?" 매기는 기뻐서 얼굴이 새빨개졌다. 그녀는 그에게서 얼굴을 돌린 다음, 말없이 몇 걸음을 떼어놓았다. 마치 이 새로운 사실에 자신의 생각을 적응시키기라도 하듯. 젊은 여자들은 옷을 허영의 바탕이라고 생각하는 경향이 있다. 그래서 매기가 거울을 포기한 것은 자기 얼굴을 바라보는 것에 대한 포기라기보다는 몸치장에 대한 포기의 성격이 짙었다. 우아하고 부유한 젊은 숙녀들과 자신을 비교해 볼 때, 그녀는 다른 사람들이 자신에게 매력을 느낄 수 있다고는 꿈에도 생각하지 않았다. 필립은 그녀의 침묵도 좋아하는 것 같았다. 그는 그녀의 얼굴을 바라보며 나란히 걸어갔다. 그녀를 보는 것만으로도 만족하는 듯했다. 그들은 전나무 숲을 지나 이제 연분홍 찔레꽃으로 뒤덮인 원형극장과도 같은 초록빛 구덩이에 다다랐다. 그들 주위의 빛이 밝아지자 매기의 얼굴은 반대로 광채를 잃었다. 구덩이 가운데로 나아가자 그녀는 멈추어 섰다. 그러고는 필립을 바라보며 진지하고 슬픈 목소리로 말했다.

"우리가 친구가 될 수 있었더라면 좋았을걸. 내 말은 우리가 친구가 되는 것이 우리에게 좋고, 옳은 일이었으면 하는 거야. 그런데 그게 바로 내가 겪어야 할 시련인가 봐. 어릴 때 사랑했던 것들을 모두 간직할 수는 없나 봐. 정든 책들도 사라졌고, 톰 오빠도 변했고, 아버지도 그렇고. 마치 죽음과도 같아. 어릴 때 사랑했던 모든 것과 이별해야 해. 오빠와도 헤어져야 해. 이제 다시는 서로에게 관심을 가져서는 안 돼. 오빠에게 하려던 얘기가 바로 이거야. 톰 오빠와 나는 이런 일을 우리 마음대로 할 수가 없어. 만일 내가 오빠를 까맣게 잊어버린 것처럼 행동하더라도 그건 시기나 교만, 혹은 나쁜 감정 때문이 아니라는 걸 알아줘."

매기는 점점 더 슬프고 친절하게 이야기했다. 그녀의 눈에 눈물이 어렸다. 필립의 얼굴에 고통이 깊이 새겨지자 소년 시절의 모습이 되살아났다. 그의 불구에 대한 연민도 더욱 커졌다.

"알아, 무슨 말인지 잘 알아." 그는 낙담 때문에 더욱 가냘파진 목소리로 말했다. "우리 두 사람을 갈라놓고 있는 게 무엇인지 잘 알아. 그렇지만 그건 옳지 않아, 매기. 이름 부른다고 화내지 마. 내 상상 속에서 항상 너를 그렇게 불렀으니까…… 다른 사람의 부당한 감정 때문에 모든 것을 희생하는 건 옳지 않아. 나는 우리 아버지를 위해서 많은 것을 희생할 수 있어. 그렇지만 옳지 않은 소원을 따르느라 내 우정이나 애정을 포기하지는 않겠어."

"난 잘 모르겠어." 매기는 생각에 잠겨 말했다. "때때로 화가 나고 불만스러울 때면 포기할 이유가 없다는 생각이 들어. 그래서 의무 같은 건 신경 쓰지 말자고 생각할 때도 있어. 하지만 소용이 없었어. 그건 사악한 마음가짐이었어. 이제는 확신해. 아버지의 삶을 더 어렵게 만들기보다는 내 것을 희생하는 편을 택하게 될 거야."

"그렇지만 우리가 가끔 만난다고 해서 아버지의 삶이 더 어려워질까?" 필립이 말했다. 그는 뭔가 덧붙이려다 말았다.

"아, 아버지는 좋아하지 않으실 거야. 확실해. 이유는 묻지 말고, 더 이상 아무것도 묻지 마." 매기는 고통스럽게 말했다. "아버지는 어떤 일에 대해 몹시 분개하고 계셔. 그래서 불행하시지."

"나보다 더 불행하지는 않을걸." 필립이 충동적으로 말했다. "나는 불행해."

"왜?" 매기는 상냥하게 말했다. "적어도…… 아니 물어보면 안 되겠지. 미안해, 정말 미안해."

필립은 마치 더 이상 참고 서 있을 수 없기라도 하듯 걷기 시작했다. 그들은 구덩이 바깥으로 나와서 나무와 관목 사이를 말없이 걸어갔다. 필립의 마지막 말을 듣고 나니 매기는 차마 당장 헤어지자고 우길 수가 없었다.

마침내 그녀는 조심스럽게 입을 열었다. "쉽고 즐거운 것에 대한 생각을 접은 후로, 그리고 내 뜻대로 되지 않는다고 불만스러워하지 않기로 결심한 뒤로 훨씬 행복해졌어. 우리 삶은 이미 정해져 있어. 희망을 버리고 단지 우리에게 주어진 짐을 감내하며 의무를 수행하겠다고 생각하면 마음이 훨씬 가벼워져."

"하지만 나는 희망을 버릴 수가 없어." 필립이 곧바로 대꾸했다. "살아 있는 한 우리는 절대로 소망과 희망을 버릴 수 없어. 아름답고 좋게 느껴지는 것들이 있잖아. 우리는 그것을 추구해야 해. 우리의 감정이 죽지 않는 한 어떻게 그런 것 없이 만족할 수 있겠어? 나는 아름다운 그림을 보면 즐거워. 나도 그런 그림을 그릴 수 있기를 바라고. 그렇지만 노력하고 또 노력해도 내가 원하는 것을 만들어낼 수는 없어. 그건 고통스러워. 노인처럼 둔감해질 때까지 항상 고통스러울 거야. 게다가 다른 것도 원해." 여기서 필립은 잠시 머뭇거렸다. 그러고는 말을 이어나갔다. "다른 사람들은 가지고 있지만 내게는 거부된 것들 말이야. 내 인생에는 위대하거나 아름다운 것이 전혀 없어. 차라리 태어나지 않았더라면."

"아, 필립 오빠," 매기가 말했다. "그렇게 생각하지 마." 그러나 그녀의 마음 역시 필립의 불만에 어느 정도 동조하기 시작했다.

"좋아," 그가 갑자기 돌아섰다. 그리고 간절한 시선으로 그녀의 얼굴을 바라보았다. "가끔 널 볼 수 있다면 기꺼이 살아보겠어." 그 순간, 그는 멈칫하였다. 그녀의 표정에 나타난 두려움을 읽었던 것이다. 그는 시선을 돌리고 침착하게 말했다. "내 마음을 털어놓을 수 있는 친구가 없어. 그 정도로 나를 생각하는 친구가 없다는 거지. 그러니 가끔 널 볼 수 있다면, 네가 내 얘기를 들어주고, 내게 관심을 가지고 있다는 것을 보여준다면, 그리고 우리가 항상 진정한 친구로서 서로를 도와줄 수 있다면 나는 기꺼이 살아갈 수 있을 거야."

"하지만 내가 어떻게 오빠를 만날 수 있지?" 매기는 머뭇거리며 말했다.(그녀가 정말 그에게 도움이 될 수 있을까? 오늘 당장 '안녕' 하고 끝장을 내고, 이후 다시는 그와 얘기를 나누지 않는다는 것이 매기에게는 매우 어렵게 여겨졌다. 그래서 작별의 날짜를 바꾸는 것이 좋겠다고 생각했다. 지금 당장 하는 것보다는 미래에 하기로 결심하는 것이 훨씬 쉬우니까.)

"한 달에 한두 번이라도 좋으니까 만일 네가 이곳에서 나를 가끔 만나 함께 걸어준다면 내 삶이 즐거울 거야. 다른 사람에게 해를 끼치는 것도 아니잖아?" 필립은 스물한 살의 사랑에서 끌어낼 수 있는 기민함을 모두 끌어내어 말했다. "게다가 우리 가족 사이에 불화가 있다면 그 때문에라도 우리는 더욱더 우리의 우정으로 그것을 없애도록 노력해야 하는 게 아닐까? 말하자면 우리가 영향력을 발휘해서 과거의 상처를 치유해야 한다는 거지. 내가 그 상처를 전부 알 수만 있다면 말이야. 우리 아버지 심중에 어떤 증오가 있는 것 같지는 않아. 그리고 실제 행동도 그랬던 듯한데."

매기는 천천히 머리를 흔들고는 잠자코 있었다. 상충되는 여러 생각 때문이었다. 가끔 필립을 만나 우정을 이어가는 것은 순수할 뿐만 아니라 좋은 일로 여겨졌다. 그녀가 발견한 체념의 행복을 그에게도 가르쳐줄 수 있을 것 같았다. 이런 상념의 목소리는 달콤한 음악처럼 그녀를 유혹하였다. 그러나 그 목소리 사이로 긴박하고 단조로운 목소리가 경고를 보내왔다. 그녀가 오랫동안 복종해 왔던 그 목소리는 그런 만남은 비밀을 의미한다고 경고했다. 즉 그것은 탄로 날까 두려운 일을 하는 것을 의미하며, 탄로가 나면 분노와 고통을 초래하고, 또한 그런 이중적인 일을 하는 것은 정신적 문제를 가져올 거라고 경고했다. 그때 바람결에 종소리가 실려 오듯 그 달콤한 목소리가 다시 커지면서, 잘못은 모두 다른 사람의 실수와 약점 때문이고 한 사람을 위한 쓸데없는 희생이 다른 사람에게 해를 끼치는 경우도 있다고 그녀를 설득했다. 필립 아버지에 대한 부질없는 복수심 때문에 필립을 피한다는 것은 필립에게 매우 잔인한 일이었다. 불쌍한 필립, 불구 때문에 가뜩이나 외면당하는데……. 필립이 그녀의 연인이 될 수 있으며 그를 만나는 것이 그런 이유로 비난을 받을 수 있다는 생각은 아예 떠오르지도 않았다. 필립은 이런 그녀의 마음을 분명히 읽었다. 그는 고통스러웠다. 물론 그 때문에 그녀가 그의 부탁을 들어주기가 덜 힘들겠지만 말이다. 매기가 어릴 적과 마찬가지로 솔직하고 거리낌 없는 태도로 자신을 대하는 것을 깨닫자, 필립은 쓸쓸한 마음이 들었다.

"지금 당장은 뭐라고 말할 수가 없어." 그녀는 뒤돌아서서 왔던 길을 되짚어가기 시작했다. "좀 더 시간을 두고 생각해 봐야겠어. 인도를 받아야지."

"그럼 또 와도 될까? 내일이나 모레, 아니면 다음 주?"

"편지로 쓰는 편이 나을 것 같아." 그녀는 다시 머뭇거리며 말했다. "가끔 세인트오그스에 가거든. 그때 우편으로 부칠게."

"그건 안 돼." 필립이 간절하게 말했다. "그건 좋지 않아. 아버지가 보실지도 모르거든. 물론 아버지는 원한 같은 건 없지만, 그래도 나와는 관점이 다르시니까. 아버지는 돈과 지위를 중요하게 생각하시지. 그러니 내가 다시 한 번 여기 오는 것을 허락해 줘. 언제가 좋은지만 얘기해 줘. 아니면 널 만날 수 있을 때까지 무시로 올게."

"그럼 그렇게 해." 매기가 말했다. "지금으로서는 정확히 언제 올 수 있을지 모르니까."

결단을 미루자 매기는 적이 마음이 놓였다. 이제는 필립과의 동행을 편안히 즐길 수 있게 된 것이다. 심지어는 조금 더 있을까 하는 생각도 들었다. 다음번에는 틀림없이 결심한 바를 전해야 하고 그러면 필립에게 고통을 주게 될 테니까.

"아무리 생각해도 이상해." 잠시 침묵하던 그녀가 웃는 얼굴로 그를 바라보며 말했다. "우리가 로턴에서 헤어진 게 마치 어제였던 것처럼 이렇게 다시 만나서 얘기하는 것 말이야. 지난 5년 동안, 5년 맞지? 우리 둘 다 참 많이 변했을 텐데. 어떻게 오빠는 내가 그 옛날의 매기와 같을 거라고 생각하지? 나는 오빠에 대해서 그렇게 생각할 수가 없어. 오빠는 워낙 똑똑한 데다 그동안 많은 것을 보고 배웠겠지. 나는 오빠가 여전히 내게 관심 있으리라고는 생각하지 않았어."

"언제 만나더라도 넌 여전할 거라는 사실을 의심해 본 적이 없어. 내 말은, 적어도 내가 좋아하는 너의 자질들 말이야. 말로 설명하고 싶지는 않아. 우리 본성에 강력한 영향을 미치는 것들은 설명이 불가능하다고 봐. 우리는 그것들이 일어나는 과정을 탐지할 수 없고 어떤 방식으로 우리에게 영향을 미치는지도 알 수 없어. 가장 위대한 화가라도 아기 예수를 그처럼 신비하고 성스럽게 그릴 수 있었던 것은 일생에 단 한 번뿐이었지.[19] 게다가 화가 자신도 어떻게 했는지 설명할 수가 없었어. 우리 또한 그 아이가 왜 성스럽게 느껴지는지에 대해 말할 수 없어. 우리 인간의 본성에는 이성으로 완전히 파악할

---

19) 르네상스 시대 이탈리아 화가 라파엘로의 「성모자」를 가리킨다.

수 없는 부분이 있다고 생각해. 어떤 음악은 오묘한 효과를 자아내지. 그것을 들으면 잠시 내 마음 전체가 변해 버리거든. 만일 그 효과가 오래 지속된다면 나는 영웅이 될 수도 있을 거야."

"아! 무슨 말인지 알겠어. 나도 그렇게 느끼니까." 매기는 옛날처럼 열렬히 두 손을 맞잡으며 말했다. 그러나 곧 약간 슬픈 어조로 덧붙였다. "적어도 옛날에 음악을 들을 수 있었을 때는 그렇게 느꼈지. 이제는 교회의 오르간 소리밖에는 전혀 음악을 못 들어."

"정말 듣고 싶지, 매기?" 필립은 사랑과 동정이 뒤섞인 눈으로 그녀를 바라보았다. "아, 넌 아름다운 것을 별로 누리지 못하는구나. 책은 많이 있어? 어릴 때는 책을 무척 좋아했잖아."

그들은 주위를 빙 둘러 찔레가 자라고 있는 구덩이로 되돌아왔다. 연분홍 꽃 무더기에 반사된 환상적인 저녁 햇살에 매료된 그들은 발걸음을 멈추었다.

"아니, 책은 포기했어. 아주 조금만 빼고." 매기가 조용히 말했다.

필립은 호주머니에서 작은 책 하나를 꺼내어 뒷면을 보면서 말했다.

"아, 이건 2권이네. 아니면 네가 이걸 집에 가져가면 될 텐데. 이걸 호주머니에 넣고 나온 건 이 책의 한 장면을 그림으로 그릴까 생각 중이기 때문이야."

매기도 책의 뒷면을 보았다. 제목을 보자 옛 느낌이 되살아나 그녀를 사로잡았다.

"『해적』[20]이네." 그녀는 책을 집으면서 말했다. "옛날에 앞부분을 읽은 적이 있어. 미나가 클리블랜드와 함께 걷는 장면까지 읽었는데 나머지는 읽을 기회가 없었어. 그래서 그냥 머릿속으로 상상했지. 내 나름대로 몇 가지 결말도 만들어봤어. 앞부분에 맞추다 보니 절대로 해피엔딩을 만들 수가 없었어. 불쌍한 미나! 진짜 결말은 어떤지 모르겠네. 오랫동안 셰틀랜드 군도를 잊을 수가 없었어. 그 험한 바다에서 바람이 불어오는 것을 느끼곤 했지."

매기는 눈을 반짝이며 빠르게 말했다.

"책 가져가, 매기." 기쁜 얼굴로 그녀를 바라보며 필립이 말했다. "지금 내게는 필요 없으니까. 대신 네 그림을 한 장 그리지. 스코틀랜드 전나무와 비스듬한 그림자 사이에 있는 네 모습을 말이야."

매기는 그가 하는 말을 하나도 듣지 못했다. 우연히 펴본 한 페이지를 읽느라 정신이 없었다. 그러다가 갑자기 책을 덮은 다음 필립에게 돌려주었다. 마치 허깨비에게 '물러가라'고 외치는 것처럼 고개를 뒤로 젖히면서.

"가지라니까, 매기." 필립은 간절히 말했다. "재미있을 거야."

"아니, 됐어." 매기는 필립이 내미는 책을 옆으로 밀치고는 앞으로 걸어갔다. "그러면 예전처럼 또 세상을 사랑하게 될 거야. 많은 것을 알고 싶고, 또 보고 싶어질 거야. 풍요로운 생활을 바라게 될 거고."

---

20) 영국 소설가 월터 스콧의 소설.

"하지만 늘 이 상태로 살 수는 없잖아. 왜 그렇게 네 마음을 황폐하게 만들지? 그건 편협한 금욕주의야. 그러지 마, 매기. 시와 예술과 지식은 신성하고 순수한 거야."

"하지만 내겐, 내게는 결코 그렇지 않아." 매기는 좀 더 빨리 걸음을 옮겼다. "왜냐하면 너무 많은 것을 원하게 될 테니까. 난 기다려야만 해. 이런 삶이 그리 길지는 않을 거야."

"인사도 없이 그렇게 서둘러 가지 마, 매기." 그들이 스코틀랜드 전나무 군락에 도달하였는데도 매기가 아무 말 없이 걷기만 하자 필립이 말했다. "더 이상 함께 가서는 안 될 것 같은데, 안 그래?"

"아차, 깜빡했어. 그럼 안녕." 매기는 멈춰 서며 손을 내밀었다. 이 행동은 그녀의 감정을 필립에게 강렬히 전해 주었다. 그들은 손을 잡은 채 서로 묵묵히 바라보았다. 잠시 후, 그녀가 손을 빼며 말했다.

"그동안 나를 계속 생각해 줘서 고마워. 우리를 사랑하는 사람이 있다는 건 정말 행복한 일이야. 불과 몇 주일 동안 알고 지낸 이상한 소녀에게 그렇게 관심을 가져주다니, 정말 하느님의 은총이야. 언젠가 오빠에게 얘기한 적 있지? 톰 오빠보다 오빠가 나를 더 좋아하는 것 같다고 말이야."

"아, 매기," 필립은 애타는 듯이 말했다. "넌 결코 나를 네 오빠만큼 사랑하지 않겠지."

"그럴지도 몰라." 매기가 담담하게 말을 받았다. "하지만 내 첫 번째 기억은 오빠 손을 잡고 플로스 강가에 서 있던 장면이야. 그 전의 일들은 기억나는 게 없어. 그렇지만 필립 오빠도 결코 잊지 못할 거야. 떨어져 산다 하더라도 말이야."

"그런 소리 하지 마, 매기. 5년이나 그 소녀를 가슴에 품고 살았으면 그녀 가슴속에도 내 자리가 조금은 있어야 하지 않을까? 내게서 완전히 떠나갈 수는 없는 것 아닐까?"

"내가 자유롭다면 물론 그렇지." 매기가 말했다. "하지만 나는 그렇지 않아. 난 순종해야만 해." 그녀는 잠시 망설이다가 이렇게 덧붙였다. "오빠를 만나면 그냥 인사만 하고 그 이상은 안 했으면 좋겠어. 톰 오빠가 전에 나더러 오빠와는 말도 하지 말라고 했거든. 지금도 여전히 그래……. 어머나, 해가 졌네. 집은 아직 멀고. 그럼, 안녕." 그녀는 다시 한 번 손을 내밀었다.

"매기, 널 다시 만나게 될 때까지 되도록 자주 여기 오겠어. 내 생각도 좀 해줘."

"그럼, 그럴게." 그녀는 서둘러 돌아갔다. 그녀의 모습은 마지막 전나무 뒤로 이내 사라져버렸다. 필립은 그녀의 모습이 보이기라도 하듯 몇 분 동안 계속 그쪽을 응시했다.

매기는 마음속에 갈등을 안고 집으로 돌아왔다. 필립은 집에 돌아가서 회상하고 희망하는 것 외에는 아무것도 하지 않았다. 그를 너무 나무라지 말기 바란다. 물론 그는 매기보다 너덧 살 위였고 그녀에 대한 자신의 감정을 충분히 인식하고 있었기 때문에 매기와의 만남이 사람들 눈에 어떻게 비칠까 하는 정도는 예상할 수 있었다. 그러나 그를 뻔뻔한 이기주의자라고는 생각하지 말기 바란다. 또한 자신의 행동이 매기의 삶에 약간의 행복을 가져다줄 거라는 생각도 없이 그런 행동을 했다고는 생각하지 말기 바란다. 실제로 그는 자신의 직접적인 목적보다 매기의 행복을 더 위한다고 생각했던 것이다. 그는 그녀에게 동정과 도움을 줄 수 있다고 생각했다. 그녀의 태도에는 그에 대한 사랑의 기미가 조금도 없었다. 그것은 그녀가 열두 살 때 보여주었던 소녀의 다정함 이상은 아니었다. 아마도 그녀는 결코 그를 사랑하지 않을 것이다. 어쩌면 어떤 여인도 그를 사랑하지 않을 것이다. 좋다, 그건 참을 수 있다. 하지만 적어도 그녀를 만나고, 그녀를 가까이 느끼는 행복만은 가져야 하지 않을까? 그는 그녀가 혹 그를 사랑할지도 모른다는 가능성에 열렬히 매달렸다. 어쩌면 그 감정은 자랄 수도 있지 않을까? 만일 그녀가 천성인 자상함과 다정함을 그에게 베풀게 된다면 말이다. 그를 사랑할 수 있는 여인이 이 세상에 존재한다면 그건 바로 매기일 것이다. 그녀에게는 그럴 만큼 풍부한 사랑이 있었으며, 어느 누구도 그것을 독차지할 수는 없을 것이다. 그런데 애석하게도 그녀 같은 심성이 그 젊은 나이에 자라지도 못하고 시들어버리다니! 제대로 자랄 공간과 빛이 없어서 시드는 숲속의 나무처럼 말이다. 그걸 막을 수 없을까? 고행의 세계에서 빠져나오라고 설득할 수 없을까? 그는 그녀의 수호천사가 될 것이다. 그는 무엇이든 할 수 있었다. 그녀를 위해서라면 무엇이든 참을 수 있었다. 단 한 가지, 그녀를 만나지 못하는 것만 제외한다면.

2
글레그 이모, 봅의 장사 수완을 알게 되다

매기의 인생 투쟁은 거의 전적으로 그녀의 영혼 내부의 것이었다. 그것은 한 그림자가 다른 그림자와 맞붙어 싸우며, 일단 쓰러진 그림자가 다시 일어나기를 계속하는 형상이었다. 반면 톰은 보다 더럽고 시끄러운 전쟁 속에 휩싸여 있었다. 그 속에서 그는 한층 더 실제적인 장애에 맞서 보다 확실한 승리를 쟁취해 갔다. 그것은 말 다루기의 달인 헥토르[21]와 그 어머니 헤카베의 시대부터 한결같은 양상이기도 했다. 여인들은 집 안에서 머리를 풀어헤친 채 손을 치켜들고 기도하며 멀리서 벌어지는 전쟁을 지켜보았다. 그리고 길고 공허한 날들을 추억과 공포로 채웠다. 한편 남자들은 집 밖에서 신과 인간

---

21) 호메로스의 『일리아스』에 나오는 트로이의 왕자.

에 대항하여 맹렬한 투쟁을 벌였다. 그들은 목적이라는 큰 명제를 위해 추억을 억누르고, 긴박한 행동 속에서 공포에 대한, 심지어는 상처에 대한 감각까지도 잊어버렸다.

이제까지 여러분이 톰에 대해 보아 온 바로 미루어, 그는 자기가 진정으로 원하는 것에서 실패할 젊은이가 아니라는 사실쯤은 짐작하리라 믿는다. 물론 학교에서의 고전문학 점수는 시원치 않았지만 그런데도 그가 성공하리라는 것을 점치기는 어렵지 않다. 왜냐하면 그는 고전문학 공부를 잘해야겠다고 생각한 적이 없기 때문이다. 어리석음을 조장하기 위해서는 전혀 관심 없는 과목들을 공부시키는 것 이상이 없다. 그러나 이제 톰의 굳은 의지는 그 자신의 성실성과 긍지 및 야망, 그리고 가족의 비극과 뭉쳐져서 노력을 한군데로 집중시키고 좌절을 이겨 낼 힘을 주었다. 그를 예의 주시하던 딘 이모부는 곧 그에게 싹수가 있음을 알아차렸다. 심지어 훌륭한 상업적 재목이 될 자질이 엿보이는 조카를 회사에 취직시킨 것에 대해 자부심까지 느꼈다. 톰은 딘 이모부가 자신을 제일 먼저 도매상에 배치한 것이 매우 사려 깊은 행동이라는 사실을 곧 알게 되었다. 즉 톰은 자신이 앞으로 여러 가지 사소한 물건(점잖은 분들에게 그것이 무엇인지는 굳이 밝히지 않겠다.) 구매차 출장을 가게 될지도 모른다는 얘기를 들은 것이다. 이러한 이유 때문에 딘 씨는 혼자 포도주를 마실 때면 톰에게 들어오라고 하여 한 시간씩 동석하였다. 그동안 그는 수출입 품목에 대해 세세히 가르치고 질문하였다. 때로는 세인트오그스의 상인들이 화물을 운반할 때 자국 선박, 혹은 외국 선박을 사용하는 것이 어떤 상대적 이점을 가지는가 하는 문제처럼 톰의 업무와 직접적 관련이 없는 얘기도 하였다. 딘 씨 자신이 선박을 소유한 선주였기 때문에 그럴 때면 그는 술과 말에 취해 흥분하곤 했다. 2년째 되던 해에 톰의 월급이 올랐다. 그러나 식비와 의복비를 제외하고는 모두 집에 있는 양철 상자 속에 들어갔다. 그는 돈이 들까 봐 친구도 사귀지 않았다. 그것은 물론 톰이 '부지런한 도제'[22]처럼 바보 같은 천성을 가지고 있기 때문이 아니었다. 그는 쾌락에 대한 욕구가 강했다. 또한 멋진 인물이 되어 분별 있는 젊은이, 그러나 너그럽게 접대도 하고 자선도 베풀 수 있는 사람이라는 평가를 받고 싶었다. 실제로 그도 조만간 그런 것들을 성취하겠다고 결심했다. 그러나 현실 감각이 뛰어난 그는 그 모든 것이 현재의 절제와 극기를 통해서만 가능하다는 사실을 알고 있었다. 그것에 이르려면 몇 단계를 지나야 했으며, 그 첫 단계가 바로 아버지의 채무 청산이었다. 이렇게 마음을 정한 그는 일찍이 홀로서기를 시작한 젊은이들이 으레 그러듯 상당히 고집스럽게, 한눈파는 일 없이 앞만 보고 나아갔다. 톰은 가족적 긍지라는 명분에서 아버지와 굳게 뭉쳐 있었다. 그러나 세상 경험을 쌓아감에 따라 아버지의 과거 행동이 성급하고 무분별하였음을 알게 되었다. 부자는 기질적으로 맞지 않았고, 어쩌다 집에 있을 때에도 톰의 얼굴은 밝지 않았다. 매기는 톰에게 일말의 두려움을 느

---

22) 영국의 풍자화가 윌리엄 호가스의 그림에 나오는 인물로, 성공한 뒤 주인 딸과 결혼한다.

졌다. 보다 마음이 넓고 생각이 깊은 그녀로서는 톰의 태도가 부당하게 느껴졌다. 그러나 그에게 맞서는 것은 부질없는 짓이었다. 왜냐하면 그는 내부적 균열 없이 일관되게 자신이 원하는 바를 행하고, 이에 반하는 모든 충동을 제어하였으며, 확실한 영역 외에는 인정하지 않는 인물이었기 때문이다. 게다가 이러한 부정에 의해 그는 점점 더 강해졌다.

톰이 자기 아버지를 닮지 않은 것이 명백해짐에 따라 이모들과 이모부들은 점점 호의적이 되었다. 딘 씨가 글레그 씨에게 톰의 장사 수완을 칭찬하자 그들은 이에 대해 여러 가지로 논의하기 시작했다. 그는 친척들에게 특별한 폐를 끼치지 않고도 집안의 자랑거리가 될 수 있을 듯해 보였다. 풀릿 부인은 전적으로 도슨가의 혈통을 닮은 톰의 뛰어난 용모가 장래의 성공에 대한 확실한 보증이라고 생각했다. 그녀에 따르면, 톰이 어렸을 때 공작새를 쫓아다니고 이모들을 버릇없이 대한 것은 모두 다 털리버 집안의 혈통 때문인데 이제 그 혈통의 영향에서 벗어났다는 것이다. 글레그 씨는 공작새 사건이 일어났을 때 톰이 보여준 재치 있고 분별 있는 행동을 지켜본 이래 톰을 은근히 좋아하고 있었다. 이제 그는 뭔가 적극적으로 톰을 도와주어야겠다고 생각했다. 물론 어느 때고 결정적 손해 없이 신중하게 도와줄 기회가 온다면 말이다. 그러나 글레그 부인은 자신은 그렇게 앞뒤 생각 없이 덮어놓고 말하지 않겠다고 했다. 대체로 가장 적게 말하는 사람이 가장 잘 실행하는 법이며, 적당한 시기가 오면 누가 말한 이상으로 행동하는지 밝혀지기 마련이라는 것이었다. 풀릿 씨는 묵묵히 마름

모꼴 당과 몇 개를 먹고 나서는, 젊은 사람이 스스로 알아서 잘해 나갈 때는 괜히 간섭하지 않는 것이 좋다고 결론지었다.

실제로 톰은 아무에게도 의지하려는 빛을 내비치지 않았다. 물론 그는 눈치가 빨라서 이러한 긍정적인 의견을 알아차렸다. 그는 글레그 이모부가 가끔 일과 시간에 그를 보러 들르는 것을 기쁘게 생각했다. 또한 시간을 지키지 못할지도 모른다는 핑계로 거절하기는 했지만 이모부가 자기 집의 식사에 초대해 주는 것도 기뻤다. 그러던 중, 1년 전쯤에 톰에 대한 글레그 이모부의 선의를 시험해 볼 사건이 있었다.

어느 날 저녁, 톰이 세인트오그스에서 집으로 돌아오는 길에 생긴 일이다. 업무차 순회를 돌 때면 거의 빠지지 않고 톰과 매기를 보러 들르던 봅 제이킨이 다리 위에서 그를 기다리고 있었다. 잠시 얘기를 나누고 싶다는 것이었다. 그는 감히 톰 도련님에게 혹시 장사를 해서 돈을 좀 벌 생각이 있는지 여쭈어보고 싶다고 했다. 장사라니, 어떻게? 톰이 반문했다. 그야 외국에다 화물을 조금 보내는 거죠. 봅에게는 그런 식으로 레이스햄의 상품을 팔아주는 친구가 있는데 톰에게도 같은 조건으로 해줄 거라는 것이었다. 톰은 곧 흥미를 느껴 자세히 설명해 달라고 부탁했다. 왜 진작 이런 생각을 못 했을까 하고 의아해하면서. 그는 조금씩 모으던 돈을 단번에 불릴 투자에 대한 기대로 잔뜩 들떠서 즉시 아버지에게 얘기하기로 결심했다. 양철 상자에 저축한 돈의 일부를 쪼개어 화물을 살 수 있도록 허락받을 생각이었다. 물론 그는 아버지와 의논하기 싫었지만 얼마 전에 석 달치 봉급을 양철 상자 속에 넣어서 당장은 무일푼이었다. 저축한 돈은 고스란히 그 속에 있었다. 털리버 씨는 돈을 떼일까 봐 한 푼도 투자하지 않았다. 곡물에 투자했다가 실패한 뒤로 현금을 손에 쥐고 있지 않으면 마음이 놓이지 않았던 것이다.

톰은 그날 저녁 아버지와 함께 난롯가에 앉아 있을 때 조심스럽게 그 문제를 꺼냈다. 털리버 씨는 안락의자에 앉아 몸을 앞으로 내밀고 의심스러운 눈초리로 톰의 얼굴을 쳐다보았다. 그는 그 자리에서 단호하게 거절하고 싶었다. 하지만 톰에 대한 약간의 두려움도 있었고, 또한 '운 없는' 아버지라는 자격지심으로 가장의 지엄함과 단호함을 얼마간 상실했기 때문에 잠자코 있었다. 그는 호주머니에서 책상 열쇠를 꺼내고, 책상 속에서 큰 궤짝 열쇠를 꺼낸 다음, 궤짝 속에서 양철 상자를 꺼냈다. 천천히 꺼내는 모습은 마치 고통스러운 이별의 순간을 조금이라도 늦추려는 것 같았다. 그러고는 굼뜨게 탁자 앞에 앉은 다음, 평상시 무료할 때마다 조끼 주머니 속에서 만지작거리던 작은 맹꽁이자물쇠 열쇠로 그 상자를 열었다. 그 안에는 칙칙한 지폐와 반짝이는 금화가 있었다. 그는 그것들을 책상 위에 세어놓았다. 2년 동안 그렇게 아끼며 살았는데도 겨우 116파운드밖에 되지 않았다.

"자, 얼마면 되겠니?" 그는 그 말이 입술을 태우기라도 하듯 힘들게 말했다.

"36파운드쯤으로 시작해 볼까 하는데요, 아버지?"

털리버 씨는 그 액수를 나머지에서 갈라놓고 그 위에 손을 얹으며 말했다.

"이건 내 1년치 저축이다."

"알아요, 아버지. 그건 너무 느려요. 쥐꼬리만 한 월급에서 저축하는 것 말이에요. 제 말씀대로 하면 두 배로 빨리 모을 수 있어요."

"그렇지만, 얘야," 아버지는 돈에 손을 얹은 채 말했다. "잃을 수도 있지 않느냐. 내 인생의 1년을 말이다. 이제 얼마 남지도 않았는데."

톰은 아무 말도 하지 않았다.

"100파운드가 모였을 때 내가 빚을 일부 갚지 않은 것은 전액을 한꺼번에 놓고 보려고 그런 거다. 직접 눈으로 봐야 믿을 수 있거든. 운을 믿는 것은 나를 거역하는 거야. 운은 악마의 손에 있어. 그리고 만일 1년을 잃는다면 나는 결코 그것을 회복할 수 없어. 곧 죽게 될 테니까."

털리버 씨의 목소리가 떨렸다. 톰은 몇 분간 잠자코 있다가 이윽고 입을 열었다.

"포기하겠습니다, 아버지. 그렇게 반대하시니."

하지만 그 계획을 완전히 접을 수는 없었다. 그는 글레그 이모부에게 이익의 5퍼센트를 주는 조건으로 20파운드의 투자를 부탁하기로 결심했다. 그것은 결코 큰 부탁이 아니었다. 그래서 봅이 다음 날 결과를 알리려고 부두에 왔을 때 그는 함께 글레그 이모부 집에 가자고 제안했다. 그에게는 아직 자존심이 남아 있었고, 봅의 말솜씨 덕택에 당혹스러운 상황을 피할 수 있을 듯했기 때문이었다.

뜨거운 8월의 오후 4시, 기분 좋은 시간이었다. 글레그 씨는 벽에 기대어놓고 익히는 과일들의 숫자가 줄어들지 않았나 세어보는 중이었다. 그때 톰이 들어섰다. 글레그 씨가 보기에 매우 수상한 사람과 함께였다. 그도 그럴 것이 봅은 등짐을 지고(그는 다시 한 번 길을 떠날 채비를 하고 있었다.) 커다란 얼룩무늬 불테리어 한 마리를 데리고 있었던 것이다. 그 개는 이리저리 어슬렁거리며 눈꺼풀 밑으로 무관심한 시선을 보내고 있었는데 그러한 표면적 무관심은 어쩌면 맹렬한 공격 의도를 감추는 위장에 불과할지도 몰랐다. 글레그 씨는 과일을 세느라 안경을 쓰고 있었기 때문에 그런 수상한 점들이 더욱 위험하게 느껴졌다.

"워리, 워리! 저 개 좀 치우게." 그는 방문객들이 3미터 이내로 접근하자 말뚝 하나를 집어 방패처럼 앞으로 내밀며 소리쳤다.

"멈스, 나가." 봅이 개를 발로 툭 차면서 말했다. "나리, 이놈은 양처럼 순합니다." 멈스는 그 말을 증명이라도 하듯 나지막이 으르렁거리며 제 주인 다리 뒤로 숨었다.

"아니, 이게 무슨 짓이냐, 톰? 내 나무를 베어 가는 불한당들에 대한 정보라도 가지고 왔나?" 그는 만일 봅이 그 '정보'라면 그 이상한 짓도 참을 만하다고 생각했다.

"아닙니다, 이모부." 톰이 말했다. "제 사업에 관해 말씀드리려고 왔습니다."

"아, 그래. 그런데 그게 이 개와 무슨 상관이 있지?" 글레그 씨는 좀 누그러졌다.

"이건 제 개입니다, 나리." 봅이 얼른 대답했다. "톰 도련님께 사업을 권한 사람은 바로 접니다. 톰 도련님과는 꼬마 적부터 친구였지요. 저는 어릴 때 옛 주인님을 위해 새 쫓는 일을 했답니다. 좋은 기회가 생기면 톰 도련님도 한몫 끼게 하려고 늘 생각하고 있었습니다. 그런데 수출을 통해 한몫 잡을 기회가 생겼는데 돈이 없어서 놓치는 건 정말이지 너무한 일 아닙니까? 운임과 수수료를 제하고 10~12퍼센트 이윤이 나는 장사인데 말입니다. 게다가 레이스햄에 물건도 있고요. 작은 뱃짐 사업을 하는 사람에게 안성맞춤이지요. 가볍고 부피도 별로 크지 않고요. 20파운드어치를 싼다 해도 한 꾸러미도 못 됩니다. 게다가 그건 바보도 혹할 정도로 좋은 물건이라 불티나게 팔릴 겁니다. 그래서 제가 레이스햄에 가서 제 것과 함께 톰 도련님 것도 사려고요. 또 물건을 실어 나를 배의 화물 감독을 제가 잘 압니다. 믿을 만한 사람이지요. 가족도 여기 살고요. 이름이 솔트(salt)라고 하는데 참 짠 사람이지요. 만일 제가 못 미더우시면 그 사람에게 모셔다 드리겠습니다."

글레그 씨는 밥의 청산유수 같은 언변에 어안이 벙벙하여 입을 딱 벌리고 서 있었다. 그의 머리로는 그 말뜻을 따라잡기가 어려웠다. 처음에 그는 밥을 안경 위로 보다가, 곧 안경 너머로 보다가, 다시 안경 위로 살펴보았다. 그동안 톰은 이모부가 밥에게서 어떤 인상을 받았을까 불안하여 이 괴상한 아론[23]을 대변인으로 데려오지 말걸 그랬다고 후회하기 시작했다. 제삼자가 있으니 밥의 얘기가 덜 그럴듯하게 들렸다.

---

23) 모세의 형으로 그의 대변인 노릇을 했다.

"뭘 좀 아는 친구 같은데." 드디어 글레그 씨가 말했다.

"맞습니다, 나리." 봅이 고개를 끄떡이며 대꾸했다. "제 머릿속은 잘 익은 치즈 같아서 속이 막 살아 움직입니다. 계획이 꽉 들어차 있어서 꼬리를 물고 떠오르거든요. 멈스에게라도 얘기를 쏟아놓지 않으면 머리가 너무 무거워져서 발작을 일으킬 겁니다. 아마 학교에 얼마 못 다녀서 그런 것 같아요. 제가 어머니께 늘 하는 얘기가, 그것이죠. '좀 더 학교에 보냈어야죠.' 하고 말이에요. '그랬더라면 신나게 책을 읽을 수 있었을 테니 머리를 진정시켜 비워놓을 수 있었을 겁니다.' 아무튼 어머니는 지금 편안하게 잘 계시지요. 언제든지 구운 고기와 감자를 드실 수 있어요. 돈이 너무 많아서 함께 쓸 마누라를 구해야겠는데, 마누라는 성가셔서 말이지요. 게다가 멈스가 싫어할지도 모르고요."

은퇴 이후, 글레그 이모부는 자기도 꽤 익살을 좋아한다고 생각하고 있었다. 그래서 봅이 상당히 재미있다고 느끼기 시작했지만 아직도 비판할 것이 남아 있어서 짐짓 근엄한 표정을 유지했다.

"아, 자네는 돈이 남아돌아 걱정인가 보군. 두 사람분이나 먹어치울 저 큰 개를 키우는 걸 보니. 부끄러운 일이야, 부끄러운 일." 그는 화가 났다기보다는 안됐다는 투였다. 그러고는 곧 덧붙였다.

"그건 그렇고, 톰, 이제 네 사업 얘기나 들어볼까. 보아하니 투자할 돈이 필요한 것 같은데. 자네 돈은 모두 어떻게 했나? 다 써버린 건 아니겠지, 응?"

"아닙니다, 이모부." 톰은 얼굴을 붉히며 대답했다. "아버지께서 투자를 반대하세요. 저도 굳이 강요하고 싶지 않고요. 우선 종자돈으로 20~30파운드쯤 있으면 좋겠어요. 5퍼센트 이자를 드릴게요. 차츰 제 돈이 모이면 빌리지 않고도 해나갈 수 있을 거예요."

"그래…… 그래." 글레그 씨는 수긍하는 투로 말했다. "나쁜 생각은 아니구먼. 그러니 안 빌려준다고는 못 하겠고. 그런데 그 솔트라는 사람을 만나보는 게 좋겠군. 그리고…… 여기 있는 친구가 자네를 위해 물건을 사준다고 하고. 그런데 돈을 넘겨주려면 보증인이 필요할 것 같은데?" 이 조심스러운 노신사는 봅을 안경 위로 쳐다보면서 덧붙였다.

"그럴 필요는 없을 것 같은데요, 이모부." 톰이 말했다. "제 말씀은, 적어도 제게는 필요하지 않다는 거예요. 저는 봅을 잘 아니까요. 그렇지만 이모부 입장에서는 보증인이 필요할지도 모르겠군요."

"자네는 구매 수수료를 떼겠지, 안 그런가?" 글레그 씨가 봅에게 물었다.

"아닙니다, 나리." 봅은 다소 화를 내면서 말했다. "톰 도련님에게 장사를 권한 건 제 이문 때문이 아닙니다. 제가 사람들에게 장난을 치는 건 재미로 하는 것이지 이익 때문이 아니랍니다."

"좋아, 하지만 이익을 좀 보는 거야 당연하지 않은가?" 글레그 씨가 말했다. "나는 공짜를 좋아하지 않아. 뭔가 석연치 않거든."

"그렇다면 좋습니다." 눈치 빠른 봅은 무슨 뜻인지 이내 알아챘다. "제가 무엇을 얻는지 말씀드리지요. 길게 보면 제 주머니와 관련이 있습니다. 물건을 많이 사면 큰손 노릇을 할 수 있지요. 그게 제가 바라는 겁니다. 이만하면 저도 영리한 놈 아닙니까."

"글레그 씨, 글레그 씨," 열린 응접실 창문 너머로 야멸친 목소리가 들려왔다. "들어와서 차 드셔야죠? 거기 서서 행상인과 얘기하다가 벌건 대낮에 살해라도 당하려고 그래요?"

"살해를 당하다니?" 글레그 씨가 말했다. "이 여자가 무슨 소리를 하는 거야? 당신 조카 톰이 사업 때문에 왔단 말이오."

"그래요, 살해. 연전에 외딴곳에서 행상인이 젊은 여자를 죽이고 골무를 훔쳐 갔잖아요. 시체는 구덩이 속에 던지고."

"아니야, 아니야." 글레그 씨가 달래듯이 말했다. "그건 개가 끄는 수레를 타던 다리 없는 사람이잖소."

"그거나 저거나 같은 얘기잖아요. 당신은 뭐든지 내 말에 토를 단다니까. 그리고 내 조카가 사업 때문에 왔다면 당연히 안으로 데리고 들어와 이모인 내게 알려야 하잖아요. 그렇게 구석에서 작당하듯이 숙덕거리지 말고."

"좋아요, 좋아. 곧 들어가지."

"거기 있어봤자 소용없어요." 글레그 부인이 봅에게 큰 소리로 말했다. 그들 사이의 거리는 멀지 않았지만 정신적 거리가 크다는 것을 드러내기 위해 짐짓 목소리를 높이는 듯했다. "우린 필요한 게 없어요. 행상인과는 거래 안 하니까. 나갈 때 문 좀 닫아줘요."

"잠깐, 그렇게 서두르지 마요." 글레그 씨가 말했다. "나는 아직 이 청년과 얘기가 안 끝났어. 들어가자, 톰, 들어가자고." 그가 베란다 문으로 들어가면서 덧붙였다.

"글레그 씨," 부인이 자지러졌다. "내가 보는 앞에서 내 카펫 위에 그 사람과 개를 들이려면 미리 말해 줘요. 아내로서 내게도 그 정도 권리는 있잖아요."

"걱정 마세요, 부인." 봅이 모자에 손을 갖다 대며 말했다. 글레그 부인이 해볼 만한 상대라는 것을 즉시 알아채고 한 판 붙고 싶어 안달이 났다. "저희는 여기 바깥에 있겠습니다. 저와 멈스는 말입니다. 멈스는 상대가 어떤 분인지 잘 알거든요. 정말입니다. 제가 아무리 '쉿쉿'거린다 하더라도 절대로 부인 같은 진짜 숙녀 분께는 달려들지 않지요. 이놈은 이상하게도 아름다운 숙녀를 잘 알아보고, 특히 몸매가 좋은 분은 정말 좋아한답니다." 봅은 자갈길 위에 등짐을 벗어놓으며 얘기를 계속했다. "부인 같은 진짜 숙녀 분이 행상인과 거래를 안 하시는 게 참 유감입니다. 상점에 가시는 대신 말이에요. 상점에 가시면 멋진 점원 대여섯 명이 빳빳한 깃 위로 오만하게 턱을 쳐들고 있지요. 게다가 그 사람들 모두가 저녁을 먹어야 되지 않습니까? 옥양목 판 돈으로 말이에요. 그러니까 행상인에게서 사는 것보다 세 배나 비쌀 수밖에 없지요. 물건을 사려면 그게 당연한 것처럼 말이에요. 집세도 내야 하니까 자기들이 원하건 말건 억지로 거짓말을 짜내야 하겠지요. 하지만 부인, 어떤 게 나은지는 부인께서 더 잘 아실 것 아닙니까. 정말이지 그 장사꾼들의 정체를 환히 꿰뚫어 보실 겁니다. 제가 장

84

담하지요."

"그래요, 물론 그렇지요. 그뿐 아니라 행상인도 꿰뚫어 볼수 있어요." 글레그 부인은 자기 같은 사람에게는 봅의 아첨이 통하지 않는다는 것을 보여주기 위해 이렇게 말했다. 그동안 그녀의 남편은 호주머니에 손을 찌르고 다리를 벌린 채 그녀 뒤에 서 있었다. 아내가 걸려들 기미가 보이자 신이 나서 윙크를 하고 미소를 지었다.

"네, 물론 그러시겠지요. 부인께서도 아가씨 적에, 제 말씀은 여기 계신 주인님 눈에 띄기 전에 말씀입니다, 행상인들과 수없이 거래하셨잖습니까? 그 집은 저도 많이 봤어요. 달레이씨 댁 근처의 계단 있는 돌집 말입니다……."

"그래요, 계단이 있었지요." 글레그 부인이 차를 따르며 말했다. "그럼 우리 가족에 대해서도 알겠군요……. 그 사팔뜨기 행상인이랑 친척인가요? 아일랜드산 리넨 장수 말이에요."

"거보세요!" 봅은 애매하게 말했다. "그때 행상인과 거래한 것이 부인 평생에 가장 잘한 거래였을 거예요, 그렇죠? 암만 사팔뜨기라도 가게 점원보다야 낫지요. 뻔하지 않습니까? 제가 운이 좋아서 이런 보따리를 가지고 그 돌집에 갔다면……." 그는 허리를 굽혀 자기 짐 꾸러미를 주먹으로 힘주어 두드리며 말했다. "게다가 아름다운 아가씨들이 모두 돌계단에 나와서 보고 있으면 보따리를 열어 보일 때 정말 신났을 겁니다. 하지만 요즘은 하녀들 아니면 가난한 집만 행상인과 거래하지요. 정말 재미없어요. 자, 부인, 이 무늬 있는 무명 좀 보세요. 이 천으로 옷을 지어 입으신 모습을 상상해 보세요.

물론 이런 건 이제 안 입으시겠지요. 저도 다 압니다. 부인께서 사시는 물건은 최상품이겠지요. 부인 모습처럼요."

"그래요, 댁이 가지고 다니는 것보다야 낫겠죠. 댁이야 최상품은 하나도 없고 거친 물건뿐일 테니. 뻔하죠." 글레그 부인은 자신의 현명함에 도취되어 말했다. "글레그 씨, 앉아서 차 안 들 거예요? 톰, 네 차도 여기 있단다."

"부인 말씀이 맞습니다." 봅이 말했다. "제 물건은 부인 같은 숙녀용이 아니지요. 그런 시대는 지났어요. 죄다 싸구려 물건이지요. 여기저기 흠이 있지만 재단할 때 잘라내면 되고 또 입으면 안 보인답니다. 하지만 부자들에게 팔 물건은 아니에요. 그분들이야 안 보이는 데에도 비싼 돈을 치를 수 있으니까요. 저는 제 보따리를 부인에게 풀어헤칠 그런 놈이 아닙니다. 암요, 저는 부인 말씀대로 그런 뻔뻔한 놈이 아니에요. 물론 요즘은 세상이 사람을 뻔뻔하게 만들기는 하지만 그래도 저는 그 정도는 아니에요."

"그런데 댁의 보따리에는 뭐가 들어 있어요?" 글레그 부인이 말했다. "물색 고운 숄 같은 건가요?"

"여러 가지랍니다, 부인. 온갖 게 다 있어요." 봅이 꾸러미를 툭툭 치며 말했다. "하지만 그 얘기는 그만하죠. 톰 도련님 사업 때문에 와서는 제 일에 시간을 보내면 안 되니까요."

"그런데 도대체 그 사업이 뭔데 날 쏙 빼놓고 그래요?" 두 가지 호기심이 동시에 발동한 글레그 부인은 그중 한 가지를 잠시 제쳐놓을 수밖에 없었다.

"톰의 계획인데," 성격 좋은 글레그 씨가 말했다. "내가 보기에 나쁘지 않아. 돈벌이 얘긴데 괜찮은 것 같아. 얘는 재산을 모아야 하니까. 그렇지 않소, 제인?"

"그렇지만 친지들이 전부 해주기를 기대하는 것은 아니겠지요? 요즘 젊은 애들은 흔히들 그런다니까. 그런데 이 행상인은 우리 가족 일과 무슨 상관이 있지요? 톰, 네가 직접 얘기해 보렴. 조카라면 의당 이모에게 알려야 하지 않겠니?"

"이모님, 이 사람은 봅 제이킨이에요." 톰은 짜증을 참으며 말했다. 글레그 이모의 목소리만 들어도 신경이 거슬렸다. "어릴 때부터 서로 알고 지냈어요. 참 좋은 친구예요. 제게 항상 잘해 주지요. 게다가 수출 경험이 있어요. 물론 개인적으로 뱃짐에 조금 투자하는 거죠. 이 친구 생각으론 저도 그렇게 돈을 벌 수 있답니다. 이윤도 많아요."

"이윤이 많다니, 어느 정도냐?" 글레그 이모는 귀가 솔깃했다.

"10 내지 12퍼센트입니다. 경비를 제하고 말이지요." 봅이 말했다.

"그런데 왜 내가 진작 그런 걸 몰랐지요, 글레그 씨?" 글레그 부인은 남편 쪽을 바라보며 비난조로 바가지를 긁었다. "5퍼센트 이상은 못 받는다고 당신이 그랬잖아요."

"허허, 말도 안 되는 소리, 이 아주머니 좀 보게." 글레그 씨가 말했다. "당신이 장사에 나설 수는 없지 않소? 담보와 함께 5퍼센트 이상은 안 돼요."

"하지만 부인 몫으로 기꺼이 돈을 좀 돌려드릴 수 있습니다." 봅이 말했다. "만일 떼일 각오를 하신다면요. 물론 그럴 염려는 전혀 없습니다. 하지만 톰 도련님에게 돈을 좀 빌려주신다면 6~7퍼센트 이자는 받으실 수 있을 겁니다. 톰도 이익을 좀 남길 수 있고요. 부인처럼 마음씨 좋은 분이라면 조카와 함께 버는 것이 더 기분 좋으시겠지요."

"당신 의견은 어떻소, 부인?" 글레그 씨가 말했다. "나로서는 좀 더 알아본 다음에 톰에게 종자돈을 좀 줄까 하는데. 물론 이자는 받아야지. 당신도 양말 속에 숨겨둔 돈이 있거들랑……."

"글레그 씨, 어떻게 그런 말을! 아예 나가서 지나가는 건달들에게 알려주시구려. 와서 훔쳐 가게."

"알았어요, 알았어. 내 얘기는 당신이 20파운드쯤 내놓으면 합쳐서 내가 50파운드를 만들겠다는 거지. 그만하면 종자돈으로 괜찮을 것 같은데. 톰, 어때?"

"내 돈은 어림없어요, 글레그 씨." 그의 아내가 말했다. "내돈으로 좋은 일 할 생각은 마시구려."

"좋아요," 글레그 씨는 약간 퉁명하게 말했다. "그럼 당신은 빼지. 나와 함께 그 솔트라는 사람을 보러 가세." 그는 봅 쪽으로 돌아서면서 말했다.

"이제는 완전 거꾸로 나가시는군요, 글레그 씨." 글레그 부인이 말했다. "내 조카 사업에서 나를 쏙 빼놓다니요. 나는 돈을 안 내겠다고 말한 적 없어요. 20파운드라고 한 적도 없고요. 당신이 마음대로 정한 거지. 그렇지만 언젠가 톰은 이모가 자기를 위해 모아놓은 돈을 떼일 위험이 확실히 없을 때까지 내놓지 않은 게 잘한 일이라는 사실을 알게 될 거예요."

"아, 거참 재미난 위험이군." 글레그 씨는 지각없이 톰에게 윙크를 하며 말했다. 톰은 미소를 짓지 않을 수 없었다. 그러나 봅은 부인이 화를 내기 전에 재빨리 막고 나섰다.

"아, 부인." 그는 감탄하는 투로 말했다. "부인께서는 정말 세상 이치를 잘 아시는군요. 암요, 그래야 하고말고요. 처음에 조금 투자하시고 나서 결과를 보시면 다음에는 많이 투자하시게 될 겁니다. 좋은 친척을 둔 것은 참 좋은 일이지요. 저로 말하자면 나리께서 말씀하시는 그 종자돈을 제힘으로 벌었답니다. 10파운드였어요. 토리네 방앗간의 불을 꺼주고 번 것이지요. 그런데 그게 조금씩 불어나서 30파운드를 모을 수가 있었어요. 어머니를 편히 모시고도 말이에요. 제가 여자들에게 약하지만 않다면 더 모을 수도 있었을 거예요. 하지만 여자들에게는 싸게 팔지 않을 수 없어요. 여기 이 꾸러미를 보세요. (툭툭 치며) 다른 친구들 같으면 많이 남겨먹었겠지만 저는 아니에요. 아마 본전치기로 팔고 말 거예요."

"어디 좋은 망사 없어요?" 글레그 부인은 탁자에서 일어나 냅킨을 접으며 잔뜩 선심 쓰는 듯한 목소리로 말했다.

"저, 부인, 부인께서 보실 만한 건 없을 겁니다. 부인께 모욕이 될지도 모르겠습니다."

"그래도 좀 보자니까." 글레그 부인은 여전히 거들먹거리며 말했다. "흠이 있는 물건이라면 품질은 그만큼 더 좋을 테니."

"안 됩니다, 부인. 저는 제 분수를 압니다." 봅은 등짐을 들어 어깨에 메며 말했다. "부인 같은 숙녀 분께 제 장사의 천한 본색을 보여드리고 싶지 않습니다. 등짐은 서민용이지요. 차이를 보시면 기분이 나쁘실 겁니다. 나리, 솔트를 만나시겠다면 제가 모시겠습니다."

"천천히 하세나." 대화를 끊는 것을 아쉬워하며 글레그 씨가 말했다. "톰, 너 지금 부두에 가야 하니?"

"아닙니다, 이모부. 스토에게 대신 맡기고 왔습니다."

"자, 보따리를 내려놓아요. 좀 봅시다." 글레그 부인은 창가로 의자를 당겨놓고 위엄 있게 앉으면서 말했다.

"이러지 마세요, 부인." 봅이 간청하듯 말했다.

"잔말 말고, 내 말대로 해요." 글레그 부인이 잘라 말했다.

"아, 부인, 저 자신이…… 싫군요." 계단 위에 천천히 보따리를 내려놓으면서 봅이 말했다. 그러고는 마지못하는 척 짐을 풀었다. "그렇지만 분부대로 하겠습니다." (그는 다음의 말을 하면서 무척 뜸을 들였다.) "부인께서 사실 만한 물건이 하나도 없거든요……. 이러시면 안 되거든요……. 집 밖으로 100미터도 나가지 않는 시골 마을의 가난한 부인네들을 생각하면…… 그 부인네들이 살 물건을 다른 사람이 사버리면 안 되거든요. 제가 가는 날은 잔칫날이나 다름없어요. 이런 싼 물건은 다시 떼어 오기 힘들어요. 게다가 시간도 없고요. 이제 레이스햄으로 가야 하니까요. 자, 이걸 좀 보세요." 봅은 계속 지껄였다. 이제 말도 빨라졌다. 그는 가장자리에 화관 무늬가 수놓인 빨간 모직 목도리를 꺼냈다. "이건 젊은 처녀들이 침을 흘리는 물건이죠. 단돈 2실링밖에 안 되고요. 왜냐고요? 구석에 좀먹은 구멍이 있거든요. 제 생각으론 하느님께서 돈 없는 아름다운 여자들을 위해 특별히 좀이나 곰팡이를 보낸 것 같습니다. 만일 좀이 없었다면 이런 게 모두 부인 같은 멋진 귀부인 몫이 되었을 게 아닙니까? 5실링에 말입니다. 일전도 빠지지 않는 5실링이지요. 그런데 이 좀이란 놈이 말입니다, 순식간에 3실링을 먹어치워 버리지 않았겠습니까? 그러면 저 같은 행상인이 컴컴한 초가집에 사는 여자들에게 그걸 날라다 주지요. 어둠 속의 한줄기 빛과 같이 말입니다. 보세요, 이건 마치 불꽃 같지 않습니까?"

봅은 감탄을 기대하면서 수건을 멀찍이 들어 보였다. 그러나 글레그 부인은 야멸쳤다.

"그래요, 하지만 이 계절에 누가 불을 원하겠어요? 그 알록달록한 것들은 치우고 망사나 봅시다. 망사 있어요?"

"네, 부인. 그럴 거라고 말씀드리지 않았습니까?" 봅은 낙담한 듯이 알록달록한 물건들을 옆으로 밀쳐놓으며 말했다. "이런 하찮은 물건들을 보시면 언짢아하실 줄 진작부터 알고 있었다니까요. 이 무늬 있는 모슬린 좀 보세요. 하지만 보셔야 무슨 소용이 있겠어요? 가난뱅이들 먹는 음식처럼 부인 식욕이나 떨어뜨릴 뿐이지요. 중간에 한 마 정도 무늬가 빠졌어요. 그렇지만 이건 빅토리아 공주님도 입으실 만한 것이랍니다. 하지만," 봅은 글레그 부인의 눈을 보호하기라도 하듯 옷감을 등 뒤 잔디밭에 던지며 말했다. "이건 핍스 엔드에 사는 행상인 마누라가 다 살 겁니다. 분명해요. 전부 10실링에 말입니다. 흠 있는 부분까지 합쳐서 열 마 전부를요. 흠이 없었더라면 일전도 안 빠지는 5파운드 20실링짜리지요. 그렇지만 더 이상 말씀드리지 않겠습니다. 이런 모슬린 따위는 부인께 걸맞지 않아요. 부인께서는 품질이 절반은 떨어지는 천을 세 배나 주고 사실 여유가 있으시니까요. 망사 말씀하셨지요. 여기 있군요. 그냥 재미로 보세요……."

"저 모슬린 좀 줘봐요." 글레그 부인이 말했다. "담황색이네. 나는 담황색이 좋더라."

"네, 하지만 흠 있는 물건이라……." 봅은 물건을 깔보는 듯한 어조로 말했다. "부인께는 아무짝에도 쓸모없을 겁니다. 요리사에게나 줘버리실걸요. 알다마다요. 그런데 문제는 그걸 입으면 너무 귀부인처럼 보여서…… 하인에게는 안 어울린다는 거죠."

"그걸 좀 재봐요." 글레그 부인이 명령조로 말했다.

봅은 내키지 않는 태도로 복종했다.

"자, 이렇게 덤이 있어요!" 그는 반 마가량의 여분을 들어 보이며 말하였다. 그동안 글레그 부인은 재빨리 흠 있는 부분을 살펴보고는 머리를 뒤로 빼어 멀리서도 흠이 드러나 보이는지 검사했다.

"6실링이면 되겠군요." 그녀는 천을 던지며 최후통첩을 하듯 말했다.

"제가 말씀드리지 않았습니까? 제 보따리를 보시면 기분만 상하실 거라고요. 흠 때문에 비위가 상하셨지요, 그렇죠?" 봅은 재빨리 모슬린을 둘둘 만 다음, 짐짓 꾸러미를 묶는 척하면서 말했다. "돌집에 사실 때 행상인에게서 사던 물건과는 다르지요? 이제 행상은 격이 떨어졌어요. 제가 진작 말씀드리지 않았습니까? 제 물건은 서민용이라고요. 페퍼 부인은 이런 천이면 10실링을 줄 겁니다. 제가 값을 더 부르지 않는다고 미안해하면서 말이지요. 이런 물건은 쓸수록 진가가 나타나지요. 빨아서 닳아 없어질 때까지 변색되지 않습니다. 게다가 잘 닳지도 않고요. 적어도 제가 젊은 동안은 닳지 않을 겁니다."

"좋아요, 그럼 7실링." 글레그 부인이 말했다.

"이건 잊어버리세요, 부인. 자, 여기 망사가 있습니다. 짐 싸기 전에 보시지요. 그냥 제가 어떤 장사를 하나 보기나 하세요. 얼룩지고 주름이 갔지요. 보세요. 이건 아름답지만 누런색이에요. 보관 중에 잘못되어 누렇게 변색되었어요. 그렇지 않았으면 저 같은 건 쳐다보지도 못했을 겁니다. 이런 물건의 가치를 알아보는 데는 경험이 필요하답니다. 처음 행상을 시작했을 때는 아무것도 몰랐어요. 망사나 흰 무명이나 다 같아 보였지요. 두꺼울수록 좋다고 생각했고요. 꽤 고생했어요. 저는 솔직한 사람이라 속이는 걸 모르거든요. 그냥 제 코가 제 것이라는 것밖에는 말할 줄 몰라요. 그 이상 나가면 어찌할 바를 모르니까요. 이 망사는 5실링 8펜스를 주고 산 거예요. 다른 소리 하면 거짓말이지요. 그러니 5실링 8펜스는 주셔야겠어요. 한 푼도 더 받지 않아요. 여성 분들께 잘해 드리고 싶어서죠. 여섯 마에 5실링 8펜스라, 이 옷감에 묻은 먼지 값밖에 안 됩니다."

"그걸로 세 마만 줘요." 글레그 부인이 말했다.

"어쩌나, 전부 여섯 마인데." 봅이 말했다. "아닙니다, 부인. 괜히 시간만 낭비하시게 했군요. 내일 상점에 가셔서 표백해놓은 것으로 사시면 됩니다. 단지 값이 세 배 비쌀 뿐이지요. 그쯤이야 부인 같은 숙녀 분께는 문제도 아니지요." 그는 강조하듯 보따리를 질끈 묶었다.

"자, 그 모슬린을 내놔요." 글레그 부인이 말했다. "여기 8실링 있어요."

"괜히 놀리지 마세요, 부인." 봅은 웃는 얼굴로 그녀를 올려다보며 말했다. "부인을 처음 뵈었을 때부터 재미난 분이라고 생각했답니다."

"좋아요, 이제 내놓으라니까." 글레그 부인이 명령조로 말했다.

"하지만 제가 10실링에 드리더라도 다른 사람에게는 말하지 말아주세요. 그러면 제가 웃음거리가 돼요. 그걸 알면 모두절 조롱할 거예요. 제가 판 값보다 더 받은 것처럼 보이지 않으면 모두 절 바보로 알 거예요. 부인께서 망사를 사겠다고 하지 않으셔서 다행이에요. 안 그러면 핍스 엔드에 사는 페퍼 부인에게 팔 최고로 좋은 물건이 두 개나 없어지니까요. 그 부인은 좋은 고객이거든요."

"망사 좀 다시 봐요." 글레그 부인이 말했다. 물건이 사라지고 나자 얼룩지고 구겨진 싸구려 천이 몹시 갖고 싶어졌다.

"좋습니다. 부인 같은 분 말씀을 거역할 수야 없죠." 봅은 천을 꺼내면서 말했다. "자, 이 멋진 무늬를 보세요! 진짜 레이스햄 물건이죠. 이런 게 바로 제가 톰 도련님께 권하는 물건입니다. 누구나 돈만 있으면 해볼 만한 거죠. 레이스햄 물건들은 마법처럼 돈의 새끼를 친답니다. 만일 제가 돈 있는 숙녀라면! 참, 그 물건에 30파운드 투자한 분을 알아요. 의족을 한 분인데 빈틈없죠. 머리 돌아가는 데는 당할 사람이 없어요. 어떤 일이건 착수하기 전에 훤히 꿰뚫어 보죠. 그런데 그분이 옷감 장사하는 젊은이에게 30파운드를 투자했죠. 그 친구는 레이스햄 물건을 사서 제가 아는 화물 감독(솔트는 아니에요.)에게 맡겼어요. 그 부인은 우선 8퍼센트를 받았는데 이제는 배마다 짐을 내보낸답니다. 말릴 수도 없어요. 유대인처럼 부자가 될 때까지 말이지요. 그 부인 이름은 벅스예요. 여기 사는 분은 아니고요. 자, 부인, 이제 그 망사를 주시죠……."

"자, 두 개 합쳐 15실링 줄게요." 글레그 부인이 말했다. "그런데 너무 많이 주는 것 같네."

"아니, 부인. 앞으로 5년간 교회에 가서서 기도하실 때 절대 그런 얘기 하지 마세요. 이 물건은 공짜나 마찬가지예요. 정말이에요. 제 이윤 8펜스를 싹 깎아드리는 겁니다. 자, 나리," 봅이 짐을 짊어지면서 말했다. "괜찮으시다면 톰 도련님 일을 봐 드리러 갔으면 합니다만. 돈이 있다면 저도 20파운드 더 투자하고 싶어요. 그러면 뻔한 일을 가지고 자꾸 되풀이해서 말하지 않아도 될 테니까요."

"잠깐만, 글레그 씨." 글레그 씨가 모자를 집어 들자 부인이 말했다. "나한테는 말할 기회도 안 줄 셈이에요? 지금 나가서 다 마무리 짓고 와서 내게는 너무 늦었다고 말할 셈인가요? 내가 누구예요? 이모인 데다가 외가 쪽에서 제일 어른 아니에요? 게다가 저 애를 위해서 돈도 저축해 놓았고요. 내가 죽으면 저 애도 알게 될 거예요. 누굴 존경해야 하는지."

"자, 부인, 무슨 얘긴지 말해 보구려." 글레그 씨가 급히 말했다.

"좋아요, 말하죠. 무슨 일이건 내게 알리지 않고 하기 없기예요. 안전하고 올바르기만 하다면 20파운드 투자 못 할 것도 없죠. 그리고 내가 투자하면, 톰," 글레그 부인이 조카 쪽으로 의미심장하게 돌아서면서 말했다. "항상 이모에게 감사해야 한다. 내 말은 이자를 갚아야 한다는 거야. 너도 알지? 그냥 주는 건 옳지 않아. 우리 집에서는 적선 같은 건 절대로 바라지 않는다."

"고맙습니다, 이모님." 톰이 약간 오만하게 말했다. "저도 빌려주시는 게 더 좋아요."

"그래, 좋아. 그게 도슨 집안의 정신이지." 글레그 부인은 더이상 얘기하면 진부해질 것 같아 뜨개질감을 가지러 일어서면서 말했다.

글레그 씨는 그 소문난 '짠돌이' 솔트를 담배 연기 자욱한 앵커 태번 선술집에서 만났다. 여러 질문 끝에 만족한 그는 종자돈을 투자했고 거기에 글레그 이모가 20파운드를 보탰다. 이 보잘것없는 출발에서 여러분을 놀라게 할 일이 비롯되었다. 즉 톰은 아버지 모르게 돈을 모아 빨리 빚을 갚기로 한 것이다. 일단 이 돈벌이 수단을 알게 되자 톰은 그것을 최대한 이용하려고 했다. 그는 정보를 얻고 사업을 늘릴 기회를 놓치지 않았다. 그가 아버지에게 말하지 않은 것은 두 가지 상반된 감정 때문이었다. 이러한 감정 때문에 하나의 행동은 비난의 소지와 감탄의 소지를 함께 지니게 된다. 그것은 다시 말해, 한편으로는 가까운 집안사람들 사이에 비밀을 털어놓고 싶지 않은 감정, 인생에서 가장 신성한 관계를 망쳐버리는 가족 간의 혐오감이었다. 다른 한편으로 그것은 아버지를 깜짝 놀래주어 더욱 기쁘게 하고 싶은 마음이었다. 그러나 그는 그 중간의 세월을 새 희망으로 달래는 것이, 또한 너무 갑작스러운 도취를 막는 것이 낫다는 사실을 알지 못했다.

매기가 필립을 만날 즈음 톰은 벌써 거의 150파운드에 달하는 자기 자본을 가지고 있었으며, 그들이 저녁 빛에 젖은 붉은 계곡을 걷고 있을 때 그 역시 같은 저녁 빛을 받으며 레이스햄으로 말을 몰고 있었다. 그는 게스트 회사 대리인으로서 첫 출장길에 나선 것이 매우 자랑스러웠다. 이제 1년만 더 지나면 이익이 두 배로 늘 것이며 그때가 되면 아버지의 이름에서 빚쟁이란 오명을 지워줄 수 있을 것이었다. 그때 그는 스물한 살이 될 테니까, 어쩌면 그 자신도 좀 더 높은 지위에서 새 출발을 할 수 있지 않을까 생각했다. 그만한 자격이 있지 않은가? 그는 그렇다고 확신했다.

3
흔들리는 균형

그날 저녁 매기가 집에 돌아왔을 때 이미 정신적 갈등은 시작되었다. 그날 필립과의 만남을 지켜본 여러분은 그 갈등이 무엇인지 충분히 알 것이다. 갑자기 좁은 '굴욕의 골짜기'의 바위 벽에 구멍이 났다. 그 골짜기에서 그녀의 모든 희망은 가없는 하늘과도 같이 아득하였다. 그러나 이제는 달라졌다. 그녀의 기억을 괴롭히던 세속적 희열들이 손에 닿게 된 것이다. 책, 대화, 사랑이 가능해졌다. 추방당했다고만 느끼고 있었던 세상의 소식도 듣게 될 것이다. 그것은 불쌍하고 분명 행복하지 못한 필립에 대한 친절이 될 수도 있을 것이며, 보다 고귀한 일에 쓰일 수 있도록 그녀의 마음을 계발시키는 기회도 될 수 있을 것이다. 어쩌면 가장 숭고하고 완벽한 신앙심은 어느 정도의 지식 없이는 불가능할지 모른다. 항상 이렇게 체념 속의 유폐 생활을 해야 하는 것일까? 그녀와 필립 사이의 우정은 전혀 비난받을 게 없는 좋은 것이다. 그것을 금지하는 이유는 얼마나 비합리적이고 또한 비기독교적인가! 그러나 엄한 경고의 소리가 자꾸만 거듭하여 들려왔다. 비밀이 생기면 삶의 단순성과 투명성을 잃게 된다는 경고였다. 체념의 단순한 규율을 저버림으로써 가없는 욕망의 유혹에 몸을 내맡기게 된다는 것이다. 그다음 주의 어느 날 저녁, 붉은 계곡으로 발을 옮기기 전까지 그녀는 자신에게 경고에 따를 힘이 있다고 생각했다. 그러나 필립에게 다정한 작별을 고하겠다고 결심했는데도 얼마나 간절히 그 저녁의 산책을 고대하였던가! 모든 거칠고 추한 것들을 떠난, 조용하고 아롱진 그늘이 드리운 구덩이 속에서의 산책을 말이다. 그녀를 맞아줄 경탄과 애정이 어린 얼굴, 어린 시절의 기억과 어른의 현명한 대화가 어우러진 동지애, 아무도 귀 기울이지 않는 그녀의 얘기였지만 필립만큼은 즐겁게 들어줄 것이라는 확신. 이런 것들을 그녀는 얼마나 고대하였던가! 그것은 겨우 30분 동안뿐이었지만 정말 포기하기 어려운 기회였다. 앞으로는 더 이상 그런 기회가 없을 것이기 때문에. 물론 그녀는 결심했던 바를 말했다. 단호하고 슬픈 얼굴이었다.

"필립 오빠, 나 결심했어. 우리는 서로를 완전히 포기해야 해. 그냥 추억만 간직하도록 해. 숨어서 말고는 오빠를 만날 수가 없어. 잠깐, 무슨 말 하려는지 알아. 숨기게 된 건 다른 사람들의 잘못된 감정 탓이라는 것. 그렇지만 이유야 어쨌든 숨기는 건 나빠. 내게도 나쁘고, 두 사람 모두에게 나빠. 게다가 만일 탄로라도 나면 정말 비참할 거야. 굉장히 화를 낼 테 니까. 그리고 결국 우리는 헤어져야 해. 그땐 더 힘들 거야. 만 나다 헤어지려면 말이야."

필립의 얼굴이 붉어졌다. 잠시 그의 얼굴에 강렬한 표정이 어렸다. 마치 이 결정에 온 힘을 다해 저항하려는 듯이. 그러 나 그는 곧 자제하고 애써 가라앉은 목소리로 말했다. "좋아, 매기, 헤어져야 한다면 30분 동안만이라도 그 사실을 잊어버 리자. 마지막으로 함께 얘기나 나누자."

그는 그녀의 손을 잡았다. 매기는 손을 뺄 이유가 없다고 생각했다. 차분한 그의 태도를 보고 그가 정말 큰 고통을 받 았다는 것을 알았다. 그래서 그녀는 고의가 아니라는 것을 보 여주고 싶었다. 그들은 묵묵히 손을 잡고 걸었다.

"이 구덩이에 좀 앉자." 필립이 말했다. "지난번에 서 있던 곳 에 말이야. 찔레가 그동안 얼마나 많이 퍼졌나 좀 봐. 흰 꽃이 온통 땅을 뒤덮고 있군!"

그들은 비스듬한 양물푸레나무의 뿌리에 걸터앉았다.

"매기, 나는 스코틀랜드 전나무 사이에 서 있는 네 모습을 그리기 시작했어. 그러니 네 얼굴을 좀 살펴보게 해줘. 여기 있는 동안 말이야. 다시는 보지 못할 테니. 자, 이쪽으로 얼굴 을 좀 돌려봐."

너무도 간절한 목소리여서 매기는 차마 거절할 수가 없었 다. 검은색 머리로 테를 두른 듯한 그녀의 환한 얼굴이 그녀 쪽을 올려다보는 창백한 안색의 조그만 얼굴을 내려다보았다. 신자들의 경배에 흡족해하는 여신처럼.

"그럼 이번이 두 번째 초상화네." 그녀가 웃으며 말했다. "지난번 것보다 커?"

"그래, 훨씬 커. 이번 건 유화야. 넌 키 큰 하마드리아드[24]같을 거야. 검은 머리에 강하고 고귀한 모습이지. 오후의 잔디 위에 나무줄기 그림자가 비칠 때 전나무에서 방금 튀어나온 것처럼 말이야."

"요즘은 그림에 몰두하나 보지?"

"그런지도 몰라." 필립은 약간 슬픈 듯이 말했다. "그런데 생각이 너무 많아. 온갖 씨앗을 다 심지만 수확은 별로 없어. 뭐든지 조금씩 하는데 제대로 하는 게 하나도 없지. 미술과 음악을 좋아해. 고전문학도, 중세문학도, 현대문학도 다 좋아해. 이리저리 날갯짓을 해보지만 어느 쪽으로도 날지 못하는 거야."

"그래도 취미가 많은 건 분명 행복한 것 아닐까? 그렇게 많은 아름다운 것을 즐기다니……. 할 수만 있다면 말이야." 매기는 곰곰 생각하는 투로 말했다. "편지를 나르는 비둘기처럼 오직 한 가지 재능만 있다는 건 약은 바보짓 같아."

"내가 다른 사람과 같다면 취미가 많은 게 행복일지도 모르지." 필립이 쓰디쓰게 말했다. "다른 사람들처럼 웬만큼만 해도 힘을 얻고 주목도 받을지 몰라. 적어도 수수한 만족 정도는 얻을 수 있겠지. 위대한 재능이 없어도 대개들 만족하잖아? 세인트오그스의 생활도 즐거울 수 있겠지. 하지만 내게는 이런 시골 생활의 답답한 수준을 초월할 수 있는 특별한 재

---

24) 그리스 신화에 나오는 나무의 요정.

능이 있어야 해. 그렇지 않으면 삶의 고통을 감내할 의미가 없어. 물론 또 한 가지가 있어. 정열이지. 그것도 재능과 마찬가지로 의미를 줄 수 있어."

매기는 마지막 말을 듣지 못했다. 그녀는 필립의 말이 언제나처럼 또다시 자신의 불만을 들쑤시고 있다는 생각과 싸우고 있었던 것이다.

"무슨 말인지 알겠어." 그녀가 말했다. "물론 나는 오빠만큼 많이 알지 못하지만, 예전에 나는 똑같은 매일이 되풀이된다면 인생을 견뎌내지 못할 거라고 생각했어. 쓸데없는 일만 하고 위대한 것을 알 수 없다면 말이야. 하지만 오빠, 우리는 어린애와 같다고 생각해. 우리보다 현명한 누군가가 우리를 돌봐주고 있어. 그러니 우리가 가질 수 없는 것이 아무리 많다 하더라도 그냥 완전히 비우는 것이 옳지 않을까? 지난 2, 3년간 그런 삶 속에서 큰 평화를 느꼈어. 심지어는 나 자신을 억제하는 데서 기쁨까지 느꼈어."

"그래, 매기." 필립이 대들듯이 말했다. "그렇게 편협하고 자기기만적인 믿음에 갇혀 살아. 네 고귀한 재능을 썩혀 무미건조하게 만들다니, 그건 고통을 회피하는 것밖에는 안 돼. 기쁨과 평화는 체념이 아니야. 체념이란 어쩔 수 없는 고통을 자발적으로 받아들이는 것이지. 무감각은 체념이 아니라고. 무지속에 살겠다는 무감각, 다른 사람의 삶을 알 수 있는 모든 길을 막아버리는 무감각 말이야. 나는 체념하지 않아. 그걸 배울 만큼 인생이 길다고 생각하지 않아. 넌 체념한 게 아니야. 그냥 바보가 되려는 것뿐이야."

매기의 입술이 떨렸다. 필립의 얘기에도 일리가 있었다. 하지만 그것을 당장 매기 자신의 행동에 적용시키는 것은 허위일 수밖에 없다는 의식이 그녀 가슴 깊이 존재하였다. 이러한 이중적 인상은 말한 사람의 이중적 충동과 상응하는 것이었다. 필립은 자신의 얘기를 믿었다. 그러나 그가 그다지도 강한 어조로 얘기한 데에는 자신의 희망과 반대되는 그녀의 결심을 바꿔보려는 의도가 있었다. 그러나 눈물이 어려 더욱 어린애처럼 보이는 매기의 얼굴을 보자 필립의 가슴에 다정하고 사심 없는 감정이 솟아났다. 그는 그녀의 손을 잡고 상냥하게 말했다.

　"그런 생각은 하지 마, 매기. 우리에게는 30분밖에 없으니까. 그냥 함께 있는 것만 생각해……. 헤어진다 해도 친구가 될 수 있어……. 항상 서로를 생각하자. 네가 살아 있기만 하면 나는 사는 게 기쁠 거야. 언젠가는 내가…… 너를 도울 수 있을 때가 올지도 모르니까."

　"필립 오빠가 우리 오빠였다면 참 좋은 오빠가 되었을 거야." 매기는 눈물이 어린 채로 미소를 지으며 말했다. "내게 신경을 써주고, 내가 오빠를 사랑하는 것을 좋아했을 거야. 그러면 나도 흡족했을 테고. 내가 하는 일을 참아주고 뭐든지 용서해 주었을 거야. 나는 항상 톰 오빠가 그랬으면 하고 바랐어. 나는 뭐든지 조금만으로는 만족하지 못하거든. 그래서 세속적인 행복을 완전히 포기하려는 거야……. 음악만 해도 그래. 나는 한번도 충분하다고 생각해 보지 못했어. 더 많은 악기가 함께 연주하는 것을 듣고 싶었고, 성량도 더 풍부하고 더 깊은 목소리를 듣고 싶었어. 필립 오빠, 요즘도 노래 불러?"
그녀는 이제껏 무슨 얘기를 하고 있었는지 잊어버린 것처럼
불쑥 물었다.

"응, 거의 매일. 하지만 내 목소리는 보통밖에 안 돼. 내가
하는 건 뭐든지 그렇지만."

"아, 불러줘. 한 곡만. 가기 전에 듣게. 로턴에서 토요일에 우
리끼리 응접실에 있을 때 부르던 노래 말이야. 그때 나는 잘
들으려고 머리에 앞치마를 뒤집어썼지."

"나도 알아." 필립이 말했다. 그러고는 낮은 목소리로 「사랑
이 그녀 눈동자에 앉아 노닐고 있네」[25]를 불렀다. 매기는 두
손에 얼굴을 묻었다. 필립이 물었다. "이 노래지, 안 그래?"

"어머나, 이러고 있으면 안 되지." 매기가 벌떡 일어나며 말
했다. "이러면 자꾸 노래가 생각날 거야. 이제 걷자, 나 집에 가
야 해."

그녀가 먼저 걷기 시작하였다. 필립은 할 수 없다는 듯 천천
히 일어나 그녀를 따랐다.

"매기," 그가 훈계조로 말했다. "결핍 속에 사는 것을 고집
하지 마. 네가 이렇게 속박당하고 무감각해지는 걸 보니 마음
이 괴로워. 어릴 적에 넌 생기발랄했어. 나는 네가 멋진 여성
이 될 거라고 생각했어. 위트와 상상력이 넘치는 그런 여성 말
이야. 물론 그건 아직도 네 얼굴에서 빛나고 있어. 억지로 달

25) 영국 시인 존 게이가 작사하고 헨델이 작곡한 합창곡. 『아키스와 갈라테
이아』에 나오는 노래.

관한 척만 하지 않으면 말이지."

"왜 오빠는 내게 그렇게 심한 말을 해?" 매기가 말했다.

"끝이 좋지 않을 것 같으니까 그렇지. 넌 결코 이런 자학을 계속할 수 없어."

"그럴 만한 힘이 있을 거야." 매기는 떨면서 말했다.

"아니, 그러지 못할 거야. 자연스럽지 않은 것을 할 힘은 어느 누구에게도 없어. 부정 속에서 안식을 찾는 건 비겁일 뿐이야. 누구든 그렇게 해서는 강해질 수 없어. 언젠가는 너도 세상에 나가야 할 테고 그때가 되면 지금 네가 부정하는 네 본성의 요구가 더욱 강해질 거야."

매기는 깜짝 놀라 멈칫하며 필립을 바라보았다. 그녀의 얼굴에 경악의 빛이 떠올랐다.

"필립 오빠, 어떻게 이런 식으로 날 뒤흔들 수가 있어? 오빠는 악마야."

"아니, 그렇지 않아. 하지만 사랑은 통찰력을 주고, 또 통찰력은 예언 능력을 주지. 내 말 들어. 책을 줄 테니까 받아. 가끔 나를 만나줘. 로턴에서 네가 말한 것처럼 나를 오빠나 선생님으로 생각해 줘. 지금처럼 점차적인 자살 행위를 하는 것보다는 나를 만나는 게 덜 해로울 거야."

매기는 아무 말도 할 수 없었다. 그녀는 머리를 흔든 다음 묵묵히 걸어갔다. 이윽고 그들은 스코틀랜드 전나무 숲 끝에 다다랐다. 그녀는 이별의 표시로 손을 내밀었다.

"나를 여기서 완전히 추방하는 건가, 매기? 가끔씩 여기서 산책해도 되겠지? 우연히 너를 만나게 된다면 특별히 감추고 말고 할 것도 없겠지?"

우리의 결심이 돌이킬 수 없게 되려는 순간, 즉 운명의 철문이 닫히려는 바로 그 순간이야말로 우리의 힘을 시험하는 결정적 순간이다. 그 순간이 되면 우리는 오랜 추론과 확신에도 불구하고 전혀 다른 논리를 붙들게 된다. 이 선택에 의해 우리의 긴 투쟁은 무효가 되며 우리는 패배한다. 그러나 어찌하랴. 우리는 이 패배를 승리보다 더 사랑하는 것을.

매기는 필립의 교묘한 논리에 가슴이 뛰는 것을 느꼈다. 그녀의 얼굴에는 보일 듯 말 듯한 안도의 표정이 스쳐 지나갔다. 필립은 그것을 보았고, 그들은 아무 말 없이 헤어졌다.

필립은 상황을 잘 이해하였다. 그래서 매기의 양심 문제에 너무 깊숙이 끼어드는 게 아닌가 하고 의심하지 않을 수 없었다. 게다가 그것은 어쩌면 자신의 이기적 목적 때문인지도 몰랐다. 아니, 그렇지 않아! 그는 결코 이기적 목적 때문이 아니라고 속으로 강변하였다. 필립은 매기를 향한 자신의 강렬한 감정이 응답을 받으리라고는 기대하지 않았다. 그러니 그녀가 현재를 완전히 희생하지 않는 것, 그리고 지금 그녀가 만날 수 있는 제한된 사람들보다 정신적으로 우월한 사람과 교류하고, 교양을 쌓을 수 있는 기회를 갖는 것은 좋은 일이 아니겠는가. 언젠가 그녀의 자유를 구속하는 장애는 사라질 수도 있을 텐데, 그때를 위해서도 말이다. 만일 우리가 우리의 행동의 결과를 멀리까지 내다본다면, 우리는 항상 그 결과들 중에서 우리의 행동을 정당화하는 구석을 찾아낼 수 있다. 모든 결과를 배치하는 신의 관점이나 그 결과를 추적하는 철학자의 관점을 취한다면, 우리는 항상 가장 입맛에 맞는 행동을 선택하는 것을 정당화하는 완벽한 이유를 발견해 낼 수 있다. 밀회를 거부하는 매기의 진실한 의지를 이기려는 필립이 자신의 의도를 정당화하는 방식도 바로 이런 것이었다. 실제로 밀회는 남을 속인다는 사실 때문에 매기의 마음에 이중성을 부여하고 또한 그녀에게 일차적 권리가 있는 사람들에게 새로운 고통을 야기할지도 몰랐다. 그러나 필립에게는 정당화에 우선하는 강한 감정이 있었다. 매기를 만나고, 그녀 삶의 한 부분이 되고자 하는 필립의 갈망에는 자신에게 제공된 기쁨을 놓치지 않으려는 동물적 충동의 측면이 있었다. 그 충동은 고통으로 점철된 그의 정신적 육체적 삶의 조건에서 생겨난 것이었다. 그는 보통 남자들이 누리는 일반적 혜택을 제대로 받지 못했다. 심지어는 보잘것없는 사람들처럼 그냥 남의 눈에 띄지 않고 지나가지도 못했다. 항상 남들 눈에 띄어 동정을 받았고, 다른 사람들이 당연히 누리는 것에서 항상 제외되었다. 심지어 매기에게조차 예외가 아닌가! 그녀는 그의 애인이 된다는 생각은 꿈에도 하지 않을 것이 아닌가!

그렇다고 필립에 대해서 너무 나쁘게 생각하지 말자. 못나고 불구인 사람들에게는 특이한 미덕이 필요하다. 왜냐하면 그것이 없으면 그들은 너무도 불편하기 때문이다. 하지만 추운 지방에 사는 동물의 털이 많아지는 것처럼 불구의 직접적 결과로 그런 탁월한 미덕이 생긴다는 이론은 좀 과장된 듯싶다. 아름다움의 유혹은 자주 강조되어 왔으나 내 생각에 그것은 추함의 유혹과 비슷한 점이 있는 듯하다. 미각과 시각과 청각의 다양한 기쁨이 어우러진 풍성한 잔치에서 폭식하고 싶은 유혹이 극도의 배고픔 앞에서 느끼는 유혹과 닮은 것과 마찬가지로. 기아의 탑[26]이야말로 인간적인 것이 무엇인가를 시험하는 극단적 장소가 아니겠는가?

필립은 불행히도 어머니의 사랑을 받고 자라지 못했다. 어머니의 사랑은 자식이 그 사랑을 필요로 할수록 더욱 풍부해지고, 자식이 인생의 승리자가 되지 못할수록 더욱 애틋해지는 만큼, 어머니가 없다는 사실은 불구의 필립에게 막대한 손실이었다. 또한 그를 향한 아버지의 사랑과 인내는 그가 아버지의 허물을 알게 됨에 따라 많이 손상되었다. 필립은 실생활에서 격리된 삶을 살아왔고, 또한 감성적으로 매우 여성스러웠기 때문에 세속적인 것과 감각적인 즐거움의 추구에 대해 여성처럼 혐오감을 가지고 있었다. 그래서 그 자신과 삶을 연결해 주는 단 하나의 끈인 아버지와의 관계는 마치 자신의 아픈 다리처럼 느껴졌다. 어쩌면 장애 때문에 보통의 삶에서 제외된 사람에게는 필연적으로 병적인 어떤 것이 있는지도 모른다. 물론 이것은 시간이 지남에 따라 그 사람의 좋은 면에 의해 극복될 수 있다. 그러나 스물두 살은 그런 좋은 면이 발현되기에는 너무 이른 나이였다. 필립에게는 좋은 면이 많았다. 그러나 밝은 태양이라 할지라도 아침 안개 속에서는 희미하게 보일 수밖에 없는 것 아니겠는가?

---

26) 단테의 『신곡』 「지옥편」에 나오는 피사의 한 탑으로, 어느 백작이 그 아들과 손자들과 함께 이곳에 갇혀 굶어 죽는다.

4
또 하나의 사랑의 장면

이듬해 4월 초, 여러분은 매기가 다시 한 번 스코틀랜드 전나무 숲을 지나 붉은 계곡으로 들어서는 것을 목격한다. 때는 여러분이 방금 지켜본 모호한 이별 장면으로부터 거의 1년이 지난 후였다. 그러나 이번에는 저녁이 아니라 오후의 이른 시간이었다. 아직 봄바람이 쌀쌀했다. 매기는 큰 숄을 단단히 여미고 잰 발걸음을 옮겼다. 물론 이번에도 그녀는 여느 때처럼 사랑하는 전나무를 살피느라 주위를 둘러보았다. 그녀의 눈동자에는 작년 6월보다 훨씬 강렬하고 호기심 어린 시선이 어려 있었다. 입가에는 미소마저 떠올랐다. 뭔가 재미난 얘기가 있는 것처럼. 그 얘기를 들을 사람이 곧 등장했다.

"오빠, 『코린』[28] 가져가." 매기는 숄 아래에서 책을 꺼내며 말했다. "오빠 말대로 내게 별 도움이 되지 못했어. 그런데 내가 그녀처럼 되고 싶을 거라는 추측은 틀렸어."

"그럼 매기, 넌 정말 열 번째 뮤즈[28]가 되고 싶지 않아?" 필립은 매기의 얼굴을 올려다보며 말했다. 그는 마치 맑은 하늘을 기대하며 구름이 흩어지기를 기다리는 사람 같은 표정이었다.

"그래," 매기가 웃으면서 말했다. "뮤즈는 불편한 여신들 같아. 항상 악보와 악기를 가지고 다녀야 하잖아. 이런 날씨에 하프를 가지고 다니려면 초록색 덮개를 해야 할 거야. 게다가 어딘가에 잃어버리고 올 테고."

"그럼, 너도 나처럼 코린을 싫어해?"

"실은 다 읽지 않았어. 금발의 여자가 공원에서 독서하는 장면이 나왔을 때 책을 덮어버리고 그만 읽기로 작정했어. 그 여자가 코린에게서 사랑을 빼앗아 가고, 또 불행하게 만들 것이 뻔하거든. 금발 여자가 행복을 모두 가져가는 그런 책은 다시는 안 읽기로 했어. 금발 여자에 대해 나쁜 편견이 생기려고 해. 이제부터는 갈색 머리 여자가 승리하는 이야기를 줘. 균형을 맞추게. 레베카와 플로라 매키버와 미나[29]와 그 외의 모든 불행한 검은 머리 여자들의 복수를 하고 싶어. 오빠는 내 선

_____

27) 19세기 프랑스 여성 작가인 스탈 부인의 소설. 여주인공은 코린이라는 시인이며, 그녀의 경쟁자이자 이복동생인 루실이라는 금발의 여성이 등장한다.
28) 그리스 신화에 나오는, 시와 음악을 관장하는 아홉 명의 여신.
29) 각각 월터 스콧의 『아이반호』, 『웨이벌리』 및 『해적』에 나오는 짙은 머리색의 여인들.

생님이니까 내가 편견을 갖는 것을 막아줘야 해. 항상 편견에 대해 경고했잖아."

"좋아. 그런데 네가 직접 원수를 갚으면 어떨까? 네 사촌 루시의 애인을 모두 빼앗아버려. 분명히 지금쯤 세인트오그스의 멋진 남자를 애인으로 두고 있을 테니까. 그냥 그 남자에게 살짝 빛을 비추기만 하면 돼. 네 옆이라면 금발 머리 사촌은 당장 빛이 바랠 테니까."

"필립 오빠, 고약한 취미야. 뚱딴지같은 내 생각을 현실에 적용하다니." 매기는 토라져서 말했다. "나는 옷도 없고 교양도 없지만 루시는 아는 것도 많고 할 줄 아는 것도 많아. 게다가 나보다 열 배는 더 예뻐. 그런데 마치 내가 루시의 라이벌감이라도 되는 것처럼 말하다니. 나는 그 애의 라이벌이 되고 싶지 않아. 나는 그 정도로 파렴치하고 못된 사람이 아니야. 게다가 나는 다른 사람들이 있을 때는 딘 이모 댁에 가지 않아. 루시는 워낙 착하고 또 날 무척 좋아하니까 날 만나러 오고, 가끔 자기 집에 놀러 오라고 하는 거야."

"매기," 필립이 놀라며 말했다. "농담을 진담으로 받아들이다니 너답지 않아. 오늘 아침에 세인트오그스에 갔었나 보지. 거기서 바보가 되는 병균을 묻혀 왔나 봐."

"이런," 매기가 웃으면서 말했다. "그리 재미있는 농담은 아닌 것 같네. 나는 훈계인 줄 알았어. 내가 허영심이 많고 항상 다른 사람의 찬사를 받고 싶어 한다는 걸 깨닫게 해주려고 말이야. 그런데 내가 검은 머리 여자들을 옹호하는 건 내 머리 색깔 때문이 아니야. 그보다는 내가 불행한 사람들 편이기 때문이야. 만일 금발 여자가 버림을 받는다면 그 여자를 더 좋아할 거야. 나는 항상 사랑에서 버림받은 쪽 편을 드니까."

"그러면 넌 결코 남을 버리지 못하겠네, 안 그래, 매기?" 필립은 다소 얼굴을 붉히며 물었다.

"잘 모르겠어." 순간 매기는 멈칫했지만 곧 밝은 미소를 지었다. "만일 그가 자만심에 가득 찬 사람이라면 버릴 수 있을 것 같아. 그렇지만 그 후에 그 사람이 정말 상처를 받는다면 측은한 생각이 들 거야."

"매기, 나는 때때로 너 역시 다른 여자들한테 사랑받지 못하는 남자를 사랑할 수 없을 거란 생각을 해." 필립은 다소 힘들게 말을 이어갔다.

"그건 여자들이 그 사람을 왜 싫어하느냐에 달려 있어." 매기가 웃으면서 말했다. "매우 불쾌한 사람일 수도 있지. 외알안경을 눈에 박고 날 빤히 쳐다볼 수도 있어. 토리처럼 말이야. 다른 여자들도 그건 싫어할걸. 하지만 난 토리를 한번도 동정한 적이 없어. 나는 자만심에 찬 사람들은 동정하지 않아. 그 사람들은 안 그래도 잘만 사니까."

"하지만 매기, 자만심에 찬 사람이 아니라면 어떨까? 자만심을 가질 건더기가 하나도 없다고 스스로 느끼는 사람이라면? 어릴 때부터 특수한 고통을 받아온 사람이라면? 네가 그 사람의 태양이고 여신이라면? 그래서 널 가끔 만나는 것만으로도 행복할 수 있다면……."

필립은 두려움에 사로잡혀 말을 멈추었다. 자신의 고백으로 말미암아 바로 그 행복을 빼앗기지나 않을까 하는 두려움이었다. 벌써 몇 달 동안이나 바로 그 두려움 때문에 고백을 하지 못했던 것이다. 바보같이 그런 말을 했다는 자책감이 밀려왔다. 그날 오후 매기의 태도는 평소처럼 거리낌 없고 무심해 보였다.

그러나 이제 그녀는 더 이상 무심한 것 같지 않았다. 필립의 목소리에 드러난 격한 감정 때문에 그녀는 휙 돌아서서 그를 바라보았다. 그가 말을 계속함에 따라 그녀의 얼굴에 큰 변화가 일어났다. 홍조와 함께 미세한 경련이 일었다. 그것은 과거의 일들에 새로운 의미를 부여해야 하는 새로운 소식을 들은 사람의 얼굴에서 볼 수 있는 그런 것이었다. 그녀는 아무 말도 하지 않았다. 그러고는 쓰러진 나무의 등걸 쪽으로 걸어가서 더 이상 서 있을 힘이 없는 것처럼 그 위에 털썩 주저앉았다. 그녀는 떨고 있었다.

"매기," 필립은 침묵의 순간이 흐를수록 점점 더 겁이 났다. "그런 말을 하다니 내가 바보였어. 지금 한 말은 잊어. 지금처럼 지낼 수만 있다면 만족할 테니까."

필립의 목소리에 담긴 고통 때문에 매기는 무슨 말이라도 해주어야겠다고 생각했다. "필립 오빠, 정말 놀랐어. 그런 건 생각해 본 적이 없었으니까." 이 말을 하느라고 하도 애를 써서 그녀는 그만 눈물까지 흘렸다.

"이제 날 미워하는 거야, 매기?" 필립이 격렬하게 말했다. "나를 뻔뻔스러운 바보라고 생각해?"

"오, 필립!" 매기가 말했다. "어떻게 그런 생각을 할 수가 있어. 어떤 사랑이건 감사해야 할 판에. 그렇지만…… 그렇지만 나는 오빠가 내 애인이 된다는 건 생각해 본 적이 없어. 너무 먼 일로 생각되어서…… 꿈처럼, 동화처럼…… 내가 애인을 갖는다는 건 말이야."

"그럼 나를 네 애인으로 생각해 줄 수 있어, 매기?" 필립은 갑자기 희망에 차서 그녀 곁에 앉아 손을 잡으며 말했다. "나를 사랑해?"

매기의 얼굴이 약간 창백해졌다. 이 단도직입적인 질문에는 대답하기가 쉽지 않았다. 그 순간 그녀의 시선은 간절히 사랑을 구하는 눈물 어린 필립의 아름다운 눈과 마주쳤다. 그녀는 멈칫거리며 말했다. 그러나 그녀의 목소리는 부드럽고 솔직했으며, 소녀다운 다정함을 담고 있었다.

"다른 어느 누구보다 오빠를 사랑해. 오빠의 모든 면을 다 사랑해." 그녀는 잠깐 쉬었다가 말을 이었다. "하지만 그 얘긴 더 이상 하지 않는 편이 낫겠어. 그렇지 않아, 필립 오빠? 만일 사람들에게 들키면 친구조차 될 수 없다는 걸 알잖아. 오빠를 만나기로 한 것이 잘한 일이라고 느껴본 적 없어. 물론 내게 매우 소중하긴 하지만. 이젠 잘못될까 봐 더 겁이 나."

"하지만 이제까지 잘못된 건 없었어, 매기. 만일 네가 그 두려움을 따랐더라면 너의 참된 본성을 가꾸는 대신 끔찍한 마비 속에서 1년을 보내지 않았을까?"

매기는 고개를 저었다. "물론 매우 즐거웠어. 함께 나눈 얘기며 책들이며, 그리고 오빠와 헤어져 있을 때 내 머릿속에 떠올랐던 생각들을 함께 얘기할 수 있는 산책 시간을 기다리는 것 말이야. 하지만 늘 불안했어. 또 세상에 대해 많이 생각하게 되었고. 참지 못하겠다는 생각이 들고 집이 싫어졌어. 어쩌다 아버지와 어머니가 싫다는 생각을 하고 나면 가슴이 찢어질 것 같았어. 오빠가 마비의 생활이라고 부르는 것이 내게는 더 나아. 그때는 내 이기적인 욕망도 마비되었으니까."

필립은 다시 일어서서 초조한 듯 앞뒤로 왔다 갔다 했다.

"아니, 매기, 내가 누누이 말했다시피 너는 극기에 대해 잘못 생각하고 있어. 네가 소위 극기라고 말하는 것, 한 가지 인상 외에는 눈과 귀를 막는 것, 그건 편집광적인 성향을 키우는 것일 뿐이야."

그는 약간 짜증을 냈다. 그러나 곧 그녀 옆에 앉아 그녀의 손을 잡았다.

"과거는 생각하지 마, 매기. 우리 사랑만 생각해. 네가 온 마음을 다해 나를 붙든다면 언젠가는 모든 장애가 사라질 거야. 우리는 기다리기만 하면 돼. 나는 희망만 있으면 살 수 있어. 날 봐, 매기. 네가 날 사랑할 수 있다고 다시 한 번 말해 봐. 갈라진 나무 쪽으로 고개 돌리지 마. 그건 나쁜 징조야."

그녀는 슬픈 미소를 지으며 커다란 검은 눈으로 그를 바라보았다.

"자, 매기, 다정한 말 한마디만 해줘. 그러지 않으면 차라리 로턴에 있던 때가 낫겠어. 그때 네가 내게 키스할까 하고 물었던 적이 있지, 기억나? 다시 만나면 키스해 주기로 약속했지. 그런데 아직 약속을 안 지켰어."

어린 시절의 회상이 달콤한 안식처럼 매기에게 몰려왔다. 덕분에 지금 이 순간이 덜 이상하게 느껴졌다. 그녀는 열두 살 때와 거의 다름없이 순수하고 조용하게 키스했다. 필립의 눈은 기쁨으로 빛났지만 곧 그는 불만스러운 심사를 드러냈다.

"넌 별로 행복하지 않은 것 같군. 내가 불쌍해서 억지로 사랑한다고 해주는 거지?"

"아니야, 필립 오빠." 매기는 어릴 때처럼 머리를 흔들며 말했다. "내가 한 말은 진심이야. 물론 모든 게 다 새롭고 이상해. 그렇지만 나는 다른 어느 누구도 오빠 이상으로 사랑하지 못할 것 같아. 나는 항상 오빠와 함께 살고 싶었어. 또 오빠를 행복하게 해주고 싶고. 오빠와 함께 있을 때면 항상 행복했어. 오빠를 위해서 못 할 일은 딱 한 가지밖에 없어. 우리 아버지의 마음을 상하게 하는 것 말이야. 그러니 그건 요구하지 마."

"아니, 나는 아무것도 요구하지 않아. 뭐든지 참겠어. 또 한 번의 키스를 위해 1년이라도 기다리겠어. 네가 나를 가장 소중한 사람으로 여겨만 준다면."

"아니, 그렇게 오래 기다리게 하지는 않을게." 매기는 미소를 지으며 말했다. 그러나 자리에서 일어나며 그녀는 곧 얼굴이 진지해졌다.

"하지만 오빠의 아버지는 뭐라고 하실까? 정말 우리가 친구 이상의 관계가 되는 건 불가능할 것 같아. 항상 그래왔던 것처럼 비밀스러운 남매 관계 이상이 되는 것 말이야. 그러니 그 이상은 포기해."

"아니, 매기, 나는 너를 포기할 수 없어. 네가 지금 거짓말을 하는 게 아니라면. 네가 나를 단지 오빠로만 생각하는 게 아니라면 말이야. 그러니 진심을 말해 줘."

"필립 오빠, 난 정말 오빠를 사랑해. 오빠와 함께 있는 것 이상으로 행복한 일이 또 있을까? 내가 어린아이였을 때부터 말이야. 그때는 톰 오빠도 내게 잘해 주었어. 게다가 필립 오빠의 머리는 내게 세계 전체 같았어. 오빠는 내가 알고 싶어 하는 것은 뭐든지 가르쳐주었지. 오빠와 함께 있는 것이 지겨울 일은 절대로 없을 거라고 생각해."

그들은 손을 잡고 서로를 바라보며 걸었다. 매기는 서두르고 있었다. 집으로 돌아가야 할 시간이라고 생각했기 때문이다. 그러나 이별의 시간이 다가옴에 따라 그녀는 불안해졌다. 본의 아니게 필립에게 고통스러운 인상을 남길까 봐서였다. 이런 때의 말이란 진지하면서도 동시에 허위일 수 있다. 보통 수위 이상으로 올라갔던 감정이 앞으로 다시는 다다르지 못할 홍수 때의 수위 자국을 남기기 때문에 매우 위험할 수 있는 것이다.

그들은 스코틀랜드 전나무 사이에서 멈춰 섰다.

"그렇다면 내 인생은 희망으로 가득 찰 거야. 그리고 모든 것에도 불구하고 다른 사람들보다 내가 더 행복할 수 있겠지? 우리는 정말, 함께 있건 헤어져 있건 간에 영원히 서로의 것이지?"

"그래, 필립 오빠. 나도 헤어지고 싶지 않아. 오빠를 아주 행복하게 해주고 싶어."

"나는 뭔가 다른 걸 기다리는데. 언제쯤 오려나?"

매기는 눈물 어린 눈으로 미소를 지었다. 그러고는 여자처럼 소심하고 갈구하는 사랑으로 가득 찬 창백한 얼굴에 키스하기 위해 큰 키를 구부렸다.

그 순간 그녀는 진정한 행복을 느꼈다. 만일 이 사랑에 희생의 측면이 있다면 그 때문에 더욱 풍요롭고 만족스러운 것이라는 믿음이 생겼다.

그녀는 돌아서서 서둘러 집으로 돌아왔다. 한 시간 전에 그 길을 걸어갔을 때와는 전혀 다른 세계가 열렸다는 느낌이 들었다. 모호한 꿈들은 이제 점점 더 분명한 윤곽이 잡히게 되었다. 그리고 생각과 감정의 실들이 이제 점차로 엮여서 그녀의 현실 생활이라는 천을 짜갔다.

5
갈라진 나무

자고로 비밀이란 우리가 염려하던 방식대로 드러나거나 폭로되는 일이 거의 없다. 우리는 항상 끔찍하고 극적인 장면을 상상하고 두려워하며, 실제로 그런 일이 일어날 가능성이 별로 없는데도 그것에 사로잡혀 있다. 매기가 남들에게 숨긴다는 부담감을 지니고 있던 1년 동안 그녀는 늘 필립과 함께 붉은 계곡에서 산보하는 장면을 아버지나 톰에게 들킬까 봐 두려워했다. 그녀는 그럴 가능성이 별로 없다고 생각했다. 그런데도 그 장면은 그녀의 내적 두려움을 가장 잘 나타내 주었다. 대수롭지 않은 우연과 문득 떠오른 생각 때문에 불쑥 내뱉는 얘기는 현실에서 곧잘 간접적인 추측의 실마리를 제공한다. 그러나 그것은 상상력을 발동시키지 않는다.

확실히 풀릿 이모는 매기가 가장 걱정하지 않았던 사람 중

하나였다. 그녀는 세인트오그스에 살지도 않았고 또한 눈치가 빠르거나 성질이 괴팍하지도 않아서, 만일 매기가 글레그 이모보다 그녀에게 더 신경을 쓴다면 그것은 분명 이상한 일일 터였다. 그런데 운명은 그녀를 통해서 왔다. 그녀는 본의 아니게 벼락의 통로가 되었던 것이다. 그녀는 세인트오그스에 살지 않았다. 그러나 가룸 퍼스에서 시작되는 길은 붉은 계곡의 끝, 즉 매기가 들어선 입구의 반대편을 지나고 있었다.

매기가 필립을 만난 다음 날은 일요일이었다. 따라서 풀릿 이모는 장례용 상장을 두른 모자와 스카프를 착용하고 세인트오그스의 교회에 갔다. 그 김에 그녀는 글레그 언니네에서 점심을 먹고 불쌍한 털리버 동생네에서 차를 마셨다. 일요일은 일주일 중 단 하루, 톰이 오후에 집에 있는 날이었다. 요즘들어 톰은 상당히 기분이 좋았는데 그날은 특히 더 그랬다. 아버지와 유례없이 즐겁고 격의 없는 대화를 나누었고, 피어나는 벚꽃을 보려고 정원으로 나서면서 "매기, 너도 이리 와봐!" 하고 부르기까지 했다. 매기의 태도가 보다 자연스러워지고 금욕적인 태도도 줄어들자 매기에 대한 못마땅한 마음이 수그러졌던 것이다. 심지어 그는 그녀가 자랑스럽기까지 했다. 몇 사람이나 그가 듣는 데서 동생이 매우 아름다운 소녀라고 말했던 것이다. 그날 그녀의 얼굴은 유난히 빛이 났다. 그것은 의혹과 고통, 그리고 희열이 뒤범벅된 흥분 탓이었으나 겉으로는 단순히 행복의 광채처럼 보였다.

"얼굴빛이 매우 좋구나, 얘야." 그들이 탁자 주위에 둘러앉자 풀릿 이모는 슬프게 머리를 흔들면서 말했다. "베시, 네 딸이 저렇게 예쁜 처녀가 될 줄은 몰랐구나. 그런데 애야, 분홍색 옷을 입지 그러니. 글레그 이모가 준 그 푸른 옷을 입으니 꼭 미나리아재비 같구나. 제인 언니는 패션 감각이 없다니까. 왜 내가 준 옷을 안 입니?"

"너무 예쁘고 세련돼서요. 너무 눈에 띄는 것 같아요. 다른 옷들에 비하면 말이에요. 그래서 맞춰 입지를 못하겠어요."

"네게도 그런 좋은 옷을 줄 만한 사람들이 있다는 것을 널리 알리지 않는다면 그건 분명 잘못된 일이야. 그래서 나는 가끔 내 옷들을 조카에게 주지. 나는 옷을 매년 구입하니까 결코 해지도록 입는 법이 없어. 루시에게는 줄 필요가 없지. 좋은 것을 잔뜩 가지고 있으니까. 그 점에서는 동생 딘이 자랑스러워할 만하지. 물론 얼굴이 그렇게 누래서야, 불쌍한 것. 필시 그놈의 간 때문에 죽고 말 거야. 오늘 새로 온 목사님, 그 켄이라는 목사님이 장례 설교에서 그렇게 말씀하셨다고."

"아, 그분은 정말 모든 점에서 훌륭한 설교가지요, 안 그래요, 소피 언니?" 털리버 부인이 말했다.

"그런데 루시가 오늘 같은 복된 날 칼라를 달았더구나." 풀릿 부인은 곰곰 생각에 잠긴 모습으로 시선을 고정한 채 말을 계속했다. "그 정도 물건이야 내게도 있겠지만 그래도 한번 잘 찾아봐야겠어."

"루시 양은 세인트오그스의 벨[30]이라고들 하더군. 참 이상한 말이지." 때때로 어원 문제로 어려움을 겪는 풀릿 씨가 말

---

30) bell. 프랑스어의 미녀(belle)와 발음이 같은 점을 이용한 말장난.

했다.

"흥!" 털리버 씨는 매기 때문에 샘이 나서 말했다. "걔는 너무 작아서 볼품이 없어요. 그렇지만 옷이 날개니까. 나는 키 작은 여자는 별 볼일 없다고 생각합니다. 남자 옆에 서면 이상해 보여요. 비율이 맞지 않으니까. 우리 마누라도 알맞은 체구라 고른 거예요. 크지도 작지도 않고."

시든 미모의 불쌍한 털리버 부인은 만족한 미소를 지었다.

"하지만 남자라고 다 큰 건 아니지." 풀릿 씨는 자신의 키를 약간 의식하면서 말했다. "180센티미터가 채 안 되어도 멋있기만 한 청년이 얼마든지 있다고. 여기 있는 톰처럼 말이야."

"키가 크니 작으니 하는 건 다 대수롭지 않은 거예요. 그냥 몸이 바르기만 해도 고맙게 생각해야 해요." 풀릿 이모가 말했다. "변호사의 불구 아들 말이야. 오늘 그 사람을 교회에서 보았어. 아이고 맙소사! 그이가 가질 재산을 생각하면. 게다가 성격도 괴상하고 외톨이라 남들과 어울리려 하지 않는다는 거야. 정신이 이상하지나 않은지 모르겠어. 우리가 이 길로 올 때마다 붉은 계곡의 나무와 덩굴 사이에서 기어 나오더라고."

풀릿 부인은 그곳에서 필립을 두 번 보았을 뿐이지만 그렇게 과장하여 말했다. 이 얘기는 매기를 동요시켰다. 게다가 톰이 맞은편에 앉아 있어서, 그녀의 동요는 더욱 컸다. 그녀는 짐짓 무관심한 표정을 짓느라 무진 애를 썼다. 필립의 이름을 듣자 그녀는 얼굴이 빨개졌고 의식을 하면 할수록 홍조는 더욱 짙어졌다. 마침내 붉은 계곡 얘기가 나오자 비밀이 백일하에 폭로된 것 같은 느낌이 들어 찻숟가락조차 들고 있을 수가 없었다. 덜덜 떠는 것이 보일까 두려워서였다. 그녀는 맞잡은 두 손을 탁자 아래 감춘 채 고개를 들 엄두조차 내지 못했다. 다행히도 그녀의 아버지는 그녀와 같은 쪽에 앉아 있었다. 게다가 풀릿 이모부에게 가려 있어서 고개를 내밀지 않고는 그녀의 얼굴을 볼 수 없었다. 어머니의 목소리에 그녀는 안도의 한숨을 내쉬었다. 남편이 있는 자리에서 웨이컴의 이름만 들어도 안절부절못하는 어머니인지라 재빨리 화제를 바꾸었기 때문이다. 매기는 안정을 되찾았다. 그녀가 겨우 고개를 들자 곧바로 톰의 시선과 마주쳤다. 그러나 톰은 곧 고개를 돌려버렸다. 그래서 매기는 그날 밤 잠자리에 들면서 자신의 당황하는 모습 때문에 톰의 의심을 산 건 아닐까 생각했다. 어쩌면 아닐 수도 있었다. 톰은 이모가 아버지 면전에서 웨이컴을 거론한 것 때문에 그녀가 당황했다고 생각할 수도 있으니까. 실제로 어머니도 그렇지 않았는가. 아버지에게 웨이컴은 문둥병과도 같은 존재였다. 물론 그 자신은 어쩔 수 없이 그를 참아내야 했지만 다른 사람이 그의 존재를 인정하면 화가 치밀었다. 그러므로 매기는 아버지 때문에 자신이 안절부절못한 것이 이상할 게 없다고 생각했다.

그러나 톰은 그런 정도로 넘어갈 만큼 둔하지 않았다. 그는 매기가 그토록 당황하는 데는 아버지에 대한 염려 이상의 뭔가가 있다는 것을 분명히 알아차렸다. 자신의 의심을 뒷받침할 증거를 찾던 중, 그는 최근에 어머니가 매기에게 땅이 질척질척할 때 붉은 계곡에 갔다가 신발에 진흙을 잔뜩 묻혀 들어온다고 꾸중하던 일이 떠올랐다. 하지만 필립의 불구에 대한 예전의 혐오감을 그대로 간직하고 있는 톰으로서는 매기가 정상적인 남자와 그렇게도 다른 예외적인 존재에 대해 우정 이상의 감정을 가지고 있다고 생각하기 어려웠다. 톰은 천성적으로 예외적인 것에 대해 미신적 혐오감을 갖고 있었다. 어떤 여자라도 불구자를 사랑한다면 그것은 혐오스러운 일이었다. 게다가 그 여자가 바로 자기 동생이라면 정말 참을 수 없었다. 동생이 필립과 어떤 형태로라도 교류하고 있다면 즉시 중단되어야 했다. 그건 아버지의 감정과 오빠의 명령을 완전히 무시하는 짓인 데다가 밀회를 함으로써 스스로의 평판을 위태롭게 하는 것이므로. 다음 날 아침, 집을 나서는 톰은 극도로 예민했다. 그런 상태에서는 평범한 일들이 곧잘 중대한 사건으로 변하기 마련이다.

그날 오후 3시 30분경에, 톰은 부두에 서서 봅 제이킨과 오늘내일 도착할 애들레이드 화물선에 대해 얘기를 나누고 있었다. 그 배의 항해 결과는 두 사람 모두에게 매우 중요했다.

"어," 봅은 강 건너 들판 쪽을 바라보다가 불쑥 말했다. "저기 곱사등이 웨이컴이 가는군. 눈에 띄기만 하면 금방 알아볼 수 있지. 항상 강 저편에서 마주치곤 하지요."

이 말에 톰은 불현듯 뭔가 생각난 듯이 급히 말했다. "봅, 난 가봐야겠어. 볼일이 좀 있어서." 그러고는 급히 상점으로 가서 다른 사람에게 일을 부탁하는 쪽지를 남겼다. 집에 급한 볼일이 생겼다는 내용이었다.

가장 빠른 길로 뛰다시피 해서 집으로 돌아간 그는 대문 앞에 멈춰 섰다. 숨을 돌리고 태연하게 문을 열며 들어가기 위해서였다. 바로 그때 매기가 모자를 쓰고, 숄을 두르고 현관 문에서 나왔다. 그의 짐작이 맞았던 것이다. 그는 문에서 그녀를 기다렸다. 매기는 그를 보자 소스라치게 놀랐다.

"톰 오빠, 웬일이야? 무슨 일 있어?" 매기는 작고 떨리는 목소리로 말했다.

"너랑 붉은 계곡에 가서 필립 웨이컴을 만나려고." 톰은 습관대로 양미간을 찌푸리며 말했다. 말하는 동안 미간의 주름은 더욱 깊어졌다.

매기는 어찌할 바를 몰라 창백한 얼굴로 떨고 있었다. 어떤 경로인지는 몰라도 톰은 이미 다 알고 있는 것이다. 마침내 그녀가 말했다. "난 안 갈래." 그러고는 뒤로 돌아섰다.

"아니, 가야 해. 먼저 너하고 얘기 좀 해야겠어. 아버지는 어디 계셔?"

"말 타고 나가셨어."

"그럼 어머니는?"

"마당에 계신 것 같아. 닭장 말이야."

"그럼, 어머니 눈에 띄지 않게 들어갈 수 있겠지?"

그들은 함께 집으로 들어갔다. 응접실에 들어서며 톰이 매기에게 말했다. "이리 들어와."

그녀는 순순히 복종했다. 톰은 문을 닫았다.

"자, 매기, 너와 필립 웨이컴 사이에 있었던 일을 다 털어놔 봐."

"아버지도 알고 계셔?" 매기는 여전히 떨면서 말했다.

"아냐," 톰은 화를 내며 말했다. "하지만 만일 네가 나를 계속 속인다면 알릴 거야."

"속일 생각은 없어." 매기는 자기 행동에 대해서 그런 말을 쓰는 것에 화가 났다.

"그럼 전부 털어놔."

"다 알고 있을 텐데 뭐 하러?"

"내가 알든 말든 상관 말고 있는 그대로 털어놔. 안 그러면 아버지께 다 알릴 테니까."

"그렇다면 아버지를 위해서 말하는 거야."

"어련하려고. 아버지의 감정을 있는 대로 거스르고도 여전히 아버지를 위한다는구먼."

"그래, 오빠는 절대로 나쁜 짓은 하지 않지." 매기는 비꼬는 투로 말했다.

"알면서는 절대로 안 해." 톰은 진지하고 자랑스럽게 말했다. "네게 할 말이라고는 이것밖에 없어. 너와 필립 웨이컴 사이에 무슨 일이 있었는지 얘기하라는 말 말이야. 붉은 계곡에서 처음 만난 게 언제야?"

"1년 전." 매기는 조용히 말했다. 서슬이 퍼런 톰의 태도는 그녀의 반감을 불러일으켰다. 그래서 죄책감도 잊을 지경이었다. "더 이상 물을 필요도 없어. 우리는 1년 동안 친구로 지냈어. 만나서 함께 걸었고. 책도 빌렸어."

"그게 전부야?" 톰은 얼굴을 있는 대로 찌푸린 채 그녀를 똑바로 쳐다보며 물었다.

매기는 잠시 침묵했다. 그러나 더 이상 톰이 속임수 운운하지 못하게 해야겠다고 결심하고는 도도하게 말했다.

"아니, 전부는 아냐. 지난 토요일에 필립이 나를 사랑한다고 말했어. 나는 그런 건 생각조차 못 했어. 그냥 오랜 친구로만 생각하고 있었거든."

"그럼, 네가 부추긴 거 아냐?" 톰은 잔뜩 혐오감을 담은 목소리로 말했다.

"나도 사랑한다고 말했어."

톰은 잠시 땅을 바라보며 잠자코 있었다. 주머니에 손을 찔러 넣은 채 여전히 찌푸리고 있었다. 드디어 그가 고개를 들었다. 그러고는 냉랭하게 말했다.

"자, 매기, 둘 중 하나를 택해. 아버지 성경에 손을 얹고 다시는 필립을 따로 만나지 않겠다고 맹세하거나, 아니면 아버지께 알리는 것 중에서 말이야. 내가 그동안 노력한 보람이 있어서 잘하면 이번 달에는 아버지께서 다시 행복해질지도 모르는데, 거기다 찬물을 끼얹어도 좋다면 말이야. 아버지 망하는 데 한몫한 사람의 아들과 몰래 만나고, 그러느라 아버지 말씀을 거역하고 자기 명예도 더럽힌 교활한 딸이라는 걸 알리고 싶다면 말이야. 자, 선택해!" 톰은 냉정하고 단호하게 말을 끊고는 큰 성경을 가지고 왔다. 그러고는 서명이 있는 책 앞 장을 폈다.

매기로서는 둘 다 절망적인 선택이었다.

"오빠," 그녀는 자존심을 억누르고 애원하기 시작했다. "그러지 마. 한 번만 필립을 만나게 해주면 다시는 안 만날게. 아니면 편지라도 쓰게 해주든가. 모든 걸 설명할 수 있도록 말이야. 그러면 아버지 마음이 풀리실 때까지는 절대로 안 만날

게…… 나도 필립을 좋아해. 그 사람은 불행하잖아."

"네 감정 같은 건 듣고 싶지도 않아. 내 얘기는 끝났어. 빨리 선택해. 어머니가 들어오시기 전에 말이야."

"내가 약속을 하면 된 거지 성경에 손을 얹을 필요까지는 없잖아. 나는 그런 것 필요 없어."

"나는 필요해." 톰이 말했다. "나는 너를 믿을 수가 없어. 도대체 일관성이 없으니까. 성경에 손을 얹고 말해. '지금부터 필립과 사적으로는 말도 하지 않고 만나지도 않겠다.'라고 말이야. 아니면 너는 우리 모두에게 치욕을 안겨줄 거고 아버지를 슬프게 할 거야. 그럼 내가 아버지 빚을 갚느라고 열심히 노력하고 희생한 것이 아무 소용이 없어져. 이제 곧 다시 고개를 들고 다닐 수 있게 되었는데 네가 아버지의 화를 돋운다면 말이야."

"오빠, 곧 빚을 갚는다는 게 정말이야?" 매기는 비참한 가운데서도 갑자기 생기가 돌아 두 손을 마주 잡으며 물었다.

"내 예상대로만 된다면 말이지. 하지만," 톰은 화가 나서 목소리가 떨렸다. "아버지께서 돌아가시기 전에 마음 편히 사시게 하려고, 또 우리 가족의 명예도 되찾으려고 내가 그렇게 노력하고 있는데, 너는 두 가지를 다 해치기만 했어."

매기는 양심의 가책을 깊이 느꼈다. 그 순간 그녀는 잔인하고 부당하다고 생각했던 것들과의 싸움을 그만두었다. 스스로에 대한 자책감이 오빠를 정당화해 주었던 것이다.

"오빠," 그녀가 낮은 목소리로 말했다. "내가 잘못했어. 하지만 나는 너무 외로웠고 필립이 불쌍했어. 게다가 적대감과 증오는 나쁜 것이기도 하고."

"말도 안 돼." 톰이 말했다. "네 의무는 명백해. 잔말 말고 내가 시키는 대로 약속이나 해."

"그래도 필립과 한 번 더 얘기해야 해."

"그럼 지금 나와 함께 가서 얘기하렴."

"오빠한테 알리지 않고는 절대로 안 만나겠다고 약속할게. 편지도 안 쓰고. 원한다면 성경에 손을 얹고 말이야."

"그럼 지금 해."

매기는 서명이 있는 페이지에 손을 얹고 약속했다. 톰은 책을 덮고 말했다. "자, 이제 가자."

함께 걸어가는 동안 그들은 아무 말도 하지 않았다. 매기는 곧 필립이 당할 고통에 미리 가슴이 아팠다. 톰의 입에서 어떤 지독한 말이 튀어나올지 걱정스러웠다. 그러나 그녀는 복종하는 수밖에 없다고 생각했다. 물론 그녀의 행동에 대한 톰의 해석은 분명히 옳았고, 그 때문에 그녀는 괴로웠다. 그런데도 그 해석은 불완전하기 때문에 정당하지 않다고 생각했다. 그동안 톰은 자신의 분노가 필립에게로 옮아 가는 것을 느꼈다. 그는 자신이 내뱉으려고 하는 모진 말들이 아들과 오빠로서 당연히 해야 할 의무라고 생각했을 뿐, 소년 시절에 가졌던 그에 대한 혐오감, 그리고 단순한 개인적 자존심과 적개심이 그 속에 얼마나 많이 포함되어 있나 하는 점을 깨닫지 못했다. 톰은 자신의 동기에 대해 면밀히 살피는 성격이 아니었고 미묘한 문제에 대해서는 더욱 그러했다. 그는 자신의 동기와 행동에 대해 확신하고 있었다. 만일 그렇지 않다면 그들 일에 절대로 끼어들지 않았을 것이라고 생각했다.

매기의 유일한 희망은 필립에게 일이 생겨서 오지 못하게 되는 것이었다. 물론 그런 일은 이제까지 한번도 없었다. 그래도 만일 그렇게 된다면 시간을 벌게 되고, 그동안 그녀는 톰의 허락을 받아 그에게 편지를 쓸 수도 있다. 스코틀랜드 전나무 숲 아래에 도착하자 그녀의 가슴은 방망이질했다. 그것은 마지막 유예의 순간이었다. 언제나 필립은 전나무 숲 너머에서 그녀를 만났기 때문이다. 그들은 더 넓은 풀밭을 지나 흙무더기 옆의 좁은 잡목 길로 들어섰다. 다시 한 모퉁이를 돌자 그들은 필립과 딱 마주쳤다. 톰과 필립은 서로 1미터도 채 떨어지지 않은 곳에서 우뚝 멈춰 섰다. 잠시 침묵이 흐르는 사이, 필립은 매기에게 묻는 듯한 시선을 던졌다. 그녀의 벌어진 창백한 입술과 지독하게 긴장된 큰 눈을 보고 곧 그는 그 대답을 알아차렸다. 늘 직접적 인상보다 과장되게 치닫는 그녀의 상상력 때문에, 그녀는 키 크고 건장한 오빠가 연약한 필립을 붙잡아 깔아뭉개고 짓밟는 모습이 보이는 듯했다.

"이봐, 이런 짓거리가 남자다운, 신사다운 행동이라고 생각해?" 톰은 필립과 시선이 마주치자마자 거칠고 냉소적인 목소리로 말했다.

"무슨 뜻이지?" 필립이 거만하게 대답했다.

"무슨 뜻? 한 대 맞기 전에 저리 비켜서. 그럼 무슨 뜻인지 말해 주지. 내 말은 바로 이거야. 철모르는 어린애를 꾀어서 몰래 만나다니. 감히 양갓집의 명예를 농락하다니. 이럴 수가 있어?"

"난 그런 적 없어!" 필립이 화를 내며 말했다. "네 누이동생의 행복과 관련되는 거라면 절대로 소홀히 한 적 없어. 나는 너보다 더 네 동생을 귀중하게 생각한다고. 나는 너보다 더 그녀를 존중해. 그녀를 위해서라면 목숨도 버릴 수 있어."

"이봐, 그런 뻔지르르한 헛소리는 그만두시지. 여기서 매주 만나는 것이 내 동생에게 누를 끼치는 일이라는 걸 몰랐단 말이야? 도대체 네가 내 동생을 사랑할 자격이나 있어? 백번 양보해서 네가 내 동생에게 걸맞은 사람이라 치더라도 우리 아버지와 네 아버지가 모두 절대로 결혼을 승낙하지 않을 마당에 말이야. 너라는 사람은 열여덟 살도 안 된 데다가 아버지의 불행 때문에 집 안에만 박혀 있던 참한 아이의 마음을 파고들려고 했어! 그게 너의 비뚤어진 명예심이야? 그건 비열한 배반 행위야. 그건 너에게 너무도 과분한 것을 편법으로 얻으려는 거지. 정당한 방법으로는 절대로 얻을 수 없을 테니까."

"내게 그런 식으로 말하다니, 퍽이나 남자답군." 필립은 격한 감정으로 덜덜 떨면서 쓰게 내뱉었다. "거인들은 예로부터 바보 면허장에 무례 면허장까지 가지고 있나 보군. 넌 네 동생에 대한 내 감정을 짐작도 못 할 거야. 그녀를 위해서라면 너 같은 인간과도 친구가 되고 싶을 지경이니까."

"네 감정 같은 건 이해해 봤자 기분만 나쁠걸." 톰은 싸늘한 경멸을 보내며 말했다. "이해해야 할 사람은 내가 아니고 너야. 내 동생을 돌보는 사람은 나니까. 만일 네가 내 동생에게 접근하거나, 편지를 쓰거나, 조금이라도 내 동생의 마음을 가지려고 한다면 그 비리비리한 몸뚱이가 온전치 못할걸. 그런 몸뚱이를 가졌으면 겸손하기라도 해야지. 어쨌든 내가 때려눕혀서 세상 사람의 조롱거리가 되게 할 테니까. 네가 참한 여자의 애인이 되다니, 누구라도 웃지 않겠어?"

"톰 오빠, 도저히 못 참겠어. 더 이상 안 들을래." 매기는 히스테릭한 목소리로 소리쳤다.

"매기, 가지 마." 필립이 힘들게 말했다. 그러고는 톰을 쳐다보며 말을 이었다. "네가 동생을 데리고 온 건 나를 위협하고 모욕하는 장면을 보여줄 목적에서야. 너야 당연히 날 그런 식으로 길들일 수 있다고 생각했겠지. 하지만 천만에. 동생더러 얘기해 보라고 해. 만일 그녀가 나를 포기하겠다고 한다면 조금도 어기지 않고 그대로 따르겠어."

"아버지를 위해서야, 필립 오빠." 매기는 애원하듯 말했다. "톰 오빠가 아버지께 이르겠다고 으름장을 놓았거든. 하지만 오빠는 정말 그러고 싶어 하지 않아. 그래서 약속했어. 오빠에게 알리지 않고는 결코 필립 오빠와 만나지 않겠다고 엄숙하게 맹세했어."

"됐어, 매기. 나는 변치 않을 거야. 하지만 나는 네가 자유롭기를 원해. 날 믿어. 나는 너와 관계되는 것이라면 절대로 나쁜 짓 하지 않아."

"그렇겠지." 톰은 필립의 태도에 화가 치밀어서 말했다. "내 동생과 가족에게 나쁜 짓을 하지 않는다고 말은 잘도 하는군. 그런데 예전에는 왜 그런 생각을 안 했지?"

"예전에도 그랬어. 물론 조금 위험하기는 했지만. 그렇지만 나는 그녀가 평생 친구를 갖기를 바랐어. 거칠고 편협한 오빠보다는 그녀를 아끼고 또 낮게 대접할 줄 아는 친구를. 그녀가 늘 아낌없이 사랑을 퍼부었던 그 오빠보다도 말이야."

"좋아, 내가 아끼는 방식은 네 방식과 다르니까. 그럼 내 방식을 말할까? 나는 아버지에게 복종하지 않거나 아버지 얼굴에 먹칠하는 일이 없게 하지. 너에게 스스로를 바치지 못하도록, 웃음거리가 되지 않도록, 또 네 아버지 같은 사람에게 조롱받지 않도록 지키지. 내 동생이 자기 아들에게 어울리는 배필이 아니라고 하니까. 너도 내 동생이 어떤 사랑과 대접을 받을지 잘 알잖아. 나는 달콤한 말 따위에는 넘어가지 않아. 행동을 보고 판단하지. 이리 와, 매기."

그는 이렇게 말하면서 매기의 오른 팔목을 거머쥐었다. 매기는 왼손을 내밀었다. 필립은 열렬한 시선으로 그녀를 바라보며 잠시 그 손을 쥐고 있었다. 그러고는 급히 사라져 갔다.

톰과 매기는 몇 미터를 말없이 걸었다. 그는 마치 죄인을 현장에서 끌어내듯이 여전히 그녀의 오른 팔목을 꽉 잡고 있었다. 마침내 매기는 거칠게 손을 뿌리쳤다. 오랫동안 참았던 그녀의 울분이 터져 나왔다.

"나는 오빠가 옳다고 생각 안 해. 오빠 뜻에 굴복했다고도 생각하지 마. 오빠가 필립에게 얘기할 때 보인 감정을 경멸해. 그 사람이 불구인 걸 그렇게 모욕적으로 빗댄 건 남자답지 못해. 오빠는 이제까지 남들을 비난해 왔지. 항상 자기가 옳다고 생각하고. 하지만 그건 오빠가 자기 행동이나 자기의 편협한 목표 이상의 것을 볼 만한 도량이 없기 때문이야."

"물론 그렇겠지." 톰이 냉정하게 말했다. "하지만 네 행동이

나 목표가 더 나은 것 같진 않은데. 만일 네 행동이, 그리고 필립 웨이컴의 행동이 옳다면 왜 그게 알려지는 걸 부끄러워하지? 대답해 보라니까. 나는 내 행동의 목적이 무엇인지 알고, 또 성공했어. 자, 네 행동이 너와 다른 사람에게 어떤 이득을 주었는지 말해 봐."

"나를 변호하려는 게 아냐." 매기는 여전히 격하게 말했다. "내가 잘못했다는 것 알아. 자주, 계속적으로 말이지. 하지만 때때로 나는 어떤 감정 때문에 잘못을 저지를 때도 있어. 그리고 오빠도 그런 감정을 가졌으면 해. 만일 혹시라도 오빠가 큰 잘못을 저지른다면 나는 그때 오빠가 느끼는 고통 때문에 가슴이 아플 거야. 거기다 대고 벌까지 주려고 하지는 않을 거야. 하지만 오빠는 언제나 날 혼내는 걸 즐겼어. 항상 내게 엄하고 가혹했지. 심지어는 내가 아주 어렸을 때도 그랬어. 누구보다 오빠를 사랑했는데도 나를 용서해 주지 않아서 울며 잠자리에 들곤 했지. 오빠는 동정심이라곤 없어. 오빠 자신도 불완전하고 죄가 있는 인간이라는 걸 모른단 말이야. 엄격한 건 죄야. 인간에게는, 게다가 기독교인에게는 맞지 않아. 오빠는 바리새인이야. 오빠는 자기에게 장점을 많이 주신 것 외에는 하느님께 감사드리지 않아. 그러고는 자기 장점이 워낙 많아서 모든 걸 다 얻을 수 있다고 생각하지. 하지만 다른 감정들이 있어. 오빠는 그런 감정이 어떤 것인지 도저히 감도 잡을 수 없겠지. 그렇지만 그 감정들 옆에서 오빠의 빛나는 장점 따위는 그림자에 지나지 않아!"

"좋아," 톰은 냉랭한 조소를 담아 말했다. "네 감정이 내 감정보다 그렇게 우월하다면 좀 보여주려무나. 우리 모두에게 불명예를 가져올 그런 방식 말고. 한 번은 이쪽, 또 한 번은 저쪽, 극단으로 치닫는 그런 우스꽝스러운 방황 말고 다른 식으로 말이야. 네가 아버지와 나를 그렇게 사랑한다면서 그걸 어떻게 보여줬지? 불복종과 속임수로? 나는 내 사랑을 그런 식으로 보여주지는 않아."

"오빠는 남자니까, 게다가 힘도 있고, 세상에 나가서 뭔가를 할 수 있으니 그렇지."

"그래, 넌 아무것도 할 수 없으니까 할 수 있는 사람들에게 순종하란 말이야."

"물론 내가 보기에 올바른 것에는 순종하지. 또 아버지가 원하시면 내 생각에 불합리해 보여도 따르겠어. 그렇지만 오빠가 그러면 따를 수 없어. 오빠는 자기 장점에 대해 자만하고 있어. 마치 그게 오늘 오빠가 한 것 같은 잔인하고 남자답지 않은 행동을 정당화하는 것처럼 말이야. 내가 오빠 때문에 필립 웨이컴을 포기했다고는 생각하지 마. 오빠는 불구를 조롱했지만 나라면 그 때문에 더 그 사람에게 집착하고 아꼈을 거야."

"그래, 좋아. 그게 네 생각이라면야." 톰은 전보다 더 냉랭하게 말했다. "우리 둘이 얼마나 다른지 더 이상 얘기할 필요도 없다. 앞으로 그 점을 명심하고 얘기하지 말자."

톰은 세인트오그스로 돌아갔다. 내일 아침 출장에 관해 딘 이모부에게 지시를 받아야 했던 것이다.

매기는 자기 방으로 올라가 톰에게 하려던 분노 어린 항의를 울음으로 모두 쏟아냈다. 톰이 들은 척도 하지 않았던 그 항의를. 일단 분이 가라앉자 오늘의 비참으로 막을 내린 그 행복이 그녀 생의 분명함과 단순함을 방해하기 전의 조용한 시절이 떠올랐다. 그 당시 그녀는 자신이 큰 승리를 거두었으며 세상의 유혹과 갈등을 초월한 높은 경지에 이르렀다고 생각했다. 그런데 이제 다시 정열의 회오리에 휩싸이게 된 것이다. 그렇다면 인생이란 그녀가 2년 전에 바랐던 것처럼 그렇게 짧지도 않고, 또 완전한 휴식이란 그렇게 손쉬운 것도 아니란 말인가? 앞으로도 계속 시련이 닥쳐올 것이고, 어쩌면 그녀는 계속 추락할지도 몰랐다. 만일 그녀가 완전히 틀렸고, 톰이 완전히 옳았다면 그녀는 곧 내면의 조화를 되찾을 수 있었을 것이다. 그러나 그녀는 자신의 분노가 정당하다고 생각했고, 그 때문에 쉽게 잘못을 뉘우치거나 복종할 수 없었다. 그녀는 필립 때문에 가슴이 미어지는 것 같았다. 필립에게 가해진 모욕이 자꾸만 머릿속에 떠올랐다. 그의 심정이 너무도 생생하게 느껴져 몸이 아플 지경이었다. 그래서 그녀는 방바닥에 발을 구르고, 손톱이 손바닥에 박힐 정도로 주먹을 꽉 쥐었다.

그런데도 필립과 강제로 헤어지게 된 것에 대해 가끔 일종의 안도감을 느끼는 것은 어찌된 일일까? 남에게 숨겨야 하는 행위에서 해방된 것이 기뻤기 때문일까? 어떤 대가를 치르고서라도 말이다. 그런데 단지 그 이유만이었을까?

6
힘들게 얻은 승리

 3주 후, 돌코트 물방앗간이 1년 중 가장 아름다운 시절, 즉 커다란 밤나무에 꽃이 만발하고, 무성한 푸른 잔디밭에 흰 데이지가 점점이 필 무렵이었다. 톰 털리버는 저녁나절, 평소보다 일찍 집으로 돌아왔다. 다리 위에 다다른 그는 애정 어린 눈으로 품위 있는 붉은 벽돌집을 바라보았다. 비록 그 집의 내부는 그곳에 사는 사람들의 슬픈 마음처럼 횅하니 비어 있었지만, 겉에서는 늘 즐겁고 매력적으로 보였다. 창문을 바라보는 톰의 청회색 눈에 즐거운 빛이 감돌았다. 양미간의 주름은 여전했지만 결코 흉하지 않았다. 그의 눈과 입가의 표정이 부드러울 때면 그것은 엄하다기보다는 의지가 굳다는 인상을 주었기 때문이다. 그의 굳센 발걸음이 빨라졌다. 애써 참으려는 노력에도 불구하고 그의 입가에 미소가 새어 나왔다.

거실에 있는 사람 중 다리 쪽을 바라보는 이는 아무도 없었다. 모두 아무런 기대도 없이 묵묵히 앉아 있을 뿐이었다. 오랫동안 말을 탄 탓에 완전히 지쳐빠진 털리버 씨는 안락의자에 앉아서 멍한 시선으로 바느질하는 매기의 모습을 쳐다보고 있었다. 그동안 어머니는 차를 끓이고 있었다.

익숙한 발소리가 들리자 모두 놀라서 고개를 들었다.

"톰, 무슨 일이냐?" 아버지가 물었다. "평소보다 좀 이르구나."

"오늘 할 일을 다 끝냈어요. 그래서 왔죠. 자, 어머니!"

톰은 어머니에게 다가가 입을 맞추었다. 그것은 그가 매우 기분이 좋다는 표시였다. 지난 3주간 그와 매기는 말이나 시선을 나눈 적이 없었다. 그러나 평소에도 그는 집에서 좀처럼 말이 없었기 때문에 부모는 그런 사실을 눈치채지 못했다.

"아버지," 차를 마시고 나서 톰이 말했다. "양철 상자에 돈이 정확히 얼마가 있는지 아세요?"

"고작 193파운드밖에 안 된단다." 털리버 씨가 말했다. "요즘 네가 조금 적게 가져왔잖니. 젊은이들이야 자기 돈을 마음대로 쓰려고 하지. 물론 나는 성년이 되기 전에는 절대로 그러지 않았지만." 그는 약간 불만스러운 기색으로 말했다.

"액수가 확실한가요, 아버지?" 톰이 말했다. "수고스러우시더라도 통을 가져와 주시면 좋겠어요. 제 생각에는 잘못 세신 것 같은데요."

"잘못 세다니?" 아버지가 날카롭게 말했다. "얼마나 많이 세어봤는데. 정 못 믿겠다면 내 가져오마."

상자를 꺼내 돈을 세어보는 것은 우울한 생활 가운데서 털리버 씨가 그나마 항상 좋아하는 일이었다.

"어머니, 나가지 마세요." 아버지가 2층에 올라간 뒤 어머니
가 일어나는 것을 보고 톰이 말했다.

"매기도 나가면 안 되니?" 털리버 부인이 말했다. "누군가는
이걸 치워야 하니까."

"좋을 대로 하라고 하세요." 톰이 심드렁하게 말했다.

그 말이 매기의 가슴을 찔렀다. 갑자기 그녀는 가슴이 뛰었
다. 톰이 아버지에게 빚 갚는 얘기를 할 거라고 확신했기 때문
이다. 그런데 그 소식을 알리는 순간에 그녀가 없어도 된다니!
그녀는 찻상을 치워놓고 재빨리 돌아왔다. 그 순간, 그녀 자신
의 상처는 문제가 아니었다.

아버지가 상자를 열자 톰은 아버지 곁의 탁자 모퉁이로 갔
다. 붉은 저녁 햇살을 받아, 짙은 눈동자의 아버지 얼굴에 어
린 초췌하고 성마른 침울함이 혈색 좋은 아들의 억제된 기쁨
과 더욱 대조적으로 드러났다. 어머니와 매기는 탁자 반대편
에서, 한 사람은 아무 생각 없이, 또 한 사람은 기대로 가슴을
두근거리며 앉아 있었다.

털리버 씨는 돈을 모두 세어 탁자 위에 가지런히 늘어놓은
다음 톰에게 날카롭게 말했다.

"자, 봐라! 맞잖니?"

말을 멈추고, 그는 낙담하고 쓸쓸한 표정으로 돈을 쳐다보
았다.

"300파운드 이상 모자라니, 그걸 모으려면 참 오래 걸리겠
구나. 곡물 때문에 42파운드를 날린 건 가슴 아픈 일이었어.

세상도 너무하지. 이만큼 모으는 데도 4년이 걸렸으니 앞으로 4년 뒤에 내가 살아 있기나 할지…… . 네게 빚 갚는 걸 부탁해야겠구나." 그는 떨리는 목소리로 말을 이어나갔다. "성년이 되어서도 지금과 같은 마음이라면…… . 하지만 내 장례부터 먼저 치를 것 같구나."

그는 어떤 보증을 원하는 듯한, 그러면서도 흠잡는 듯한 표정으로 톰의 얼굴을 쳐다보았다.

"아니에요, 아버지." 톰은 약간 떨리는 목소리로, 그러나 힘찬 결의를 담아서 말했다. "아버지 생전에 빚 갚는 것을 보실 거예요. 아버지 손으로 직접 말이에요."

그의 목소리에는 단순한 희망이나 결의 이상의 것이 담겨 있었다. 털리버 씨는 약한 전기에 감전이라도 된 듯 전율하면서 열심히 묻는 듯한 눈으로 톰을 뚫어지게 바라보았다. 매기는 참을 수가 없어서 아버지 곁으로 다가가 무릎을 꿇고 앉았다. 톰은 잠깐 뜸을 들인 다음 말을 이었다.

"오래전에 글레그 이모부가 장사 밑천을 조금 꿔주셨는데 그게 성공했어요. 제 은행 계좌에 320파운드가 있어요."

말이 끝나자마자 어머니는 아들의 목을 끌어안고는 반쯤 울면서 말했다.

"아, 내 아들아, 네가 크면 모든 걸 다 해결해 줄 줄 알았어."

그러나 아버지는 말이 없었다. 가슴이 너무도 벅차서 말이 나오지 않았던 것이다. 톰과 매기는 기쁨의 충격 때문에 아버지가 돌아가시지나 않을까 더럭 겁이 났다. 다행히도 구원의 눈물이 나왔다. 넓은 가슴이 들썩이고 얼굴 근육이 풀리더니 반백의 사나이는 엉엉 소리 내어 울기 시작했다. 발작적인 울음이 점차 수그러들었다. 곧 그는 차분하게 앉아 정상적인 호흡을 되찾았다. 마침내 그는 아내를 올려다보며 상냥한 목소리로 말했다.

"베시, 이리 와서 나에게 키스해 주오. 아들놈이 당신 한을 풀어주는군. 이제 좀 편히 살 수 있겠구먼."

아내가 키스를 하자 그는 잠시 그녀의 손을 잡고 있었다. 곧 그의 생각은 돈으로 돌아갔다.

"톰, 돈을 여기로 가져왔으면 좋았을 걸 그랬구나, 내 눈으로 직접 보게 말이다." 그는 손가락으로 탁자 위의 금화를 만지작거리면서 말했다. "더 확실히 느낄 수 있을 테니까."

"아버지, 내일이면 보실 수 있을 겁니다." 톰이 말했다. "딘 이모부가 빚쟁이들을 내일 골든 라이언에서 만나기로 약속하셨거든요. 2시에 점심 식사도 접대하기로 예약하셨어요. 글레그 이모부와 함께 오실 거예요. 토요일에 《메신저》지에 광고도 났어요."

"그럼 웨이컴도 알겠구나!" 틸리버 씨는 승리의 불꽃이 이글거리는 눈빛으로 말했다. "아!" 그는 자신에게 남은 단 하나의 사치품인 코담뱃갑을 꺼내어 옛날의 오만한 태도로 툭툭 두드리며 목 깊은 곳에서 나오는 목소리로 말했다. "이제 그놈 손아귀에서 벗어나겠구나. 이 방앗간을 떠나야 하긴 하지만. 여기서 죽을 때까지 살 수 있을 줄 알았는데. 하지만 그럴 수는 없지……. 집에 뭐 마실 것 좀 없소, 베시?"

"있고말고요." 틸리버 부인은 이제는 개수가 많이 줄어든 열쇠 꾸러미를 꺼내며 말했다. "내가 아플 때 딘 언니가 갖다준 브랜디가 있어요."

"그럼 가져오지. 힘이 빠지는 것 같으니까."

"톰, 내 아들아." 그는 물 탄 브랜디를 마신 후 힘이 나는 목소리로 말했다. "내일 연설을 좀 하려무나. 나는 네가 그 돈의 대부분을 모았다고 말할 거야. 이제 내가 정직하다는 것을 알겠지. 정직한 아들을 두었다는 것도 말이야. 아! 웨이컴은 너 같은 아들을 두었으면 하고 바랄걸. 잘생기고 몸도 똑바르고. 그 시원찮은 꼽추 대신 말이야! 너는 출세할 거다. 아마 웨이컴과 그 아들이 너보다 한두 계단 아래에 있는 걸 보게 될 거야. 넌 딘 이모부처럼 동업자가 될 거야. 벌써 그쪽으로 가고 있으니까. 부자가 되는 데 거치적거릴 게 하나도 없다……. 돈을 많이 벌거든 이걸 꼭 명심해라, 이 방앗간을 다시 사는 거다."

털리버 씨는 다시 의자 등받이에 몸을 기대었다. 오랫동안 불만과 불길한 예감으로만 가득 찼던 그의 머리는 갑작스러운 기쁨의 마술에 의해 행운에 대한 기대로 채워졌다. 그러나 옛 불행의 영향이 아직도 남아 있던 탓에 그는 그런 행운이 자기 자신에게 직접 일어나리라고는 생각할 수 없었다.

"얘야, 악수하자꾸나." 그는 갑자기 손을 내밀며 말했다. "훌륭한 아들, 자랑스러운 아들을 둔 것은 굉장한 일이지. 내겐 그 행운이 있는 것 같구나."

톰은 그처럼 감미로운 순간을 경험해 본 적이 없었다. 매기 또한 자신의 불만을 잊었다. 톰은 정말 훌륭했다. 그녀는 참된 존경과 감사의 순간에 경험하는 겸손함의 감미로움을 맛보았다. 그녀는 톰에 대한 자신의 잘못은 아직도 그대로이지만 자신과 필립에 대한 톰의 잘못은 이제 속죄되었다고 생각했다. 생전 처음으로 그날 저녁, 아버지에게 그녀는 뒷전이었다. 그러나 그녀는 질투심을 느끼지 않았다.

잠자리에 들기 전 한참이나 이야기꽃이 피었다. 당연히 털리버 씨는 톰의 장사의 우여곡절을 자세히 듣고 싶어 했다. 얘기가 진행됨에 따라 그의 흥분과 기쁨도 커져갔다. 그는 매 순간 어떤 얘기가 오갔는지, 그리고 가능하다면 어떤 생각이 오갔는지까지 알고 싶어 했다. 그는 밥 제이킨을 잘 알고 있었기 때문에 그가 장사에 도움을 준 얘기가 나오면 특히 감동을 받았다. 그는 밥의 어린 시절에 대해 자신이 알고 있는 얘기를 회상하며 당시 그의 행동에서 이미 싹수를 보았다고 했다. 물론 그것은 위인들의 어린 시절에 대한 회상에서 항상 관찰되는 현상이었다.

이야기에 대한 흥미가 웨이컴을 향한 막연하고도 격렬한 승리감을 누르고 있었던 것은 무척 다행이었다. 그렇지 않았다면 그의 기쁨은 출구를 그쪽에서 찾았을 것이며, 그것은 매우 위험했기 때문이다. 그런데도 그 감정은 때때로 제어력을 잃고 빠져나왔다. 그리하여 털리버 씨는 이야기와는 어울리지 않는 소리를 불쑥불쑥 질러대곤 했다.

털리버 씨는 한참 만에 잠이 들었다. 그의 잠은 생생한 꿈으로 가득 찼다. 새벽 5시 30분, 털리버 부인은 남편이 가위에 눌려 외마디 소리를 지르며 벌떡 일어나는 바람에 깜짝 놀라

잠에서 깨었다. 그는 당혹스러운 표정으로 침실 벽을 두리번 거렸다.

"무슨 일이에요, 여보?" 그녀가 물었다. 그는 여전히 어리둥 절한 모습으로 그녀를 바라보더니 이윽고 말했다.

"아! 내가 꿈을 꾸었나 보지……. 내가 소리를 질렀소……? 그놈의 멱살을 잡았다고 생각했거든."

7
결산일

털리버 씨는 원래 술을 절제하는 사람이었다. 물론 술을 싫어하지 않고 잘 마셨지만 결코 도를 넘는 법이 없었다. 그는 천성적으로 활달한 핫스퍼[31] 타입이어서 술의 도움이 없더라도 쉽게 불붙는 다혈질이었다. 흥분되는 상황이면 술 없이도 격렬했던 것이다. 따라서 그가 브랜디와 물을 청했다는 것은 갑작스러운 기쁨의 충격 때문에 4년간의 우울과 몸에 배지 않은 역경으로 오그라든 몸에 위험의 적신호가 켜졌다는 의미였다. 그러나 최초의 미심쩍은 위험한 순간이 지나자 그는 흥분과 함께 힘도 얻은 듯했다. 이튿날 채권자들과 함께 식탁에 앉았을 때 그의 눈은 유난히 반짝이고 볼도 불그레해졌다. 이

---

31) 셰익스피어의 희곡 『헨리 4세』 1막에 나오는 성급한 인물.

제 명예를 되찾을 수 있게 된 것이다. 그는 당당하고, 자신감 있고, 따뜻한 마음, 따뜻한 성격을 가진 옛 털리버의 모습을 되찾았다. 일주일 전에 그가 혼자 말을 타고 가는 모습을 본 사람이라면 이런 변화를 짐작조차 할 수 없었을 것이다. 지난 4년 동안 그는 빚과 패배감에 짓눌려 항상 고개를 수그리고 다녔으며, 어쩔 수 없이 사람들과 마주치게 되면 내키지 않는 짧은 시선을 던지곤 했다. 그날 연설에서 그는 예전처럼 열정적이고 자신감 있는 태도로 자신의 정직성을 강조했다. 불운하였고, 나쁜 사람들에게 속기도 했지만 그런데도 부단한 노력과 훌륭한 아들의 도움으로 모든 것을 극복할 수 있었다고 했다. 그러고는 톰이 필요한 돈의 대부분을 조달하게 된 내력을 설명하는 것으로 연설을 끝맺었다. 이어 톰의 건강을 위한 축배가 제의되었으며, 그 자리에서 딘 이모부는 톰의 성격과 행실을 칭찬했다. 톰도 일어서서 답례 연설을 했다. 그 장면을 바라보면서 털리버 씨의 분노와 적의에 찬 승리감은 보다 순수한 아버지로서의 긍지와 기쁨으로 바뀌는 듯했다. 그날 톰의 연설은 그의 일생에 유일한 연설이었다. 그것은 매우 짧았다. 그는 그곳에 모인 사람들의 호의에 감사한 다음, 아버지의 성실을 증명하고 명예로운 이름을 되찾는 데 일조할 수 있었던 것을 기쁘게 생각한다고 말했다. 또한 앞으로도 그 이름을 더럽히는 일은 결코 하지 않겠다고 다짐했다. 연설이 끝나자 박수갈채가 쏟아졌다. 톰의 태도는 너무도 의젓하였고, 키도 훤칠하며 자세도 곧았다. 털리버 씨는 좌우에 앉은 친구들에게 톰의 교육에 상당한 비용이 들었다고 설명했다.

점심 식사는 모두 정신이 말짱한 가운데 5시에 끝났다. 톰은 볼일이 있어 세인트오그스에 남았고, 털리버 씨는 집에 가서 '불쌍한 베시와 작은 계집아이'에게 무슨 얘기가 오갔고 또 무슨 일이 있었는지 얘기해 주기 위해 말에 올랐다. 그는 제법 흥분된 기색이었지만 그것은 건배로 마신 술이나 다른 흥분제 때문이기보다는 주로 승리가 주는 기쁨 때문이었다. 그는 오늘만큼은 뒷길로 가지 않고 큰길을 택했다. 다리까지 가는 동안 그는 고개를 높이 쳐들고 이리저리 자유롭게 둘러보며 천천히 말을 몰았다. 왜 웨이컴과 마주치지 않는 걸까? 이런 우연이 발생하지 않자 그는 초조해졌고 화가 치밀어 올랐다. 어쩌면 웨이컴은 이 영광스러운 행위를 목도하거나 또는 그에 대한 얘기를 듣지 않으려고 일부러 마을을 비웠는지도 몰랐다. 기분이 나쁠 테니까 말이다. 만일 그들이 서로 마주쳤다면 털리버 씨는 웨이컴을 똑바로 쳐다보았을 것이고, 그 냉정하고 뽐내는 듯한 건방진 모습에 웨이컴은 약간 상처받았을 것이다. 웨이컴은 정직한 사람은 더 이상 그를 섬기지 않으며 또한 부정한 재물로 가득 찬 그의 주머니를 불리는 데 자신의 정직을 빌려주지 않을 것임을 곧 알게 될 터였다. 어쩌면 운세가 바뀌기 시작하는지도 모른다. 언제나 악마가 세상에서 가장 좋은 패를 가지라는 법은 없는지도 모른다.

　이렇게 속을 끓이면서 털리버 씨는 돌코트 물방앗간 대문으로 다가갔다. 그때 눈에 익은 인물이 멋진 검정말을 타고 문을 나오는 것이 보였다. 그들은 대문에서 약 50미터 떨어진 곳, 즉 큰 밤나무와 느릅나무와 높은 둑 사이에서 마주쳤다.

"털리버," 웨이컴은 평소보다 더 교만한 말투로 무뚝뚝하게 말했다. "도대체 무슨 바보짓을 한 건가. 그 딱딱한 덩어리들을 먼 데 밭에다 늘어놓다니. 내가 그렇게 말했는데도 도무지 제대로 농사짓는 법을 배우지 못하니."

"아!" 털리버는 갑자기 분이 치밀어 올랐다. "그럼 다른 사람을 구해 보시지. 그 사람한테 가르치면 되지 않소."

"취했나 보군." 털리버의 붉어진 얼굴과 반짝이는 눈을 보고 웨이컴은 그가 정말 취한 줄 알았다.

"천만에, 취하지 않았소." 털리버가 말했다. "악당 밑에서 더 이상 일하지 않기로 결심하는 데 술기운을 빌리고 말고 할 것도 없소."

"그럼 좋소! 내일 당장 집을 비우시오. 그 건방진 주둥이 닥치고 길이나 비키시오."(털리버는 웨이컴을 가두느라 자기 말로 길을 가로막고 있었다.)

"아니, 못 비키겠소." 털리버는 더 사나워졌다. "먼저 내가 당신에 대해 어떻게 생각하는지 말해 주지. 당신은 교수형을 당해도 시원치 않을 흉악한 악당이야, 당신은……."

"비켜, 이 무식한 놈아, 아니면 밟고 지나가겠어."

털리버 씨는 채찍을 치켜들고 말에 박차를 가하여 앞으로 달려갔다. 웨이컴의 말이 뒷걸음질하다가 주인을 안장에서 떨어뜨렸다. 웨이컴은 땅바닥에 모로 쓰러졌다. 웨이컴은 기민하게 고삐를 풀었다. 말이 몇 걸음 나아가다 바로 멈춰 섰기 때문에 어쩌면 그는 약간 생채기만 입고 일어나서 다시 말에 탈 수도 있었을 것이다. 그러나 그가 일어나기 전에 털리버가 말에서 내렸다. 오랫동안 증오하던 강자가 넘어져서 자기 손아귀에 들어온 것을 보자 그는 승리감과 복수심으로 거의 광란 상태에 빠졌다. 그 때문에 그에게는 초인적인 민첩성과 힘이 생긴 듯했다. 그는 일어서려는 웨이컴에게 달려들어 왼팔을 잡아 밀었다. 그 바람에 웨이컴의 모든 체중은 땅에 닿은 오른팔에 실렸다. 그런 다음, 그는 웨이컴의 등을 채찍으로 마구 후려쳤다. 웨이컴은 도와달라고 소리를 질렀으나 아무도 오지 않았다. 마침내 "아버지, 아버지!" 하고 부르는 여자 목소리가 들렸다.

웨이컴은 갑자기 무엇인가가 틸리버의 팔을 붙잡았다는 것을 알아차렸다. 채찍질이 멈추고 왼팔이 느슨해지는 걸 느낀 것이다.

"저리 가, 가란 말이야!" 틸리버가 화가 나서 소리쳤다. 그러나 그것은 웨이컴에게 하는 말이 아니었다. 웨이컴은 천천히 일어섰다. 그가 고개를 돌리자 한 처녀가 틸리버의 팔을 붙들고 있는 것이 보였다. 아니, 틸리버는 붙들려 있다기보다는 전력을 다해 그에게 들러붙어 있는 처녀가 다칠세라 조심하고 있는 듯했다.

"오, 루크, 어머니, 여기 와서 웨이컴 씨 좀 도와주세요!" 매기는 기다리던 발소리가 들리자 소리쳤다.

"저 낮은 말에 오르도록 도와주게." 웨이컴 씨가 루크에게 말했다. "그러면 몸을 가눌 수 있을 것 같아. 그런데 팔을 삔 것 같군."

웨이컴 씨는 근근이 틸리버 씨의 말에 올라탔다. 그러고는 그에게로 돌아서서 분노 어린 창백한 얼굴로 말했다. "이봐, 이 대가는 꼭 치르게 될 거요. 당신이 날 공격했다는 것은 당신 딸이 증언할 테니까."

"상관없어." 털리버 씨는 굵고 사나운 목소리로 말했다. "가서 등짝을 보여주며 내가 채찍으로 쳤다고 말하시지. 내가 빚을 좀 갚았다고 말이야."

"내 말을 타고 집으로 같이 가세." 웨이컴이 루크에게 말했다. "토프턴 페리 쪽으로 해서, 시내 쪽으로 말고."

"아버지, 들어가세요." 매기가 애원하듯이 말했다. 웨이컴이 말을 타고 가서 더 이상 위험이 없어지자 그녀는 팔에 힘을 늦추고 히스테리한 울음을 터뜨렸다. 그동안 어머니는 두려움에 떨면서 가만히 서 있었다. 그러나 매기는 자기가 힘을 풀자 반대로 아버지가 자기 팔을 잡고 기대는 것을 느꼈다. 그녀는 놀라서 울음을 멈추었다.

"몸이 좋지 않군, 쓰러질 것 같아." 그가 말했다. "날 좀 도와 줘, 베시. 좀 어지럽군. 머리가 아파."

그는 아내와 딸의 부축을 받아 천천히 집으로 들어가서 의자에 쓰러지듯 앉았다. 검붉던 얼굴이 창백해졌고, 손이 얼음처럼 차가웠다.

"의사를 부를까요?" 털리버 부인이 말했다.

그는 너무 힘이 없고 고통스러워서 아내의 말을 듣지 못한 듯했다. 그러나 부인이 매기에게 "가서 누구 의사 좀 불러오라고 해라."라고 하자 그는 다 알아들은 듯이 그녀를 바라보며 말했다. "의사라고? 아냐, 의사는 필요 없어. 머리가 좀 아픈 것뿐이야. 날 좀 눕혀줘."

서광이 비치는 것 같던 하루가 이렇게 슬프게 끝나다니! 하지만 뒤섞인 종자에서는 뒤섞인 수확밖에 거둘 수 없는 법이다.

아버지가 자리에 누운 지 30분 후에 톰이 집으로 돌아왔다. 봅 제이킨도 함께였다. 그는 '옛 주인'에게 축하 인사를 할 생각이었다. 게다가 톰의 행운에 도움이 되었다는 자부심도 있었다. 톰 생각으로는 봅과 얘기를 나누는 것이 아버지에게 가장 흡족한 하루의 마무리가 될 듯했다. 그러나 톰은 오랫동안 꾹꾹 눌러왔던 증오의 갑작스러운 분출이 아버지에게 초래할 불쾌한 결과를 걱정하며 우울하게 저녁나절을 보낼 수밖에 없었다. 고통스러운 소식을 전해 들은 후, 톰은 묵묵히 앉아 있었다. 어머니와 누이에게 그날 점심 식사 때 있었던 일을 얘기해 줄 기분도 의욕도 나지 않았다. 그녀들 역시 물어볼 생각도 하지 않았다. 분명, 그들 인생의 그물은 잡다한 실로 꼬여 있어서 슬픔이 섞이지 않은 기쁨이란 존재할 수 없는 모양이었다. 톰은 자신의 모범적인 노력이 늘 다른 사람의 잘못으로 인하여 망쳐져 버린다는 생각에 낙담하였다. 매기는 자신이 아버지의 팔을 잡던 순간을 되풀이하여 떠올리며 괴로워했다. 뭔가 끔찍한 일이 닥쳐올지도 모른다는 생각에 몸서리를 쳤다. 세 사람 중 어느 누구도 털리버 씨의 건강에 대해서 특별히 걱정하지 않았다. 지난번의 위험한 발작과는 증상도 달랐고 또한 격한 감정에 휩싸인 데다 여러 시간 동안 매우 흥분한 다음 힘을 썼으니 아픈 것이 당연할 수도 있었기 때문이다. 그들은 좀 쉬면 나을 거라고 생각했다.

톰은 종일 분주했던 만큼 매우 피곤하여 곧 잠에 곯아떨어졌다. 그래서 잠을 깨어 희미한 여명 속에 어머니가 서 있는 것을 보았을 때 그는 방금 잠자리에 든 것 같은 느낌이었다.

"얘야, 빨리 일어나라. 의사를 부르러 보냈어. 아버지가 너와 매기를 부르시는구나."

"악화되셨나요, 어머니?"

"밤새 머리가 무척 아프셨단다. 그렇지만 악화되었다고는 안 하셔. 그냥 갑자기 '베시, 애들을 불러줘, 빨리.' 하시더구나."

매기와 톰은 차가운 새벽빛 속에서 급히 옷을 입고 아버지 방으로 거의 동시에 달려갔다. 아버지가 그들을 기다리고 있었다. 이마에는 고통이 각인되어 있었고, 눈에는 불안하고 걱정스러운 빛이 가득하였다. 털리버 부인은 침대 발치에 서서 두려움으로 떨고 있었다. 밤새 자지 못해서 매우 지치고 늙어 보였다. 매기가 먼저 침대 곁으로 다가갔다. 그러나 아버지의 시선은 뒤따라 들어와 그녀 곁에 선 톰에게로 향했다.

"톰, 내 아들아, 때가 된 듯하구나. 다시 일어날 것 같지 않아……. 이 세상은 내게 너무 힘들었어. 하지만 얘야, 네가 많이 갚아주었구나. 다시 악수하자꾸나, 얘야. 헤어지기 전에."

부자는 손을 맞잡고 잠시 서로를 바라보았다. 이윽고 톰은 의연하려고 애쓰며 말했다.

"무슨 소원이라도 있으세요, 아버지? 제게 바라시는…… 이 다음에……."

"아, 얘야…… 물방앗간을 다시 사도록 해라."

"알겠습니다, 아버지."

"어머니 말인데, 내가 고생시켰으니 네 힘껏 호강 좀 시켜드려라······. 또 네 동생도······."

아버지는 매기 쪽으로 더욱 애절한 시선을 돌렸다. 매기는 가슴이 찢어질 듯했지만 사랑하는 늙은 아버지의 얼굴을 더 가까이 보려고 무릎을 꿇었다. 그 얼굴은 오랫동안 그녀에게 가장 깊은 사랑과 가장 모진 시련의 상징이었다.

"톰, 저 애를 돌봐주어야 한다······. 내 딸아, 너무 걱정 마라. 널 사랑하고 네 편이 되어줄 사람이 나타날 테니까······. 애야, 동생한테 잘해 주어야 한다. 나도 내 여동생에게 잘해 주었단다. 자, 키스해 다오, 매기······. 이리 와요, 베시······. 톰, 벽돌무덤을 하나 마련해 다오, 네 어머니와 합장할 수 있게."

이 말을 마치고 그는 그들 모두에게서 시선을 거두었다. 그러고는 얼마 동안 가만히 있었다. 가족들은 꼼짝도 하지 않고 그를 지켜보고 있었다. 아침 햇살이 밝아지자 멍한 표정과 풀어진 눈동자가 드러났다. 마침내 그가 톰을 바라보며 말했다.

"난 보복을 했어. 그자를 두들겨 패주었지. 마땅히 할 일을 한 거야. 난 해선 안 되는 일은 절대 하지 않아."

"하지만 아버지, 아버지," 매기는 슬픈 가운데서도 형언할 수 없는 근심에 사로잡혀 말했다. "그 사람을 용서하시는 거죠, 모두를 용서하시는 거죠?"

그는 그녀를 바라보지 않은 채 말했다.

"아니다, 애야. 그자는 용서 못 해······. 용서란 게 도대체 뭐냐? 난 악당은 결코 용서 못 해······."

그의 목소리가 잠겼다. 그는 더 이야기하고 싶어서 자꾸 입

술을 움직였지만 목소리가 나오지 않았다. 마침내 겨우 말이
새어 나왔다.

"하느님은 악당을 용서하실까? ……그분은 용서하시더라
도, 날 나무라지는 않으실 거다."

그는 이리저리 손을 휘저었다. 마치 그의 몸 위에 놓여 있는
방해물을 치워달라고 하는 듯이. 두세 번, 그는 두서없는 말
들을 더듬거렸다.

"이 세상은…… 너무…… 정직한 사람…… 어려워……."

곧 그것마저 뜻 모를 웅얼거림으로 바뀌었다. 눈이 보이지
않는 듯하더니 마침내 잠잠해졌다.

하지만 죽은 것은 아니었다. 한 시간 이상 가슴이 오르락내
리락했으며 거친 심호흡이 계속되더니, 이마에 찬 이슬이 맺
히기 시작하면서 그것은 점차 느려졌다.

드디어 완전한 정적이 찾아왔다. 불쌍한 털리버의 희미한
영혼은 이 세상의 고통스러운 수수께끼와 드잡이를 멈추었다.

그제서야 도움의 손길들이 도착했다. 루크와 그의 아내가
왔다. 턴불 씨도 왔지만 사후 약방문에 불과했다. 그로서는
"운명하셨습니다."라는 말밖에 할 것이 없었다.

톰과 매기는 아래층 거실로 갔다. 그들의 시선은 동시에 비
어 있는 아버지의 자리로 향했다. 매기가 말했다.

"오빠, 용서해 줘. 우리 항상 서로 사랑하기로 해." 그들은
서로 끌어안고 울었다.

6부

유혹

1
낙원의 이중창

　그랜드피아노가 열려 있고 창 너머로 플로스 강가의 보트 하우스까지 이어지는 경사진 정원이 내려다보이는 잘 꾸며진 이 방은 바로 딘 씨의 응접실이다. 옅은 갈색 고수머리를 늘어뜨리고 자수를 놓느라 손가락을 바쁘게 움직이는 단정한 상복의 아가씨는 물론 루시 딘이다. 그리고 아가씨의 발치에 누워 있는 흑갈색 애완견의 조그만 얼굴을 가위로 지분거리느라 의자에서 몸을 굽히고 있는 멋진 청년은 다름 아닌 스티븐 게스트다. 다이아몬드 반지를 낀 그의 손, 장미유 향기를 풍기는 그의 몸, 그리고 낮 12시에 한가롭게 빈둥거릴 수 있는 여유, 이 모든 것은 세인트오그스의 가장 큰 착유 공장과 가장 긴 부두를 소유하고 있는 집안 배경을 말해 주는 우아한 징표였다. 언뜻 보아 그 가위질은 장난에 불과한 듯했다. 그러나

보다 면밀히 살펴보면 머리가 크고 다리가 긴 이 청년의 장난에는 목적이 있음을 알 수 있다. 왜냐하면 루시는 가위가 필요한 탓에 별로 내키지는 않지만 고수머리를 뒤로 흔들어 넘기고 부드러운 암갈색 눈동자를 들어, 자기 무릎 높이에 있는 그 얼굴을 향해 장난스럽게 웃으면서 조가비 같은 분홍빛 손바닥을 내밀며 이렇게 말하지 않을 수 없었기 때문이다.

"내 가위 좀 주세요. 불쌍한 미니 좀 그만 괴롭히고요."

그 바보 같은 가위가 그만 손가락 관절 너머까지 깊숙이 미끄러져 박혀서 빠지지 않는 것 같았다. 그래서 헤라클레스와 같은 그 장대한 사나이는 어찌해 볼 도리가 없는 듯이 덫에 걸린 손가락들을 내밀었다.

"망할 놈의 가위 같으니! 손잡이 구멍이 잘못되었잖아. 제발 좀 빼줘요."

"다른 손으로 빼면 되잖아요." 루시가 짓궂게 말했다.

"아니, 왼손으로 빼라고? 난 왼손잡이가 아닌데." 루시는 웃으면서 작은 손가락 끝으로 부드럽게 가위를 빼냈다. 스티븐 씨는 다시 한번 하고 싶어졌다. 그래서 루시가 가위를 놓으면 다시 집으려고 지켜보고 있었다.

"아니, 안 돼요." 루시는 가위를 허리띠에 꽂으면서 말했다. "가위는 이제 어림없어요. 벌써 망가뜨려 놓았잖아요. 미니를 화나게 하지 마세요. 바로 앉아서 얌전히 있으면 중요한 소식을 알려줄게요."

"그게 뭐지?" 스티븐은 몸을 뒤로 젖히고 오른팔을 의자 손잡이에 걸치면서 말했다. 그 모습은 마치 초상화를 그리기 위하여 포즈를 잡는 것 같았다. 그것은 멋진 스물다섯 살 젊은 이의 초상화였다. 네모반듯한 이마 위로 짧게 깎은 짙은 갈색 머리는 곧게 뻗었다가 끝이 살짝 구부러진 것이 마치 밀 이삭 같았다. 짙은 눈썹 아래에는 반쯤은 열정적이고 반쯤은 냉소적인 시선이 반짝이고 있었다. "아주 중요한 소식인가?"

"그럼요, 아주 중요하죠. 알아맞혀 봐요."

"미니 먹이를 바꾸려는 거지요, 매일 과실주 세 방울을 크림 한 티스푼에 타서 주려는 거지요?"

"아니에요, 틀렸어요."

"그럼 퀸 박사가 옷에 심을 넣지 말라고 설교해서 숙녀 분들이 모두 집단 항의서를 제출한 거요? '그건 너무 엄한 교리요. 누가 그걸 참아낼 수 있겠어요?' 하고 말이지요."

"말도 안 돼요!" 루시는 입을 다물어 진지한 표정을 지으며 말했다. "그걸 못 알아맞히다니. 얼마 전에 얘기했던 건데."

"당신이 얼마 전에 얘기한 게 오죽 많아야지. 당신이 그중 하나라고 말하면 내가 척 알아맞혀야 하다니, 그건 좀 심하지 않은가?"

"그래요, 당신이 날 바보라고 생각하는 건 나도 알고 있어요."

"난 당신이 정말 매력적이라고 생각하는데."

"바보인 게 매력이겠지요."

"난 그런 말 한 적 없어요."

"그렇지만 당신은 평범한 여자를 좋아하잖아요. 필립 웨이컴이 다 말했어요. 당신이 없는 동안에 내게 일러바쳤단 말이에요."

"아, 그 점에서 필은 엄격하지. 꼭 자기 일처럼 심각하니까. 아마 외국에서 만난 고상한 베아트리체[32] 같은 여인에게 빠져 있는 것 같아요. 상사병이 날 정도로."

"어머, 어떡하지!" 루시가 일손을 놓고 말했다. "지금 막 생각난 건데, 내 사촌 매기가 그 애 오빠처럼 필립을 안 보려 할지 어떨지 물어볼 생각을 못 했어요. 톰은 필립이 있다는 걸 알면 절대로 그 장소에 안 들어가요. 어쩌면 매기도 그럴지 몰라요. 그러면 우리는 합창을 못 하게 돼요, 그렇죠?"

"아니, 사촌이 여기 온단 말입니까?" 스티븐은 약간 화난 듯한 모습으로 말했다.

"네, 그게 내가 말하려던 소식이에요. 당신은 잊어버렸죠. 아버지가 돌아가신 뒤로 2년 정도 일을 했는데, 불쌍한 애 같으니라고, 이제 그곳을 떠나 우리 집에서 한두 달 지낼 거예요. 나로서는 더 오래 있었으면 좋겠는데."

"내가 그 소식에 기뻐해야 합니까?"

"그런 건 아니에요." 루시는 약간 뽀로통해져서 말했다. "나는 기뻐요. 그렇지만 물론, 그 때문에 당신도 기뻐해야 하는 건 아니에요. 내가 이 세상에서 매기만큼 사랑하는 친구는 없어요."

"사촌이 오면 늘 꼭 붙어 있겠군. 우리 둘만 있을 시간은 없어질 테고. 사촌에게 가끔 짝이 되어줄 남자를 하나 구해 주기 전에는 말입니다. 그런데 왜 필립을 싫어하지요? 후보감이

---

32) 단테의 『신곡』에 나오는 이상화된 연인.

될 수 있을 텐데."

"필립 아버지와의 불화 때문이에요. 매우 어려운 사정이 있었던 것 같아요. 그 전말에 대해서 저는 잘 이해를 못 하고, 잘 알지도 못해요. 털리버 이모부는 운이 나빠서 재산을 다 날렸는데 이모부는 그게 웨이컴 씨 탓이라고 생각한 듯해요. 웨이컴 씨는 이모부가 살던 돌코트 물방앗간을 샀어요. 털리버 이모부 기억하죠?"

"아니," 스티븐은 약간 거드름 피우듯 무관심한 태도로 말했다. "이름은 알고 있어요. 어쩌면 얼굴도 알지 모르고. 이름 따로, 얼굴 따로, 이런 식으로 말이지요. 동네 사람들 반쯤은 대개 그렇게 뒤죽박죽으로 알고 지내니까."

"이모부는 성격이 불같으셨어요. 내가 어렸을 때 사촌들을 보러 가면 이모부는 꼭 화난 것처럼 말을 해서 무서웠던 기억이 있어요. 아버지 말씀으론 이모부가 돌아가시기 전날, 웨이컴 씨와 무섭게 싸웠다더군요. 그렇지만 쉬쉬하고 넘어갔어요. 당신이 런던에 있을 때 일이에요. 아버지 말씀으론 이모부가 잘못 생각하신 면이 많대요. 성격이 비뚤어지셔서 말이에요. 톰과 매기는 당연히 그런 일들을 생각하기 싫겠죠. 그동안 정말 힘든 일들을 겪었으니까요. 매기는 나랑 같이 학교에 다녔는데 6년 전에 아버지 일이 잘못되어 그만두었어요. 그 뒤로는 아무 즐거움도 없이 산 것 같아요. 이모부가 돌아가신 뒤로 그 애는 학교에서 힘들게 일했어요. 독립하겠다고 말이에요. 풀릿 이모 댁에서 오라는 걸 거절했어요. 그때 나는 우리 집에 오라고 할 수가 없었어요. 어머니가 편찮으셔서 집이 말이 아니었거든요. 그래서 이제라도 우리 집에 오라고 한 거예요. 휴식을 좀 취하라고. 오랫동안 말이에요."

"당신은 정말 천사 같군." 스티븐은 감탄하는 미소를 띠고 그녀를 바라보며 말했다. "만일 사촌이 그 어머니처럼 말솜씨가 없다면 더욱 그렇고."

"불쌍한 이모! 이모를 그렇게 조롱하다니, 나빠요. 내게는 소중한 분이에요. 집안 살림을 잘하세요. 남이라면 그렇게 하지 못할 거예요. 게다가 어머니가 편찮으신 동안 내게 큰 힘이 되어주셨어요."

"좋아요, 하지만 함께 계시지는 않고 그냥 브랜디 체리와 크림 케이크만 만들어주셨으면 좋겠군. 그분의 딸이 그런 맛있는 대용물 대신 몸소 우리와 함께 항상 있을 것을 생각하면 소름이 끼치는군. 뚱뚱한 금발이 푸른 눈을 둥글게 뜨고 우리를 빤히 쳐다본다고 생각하니."

"아, 그래요!" 루시는 짓궂게 웃으며 손뼉을 쳤다. "정말 내 사촌 매기와 똑같아요. 틀림없이 본 적이 있죠?"

"아니, 정말 없어요. 털리버 부인의 딸이라니까 상상해 본 것뿐이지. 만일 당신 사촌이 필립을 못 오게 한다면 문제는 더 심각해져요. 테너 파트를 그럭저럭 부를 만한 사람은 필립밖에 없으니까."

"그런 일은 없었으면 좋겠는데. 필립에게 가서 내일 매기가 온다고 얘기 좀 해주겠어요? 필립은 톰의 감정을 잘 알기 때문에 톰을 피해 왔어요. 그러니까 내가 초대를 할 때까지 우리 집에 오지 말아달라고 부탁하면 이해할 거예요."

"당신이 직접 메모를 한 장 써주면 좋겠군. 당신도 알다시피 필은 매우 민감해서 하찮은 일에도 겁을 집어먹고 아예 발을 끊을지도 모르니까. 그러면 다시 오기 힘들어요. 파크 하우스에는 절대로 안 와요. 아마 내 누이들을 좋아하지 않나 봐요. 그 사람의 곤두선 깃털을 진정시킬 수 있는 건 요정 같은 당신 손길밖에 없어요."

스티븐은 탁자 근처에 있는 작은 손을 잡아서 입술에 살짝 갖다 대었다. 루시는 자랑스럽고 행복했다. 그녀와 스티븐은 청춘의 가장 멋진 순간인 사랑의 꽃봉오리가 살포시 열리는 단계에 와 있었다. 서로 사랑을 확신하지만 아직 어떠한 고백도 나누지 않아서 추측만 하는 이런 단계에서는 사소한 말이나 하찮은 동작 하나하나가 모두 바람결에 실려 오는 재스민 향기처럼 우아하고 감미로운 흥분을 자아내었다. 약혼을 하게 되면 극도로 민감한 이런 감수성은 끝장이 난다. 마치 재스민을 다발로 갖다 안기는 것과도 같으므로.

"그런데 당신이 매기의 외모와 태도를 그렇게 족집게같이 맞힌 것은 신기하군요." 골려먹기 좋아하는 루시는 자기 책상으로 돌아가며 말했다. "오빠를 닮았을 수도 있잖아요. 톰은 눈이 동그랗지도 않고 사람들을 빤히 쳐다보지도 않거든요."

"아, 그 친구는 자기 아버지를 닮았나 보지. 그는 마왕처럼 오만해요. 하지만 내 생각에, 머리가 그리 좋은 것 같진 않아요."

"나는 톰을 좋아해요. 내 강아지 롤로가 죽었을 때 미니를 가져다주었어요. 게다가 아빠도 그를 매우 좋아해요. 톰에겐 도의가 있대요. 이모부가 돌아가시기 전에 빚을 다 갚으실 수 있었던 것도 톰 덕택이고요."

"아, 아, 나도 그 얘긴 들었어요. 얼마 전에 점심 식사 자리에서 아버지들끼리 얘기하는 걸 들었지. 식사가 끝나면 끝없이 사업 얘기를 하시거든. 젊은 틸리버에게 뭔가를 해줄 생각인가 봐요. 그 친구가 마치 터핀[33]처럼 급히 말을 타고 와서 은행인가 뭔가가 문을 닫게 되었다는 얘기를 전한 덕분에 큰 손해를 막을 수 있었다더군. 하지만 나는 그때 졸려서."

스티븐은 의자에서 일어나 피아노 쪽으로 어슬렁거리며 걸어갔다. 책상 위에 펼쳐져 있는 「천지창조」[34]의 악보를 넘기면서 「우아한 왕비여」를 가성으로 흥얼거렸다.

"자, 이걸 불러봐요." 루시가 자리에서 일어서는 것을 보고 그가 말했다.

"뭐, 「우아한 왕비여」를요? 당신 목소리에 안 맞을 것 같은데."

"괜찮아요. 내 감정에는 꼭 맞으니까. 필립 말로는 좋은 노래에는 그게 매우 중요하대요. 목소리가 시원찮은 사람들은 대개 그런 의견을 가지고 있지."

"필립이 전에 「천지창조」에 대해 심한 욕을 했어요." 피아노 앞에 앉으면서 루시가 말했다. "그 사람 말로는 독일 대공의 생일 파티를 위해 쓰인 데서 알 수 있듯이 달콤한 사탕발림과 아첨 같은 면이 있대요."

33) 영국의 유명한 노상강도.
34) 하이든의 성가극.

"흥! 그 친구는 성질이 고약한 타락한 아담이오. 우리는 타락 전의 아담과 이브고, 아직 낙원에 살고 있지요. 자, 그럼 도덕을 위해서 서창(敍唱)부를 불러요. 당신은 여성의 의무 부분을 부르고. '순종에서 나의 긍지와 행복이 솟나니' 말입니다."

"아, 아니에요. 나는 당신처럼 박자를 길게 끄는 아담을 존경할 수 없어요." 루시는 이중창 연주를 시작하면서 말했다.

함께 노래 부를 수 있는 관계야말로 의심과 두려움에 흔들리지 않는 애정 관계다. 두 개의 베이스 음정이 은방울 같은 소프라노 음색 사이에서 알맞게 울려 나올 때, 하향 3도와 5도 화음이 완벽한 조화를 이룰 때, 그리고 한 목소리를 다른 목소리가 사랑스럽게 따라가는 둔주곡을 연주할 때, 서로 어울린다는 생각이 자연스럽게 솟아나며 이러한 느낌은 보다 즉각적이고 덜 감성적인 상호 조화보다 훨씬 더 감동적이다. 콘트랄토 목소리는 베이스 목소리에게 따지지 않을 것이며, 테너는 사랑스러운 소프라노와 함께 보내는 저녁 동안에 화제가 없을까 봐 걱정하지 않을 것이다. 더구나 그렇게 음악이 귀했던 그 시절의 시골에서 음악을 사랑하는 두 사람이 어떻게 사랑에 빠지지 않을 수 있단 말인가? 그런 상황에서는 정치적 원칙마저도 느슨해질 위험이 있었다. 그래서 부패선거구[35]에 충실한 바이올린 주자는 혼란스럽게도 개혁적 첼로 주자와 친해지고 싶어진다. 이번 경우에는 홍방울새 같은 목소리의 소

---

35) 유권자가 격감해도 의원 선출의 권리를 보유했던 선거구. 1832년 폐지. 여기에 충실하다는 것은 바로 정치적으로 보수적임을 의미한다.

프라노와 성량이 풍부한 베이스가 함께 노래하는 중이었다.

그대와 함께라면 기쁨은 날로 새롭고
그대와 함께라면 인생은 끝없는 행복

그들은 노래를 함으로써 자신들이 부르는 내용을 더욱 더 믿게 되었다.

"대천사 라파엘의 노래를 불러요." 이중창이 끝났을 때 루시가 말했다. "당신은 '큰 짐승' 부분을 완벽하게 해내잖아요."

"그거 칭찬인가?" 스티븐은 시계를 바라보며 말했다. "아이고, 벌써 1시 30분이 다 되었네. 좋아요, 이 곡은 불러도 되겠어요."

스티븐은 큰 짐승들의 발소리를 표현하는 낮은음들을 매우 수월하게 불렀다. 그러나 청중이 둘일 경우 둘의 반응은 다를 수 있다. 미니의 여주인은 매혹되었지만 미니는 그렇지 못했다. 그 작은 개는 노래가 시작되자마자 바구니 속에 숨어서 떨기 시작하더니, 이 천둥소리가 도저히 마음에 들지 않는지 곧 그곳을 뛰쳐나와 제일 멀리 떨어진 작은 서랍장 밑으로 기어 들어갔다. 제 딴에는 그곳이 작은 개가 최후의 심판을 대비하는 가장 적당한 장소로 여겨진 모양이었다.

"안녕, 우아한 왕비님." 노래가 끝나자 스티븐은 외투 단추를 끼우면서 피아노 의자에 앉아 있는 작은 여인에게 말했다. 큰 키로 미소를 지으며 여인을 내려다보는 그의 모습에는 보호자연하는 연인의 태도가 엿보였다. "내 행복은 끝이 없지 않군. 집에 달려가야만 해요. 점심 시간에 가기로 했거든."

"그럼 필립에게 들르지 못하겠군요. 그래도 괜찮아요. 메모에 다 적어놨으니까."

"내일은 사촌과 함께 보내야 하니 시간이 없겠군, 그렇죠?"

"그래요, 가족끼리 단출한 파티를 열 거예요. 톰도 점심때 와요. 불쌍한 이모는 처음으로 자식 둘 모두와 함께 있게 되는 거지요. 참 좋을 거예요. 나는 계속 그 생각을 해요."

"하지만 그다음 날에는 와도 될까요?"

"아, 물론이죠! 오면 사촌 매기를 소개해 줄게요. 물론 전에 본 적이 없다고는 못 할 거예요. 어떻게 생겼는지 그렇게 잘 맞히는 걸 보면 말이지요."

"그럼, 안녕." 마주 잡은 두 손에 약간 힘이 가해지고 두 사람의 눈길이 마주쳤다. 작은 여인의 볼에 홍조가 떠오르고 얼굴에는 미소가 흘렀다. 그런 미소는 현관문이 닫힌 다음에도 쉽게 사라지지 않는 법이다. 수를 놓거나 다른 이성적이고 건설적인 일을 하는 대신 방 안을 이리저리 돌아다니게 된다. 적어도 루시는 그랬다. 그녀가 걷다가 벽난로 위에 있는 거울을 쳐다봤다고 해서 그녀가 부드러운 충동보다는 허영심이 더 많은 사람이라고는 생각하지 말기 바란다. 몇 시간 대화하는 동안 자기 모습이 흉측하게 보이지 않았다는 것을 확인하려는 마음은 다른 사람에 대한 배려로서 칭찬할 만한 마음가짐의 범주에 들기 때문이다. 실제로 루시는 타인에 대한 이런 배려가 매우 깊은 사람이어서, 그녀의 조그만 이기심 속에조차 타인에 대한 배려가 스며 있었다. 당신이 아는 어떤 사람들의 경우, 자비심마저도 이기심의 발로인 것과는 정반대로 말이다. 그녀가 사는 좁은 세상에서 가장 중요한 사람에게 사랑받고 있다는 승리감으로 작은 가슴이 뛰고 있는 이 순간에도, 그녀의 옅은 갈색 눈동자 속에는 조금 전의 개인적 허영심이 완전히 사라지고 밝은 온화함만이 가득했다. 그녀는 연인에 대해 생각하는 것이 행복했다. 그런데 그것은 그 생각이 그녀의 평화로운 일상을 채우는 여러 다른 애정과 배려와 공존할 수 있었기 때문이다. 지금 이 순간에도 그녀의 생각은 반쯤밖에 꾸미지 못한 매기 방과 스티븐 사이를 왔다 갔다 하고 있었다. 이 두 생각은 순간적으로 자리를 바꾸기 때문에 마치 동시에 일어나는 듯했다. 매기는 최고의 귀빈 대접을 받게 될 것이다. 아니, 그 이상일 것이다. 왜냐하면 그녀의 방에는 루시가 가장 아끼는 판화와 그림이 걸릴 것이고 탁자 위에는 가장 아름다운 봄꽃을 꽂아둘 터이므로. 매기가 아주 좋아할 거야. 매기는 아름다운 거라면 너무 좋아하니까! 또 아무도 관심을 갖지 않는 불쌍한 털리버 이모에게도 최고급 모자를 선물할 거야. 또 오늘 저녁에 아빠한테 말씀드려서 이모를 위한 축배를 들게 해야지. 정말이지 그녀에게는 행복한 연애의 달콤한 생각에 잠겨 있을 시간이 없었다. 이런 생각이 들자 그녀는 문으로 걸어가기 시작했다. 그러나 그녀는 곧 멈춰 섰다.

"무슨 일이야, 미니?" 그녀는 조그만 네발짐승의 낑낑거리는 소리에 답하느라 몸을 굽혔다가 번쩍 안아 올려 미니의 윤기나는 머리를 자신의 분홍빛 뺨에 갖다 대었다. "혼자 내버려두고 갈 줄 알았어? 자, 함께 신드바드를 보러 가자."

신드바드는 루시의 밤색 말로, 마구간 마당에 내놓았을 때는 항상 손수 먹이를 주었다. 그녀는 동물에게 먹이 주는 걸 좋아했으며 집에 있는 모든 동물의 식성을 잘 알았다. 카나리아가 신선한 곡식을 쪼느라 분주할 때 나는 작은 소리를 듣거나 어떤 동물들이(그녀가 너무 경박해 보일까 봐 그냥 우리가 잘 아는 설치류라고만 말해 두겠다.) 먹이를 갉아 먹는 모습을 보면서 기뻐하곤 했다.

열여덟 살 난 이 가냘픈 소녀야말로 남자가 결코 결혼한 것을 후회하지 않을 여자라는 스티븐 게스트의 확고한 생각은 옳지 않은가? 다른 여자들을 사랑하고 배려하는 여자, 즉 겉으로는 유다처럼 위선적인 키스를 보내면서 곁눈질로 그녀들의 결점을 찾는 그런 여자가 아니라, 진정으로 그녀들의 내적 고통과 어려움을 살피고 이해하면서 그들을 조금이라도 기쁘게 하기 위해 오랫동안 궁리하며 즐거워하는 그런 여자라면 말이다. 어쩌면 스티븐이 생각하는 루시의 장점은 그녀의 이런 귀한 장점들과 정확히 맞아떨어지지 않을지도 모른다. 어쩌면 그는 루시가 월등히 뛰어난 여자가 아니라는 점 때문에 그녀를 선택했는지도 모른다. 남자는 아내가 예쁘기를 바란다. 물론 루시는 예쁘다. 그러나 미치게 좋아할 정도는 아니다. 남자는 아내가 교양 있고, 상냥하고, 다정하고, 어리석지 않기를 바란다. 그런데 루시는 그 모든 자질을 다 갖추고 있다. 스티븐은 자신이 그녀와 사랑에 빠진 것이 놀랍지 않았다. 그는 시의원의 딸인 레이번 양보다 자기 아버지 밑에서 일하는 동업자의 딸에 불과한 루시를 선택한 자신의 안목을 흡족하게 생각했다. 게다가 그는 그 때문에 아버지와 누이들이 드러내보이는 다소간의 불만과 실망을 이겨내야 했는데 그것 역시 그에게는 감미로웠다. 자신의 위엄을 증명한다는 느낌이 들었기 때문이다. 즉 스티븐은 다른 간접적인 조건에 영향받지 않고 오직 자신의 행복이라는 순수한 잣대에만 의거해 아내감을 고를 만한 분별력과 독립성이 자신에게 있다는 사실을 의식하고 있었던 것이다. 그는 루시를 택하기로 결정했다. 그녀는 자그맣고 귀여운 아가씨였으며, 그가 항상 좋게 생각해 왔던 바로 그런 유형의 여인이었던 것이다.

2
첫인상

"매기, 그는 매우 똑똑한 사람이야." 루시가 말했다. 그녀는 매기를 큼직한 진홍빛 벨벳 의자에 앉힌 후, 발치에 놓인 발 놓는 의자 위에 앉아 말했다. "너도 그 사람을 좋아할 거야. 정말 그랬으면 좋겠어."

"내 마음에 들기는 힘들 거야. 자기가 감히 루시에게 어울린다고 생각하는 남자라면 마땅히 시시콜콜 비판받을 각오를 해야지." 매기는 웃으면서 루시의 긴 곱슬머리 한 가닥을 집어 올려 햇빛에 비추어 보았다.

"정말이지 그는 내게 너무 과분해. 우리가 떨어져 있을 때면 그가 나를 사랑할 리 없다는 생각이 들 지경이야. 하지만 함께 있을 때면 그걸 의심해 본 적이 없어. 물론 너 말고 다른 사람이 이런 내 마음을 아는 건 싫지만 말이야, 매기."

"아, 그럼 내가 싫다면 그 사람을 포기할 수도 있겠네, 약혼한 것도 아니니까." 매기는 짐짓 심각한 표정으로 말했다.

"난 약혼 안 하는 편이 좋아." 루시는 자기 생각에 너무 빠져 있어서 매기의 농담을 알아채지 못했다. "약혼하면 곧 결혼하는 걸로 생각하는데 그냥 이대로 있었으면 좋겠어. 때로 나는 스티븐이 아빠께 말했다고 할까 봐 겁이 나. 며칠 전에 아빠가 무심코 한 말로 미루어보건대 아빠와 게스트 씨는 그걸 기다리고 있는 게 확실해. 스티븐의 누이들도 이젠 내게 무척 예의 바르고. 처음에는 그 사람이 내게 관심 갖는 걸 좋아하지 않는 듯했어. 당연하지. 내가 파크 하우스같이 멋진 곳에서 산다는 건 분명 어울리지 않거든. 나처럼 조그맣고 보잘것없는 여자가 말이야."

"하지만 사람은 달팽이가 아니니까 집 크기에 몸집을 맞출 필요가 없잖아." 매기가 웃으면서 말했다. "그런데 게스트 씨의 누이들은 거인이니?"

"아, 아냐. 게다가 잘나지도 않았어. 내 말은 아주 잘생기지는 않았다는 거지." 루시는 이런 무정한 말을 한 것을 조금 뉘우치며 말했다. "그런데 그 사람은 잘생겼어. 적어도 사람들 말은 그래."

"그럼 너는 그렇게 생각하지 않아?"

"아, 난 잘 모르겠어." 루시는 목까지 빨개졌다. "잔뜩 기대하게 만드는 건 좋지 않아. 실망할지도 모르잖아. 그렇지만 그 사람은 정말 놀랄걸. 그 사람 때문에 내가 멋지게 웃을 일이 있을 거야. 하지만 그게 뭔지는 너한테 말하지 않을래."

루시는 일어나서 조금 뒤로 물러났다. 고개를 옆으로 기울이는 모습이 마치 초상화를 그리려고 매기에게 포즈를 취하게 하고는 전체적인 모습을 보려는 것 같았다.

"잠깐 일어나 볼래, 매기?"

"왜 그러는데?" 매기는 멋쩍은 미소를 지으며 의자에서 일어나 멋진 비단과 크레이프로 감싸여 있지만 외모는 그다지 뛰어나지 않은 조그맣고 천사 같은 사촌을 내려다보았다.

루시는 잠시 그대로 서서 잠자코 매기를 바라보았다.

"매기, 무슨 조화인지는 모르지만 너는 남루한 옷을 입은 게 제일 예쁜 것 같아. 물론 이제 새 옷을 하나 장만해야지. 그렇지만 어젯밤에 네게 멋진 옷을 입히는 것을 상상해 보았는데 아무래도 자꾸만 그 후줄근한 메리노 천이 네게 가장 잘 어울리는 듯한 생각이 들지 뭐야. 만일 마리 앙투아네트가 팔꿈치를 기운 옷을 입었더라면 너처럼 품위 있어 보였을까. 그런데 말이야, 나는 남루한 옷을 입으면 보이지도 않을 거야. 영락없는 누더기지 뭐."

"아, 정말 그럴 거야." 매기는 진지한 척하며 말했다. "거미줄과 카펫의 먼지와 함께 빗자루로 쓸려 나가 벽난로 속에 들어갈걸. 신데렐라처럼 말이야. 이젠 앉아도 될까?"

"그래, 앉아." 루시가 웃으면서 말했다. 그러나 곰곰 생각하는 표정으로 자기의 커다랗고 검은 옥 브로치를 풀었다. "매기, 그래도 브로치는 바꿔야겠어. 그 작은 나비는 좀 너무해."

"그러면 그 매력적인 남루함의 조화가 깨지지 않을까?" 매기는 루시가 다시 무릎을 꿇고 그 초라한 나비를 끄르는 동안 얌전히 앉아서 말했다. "우리 어머니도 너처럼 생각했으면 좋겠어. 어젯밤에 이게 내가 가진 옷 중에 제일 좋은 거냐고 하면서 괴로워하시지 뭐야. 뭘 좀 배우려고 저축하고 있거든. 교육을 더 받지 않으면 더 나은 일자리를 구할 수 없으니까."

매기는 가벼운 한숨을 쉬었다.

"자, 다시는 그런 슬픈 표정 짓지 마." 루시는 큰 브로치를 매기의 멋진 목 아래에 꽂으면서 말했다. "그 끔찍한 교실을 벗어났다는 걸 잊었나 보구나. 이젠 애들 옷 고칠 일도 없고."

"그래," 매기가 말했다. "나도 쇼에서 본 불쌍한 흰곰 같아졌나 봐. 그 좁은 데서 하도 여러 번 앞뒤로 돌다 보니 멍청해져서 자유로워져도 여전히 그 짓을 반복할 것 같은 생각이 들거든. 불행은 쉽게 습관이 되나 봐."

"그 나쁜 습관을 없애도록 내가 행복 훈련을 시켜줄게." 루시는 매기를 다정하게 바라보며 무심코 검은 나비 브로치를 자기 옷 칼라에 꽂았다.

"사랑스러운 꼬마 같으니." 매기는 루시가 너무도 사랑스럽고 감탄스러워서 그렇게 말했다. "넌 남의 행복을 그렇게 즐기니 네 행복은 없어도 살 수 있을 것 같구나. 나도 너 같았으면 좋겠어."

"나는 그런 시련을 겪은 적이 없잖아." 루시가 말했다. "나는 늘 행복했으니까. 시련을 참아낼 수 있을지 어떨지 모르겠어. 시련이라야 어머니가 돌아가신 것밖에 없었으니까. 매기, 넌 시련을 많이 겪었잖아. 너도 분명히 나만큼 남 생각을 할 거야."

"아니야, 루시." 매기는 천천히 머리를 흔들면서 말했다. "나는 너처럼 다른 사람의 행복을 기뻐하지 못해. 만일 그렇다면 훨씬 더 만족할 수 있을 텐데. 물론 불행한 사람들을 보면 안되었다고 생각하지. 남을 불행하게 하는 것은 정말 견딜 수 없고. 그런데 나는 때로 내가 싫어. 행복한 사람들을 보면 화가 나거든. 나이가 들수록 더 나빠지는 것 같아. 더 이기적이 되고. 끔찍한 일이야."

"아니, 매기!" 루시는 나무라는 투로 말했다. "그 말 하나도 안 믿어. 그건 다 우울한 상상의 소치일 뿐이야. 지루하고 힘든 생활에 찌들어서 그런 것뿐이라고."

"그래, 어쩌면 그럴지도 몰라." 매기는 얼굴의 시름을 활짝 편 미소로 몰아내고 의자 등받이에 몸을 기대면서 말했다. "어쩌면 학교 급식 때문인지도 몰라. 물기가 흐르는 쌀 푸딩에다 피노크[36] 씨의 책으로 양념까지 하니. 어머니의 커스터드 케이크와 이 멋진 제프리 크레이언[37]의 책이 있으니 이제 그런 건 사라져버렸으면 좋겠어."

매기는 옆 탁자에 있는 『스케치북』[38]을 집어 들었다.

"이 작은 브로치, 보기에 괜찮아?" 루시는 벽난로 위의 거울에 비추어 보려고 그쪽으로 가면서 말했다.

"아냐, 안 돼. 게스트 씨가 그걸 보면 왔다가 그냥 나가 버릴 걸. 빨리 다른 걸 달아."

---

36) 19세기 초의 교육 저술가.
37) 미국 작가 워싱턴 어빙(Washington Irving, 1783~1859)의 필명.
38) 어빙의 책.

루시는 급히 방에서 나갔다. 그러나 매기는 책을 펼치지 않았다. 그녀는 무릎 위에 책을 놓고 멍하니 창밖을 바라보았다. 흐드러지게 핀 봄꽃 덤불과 긴 월계수 울타리 위로 햇빛이 쏟아지고 있었다. 그 뒤로 멀리 휴일 아침에 잠자고 있는 듯한 정든 플로스강이 은빛 띠처럼 흐르고 있었다. 달콤하고 신선한 정원의 향기가 열린 창문을 통해 들어왔고, 새들은 부지런히 훌쩍 날아올랐다 내려앉기를 반복하며 꾸르륵거리다가는 노래하곤 하였다. 매기의 눈에 눈물이 어렸다. 정든 광경들은 너무도 고통스러운 기억들을 불러일으켰다. 그래서 어제 어머니의 안락한 생활을 보고, 또한 톰의 다정함을 느끼면서도 그녀는 그 기쁨을 온전히 누릴 수 없었다. 자기가 직접 함께하는 행복이라기보다는 멀리 있는 친구의 좋은 소식을 듣고 느끼는 그런 간접적인 기쁨 같았기 때문이다. 고통스러운 옛 기억에 그녀의 생생한 상상력이 더해져 그녀는 너무도 큰 박탈감을 느꼈다. 그래서 이런 과도기적인 현재의 행복을 음미할 수가 없었다. 미래는 과거보다도 더 나쁠 것이라는 생각이 들었다. 만족한 체념의 몇 년이 흐른 후 또다시 욕망과 갈망의 시대로 되돌아오지 않았는가. 재미없는 일과 기쁨 없는 나날이 점점 더 힘들게 느껴졌다. 그녀가 동경해 마지않는, 그러나 가질 수 없는 활기차고 변화무쌍한 생활에 대한 갈망을 억누르기가 점점 더 어려워졌다. 그때 문 여는 소리가 났다. 그녀는 백일몽에서 깨어나 황급히 눈물을 닦고 책장을 넘기기 시작했다.

"매기, 네가 아무리 우울해도 절대로 거절 못 할 즐거움이 하나 있어." 루시는 들어오자마자 수다를 떨기 시작했다. "그건 바로 음악이야. 음악을 포식하게 해줄게. 너도 연주를 다시 시작해 봐. 우리가 레이스햄에 있을 때는 네가 훨씬 나았잖아?"

"조무래기 아이들을 연습시키느라 동요를 몇 번이고 반복해서 연주하는 걸 봤다면 아마 너도 배꼽 잡았을 거야." 매기가 말했다. "그렇게 해서라도 건반을 다시 만져보려고 그랬던 거야. 하지만 지금은「물러가라, 쓸데없는 걱정일랑!」이상으로 어려운 곡을 칠 수 있을지 자신이 없어."

"떠돌이 가수가 올 때면 넌 정말 좋아했지." 루시는 자수 일감을 집어 들면서 말했다. "만일 네가 어떤 것에 대해 톰 오빠와 똑같이 생각하지만 않는다면 네가 그렇게 좋아하던 노래들을 모두 들을 수 있어."

"그거야 항상 그렇잖아." 매기가 웃으며 말했다.

"미리 말했어야 하는 게 하나 있어. 만일 너도 톰 오빠와 같이 생각한다면 가수 하나를 잃게 돼. 세인트오그스에는 정말 노래할 줄 아는 남자가 없어. 노래 한 파트를 맡을 수 있을 정도로 음악을 아는 사람은 스티븐과 필립 웨이컴밖에 없으니까."

루시는 마지막 말을 하며 일감에서 고개를 들었다. 매기의 얼굴빛이 변하는 것이 보였다.

"그 이름이 듣기 싫으니, 매기? 그렇다면 다시는 말 안 할게. 톰 오빠가 그 사람을 피한다는 것도 알고 있으니까."

"나는 오빠와 생각이 달라." 매기는 자리에서 일어나 바깥 경치를 보려는 것처럼 창가로 다가가며 말했다. "어렸을 때 로턴에서 만난 뒤로 항상 필립을 좋아했어. 오빠가 그 사람 발을 아프게 했을 때도 그는 잘 참았거든."

"아, 정말 기뻐!" 루시가 말했다. "그럼 넌 그 사람이 여기 오는 게 싫지 않겠구나. 그 사람이 있으면 음악을 더 잘 연주할 수 있을 거야. 난 불쌍한 필립을 좋아해. 그렇지만 자기 불구에 대해서 너무 병적이지 않았으면 좋겠어. 그 사람이 그렇게 슬픈 건, 게다가 때때로 비관적이기까지 한 건 불구 때문이라고 생각해. 크고 건장한 사람들 사이에서 왜소하고 굽은 몸과 창백한 얼굴을 보는 것은 참 가슴 아픈 일이야."

"하지만, 루시," 매기는 수다를 막아보려고 애썼다.

"아, 초인종 소리네. 스티븐이 틀림없어." 루시는 매기가 머뭇거리며 뭔가를 얘기하려 하는 것도 눈치채지 못하고 계속 떠들었다. "내가 스티븐을 좋아하는 이유 중 하나는 스티븐이 다른 누구보다 필립과 친하다는 점이야."

이제는 매기가 말하기엔 너무 늦어버렸다. 거실 문이 열리고 키 큰 신사가 들어오자, 미니는 벌써 조그만 소리로 낑낑대기 시작했다. 스티븐은 루시에게 다가가 손을 잡으며 반쯤은 정중하고 반쯤은 애인 같은 눈빛으로 안부를 물었다. 마치 그 방에 다른 사람이 있다는 사실을 알지 못하는 것처럼.

"내 사촌 털리버 양을 소개할게요." 루시는 앙큼한 기쁨을 느끼면서 매기 쪽으로 돌아섰다. 매기는 저쪽 창문에서 그들에게 다가오고 있었다. "이분은 스티븐 게스트 씨야."

칠흑 같은 검은 머리에 검은 눈동자를 지닌 늘씬한 요정을 보는 순간, 스티븐은 놀라움을 감출 수 없었다. 매기는 생전 처음으로 어떤 사람이 자기를 보고 얼굴을 붉히며 정중하게 인사하는 것을 경험하였다. 그녀 역시 그 사람에 대해 수줍은 마음이 들었다. 이 새로운 경험은 매우 유쾌한 것이었다. 그 바람에 필립에 대한 이전의 감정은 거의 지워져 버릴 지경이었다. 그녀가 자리에 앉았을 때 그녀의 눈은 새로운 빛으로 반짝였고 볼에는 보기 좋은 홍조가 떠올랐다.

"그저게 당신이 말한 것과 똑같죠?" 루시는 승리감에 차서 예쁘게 웃으며 말했다. 그녀는 애인이 당황하는 것이 즐거웠다. 대부분의 경우, 당황하는 것은 루시 쪽이었기 때문이다.

"당신 사촌이 깜찍하게 나를 속였지 뭡니까, 털리버 양." 스티븐은 루시 곁에 앉아 몸을 굽혀 미니를 어르면서 매기 쪽을 흘낏 쳐다보았다. "금발에 파란 눈이라고 말입니다."

"아니에요. 그런 말을 한 건 바로 당신이에요." 루시가 정정했다. "나는 단지 당신의 그 예지력에 대해 아무 말도 하지 않았을 뿐이에요."

"항상 이렇게 잘못짚었으면 좋겠군." 스티븐이 말했다. "예상했던 것보다 실제가 훨씬 아름다우니까요."

"당신은 그 정도로는 끄떡도 하지 않는다는 것을 보여주었어요. 또 이런 경우에 꼭 해야 하는 말도 했고요."

매기는 은근히 도전적인 시선을 던졌다. 그가 전에 그녀를 매우 우스꽝스럽게 묘사했던 것이 분명했다. 루시는 그가 상당히 풍자적이라고 하지 않았는가. 매기는 속으로 '게다가 매우 자만심에 차 있고.'라고 덧붙였다.

'대단한 물건인데.' 이것이 스티븐에게 처음 떠오른 생각이었다. 그녀가 일감 위에 몸을 굽혔을 때 그에게 떠오른 두 번째 생각은 '날 다시 쳐다봐 주었으면.' 하는 것이었다. 그러나 다음 순간 그는 이렇게 대답했다.

"단순한 찬사가 진실이 되는 때도 있죠. '고맙습니다.'라고 말할 때, 때로는 정말 감사를 느낄 때도 있어요. 그런 때도 귀찮은 초대를 거절할 때 쓰는 말과 똑같은 말을 쓸 수밖에 없다는 것은 너무한 일이지요. 안 그래요, 털리버 양?"

"아니요," 매기는 그를 똑바로 쳐다보며 말했다. "특별한 경우에 일상적인 말을 쓰면 더 인상적이에요. 왜냐하면 낡은 깃발이나 평상복이 성스러운 장소에 걸려 있는 것과 마찬가지로 그런 말들이 특별한 의미를 가진다는 게 당장 느껴지니까요."

"그렇다면 제 찬사가 인상적이겠군요." 매기가 쳐다보고 있었기 때문에 스티븐은 도대체 자기가 무슨 말을 하고 있는지도 모를 지경이었다. "왜냐하면 말이 실제에 훨씬 못 미치니까요."

"찬사는 모두 무관심의 표현이라는 점에서만 인상적일 뿐이에요."

루시는 약간 걱정이 되었다. 스티븐과 매기가 서로 싫어할 것 같았기 때문이다. 실제로 그녀는 매기가 너무 유별나고 똑똑해 보여서 비판적 성향을 지닌 스티븐의 마음에 들지 않을까 봐 걱정해 왔다. 그녀가 두 사람의 대화에 끼어들었다. "매기, 칭찬받는 걸 좋아한다고 그랬잖니. 그런데 지금은 칭찬한다고 화를 내는 것 같구나."

"아니야," 매기가 말했다. "칭찬받는 건 물론 좋아하지. 그렇지만 찬사는 칭찬처럼 느껴지지 않아."

"그럼 앞으로는 틸리버 양께 찬사를 보내지 않겠습니다." 스티븐이 말했다.

"고맙습니다. 그건 존경의 표시로 받아들일게요."

불쌍한 매기! 그녀는 사회생활에 익숙지 못한 탓에 아무것도 당연하게 받아들이지 못했다. 또한 입에 발린 말을 할 줄모르고 사소한 일에도 매우 예민하게 반응했기 때문에 처세술에 밝은 숙녀들의 눈에는 우스꽝스러워 보였다. 매기 역시이번 경우만큼은 자기가 좀 우스꽝스럽다는 생각이 들었다. 사실 그녀는 칭찬에 대한 이론적 반론을 가지고 있었다. 한번은 필립에게 왜 사람들은 노인들에게는 으레 훌륭한 분이라고 하고 여자들에게는 억지웃음을 지어가며 아름답다고 칭찬하는지 모르겠다고 화를 내며 말한 적이 있었다. 그렇기는 하지만 스티븐 게스트 씨처럼 생면부지의 사람이 으레 하는 말을 한다고 해서 화를 내거나, 그가 그녀를 보기 전에 그녀에대해 깎아내리는 말을 한 것을 가지고 신경 쓰는 것은 확실히 불합리했다. 그래서 그녀는 입을 다물자마자 스스로에 대해 부끄러운 생각이 들었다. 그녀가 화가 난 것은 그 의례적인찬사를 받기 전에 그녀가 느꼈던 기쁜 감정 때문이었는데, 그녀는 미처 그 생각을 하지 못했다. 그것은 따뜻해서 만족하고있을 때 찬물 한 방울이 떨어지면 매우 날카롭게 느껴지는 것과 같은 이치였다.

스티븐은 좋은 가정교육을 받은 사람이었기 때문에, 이제까지의 대화가 당황스러울 수도 있다는 것을 모르지 않았다.

그래서 그는 곧 일반적인 얘기로 화제를 돌려 루시에게 그 벼르던 바자회가 언제 열리느냐고 물었다. 루시의 시선이 지금 그녀 손끝에서 피어나고 있는 자수 꽃을 떠나 그녀 시선에 감사할 줄 아는 다른 물체로 옮아갈 수 있는 희망이 생기도록.

"아마 다음 달일 거예요." 루시가 말했다. "하지만 누이분들께서 나보다 더 열심이에요. 가장 큰 진열대를 차지하실 테니까요."

"아, 그래요. 하지만 누이들은 내가 침입하지 않는 자기네들 거실에서 일하지요. 털리버 양께서는 수예품 만드는 나쁜 유행에 빠져 있지 않은 것 같군요." 그는 매기가 단순히 감침질만 하고 있는 것을 바라보며 말했다.

"네," 매기가 말했다. "저는 셔츠 만드는 것 이상으로 우아하고 어려운 것은 못해요."

"하지만 너는 평범한 바느질도 참 아름답게 하잖아. 수예품으로 보여주게 몇 점 얻었으면 좋겠어. 네가 그렇게 바느질 잘하는 게 참 이상해. 예전에는 그런 걸 무척 싫어했잖아."

"이상할 것도 없어." 매기는 조용히 고개를 들며 말했다. "돈을 벌 수 있는 유일한 방법이거든. 그러니 잘하려고 노력해야지."

루시는 마음씨가 착할뿐더러 허세를 부리는 성격도 아니었다. 그런데도 그녀는 얼굴을 조금 붉히지 않을 수 없었다. 그녀는 스티븐이 그걸 아는 게 싫었다. 매기는 그런 말을 할 필요가 없었다. 어쩌면 그 고백은 자존심의 발로인지도 모른다. 가난을 부끄러워하지 않으려는 자존심 말이다. 그런데 매기가 남자를 유혹하는 선수라 하더라도 그 말처럼 스티븐을 강하게 유혹하는 방법을 찾아내기는 어려웠을 것이다. 물론 평범한 바느질과 가난을 인정하는 것만으로 그런 효과를 낼 수 있었을지는 확실치 않다. 그렇지만 그것이 미모에 더해졌을 때 다른 여자들과 매기의 차별성은 처음보다 더욱 두드러졌다.

"하지만 뜨개질은 할 수 있어, 루시." 매기는 말을 계속했다. "바자회에 도움이 된다면 말이야."

"물론이지. 필요하다마다. 내일부터 빨간 털실로 일을 시작하면 좋겠어. 그런데 누이 분의 조형 솜씨는 질투가 날 정도예요." 루시는 스티븐을 돌아보며 말했다. "순전히 기억만으로 켄 박사의 흉상을 만드니까요."

"뭘요, 두 눈이 딱 붙어 있고 양쪽 입가가 뚝 떨어져 있다는 것만 기억하면 세인트오그스 사람들 모두가 닮았다고 할 텐데요."

"아니, 그런 실례의 말씀을 하다니." 루시가 샐쭉해져서 말했다. "켄 박사에 대해 그토록 무례하게 말할 줄은 몰랐어요."

"내가 켄 박사에 대해 무례한 말을 하다니? 당치도 않아요! 그렇지만 그분의 우스꽝스러운 흉상까지 존경할 의무는 없지 않아요? 나는 켄 박사가 이 세상에서 가장 훌륭한 사람 중 하나라고 생각해요. 나는 물론 그분이 성찬 탁자 위에 놓는 긴 촛대에는 별로 신경을 안 쓰고, 또 아침 기도를 하느라 일찍 일어나는 것도 싫어해요. 그렇지만 그분은 내가 개인적으로 아는 사람 중에서는 유일하게 뭔가 진정한 사도의 면모를 갖추고 있는 분이지요. 800파운드의 수입 중에서 3분의 2는 모두 다른 사람들에게 주어버리기 때문에 평범한 목재 가구와 삶은 쇠고기로 만족하거든요. 또 훌륭한 점이 있어요. 실수로 자기 어머니를 쏜 불쌍한 그래튼이라는 친구를 자기 집에 받아들인 것 말입니다. 그 바쁜 중에도 그 친구가 우울증에 빠지지 않게 하느라 애를 쓰더군요. 자주 함께 데리고 다니기도 하고."

"참 아름다운 일이군요." 매기는 일감을 놓고 열심히 들었다. "이제까지 그런 일을 한 사람은 한 명도 본 적이 없어요."

"게다가 평소에 그분은 냉정하고 엄하기 때문에 더 칭송을 받지요." 스티븐이 말했다. "결코 아첨하거나 감상적인 분이 아니거든요."

"정말 완벽한 분이시군요!" 루시는 감동하여 말했다.

"아니, 나는 동의할 수 없어요." 스티븐은 빈정거림과 엄숙함이 섞인 태도로 고개를 저으며 말했다.

"아니, 뭐가 문제지요?"

"그분은 국교 소속이거든."

"그건 좋은 것 아닌가요?" 루시가 정색을 하고 말했다.

"추상적인 면에서는 그렇지만," 스티븐이 말했다. "정치적으로는 아니에요. 그분은 비국교도들과 교인들 사이에 불화를 일으켰어요. 그러니 나처럼 국가를 위해 봉사하려는 신진 원로원 의원 입장에서는 그분이 세인트오그스의 대표로 의회에 나가는 것은 곤란해요."

"정말 그럴 생각이에요?" 루시가 말했다. 그녀의 눈은 자랑과 기쁨으로 빛났다. 성공회의 이익을 변호하는 것도 뒷전이 되고 말았다.

"그럼요. 레이번 씨가 통풍이 심해져서, 또는 공공의 이익을 생각해서 사퇴하시게 되면 말이지요. 아버님께서 원하세요. 나처럼 재능이 뛰어난 사람은……." 여기서 스티븐은 상체를 꼿꼿이 펴고 희고 큰 두 손으로 장난스럽게 자기 머리를 쓰다듬었다. "저처럼 재능이 뛰어난 사람은 책임이 크답니다. 안 그래요, 털리버 양?"

"네, 그래요." 매기는 미소를 지었지만 고개를 들지는 않았다. "그처럼 뛰어난 언변과 침착성을 사적인 일에만 허비해서는 안 되겠죠."

"아, 정말 눈이 매서우시네요." 스티븐이 말했다. "벌써 제가 수다쟁이에다 뻔뻔하다는 걸 아셨군요. 겉만 보는 사람들은 그걸 잘 몰라요. 제가 그런대로 예의범절을 지키니까요."

'내 얘기를 할 때는 날 쳐다보지 않는군.' 그의 얘기를 들으며 두 사람이 웃고 있는 동안 그는 이렇게 생각했다. '다른 얘기를 해야겠구나.'

그는 곧 루시에게 다음 주의 독서 클럽 모임에 갈 생각인지 물어보았다. 다음으로 사우디의 『쿠퍼의 생애』를 고르라는 충고가 뒤따랐다. 보다 철학적인 것을 원한다면 브리지워터의 논문[39] 중 하나를 골라도 되겠지만, 그럴 경우 세인트오그스의 숙녀들을 화들짝 놀라게 할 것이었다. 물론 루시는 매

---

39) 제8대 브리지워터 백작의 유산으로 현상 모집된 논문들. 필자 여덟 명이 상을 나누어 받았다.

우 학문적인 그런 책들이 무엇인지 알고 싶어 했다. 부인네들에게 그네들이 전혀 알지 못하는 주제에 관해 능숙하게 말해 줌으로써 그녀들의 정신을 살찌우는 것은 항상 즐거운 일이다. 스티븐은 자신이 읽고 있는 버클랜드의 논문[40]에 대해 멋지게 설명했다. 그는 매기가 일감을 놓고 자신의 훌륭한 지질학 이야기에 점점 몰두하는 것을 보고 기분이 좋았다. 그녀는 팔짱을 끼고 앉아 몸을 앞으로 내밀고 그를 쳐다보면서 정신없이 얘기에 빠져 있었다. 마치 담배 냄새에 찌든 늙은 교수를 바라보는 솜털 보송보송한 학생과도 같이. 그는 그 커다랗고 맑은 눈길에 매료되어 가끔 루시를 쳐다보는 것조차 잊어버렸다. 그러나 순진한 루시는 스티븐이 매기의 눈에 똑똑한 사람으로 보이는 것 때문에, 그리고 결국 두 사람이 좋은 친구가 될 거라는 생각 때문에 마냥 좋기만 했다.

"책을 가져다드릴까요, 털리버 양?" 스티븐은 아는 것이 바닥나자 이렇게 물었다. "그 안에 좋은 그림들이 많은데."

"아, 고마워요." 매기는 직접적으로 질문을 받자 퍼뜩 정신이 들었다. 그녀는 얼굴을 붉히면서 일감을 집어 들었다.

"안 돼요, 안 돼." 루시가 끼어들었다. "매기가 책에 빠지면 안 돼요. 그러면 다시는 끄집어낼 수 없을 테니까요. 그냥 빈둥거리면서 즐겁게 지내야 해요. 보트나 타고, 수다 떨고, 말 타고, 또 마차로 드라이브나 하고 말이에요. 매기에게 필요한 휴가는 바로 그런 것이에요."

---

40) 브리지워터 논문 중 여섯 번째 논문.

"참, 말이 나온 김에," 스티븐은 시계를 보면서 말했다. "지금 당장 강에 보트 타러 가지 않겠어요? 조류가 마침 토프턴 쪽으로 가기 알맞으니 갔다가 걸어옵시다."

매기에게는 정말 신나는 제안이었다. 강에서 보트를 타본 지가 벌써 몇 년이나 되었던 것이다. 그녀가 모자를 가지러 간 사이, 루시는 하인에게 지시를 내리려고 남아 있었다. 그 틈을 타서 스티븐에게 매기가 필립을 보는 것을 반대하지 않는다고 귀띔을 했다. 그녀는 그저께 괜히 메모를 보냈다고 후회하였다. 하지만 내일 다시 메모를 써서 초대하면 될 터였다.

"내가 내일 찾아가서 놀라게 해주지." 스티븐이 말했다. "내일 저녁에 데리고 올까요? 사촌이 와 있다고 하면 내 누이들도 방문하고 싶어 할 테니까 오전에는 내가 자리를 피해 드리지."

"아, 그래요. 꼭 함께 와요." 루시가 말했다. "그리고 매기를 좋아해 줘야 해요, 꼭요." 그녀는 애원하는 투로 덧붙였다. "사랑스럽고 품위 있는 애잖아요?"

"키가 너무 커요." 스티븐은 웃으며 그녀를 내려다보았다. "게다가 좀 다혈질이고. 알다시피 내 타입은 아닙니다."

여러분이 알다시피 남자들은 경솔하게도 한 여성에게 다른 여성들에 대한 자신의 부정적인 평가를 알려주는 경향이 있다. 그래서 많은 여성들은 자신에게 죽자 사자 목매는 남자의 마음속 깊은 곳에 자신에 대한 반감이 숨어 있다는 사실을 안다. 루시는 스티븐의 말을 믿었지만 절대로 매기에게 말하지 않겠다고 결심했는데 이것은 둘 다 매우 루시다운 태도였다. 그러나 말 이상의 것을 알고 있는 여러분은 스티븐이 비록 말은 그렇게 했지만 실제로는 보트 하우스에 가는 동안 생생한 상상력을 동원하여 다음과 같은 계산을 하리라는 것쯤은 충분히 짐작했을 것이다. 그 계산이란, 매기가 보트를 타느라 그에게 적어도 두 번은 손을 내주어야 하며 여자가 자기를 쳐다보기를 원할 경우 보트에 함께 타는 것은 무엇보다도 좋은 기회라는 것이었다. 그렇다면? 그는 털리버 부인의 놀라운 딸에게 첫눈에 반한 것일까? 분명히 그렇지는 않다. 그런 일은 현실에서는 일어나는 법이 없다. 게다가 그는 벌써 다른 여자를 사랑하고 있었고 세상에서 가장 사랑스러운 작은 여인과 반쯤 약혼한 상태였다. 그리고 그는 어떤 경우건 바보짓을 할 사람이 아니었다. 하지만 스물다섯의 나이에는 아름다운 여성과의 접촉에 결코 무덤덤할 수 없는 법이다. 미인을 찬미하고 바라보고 싶어 하는 것은 매우 자연스러운 일이다. 적어도 지금과 같은 상황에서는 말이다. 게다가 가난과 고통으로 장식된 이 여성에게는 매우 흥미로운 구석이 있었다. 또한 사촌들 사이의 우정을 지켜보는 것도 좋았다. 스티븐은 대체로 특이한 성격을 지닌 여성을 좋아하지 않았다. 그러나 그녀의 특이성은 정말 고급인 데다 그녀와 결혼을 해야 하는 것도 아니니만큼 사회적 교제의 다양성이라는 측면에서 마다할 이유가 없었다.

매기가 쳐다봐 주기를 원하는 스티븐의 기대는 보기 좋게 어그러졌다. 첫 15분 동안 매기는 낯익은 강둑을 바라보느라 정신이 없었다. 그녀는 필립과 떨어져 있어서 외로웠다. 필립은 그녀를 헌신적으로 사랑하는 유일한 사람이었으며 그러한 헌신적인 사랑은 그녀가 항상 갈망해 마지않는 것이었다. 그러나 노의 반복적인 움직임이 차츰 그녀의 흥미를 끌기 시작했다. 노 젓기를 배웠으면 하는 생각도 들었다. 그 바람에 그녀는 백일몽에서 깨어나 한쪽 노를 자신이 저어도 되는지 물었다. 한참 배워야 할 것 같자 그녀는 욕심이 생겼다. 운동을 하니 뜨겁게 뺨이 달아올랐으며 배우는 것이 더욱 즐겁게 느껴졌다.

"노 두 짝을 다 저어서 당신과 루시를 태울 수 있을 때까지 해볼 거예요." 보트에서 내려올 때 그녀는 얼굴을 빛내며 말했다. 알다시피 매기는 자기가 무엇을 하고 있는지 잊어버리는 경향이 있었다. 이번에도 적당하지 않은 때에 얘기하다가 그만 발이 미끄러졌다. 그러나 다행히 스티븐 게스트 씨가 그녀의 손을 잡고 억센 힘으로 그녀를 지탱해 주었다.

"다치진 않았죠?" 그는 허리를 굽히고 걱정스러운 표정으로 그녀의 얼굴을 들여다보며 물었다. 자기보다 더 크고 강한 사람에게서 그렇게 친절하고 부드러운 보살핌을 받는 것은 참 멋진 일이었다. 매기는 이전에 한번도 그런 기분을 느낀 적이 없었다.

집에 돌아오니 풀릿 이모부 내외가 와 있었다. 그들은 털리버 부인과 함께 응접실에 앉아 있었다. 스티븐은 저녁에 다시 오겠다며 급히 돌아갔다.

"그리고 지난번에 가져가신 퍼셀의 책 좀 도로 가져오세요." 루시가 말했다. "당신이 제일 잘 부르는 노래를 매기에게 들려주고 싶어요."

매기가 루시와 함께 파크 하우스에 초대받을 것을 예상한 풀릿 이모는 그녀의 누추한 옷이 걱정되었다. 만일 그대로 세인트오그스의 상류사회의 눈에 띄면 집안의 명예에 누가 될 테니 곧 뭔가 수단을 강구해야 했다. 풀릿 부인은 자신의 남는 옷 얘기를 했으며 그중에서 어떤 것이 좋을까 하는 문제에는 털리버 부인뿐만 아니라 루시까지 열성적으로 끼어들었다. 정말이지 매기는 최대한 빨리 야회복을 한 벌 장만해야 했는데 마침 풀릿 부인과는 키도 비슷했다.

"그렇지만 얘는 나보다 어깨가 넓어서 꽤 난처하네." 풀릿 부인이 말했다. "그렇지 않으면 내 예쁜 검은 비단옷을 그대로 입으면 될 텐데. 고치지 않아도 되니까. 게다가 얘 팔은 어림도 없어." 풀릿 부인은 매기의 튼튼하고 둥근 팔을 쳐들며 상심한 투로 말했다. "내 옷 소매에는 팔이 들어가지 않겠어."

"이모님, 그건 걱정 마시고 옷이나 보내주세요." 루시가 말했다. "꼭 긴팔을 입을 필요가 없잖아요. 제게 검은 레이스가 많이 있으니까 가장자리에 달면 돼요. 그러면 매기 팔이 참 예뻐 보일 거예요."

"매기는 팔 모양이 예쁘지." 털리버 부인이 말했다. "내 팔을 닮아서 말이야. 그렇지만 나는 저렇게 검지 않았어. 얘도 우리 집 피부색을 닮았으면 좋으련만."

"무슨 소리예요, 이모!" 루시는 털리버 이모의 어깨를 토닥거리며 말했다. "이모님이 잘 몰라서 그래요. 화가들은 매기의 피부색을 매우 아름답다고 할걸요."

"그럴지도 모르지." 털리버 부인이 얌전히 수긍했다. "네가 나보다 더 잘 알겠지. 그래도 내가 젊었을 때는 갈색 피부란 점잖은 사람들에게는 어울리지 않는다고 생각했단다."

"그건 그래." 여자들의 대화를 열심히 듣던 풀릿 씨가 당과를 빨면서 말했다. "물론 「밤색 아가씨」[41]라는 노래가 있긴 했지만. 그 밤색 여자는 미친 누구, 미친 케이트가 아닐까 싶은데 확실히는 기억을 못 하겠군."

"아이고!" 매기는 한편으로 웃으며, 다른 한편으로는 약간 안절부절못하는 기색으로 말했다. "이렇게 계속 입방아에 오르내리다간 제 갈색 피부가 끝장날 것 같군요."

---

41) 여성의 정숙함에 관한 15세기의 영국 민요.

3
비밀을 털어놓는 시간

그날 밤 매기는 방으로 올라갔으나 옷을 벗을 기분이 전혀 아니었다. 그녀는 촛대를 문에 가까운 탁자에 놓고 제법 큰 자기 방 안에서 규칙적이고 빠른 걸음으로 왔다 갔다 하기 시작했다. 그것은 바로 그녀가 몹시 흥분해 있다는 표시였다. 그녀의 눈과 뺨은 열에 들뜬 듯 빛났다. 고개를 뒤로 젖히고 손바닥을 바깥으로 양손을 마주 댄 그녀의 팔에는 잔뜩 힘이 들어가 있었다. 뭔가에 정신이 팔려 있다는 증거였다.

무슨 특별한 일이라도 일어난 것일까?

물론 객관적으로 볼 때는 모두 사소하고 하찮은 사건들뿐이었다. 그녀는 멋진 베이스로 불린 좋은 노래 몇 곡을 들었을 뿐이다. 그것조차도 시골의 아마추어 수준이라 여러분의 세련된 귀에는 거슬리는 점이 많은 그런 정도였다. 또한 그녀는 짙은 일직선 눈썹 밑의 눈이 목소리와 마찬가지로 약간 떨리는 시선으로 자신을 훔쳐본 것을 의식했다. 그러한 것들은 완벽하게 정신의 균형이 잡힌, 교육을 잘 받은 젊은 여성에게는 아무런 영향도 미치지 못했을 것이다. 특히 그녀가 재산과 교육과 세련된 사교 관계의 이점을 누리고 있을 경우에는 말이다. 그러나 만일 매기가 그런 여성이었다면 여러분은 그녀의 이야기를 결코 알 수 없었을 것이다. 그녀의 삶에는 파란곡절이 있을 턱이 없으므로 결코 글로 쓰이지 않았을 것이다. 행복한 국가와 마찬가지로 행복한 여성에게도 역사가 없기 때문이다.[42]

매기는 원래 쉽게 흥분하고 열렬히 갈망하는 성격이었다. 게다가 삼류학교 교실의 삐걱거리는 소리와 하찮은 여러 직무에서 막 빠져나온 터라 이토록 사소한 원인들도 충분히 그녀의 상상력을 자극하고 고양하였다. 물론 그녀는 딱히 스티븐 게스트를 생각하지도 않았고, 그가 그녀를 찬탄의 시선으로 바라본 것에 크게 의미를 두지도 않았다. 그보다는 그녀가 읽었거나 꿈꾸던 시와 소설에 나온 모호하고 뒤섞인 이미지로 이루어진 사랑과 미와 희열의 세계의 존재를 어렴풋이 느꼈다. 그녀는 문득 그 모든 것을 체념하기를 열망하던 결핍의 시절을 떠올렸다. 당시 그녀는 모든 갈망과 초조가 가라앉았다고 생각했다. 그러나 그 시절은 완전히 지나가 버렸으며, 이제는 생각만 해도 움찔한 느낌이었다. 아무리 기도하고 노력해

---

42) 장 자크 루소의 『에밀』에 나오는 말을 원용한 것이다.

도 이제 그 부정적 평화를 다시 찾을 수가 없었다. 그녀의 투쟁은 청춘의 문턱에서 체념을 배우는 것과 같은 간단하고 쉬운 방식으로는 해결되지 않을 듯했다. 격렬한 정열과 상상으로 가득 찬 퍼셀의 노래가 그녀 안에서 여전히 진동하고 있어서, 그 삭막하고 외로운 과거 속에 침잠해 있을 수가 없었다. 그래서 그녀는 보다 밝은 공상의 세계로 돌아왔다. 그때 방문을 두드리는 작은 소리가 났다. 물론 그녀의 사촌이었다. 그녀는 큼직한 흰색 실내복을 입고 방으로 들어왔다.

"아니, 매기, 이 말썽꾸러기 같으니라고. 아직까지 옷도 안 벗었잖아." 루시가 놀라며 말했다. "네가 피곤할 것 같아서 오지 않으려고 했어. 그런데 이게 뭐야, 꼭 무도회에 갈 채비라도 하고 있는 것 같잖아. 자, 어서 실내복 입고 머리 풀어."

"그러는 너도 아직 준비가 덜 된 것 같은데." 매기가 맞받아쳤다. 그녀는 서둘러 분홍색 면직 실내복을 집으면서도 루시의 엷은 갈색 머리가 아무렇게나 빗겨져 목뒤에 헝클어져 있는 것을 본 것이다.

"응, 그래도 난 거의 다 되었어. 네가 잠자리에 들 준비가 될 때까지 여기 앉아서 얘기하려고."

매기가 분홍 옷 위로 길고 검은 머리를 풀어 늘어뜨리는 동안 루시는 화장대 근처에 앉아서 예쁜 스패니얼처럼 고개를 비스듬히 기울이고 있었다. 젊은 여성들이 이런 상황에서 곧잘 속내를 털어놓는다는 사실을 믿기 어려운 사람들도 있을 것이다. 나는 그런 분들에게 부탁하고 싶다. 인생에는 예외적인 경우가 많다는 것을 기억하라고 말이다.

"오늘 저녁 음악 참 좋았지, 매기?"

"응, 그래. 그 때문에 잠이 안 와. 항상 음악을 들을 수 있다면 더 바랄 게 없을 것 같아. 음악을 들으면 팔다리에 힘이 솟고 머리에는 좋은 생각이 떠오르는 듯해. 음악으로 충만해 있을 때면 인생살이가 쉬워지는 것 같아. 다른 때는 뭔가 짐을 지고 있는 느낌이지만."

"스티븐의 목소리 정말 좋지, 안 그래?"

"글쎄, 우리는 그걸 제대로 판단할 수 없을 것 같은데." 매기는 의자에 앉아서 긴 머리를 뒤로 넘기며 웃었다. "너는 공정할 수가 없고, 나는 시원찮은 손풍금까지도 죄다 멋지다고 생각하니까."

"그래도 말해 봐. 그 사람에 대해서 어떻게 생각하는지. 좋은 점, 나쁜 점, 전부 말이야."

"응, 그 사람 애 좀 태우게 해야 할 것 같아. 애인이 그렇게 편안하고 자신만만하면 안 되는 거잖아. 그 사람은 좀 더 떨어야 한다고."

"말도 안 돼, 매기! 나를 보고 떨 사람은 아무도 없을 거야. 그 사람이 잘난 척한다고 생각하지? 그 정도는 알겠어. 그렇지만 그 사람 싫지는 않지, 그렇지?"

"싫다니! 아냐. 나는 그렇게 멋진 사람들을 별로 보지 못하니까 까다로울 수가 없어. 게다가 널 행복하게 해줄 사람을 어떻게 싫어할 수 있겠니, 응, 요 귀여운 것아!" 매기는 루시의 보조개 팬 볼을 꼬집었다.

"내일 저녁에도 음악을 들을 수 있을 거야." 루시는 어느새

행복해진 표정으로 말했다. "스티븐이 필립 웨이컴을 데리고
올 테니까."

"아, 루시. 난 그 사람을 만날 수가 없어." 매기는 하얗게 질
렸다. "적어도 톰 오빠의 허락 없이는 말이야."

"톰 오빠가 그렇게 폭군이란 말이야?" 루시가 놀라며 말했
다. "내가 책임질게. 내 잘못이라고 하면 되잖아."

"그렇지만 얘," 매기가 머뭇거리며 말했다. "오빠에게 엄숙하
게 약속했는걸. 아버지가 돌아가시기 전에 말이야. 오빠 모
르게, 그리고 오빠 승낙 없이는 필립과 얘기하지 않겠다고. 나
는 오빠와 그 문제를 얘기하는 게 정말 두려워. 또 싸우게 될
까 봐."

"하지만 난 이제까지 그렇게 이상하고 말도 안 되는 얘기는
들어본 적이 없어. 불쌍한 필립이 무슨 해를 끼칠 수 있겠니?
내가 오빠에게 말해 볼까?"

"아냐, 그러지 마." 매기가 말했다. "내일 내가 직접 가서 네
가 필립을 초대하고 싶어 한다고 할게. 전에도 오빠에게 그 약
속을 깨달라고 하고 싶었지만 용기가 없었어."

둘 다 잠시 동안 아무 말도 하지 않았다. 그러고 나서 루시
가 말했다.

"매기, 너 내게 비밀이 있구나. 난 네게 비밀이 없는데."

매기는 생각에 잠긴 표정으로 루시를 외면했다. 잠시 후, 그
녀는 루시를 바라보며 말했다. "필립에 대해서 말하고 싶어.
하지만 루시, 아무에게도 말하면 안 돼. 필립이나 스티븐 게스
트 씨에게는 더더욱 안 돼."

그녀의 이야기는 길었다. 매기는 이제껏 시원하게 속내를 털어놓음으로써 위안을 받아본 적이 없었던 것이다. 그녀는 루시에게 그녀의 내면에 대해 얘기한 적이 없었다. 루시는 부드러운 얼굴을 그녀 쪽으로 내밀고 공감과 흥미를 표시하였으며, 그녀의 손을 꼭 잡아주기도 했다. 그러나 매기는 두 가지만은 털어놓지 않았다. 그녀는 톰의 가장 무례한 행동이라고 생각하는 것, 즉 톰이 필립에게 퍼부은 모욕에 대해서는 말하지 않았다. 아직까지도 그 생각을 하면 화가 치밀어 올랐지만 다른 사람이 그것을 아는 것은 견딜 수 없었다. 그것은 톰과 필립 두 사람 모두를 위한 배려였다. 다른 한 가지 비밀은 아버지와 웨이컴 사이의 마지막 만남이었다. 그녀는 그때 이후로 늘 이 마지막 다툼이 그녀와 필립 사이에 새로운 장벽을 만들었다고 생각했다. 그런데도 그녀는 이를 차마 루시에게 털어놓을 수 없었다. 다만 두 가족 간의 관계 때문에 필립과 그녀 사이에 사랑이나 결혼이 불가능하다고 생각하는 톰의 의견이 전적으로 옳다고밖에 말할 수 없었다. 물론 필립의 아버지는 절대로 승낙하지 않을 것이었다.

"자, 루시, 이게 전부야." 매기는 눈물이 그렁그렁한 채 미소를 지었다. "내가 꼭 앤드류 에이규치크 경 같지? 나도 한때 사랑을 받았단 말이야."[43]

"아, 이제 네가 어떻게 해서 셰익스피어 등등을 다 알고, 학교를 그만둔 다음에도 그렇게 많이 배웠는지 알겠다. 전에는

---

43) 셰익스피어의 희곡 『십이야(十二夜)』에 나오는 인물과 그의 대사.

꼭 마법처럼 생각되었거든. 너의 타고난 앙큼함이랄까 그런 것 말이야." 루시가 말했다.

그녀는 눈을 내리깐 채 잠깐 생각하더니 매기를 바라보며 이렇게 덧붙였다. "네가 필립을 사랑하는 건 참 아름다운 일이야. 난 그 사람이 그런 행복을 누릴 수 있을 거라곤 생각조차 못 했어. 내 생각엔 절대로 그 사람을 포기해서는 안 돼. 장애물이 있긴 하지만 세월이 흐르면 다 사라질 거야."

매기는 고개를 흔들었다.

"아냐, 그럴 거야." 루시가 우겼다. "난 그럴 거라고 생각해. 참 낭만적이잖니. 평범한 상식을 벗어난……. 네게 일어나는 일은 의당 그래야 할 것 같아. 필립은 동화에 나오는 남편처럼 너를 열렬히 사랑할 거고. 아, 내 작은 머리로 계획을 짜야겠어. 모두들 정신이 돌아와서 네가 필립과 결혼할 수 있도록. 내가 누군가와 결혼할 때 말이야. 그거야말로 불쌍한 내 사촌 매기의 시련에 대한 멋진 결말이 아니겠니?"

매기는 웃으려 했지만 갑자기 한기가 든 듯 몸이 떨렸다.

"아이고 맙소사, 너 추운가 보구나." 루시가 말했다. "침대에 누워야겠다. 나도 그렇고. 몇 시인지는 생각하고 싶지도 않아."

루시는 작별 키스를 하고 돌아갔다. 그녀가 알게 된 비밀은 그 후에 그녀가 받은 인상들에 큰 영향을 미쳤다. 매기의 얘기는 매우 솔직한 것이었다. 그녀의 성품상 그렇게 하지 않을 수가 없었다. 그러나 때때로 매우 솔직한 얘기도 진실을 완전히 드러내지 못할 때가 있는 법이다.

4
오누이

매기는 점심때쯤 톰의 하숙집으로 갔다. 점심을 먹으러 돌아오는 그 시간이 아니면 집에서 그를 만날 수 없기 때문이었다. 그 하숙집은 완전히 모르는 사람 집은 아니었다. 우리의 친구 봅 제이킨은 8개월 전쯤 멈스의 무언의 동의 아래 아내를 들였을 뿐만 아니라 강가의 이리저리 복도가 나 있는 이상한 낡은 집 한 채를 샀다. 그의 생각으로는 저금한 돈으로 보트 두 대를 사서 대여하고, 남는 방과 거실을 하숙인에게 세놓으면 그럭저럭 살림을 꾸려나갈 수 있을 것 같았다. 상황이 이렇다 보니 위생 문제를 제쳐놓는다면 톰 씨가 하숙을 드는 것은 무엇보다도 누이 좋고 매부 좋은 일이었다.

매기에게 문을 열어준 것은 봅의 아내였다. 그녀는 네덜란드 인형 같은 자그마한 여자였다. 그녀 뒤에는 봅의 어머니가 그 큰 덩치로 복도를 꽉 채우고 서 있었다. 이 대조적인 두 여자는 마치 화가가 그림 속에서 거대한 조각상의 크기를 나타내기 위해 그 옆에 사람 하나를 세워놓은 것처럼 보였다. 자그마한 여자는 문을 열자마자 인사를 하고 약간 겁먹은 눈으로 매기를 바라보았다. 그러나 매기가 웃으며 "우리 오빠 있어요?"라고 묻자 갑자기 흥분하여 뒤로 돌아서면서 말했다.

"아, 어머니, 어머니, 봅 좀 불러주세요! 매기 양이에요. 아가씨 좀 들어오세요." 그녀는 문 한쪽을 열고 손님이 쉽게 지나갈 수 있도록 벽에 붙어 섰다.

조그만 거실에 들어서면서 매기는 기분이 착잡했다. 이제 톰이 '집'이라고 부를 수 있는 곳은 이 작은 거실뿐이었다. 몇 년 전만 해도 그 말은 두 사람 모두에게 공통된 정든 물건과 장소를 의미했는데 말이다. 그렇지만 이 방에 있는 모든 것이 낯선 것은 아니었다. 매기의 눈에 제일 먼저 띈 것은 낡고 큰 성경이었다. 그것은 옛 추억을 더욱 강렬하게 불러일으켰다. 그녀는 장승처럼 묵묵히 서 있었다.

"좀 앉으세요, 아가씨." 먼지 하나 없이 깨끗한 의자를 앞치마로 문지르면서 제이킨 부인이 말했다. 그녀는 앞치마 자락을 들어올려 얼굴에 대고는 쩔쩔매며 매기를 의아하게 바라보았다.

"봅이 집에 있나 보죠?" 매기는 정신을 차리고, 수줍어하는 네덜란드 인형에게 웃어 보였다.

"네, 아가씨. 지금 씻고 옷 갈아입는 중일 거예요. 가서 보고 올게요." 제이킨 부인은 이렇게 말하면서 방을 나갔다.

그녀는 곧 남편을 앞세우고 몇 걸음 뒤에서 의기양양하게 따라왔다. 봅은 문간에서 하얀 이를 드러내고 웃으며 정중하게 인사했다. 그의 푸른 눈이 밝게 빛났다.

"안녕하세요, 봅?" 매기는 다가가서 손을 내밀며 말했다. "항상 부인을 한번 찾아뵈어야겠다고 생각하고 있었어요. 부인께서 허락하신다면 다음에 한번 따로 찾아뵐게요. 그런데 오늘은 오빠하고 할 얘기가 있어요."

"곧 올 겁니다, 아가씨. 톰 도련님은 잘 지내고 있어요. 이 근방에서 최고의 신사가 되실 겁니다. 두고 보세요."

"그래요, 봅. 오빠가 그렇게 되는 데는 당신 덕이 클 거예요. 그저께 밤에 당신 얘기가 나왔을 때 오빠가 그랬어요."

"네, 아가씨, 오빠는 늘 그러시죠. 하지만 저는 도련님 말씀에 더 감사를 느껴요. 도련님은 저처럼 과장하지 않으시니까요. 아이고, 저는 기울어진 병만도 못해요. 한번 시작하면 그치지를 못하니까요. 그건 그렇고, 요즘 아가씨 뵙기가 어려워요. 이렇게 뵈니 참 좋군요. 프리시, 어때?" 여기서 봅은 아내쪽으로 고개를 돌렸다. "내가 말한 대로지? 물론 나야 한번 떠벌렸다 하면 과장하지 않는 일이 드물긴 하지만 말이야."

봅의 아내는 매기에게 존경스러운 눈길을 보낸 뒤, 얼굴을 들어 그녀를 바라보았다. 이제는 그녀도 웃으며 인사할 용기를 낼 수 있었다. "한번 뵙고 싶었어요, 아가씨. 처음 저를 만났을 때부터 남편은 살짝 돈 사람처럼 줄곧 아가씨 얘기를 했거든요."

"됐어, 됐어." 봅은 머쓱해했다. "감자나 보러 가지. 톰 도련님을 기다리게 하지 말고 말이야."

"멈스가 부인을 좋아했으면 좋겠어요." 매기가 웃으며 말했다. "당신이 결혼하는 것을 그 개가 싫어할 거라고 했잖아요."

"아, 아가씨," 봅이 씩 웃으며 말했다. "아내가 저렇게 조그만 걸 보고는 마음을 정한 것 같아요. 대개 못 본 척하거나 아직 어린애라고 생각하는 척하죠. 그런데 아가씨, 톰 도련님 말이지요," 그는 목소리를 낮추며 심각한 얼굴로 말했다. "도련님은 자물쇠처럼 입이 무거워요. 그런데 제가 머리가 좋은 놈 아닙니까. 제가 봇짐을 가지고 가서 팔고 오면 달리 할 일도 없고, 머리는 필요 이상으로 좋아서 다른 사람들 속까지 들여다보게 되더라고요. 그런데 밤중이면 톰 도련님이 미간을 찌푸리고 불만 바라보면서 홀로 침울하게 앉아 있는 게 마음에 걸려요. 이제 좀 활기가 있어야 할 텐데. 그처럼 멋진 젊은이가 말이지요. 아내 말이 어떤 때는 자기가 들어가도 알아차리지 못한다는군요. 그냥 찌푸리고 앉아서 사람들이 일하는 것을 지켜보기라도 하듯, 불만 뚫어지게 쳐다보고 있다는군요."

"사업에 늘 몰두하니까 그런가 보죠." 매기가 말했다.

"아," 봅은 목소리를 더 낮추어 말했다. "뭐 달리 집히는 것 없어요, 아가씨? 톰 도련님은 과묵하지만 저도 눈치 하나는 빠르거든요. 지난 성탄절쯤 일인데 도련님에게도 여린 구석이 있는 것을 발견했어요. 검은 스패니얼 얘긴데 귀한 놈이지요. 그걸 구하느라고 난리를 치지 않았겠어요. 그런데 그 뒤로 무슨 일이 있었는지, 이를 악물고 일에만 매달리더군요. 그래서 그런지 그렇게 운이 좋았어요. 아가씨에게 말씀드리고 싶은

202

건 바로 이겁니다. 이제 오셨으니 도련님을 위해서 뭔가 하실 수 있지 않겠어요? 도련님이 너무 외로운 것 같아요. 친구들과 별로 어울리지도 않고요."

"저는 오빠에 대해서 힘이 없어요, 봅." 매기는 봅의 얘기에 가슴이 뭉클했다. 톰이 사랑 때문에 애를 태우다니. 그런 것은 꿈에도 생각해 보지 않았다. 가엾은 사람! 게다가 루시를 사랑하다니! 그러나 그것은 어쩌면 봅의 지나친 상상일 수도 있다. 개를 선물한 것은 단순히 사촌으로서의 애정과 감사의 표현일지도 모른다. 그때 봅이 말했다. "톰 도련님이 오시는군요." 그러자 바로 현관문이 열렸다.

"오빠, 시간이 없으니까," 봅이 나가자마자 매기가 말했다. "단도직입적으로 용건을 말할게. 안 그러면 점심 먹을 시간이 없을 테니까."

톰은 벽난로에 등을 돌리고 서 있었고, 매기는 불을 마주 보고 앉아 있었다. 그는 그녀가 떨고 있는 것을 보았다. 그는 즉각 그녀가 무슨 얘기를 할 것인지 알아차렸다. 그 때문에 그는 더 냉랭하고 거친 목소리로 물었다. "무슨 얘긴데?"

이런 말투는 매기에게 반발심을 불러일으켰다. 그래서 그녀는 원래 마음먹었던 것과는 전혀 다르게 자신의 요구를 제시했다. 그녀는 의자에서 일어나 톰을 똑바로 쳐다보았다.

"필립 웨이컴에 대한 내 약속을 파기해 줘. 오빠에게 알리지 않고는 그 사람을 안 만나기로 했지. 오늘 온 건 이제 그 사람을 만나겠다는 말을 하기 위해서야."

"좋아, 그러렴." 톰은 차갑게 말했다.

그러나 매기는 그렇게 차갑고 도전적인 태도로 말을 채 끝맺기도 전에 벌써 뉘우치며 오빠와 사이가 벌어질 것이 걱정되었다.

"오빠, 그건 나 때문이 아냐. 화내지 마. 오빠도 알다시피 필립은 루시의 친구잖아. 그렇지만 않다면 이런 부탁은 안 했을 거야. 루시가 그 사람이 왔으면 해. 오늘 저녁에 초대했어. 그래서 루시한테 나는 오빠에게 알리지 않고는 그 사람을 만날 수 없다고 했어. 다른 사람들 있는 데서만 그 사람을 만날게. 다시는 비밀 같은 건 없을 거야."

톰은 매기에게서 시선을 거두고 잠시 동안 눈썹을 잔뜩 찡그렸다. 그러고는 다시 그녀 쪽을 돌아보며 느리면서도 단호하게 말했다.

"매기, 그 문제에 대한 내 감정은 너도 잘 알 테니 1년 전에 한 얘기를 또 되풀이할 필요는 없겠지. 아버지가 살아 계시는 동안은 전력을 다해서 네가 아버지와 너 자신과 우리 가족 얼굴에 똥칠하는 것을 막아야 한다고 생각했어. 그렇지만 이제는 너 자신의 선택에 맡길 수밖에 없어. 너는 독립하고 싶어 하고. 아버지가 돌아가신 뒤에 그렇게 말했잖아. 내 생각은 변하지 않았어. 그러니 네가 필립 웨이컴을 다시 애인으로 삼으려면 나를 포기해야만 해."

"그걸 원하는 게 아냐, 오빠. 적어도 현재는 말이야. 그건 불행만 가져올 거야. 그렇지만 나는 곧 다른 직업을 얻어 가게 될 테니 그동안만이라도 그 사람이랑 다시 친구로 지내고 싶어. 루시가 그걸 원하거든."

톰의 엄한 표정이 약간 누그러졌다.

"네가 이모 댁에서 가끔 그 사람을 보는 건 괜찮아. 괜히 유난을 떨 필요는 없으니까. 하지만 난 널 못 믿겠어, 매기. 네가 무슨 짓을 저지를지 모르겠어."

그것은 매우 잔인한 말이었다. 매기의 입술이 떨리기 시작했다.

"왜 그런 말을 해, 오빠? 너무 심해. 나도 전심전력을 다해 무엇이든지 하고 또 참아왔잖아? 그리고 오빠에게 한 약속도 지켰잖아. 내가 오빠보다 더 불행한데도 말이야."

매기는 어린아이 같아질 수밖에 없었다. 눈물이 흐르기 시작했다. 매기는 화가 나 있을 때를 제외하고는 데이지 꽃이 햇빛과 구름에 영향을 받듯이 따뜻한 말이나 차가운 말 한마디에 곧바로 영향을 받았다. 사랑받고자 하는 욕구는 어릴 적 벌레 먹은 다락방에서와 마찬가지로 지금도 그녀를 좌지우지했다. 그녀의 이런 모습에 톰은 이내 마음이 움직였다. 그러나 그의 따뜻함은 그 자신의 방식으로밖에 표현될 수 없었다. 그는 그녀의 팔에 부드럽게 손을 얹고 친절한 교사처럼 말했다.

"자, 내 말 좀 들어봐, 매기. 내 말은 네가 항상 극단으로 치닫는다는 거야. 판단력도 없고 자제력도 없어. 그런데도 너는 네가 제일 잘 안다고 생각하고 도대체 다른 사람 말을 들으려고 하지 않아. 나는 네가 직업을 갖기를 원치 않았어. 풀릿 이모님이 와 있으라고 했잖아. 그랬으면 너와 엄마는 살 집을 마련할 때까지 친척들 사이에서 편하게 지낼 수 있었을 거야. 그게 내가 원하는 거야. 나는 내 동생이 숙녀가 되기를 원했어.

아버지가 바라신 대로 네가 좋은 사람과 결혼할 때까지 너를 돌봐줬을 거고. 하지만 너는 나와 항상 생각이 딴판인 데다 절대로 안 지려고 하지. 그렇지만 생각해 봐라. 오빠는 세상에 나가서 남자들과 교제하니까 당연히 여동생에게 어떤 게 좋고 품위 있는 것인지 더 잘 알지 않겠니. 너는 내가 친절하지 않다고 생각하겠지. 하지만 네가 옳은 일을 하게 하는 것이 바로 내 친절이야."

"그래, 나도 알아, 오빠." 매기는 울음을 그치려고 애쓰며 말했다. "오빠가 나를 위해 애썼을 거라는 건 나도 알아. 그리고 고맙게 생각해. 하지만 오빠가 나 대신 판단할 수는 없어. 우리는 성격이 너무 딴판이니까 같은 일이라도 전혀 다르게 느낀다고. 그러니 오빠의 경험에 미루어 내 감정을 알 수는 없을 거야."

"아니, 알아. 너무 잘 알아서 탈이지. 네가 필립 웨이컴과 비밀리에 만나기 전에 네가 얼마나 나와 다르게 느꼈는지 잘 알아. 우리 가족과 젊은 처녀인 너의 품위에 영향을 미치는 그런 중요한 일에 대해서 말이야. 다른 건 다 제쳐놓고라도 나는 한순간이라도 내 동생 이름이 그 사람과 연관되는 건 반대야. 그의 아버지는 우리를 생각하기도 싫어할 뿐만 아니라 너를 일언지하에 거절할 테니까 말이야. 아버지가 돌아가시기 직전에 일어난 일을 보았다면 어느 누구라도 필립 웨이컴과는 절대로 다시 사귀지 않을 거야. 하지만 너에 대해서는 그걸 확신할 수가 없어. 너에 대해서는 어떤 것도 확신할 수가 없어. 어떤 때는 극단적으로 체념하는 걸 즐기더니 또 다른 때는 잘못인 줄 뻔히 알면서도 저항할 생각을 안 하니까 말이야."

톰의 말에는 너무도 통렬한 진리가 들어 있었다. 그것은 상상력이 부족하고 동정심 없는 사람이 찾아낸 딱딱한 진리였다. 매기는 언제나 이러한 톰의 판단 때문에 괴로워했다. 그녀는 그것에 반발하는 동시에 굴욕감을 느꼈다. 마치 그가 그녀 앞에 거울을 들이대고 그녀 자신의 어리석음과 약점을 비추는 듯했다. 마치 그녀의 미래의 타락을 예언하는 목소리 같았다. 그러나 동시에 그녀도 나름대로 그를 판단하였다. 속으로 그녀는 그가 편협하고 부당하며, 그녀의 정신적 필요를 이해할 수준이 못 된다고 생각했다. 그녀의 잘못과 어리석음은 이러한 정신적 필요에서 나오는 것이었으며, 따라서 그가 그녀를 아무런 계획도 없는 수수께끼처럼 느끼는 것은 바로 이러한 몰이해 때문이라고 생각했다.

매기는 곧바로 대답하지 않았다. 가슴이 벅차올랐다. 갑자기 그녀는 자리에 앉아서 탁자에 팔을 괴었다. 아무리 애를 써도 톰에 대해 느끼는 친밀감을 전할 수는 없었다. 그건 아무 소용 없는 일이었다. 그는 항상 그녀를 거부하였다. 그녀의 감정은 그녀의 아버지와 웨이컴 사이에 벌어졌던 마지막 장면에 대한 톰의 암시 때문에 복잡해졌다. 결국 그 고통스럽고 엄숙한 기억은 현재의 불만을 물리쳤다. 아니다! 그녀는 결코 그것을 하찮게 여기지 않았다. 그러니까 톰은 그것 때문에 그녀를 비난해서는 안 된다. 그녀는 눈을 들어 진지하고 진실한 눈빛으로 톰을 바라보았다.

"내가 아무리 변명해도 오빠는 나를 좋게 생각하지 않을 거야. 하지만 나는 오빠가 생각하는 것처럼 그렇게 몰염치한 사람은 아니야. 다른 이유는 다 제쳐놓고라도 필립 아버지와 우리의 관계 때문에라도 그 사람과 결혼을 생각하는 게 옳지 않다는 것쯤은 나도 오빠만큼 잘 알고 있어. 그래서 그 사람을 애인으로 생각하는 걸 포기했어…… 나는 솔직히 얘기하는 거고, 오빠가 내 말을 안 믿을 이유가 없다고 생각해. 나는 약속을 지켰어. 오빠도 내가 속였다고는 말하지 못할 거야. 나는 필립에 대해서 잔잔한 우정 이상은 허락하지 않을 거고 그것도 가능하면 피하려고 노력할 거야. 어쩌면 오빠는 내가 결심한 대로 못 지킬 거라고 생각할지도 몰라. 그렇지만 내가 잘못할 거라고 미리 단정하고 그 때문에 나를 경멸할 수는 없는 거잖아."

"좋아, 매기." 톰은 이 말에 마음이 좀 누그러져서 말했다. "나도 침소봉대하고 싶지는 않아. 여러 가지로 생각해 볼 때 필립 웨이컴을 만나는 것이 좋겠다. 루시가 집에 초대하고 싶어 한다면 말이야. 네 말을 믿어. 적어도 네가 그대로 믿고 있다는 것 정도는 말이야. 나야 경고할 뿐이지. 나도 좋은 오빠가 되고 싶어. 네가 그럴 수 있게 해준다면."

마지막 말을 하는 톰의 목소리가 약간 떨렸다. 매기는 그에 대한 애정이 왈칵 솟아나는 것을 느꼈다. 어릴 때 화해의 표시로 케이크를 함께 베어 먹던 때와 마찬가지로. 그녀는 일어나서 톰의 어깨에 손을 얹었다.

"오빠, 나도 오빠가 날 위해서 그런다는 건 알고 있어. 이제 껏 고생을 많이 했고, 또 큰일을 해낸 것도 알아. 나는 오빠를

괴롭히려는 게 아니라 돕고 싶어. 오빠도 내가 나쁜 아이라고
는 생각하지 않지, 응?"

톰은 동생의 간절한 얼굴을 향해 미소를 지었다. 그가 가끔
씩 미소를 지을 때면 그 미소는 매우 보기 좋았다. 그의 회색
눈은 찡그린 눈썹 밑에서도 부드러울 수 있었던 것이다.

"그래, 맞아, 매기."

"나는 오빠가 생각하는 것보다 잘할 수도 있을 거야."

"나도 그랬으면 좋겠어."

"다음에 다시 와서 오빠 차도 끓여주고 봅의 꼬맹이 아내
를 만나도 될까?"

"그래, 하지만 오늘은 그만 가라. 난 시간이 없어." 톰이 시
계를 보면서 말했다.

"키스 안 해줄 거야?"

톰은 몸을 굽혀 그녀의 뺨에 입을 맞추었다.

"자! 착하지. 난 오늘 할 일이 많아. 오늘 오후에 딘 이모부
와 상의할 게 많거든."

"내일 글레그 이모님 댁에 올 거야? 우리 모두 일찍 점심 먹
고 거기에 차 마시러 갈 거야. 오빠도 꼭 와야 해. 루시가 당부
했어."

"아, 난 일이 너무 많아서." 톰은 갑자기 벨에 달린 줄을 세
게 잡아당겼다. 그 바람에 작은 벨의 줄이 끊어져 버렸다.

"놀랐잖아. 난 그만 달아나야겠어." 매기는 웃으며 물러갔
다. 톰은 남자답게 그 줄을 방 저 멀리 집어 던졌다. 그래 봐야
별로 멀리 던질 공간도 없었지만. 내 딴에는 기막힌 묘사라고

생각하는 이런 인간사의 한 단면은 줍디줍은 집 안에서 크고 위대한 꿈을 키우며 출세의 기회를 엿보고 있는 뛰어난 사람들의 가슴에 매우 잘 와 닿는 장면일 것이다.

5
과묵한 톰이 입을 열다

"자, 이제 이 뉴캐슬 일은 결정되었으니, 톰," 그날 오후 은행 내실에 함께 앉은 자리에서 딘 씨가 말했다. "또 하나 할 얘기가 있어. 앞으로 몇 주일간 연기 자욱한 뉴캐슬에서 불쾌한 시간을 보내야 할 테니 그 전에 네가 힘을 낼 만한 얘기를 해 주고 싶구나."

딘 씨는 코담뱃갑을 꺼내 양쪽 콧구멍에 공평하게 번갈아 대고 냄새를 맡았다. 그동안 톰은 침착하게 기다렸다. 지난번에 비해 한결 느긋한 태도였다.

"톰, 너도 알겠지만," 드디어 딘 씨는 몸을 뒤로 젖히며 말했다. "요즘은 내가 젊었을 때보다 모든 것이 빠르단 말이야. 이봐, 40년 전에 내가 너처럼 건장한 젊은이였을 때는 말채찍을 쥐려면 청춘을 다 바쳐서 수레를 끌어야 했어. 베틀도 천천히

돌았고 유행도 이렇게 빨리 바뀌지 않았지. 양복 하나로 6년
은 버틸 수 있었으니까. 모든 게 규모가 작았지. 경비 면에서
볼 때 말이야. 그런데 증기기관 때문에 모든 것이 바뀌었어. 기
계도 두 배로 빨리 돌아가고 그에 따라 운명의 수레바퀴도 빨
라지고. 스티븐 게스트 씨가 회사 창립 기념일에 얘기한 것처
럼 말이야.(그 친구는 사업이라고는 모르는데 어쩜 그렇게 멋지게
표현하는지 몰라.) 혹자는 이런 변화를 못마땅해하지만 나는
그렇지 않아. 사업은 말이야, 사람들 눈을 뜨게 해주거든. 요즘
처럼 인구가 늘어나면 그에 맞춰 부지런히 발명도 해야 해. 나
도 보통 사업가 정도의 몫은 충분히 했지. 혹자는 이삭이 하
나 나던 곳에서 두 개가 나게 하는 게 훌륭하다고 하지만 유
통을 원활히 해서 배고픈 입에 곡식을 대주는 것도 그 못지
않게 훌륭한 일이라고 생각해. 그리고 그게 우리 사업이지. 또
그런 사업을 하는 것을 매우 명예스러운 일이라고 생각한다.”
  톰은 이모부가 지금 하려는 얘기가 별로 급한 일이 아니라
는 것을 알아챘다. 이모부는 매우 약삭빠르고 현실적인 사람
이니만큼 급한 사업 얘기라면 추억담을 늘어놓거나 담배 냄
새를 맡느라고 시간을 지체하지 않을 것이기 때문이다. 실제
로 한두 달 전부터 이모부가 흘린 얘기로 미루어 톰은 곧 자
신에게 이익이 되는 어떤 제안을 듣게 될 것을 짐작하고 있었
다. 그래서 이모부가 방금 전의 얘기를 시작할 즈음부터 다리
를 쭉 뻗고 주머니에 손을 넣은 채 장황한 서론을 들을 채비
를 하였다. 그 얘기란 분명 이모부는 자기 힘으로 성공을 했으
며 따라서 젊은이들이 성공하지 못한다면 그것은 그들 자신

의 잘못이라는 내용일 것이었다. 그래서 톰은 이모부가 불쑥 그에게 질문을 던졌을 때 상당히 놀랐다.

"톰, 네가 일자리를 달라고 찾아왔던 게 7년쯤 전이지, 아마?"

"네, 이모부. 지금 스물세 살이니까요." 톰이 말했다.

"아, 하지만 그 얘기는 하지 않는 게 좋아. 사람들은 네 나이가 더 많다고 생각하니까. 사업에서 나이는 중요한 거야. 네가 처음 왔던 때를 똑똑히 기억한다. 뭔가 싹수가 보이더구나. 그래서 널 도왔던 거야. 내 기대가 어긋나지 않아서 기쁘다. 내가 사람 보는 눈 하나는 정확하지. 물론 내 조카를 취직시키기는 좀 뭣했지만 다행스럽게도 네가 잘해서 내 신용을 지킨 셈이지. 내게도 너 같은 아들이 있었으면 싶을 정도란다."

딘 씨는 담뱃갑을 툭툭 치고는 다시 열면서 꽤 정감 어린 목소리로 말했다. "그래, 너 같은 아들이면 괜찮지."

"이모부께서 제게 만족하신다니 기쁩니다. 저로서는 최선을 다했습니다." 톰은 당당하고 진지한 태도로 말했다.

"그래, 톰, 아주 만족스럽다. 네 아버지에 대한 효성은 별도로 하고. 물론 그것도 너를 평가하는 데 상당한 영향을 미쳤지만 말이야. 회사의 동업자인 나로서는 무엇보다 너의 사업가적 자질이 중요하다. 우리 회사는 유력한 기업이야. 굉장한 회사지. 그러니 계속 성장하지 말라는 법이 없잖아. 자본도 계속 커지고 판로도 늘어나고. 하지만 회사가 번창하려면 다른 게 필요해. 바로 그걸 운영할 사람이야. 겉만 번지르르한 그런 친구들 말고 좋은 습관을 가진 믿을 만한 사람이어야지. 그게 바로 게스트 씨와 내가 명확히 깨달은 거야. 3년 전에 우리는

젤을 입사시켰어. 착유 공장 지분을 주었지. 왜 그랬을까? 왜
냐고? 젤이 상여금을 받을 만큼 뛰어난 실적을 올렸기 때문이
야. 그리고 앞으로도 그런 일은 계속될 거야. 내 경우도 그랬
고. 물론 젤은 너보다 거의 열 살이나 더 먹었지만 너에게 유
리한 점도 있어."

　딘 씨가 얘기를 계속해 감에 따라 톰은 약간 초조해졌다.
그는 할 말이 있었다. 그러나 이모부는 그 얘기를 좋아하지 않
을지도 몰랐다. 왜냐하면 그것은 이모부가 주는 것을 그대로
받아들이는 게 아니라 톰 자신이 내놓는 새로운 제안이었기
때문이다.

　"바로 네가 내 조카라는 점이지." 딘 씨는 코담배를 맡고 난
다음, 이야기를 계속했다. "물론 네가 내 친척이 아니라 하더라
도 나와 게스트 씨는 펠리 은행 건에 관해서 너에게 뭔가 상
을 주었을 거야. 그리고 네 행실과 사업 수완을 감안해서 우
리는 너에게 회사의 지분을 주기로 결정했어. 물론 해마다 지
분은 커질 거고. 우리는 월급을 올려주는 것보다 그 편이 낫
겠다고 생각했어. 그러면 네 신분도 높아질 거고, 또 내 짐을
나누어 질 준비도 될 테니까. 물론 나야 현재로서는 일하는
데 문제가 없지. 그렇지만 나도 늙어가니까, 그걸 부정할 수는
없어. 게스트 씨한테 이 얘기를 너에게 귀띔하겠다고 했다. 네
가 북부 지방 사업에서 돌아오면 자세한 얘기를 하기로 하고
말이야. 이건 스물세 살 난 청년에게는 엄청난 도약이지. 하지
만 너는 충분히 그럴 자격이 있어."

　"게스트 씨와 이모부께 정말 감사드립니다. 무엇보다도 이모

부께 빚을 많이 졌어요. 제게 일자리를 주시고 그 뒤로도 여러 가지로 돌봐주셨으니까요."

톰은 약간 떨리는 목소리로 말했다. 그러고는 잠시 숨을 돌렸다.

"그래그래." 딘 씨가 말했다. "필요하다고 생각되면 난 수고를 아끼지 않는단다. 겔에게도 그랬고. 아마 내가 없었더라면 그는 지금처럼 되지 못했을 거야."

"그런데 한 가지 말씀드리고 싶은 게 있어요. 전에는 한번도 말씀드리지 않은 겁니다. 혹시 기억하시는지 모르겠지만 예전에 저희 아버지 재산이 매각될 때 이모부 회사에서 방앗간을 살 의향이 있지 않았습니까. 이모부께서도 좋은 투자라고 생각하셨던 것 같은데요. 증기기관을 도입하면 좋을 거라고요."

"물론 그랬지. 그런데 웨이컴이 더 높은 값을 써넣었지. 꼭 그걸 사려고 들더구나. 그는 다른 사람들을 제치는 것을 좋아하는 것 같아."

"지금 그 얘기를 해봤자 소용이 없을지도 모릅니다." 톰은 말을 계속했다. "하지만 제가 방앗간을 염두에 두고 있다는 것을 알아주셨으면 좋겠어요. 저는 그것에 애착이 매우 강하거든요. 아버지께서 돌아가실 때 제가 능력이 생기면 그걸 다시 샀으면 하셨어요. 5대째 내려온 것이거든요. 그래서 아버지께 약속했죠. 게다가 저도 그곳을 사랑하고요. 어떤 곳도 그집처럼 좋아할 수 없을 겁니다. 그러니까 만일 이모부 회사에서 그걸 사는 게 유리하다는 판단이 내려진다면 저로서는 아버지의 소원을 이루어드리기가 더 쉬워지는 거죠. 원래 저는 이런 말씀을 드리려고 한 게 아닙니다. 그런데 이모부께서 저에 대해 그렇게 좋게 생각해 주시니까 감히 말씀드리는 겁니다. 물방앗간을 다시 찾을 수만 있다면 인생의 더 큰 기회라도 기꺼이 희생할 생각입니다. 제 말씀은 직접 제 소유로 해놓고 차츰 대금을 갚아간다는 겁니다."

딘 씨는 톰의 말을 줄곧 주의 깊게 듣더니 이제 곰곰 생각하는 눈치였다.

"그래, 알았다." 그가 잠시 후 말했다. "그건 가능할 것도 같구나. 웨이컴이 그걸 팔기만 한다면 말이야. 하지만 별로 그럴 것 같지 않은데. 젯섬네 아들에게 거길 맡겼잖니. 게다가 그걸 살 때는 다 이유가 있었을 거야. 그건 확실해."

"그치는 난봉꾼이에요, 젯섬네 아들 말이에요." 톰이 말했다. "술고래인 데다 사업을 망치고 있다더군요. 루크가 그랬어요, 옛날의 저희 일꾼 말이에요. 그 친구 말이 뭔가 달라지지 않으면 더 이상 거기 있지 않겠다더군요. 또 만일 계속 그런 식이라면 웨이컴이 그걸 팔고 싶어 할지도 모른다고 하더군요. 방앗간에 대해 불만이 많아서 말이지요."

"좋아, 톰, 내 한번 생각해 보지. 좀 조사를 해봐야겠어. 또 게스트 씨와 상의도 해야겠고. 하지만 그건 새로운 분야로 진출하는 거야. 게다가 우리는 너를 계속 이 사업에 잡아두고 싶은데 그쪽으로 내보내야 하고."

"일이 궤도에 오르면 방앗간 말고 다른 일도 함께 할 수 있을 겁니다, 이모부. 저는 일을 많이 하고 싶습니다. 저는 그것보다 더 좋아하는 게 없으니까요."

스물세 살 청년의 입에서 이런 말이 나오다니. 거기에는 슬픈 무엇이 있었다. 속속들이 사업가인 딘 이모부까지도 그것을 눈치챘다.

　"저런, 저런! 이런 식으로 출세를 하면 너는 곧 아내를 얻게 될 거야. 돌봐줘야 할 사람이 생기는 거지. 그건 그렇고, 방앗간 문제는 너무 미리 김칫국부터 마셔서는 안 돼. 하지만 내 기억해 두지. 네가 돌아오면 다시 얘기하자고. 이제 점심 먹으러 가야겠다. 내일 우리 집에 와서 같이 아침을 들지. 떠나기 전에 어머니와 동생에게 작별 인사도 할 겸 말이야."

6
인력의 법칙

여러분은 이제 분명히 느낄 수 있을 것이다. 분별 있는 사람이라면 모두들 젊은 여성으로서는 매우 좋은 기회라고 생각할 순간에 매기가 도달했다는 것을 말이다. 그것은 매기의 인생에서 새로운 시작의 순간이었다. 그녀는 세인트오그스의 상류사회에 발을 들여놓았다. 게다가 그녀의 외모는 매우 인상적이었으며, 또한 그곳의 대다수 사람들이 그녀에 대해 거의 알지 못한다는 이점까지도 누리고 있었다. 물론 그녀는 여러분이 루시와 풀릿 이모의 대화에서 짐작할 수 있었던 그런 수수한 의상을 입었다. 그런데도 루시의 첫 이브닝 파티에서 젊은 토리는 '구석에 있는 검은 눈동자의 처녀'로 하여금 자기의 안경 쓴 매력적인 모습에 주목하게 하려고 평소보다 더욱 인상을 썼다. 또한 몇몇 처녀들은 집으로 돌아가면서 '나도 짧은 소매 끝에 검은 레이스를 단 옷을 입고 머리를 땋아 뒤통수에 둥글게 말아 붙여야지.' 하고 생각했다. '딘 양의 사촌은 정말 멋져 보였던' 것이다. 실제로 불쌍한 매기는 고통스러운 과거에도 불구하고, 또한 순탄치 않을 미래에 대한 그녀 자신의 예감에도 불구하고 부러움의 대상이 되어가는 중이었다. 새로 설치된 당구장을 오가는 신사들의 대화 가운데, 그리고 몸치장에 관해서는 서로 비밀이 없는 젊은 여성들 사이에서 화제의 초점이 되고 있었다.

세인트오그스의 유행을 주도하며, 그곳의 가족들을 다소 내려다보고 있던 게스트 씨 댁 딸들은 매기의 태도에 대해 약간 유보적이었다. 그녀들에 따르면, 매기는 상류사회의 의견에 바로 동의하지 않고 그 의견들이 맞는지 틀리는지 모르겠다고 말함으로써 대화의 원활한 흐름을 방해하는 미숙함을 드러냈다는 것이다. 그런데 이런 단점은 숙녀들 사이에서 오히려 장점이 되었다. 왜냐하면 그것은 그녀의 열등함을 입증하기 때문이었다. 게다가 매기에게는 전통적으로 신사들의 사랑을 불러일으킨다고 간주되는 아양 떠는 태도가 전혀 없던 터라, 몇몇 여성들은 그녀가 미인이면서도 그것을 제대로 활용할 줄 모른다며 그녀를 동정하기도 했다. 정말이지 그녀에게는 별로 내세울 것이 없었다. 참 안되었지! 모두 그녀가 가식이 없다는 데 동의했다. 그녀의 되통스러운 태도는 분명히 하층 사회에 격리되어 살았던 탓일 것이었다. 그렇지만 루시의 다른 일가친척과는 달리 그녀에게 전혀 천박한 구석이 없는 것은 놀랄 만한 일이었다. 이런 말을 들으면 게스트 씨 댁 딸들은 항상 약간 오싹한 기분을 느꼈다. 그녀들은 결혼을 통해 글레그와 풀릿 가족과 연결되는 것이 마뜩지 않았다. 그러나 스티븐이 일단 마음을 정하면 반대해 봐야 소용없는 일이었다. 게다가 루시에 대해서는 반대할 점이 없었다. 싫어하려야 싫어할 수가 없는 성격이었기 때문이다. 루시는 당연히 자기가 좋아하는 사촌에게 게스트 씨 댁 딸들이 친절하게 대해 주기를 바랄 것이고 만일 그러지 않으면 스티븐이 난리를 칠 것이었다. 그래서 그들은 루시와 매기를 파크 하우스에 초대했다. 또한 세인트오그스 사회의 훌륭하고 인기 있는 일원인 루시에 대해 배려하지 않는다는 것은 있을 수 없는 일이기 때문에 루시와 매기는 다른 많은 집들에서도 초대를 받았다.

이렇게 해서 매기는 생전 처음으로 젊은 처녀의 생활을 맛보게 되었다. 그녀는 처음으로 이 일 저 일을 꼭 해야 한다는 의무감 없이 아침에 일어난다는 게 어떤 것인지 알게 되었다. 이러한 여유와 제한 없는 즐거움은 그녀에게 새로운 것이었다. 초봄의 훈풍과 정원의 향기, 음악과 햇빛 속에서의 산책, 강을 따라 미끄러지는 꿈결 같은 보트 타기 등은 오랜 결핍 생활을 보낸 그녀를 도취시켰다. 그리하여 첫 주가 다 가기도 전에 그녀는 벌써 슬픈 기억을 잊기 시작했고, 미래에 대해서도 덜 전전긍긍하게 되었다. 적어도 지금 현재만은 인생이란 아름다운 것이었다. 저녁때 옷을 입으면서 자신이 이 계절의 아름다움 중 하나라고 느끼는 것은 매우 즐거웠다. 이제 그녀를 기다리는 선망의 눈들이 있었다. 그녀는 더 이상 관심 밖의 인물이 아니었다. 야단이나 맞고, 항상 남을 돌봐주지만 결코 아무도 그녀를 돌봐주지 않는 그런 인물이 아니었다. 또한 스티븐과 루시가 승마를 하러 나가고 없을 때 혼자 피아노 앞에 앉아서 오랜 이별에도 불구하고 친족들 사이의 다정함이 사라지지 않는 것과 마찬가지로 손가락과 건반 사이의 친밀감이 되살아나는 것을 느끼는 것도 즐거웠다. 전날 저녁에 들은 곡을 되풀이해서 치다 보면 그것들은 의미심장하고 열렬한 언어로 다시 태어나곤 했다. 매기에게는 단순한 8도 화음도 즐거움이었다. 그래서 멜로디가 섞이지 않은 원색적인 음정을 보다 첨예하게 느끼기 위하여 자주 노래 대신 연습곡을 연주했다. 이것은 물론 그녀에게 위대한 음악적 재능이 있음을 의미하지는 않는다. 단지 음악에 대한 그런 극도의 흥분은 그녀의 본성 자체에 존재하는 열정적 감수성의 일부분이라는 것을 의미할 뿐이다. 이 감수성 때문에 그녀의 장점과 단점은 모두 함께 뒤섞이며, 그녀의 애정은 때로 성난 요구의 형태를 띠기도 한다. 그러나 동시에 그것은 그녀의 허영심이 단순히 남자의 주목을 끌기 위한 도구나 잔재주에 그치지 않고 보다 야심에 찬 시의 세계로 나아가도록 이끌기도 한다. 그러나 여러분은 그녀를 오랫동안 알아왔고, 여러분이 듣고자 하는 것은 그녀의 성격이 아니라 그녀의 역사다. 그런데 한 개인의 역사란 아무리 그 사람의 성격을 잘 안다 하더라도 결코 점쳐질 수 없다. 우리 인생의 비극은 결코 완전히 내적인 요소에 의해서 결정되는 것이 아니기 때문이다. "성격이 운명이다." 노발리스[44]는 이렇게

---

44) Novalis(1772~1801). 독일의 낭만주의 시인이자 소설가.

말했지만 그것엔 의문의 여지가 있다. 성격이란 결코 우리의 운명 전체를 결정짓는 것이 아니기 때문이다. 덴마크의 왕자 햄릿은 생각이 너무 많고 우유부단했기 때문에 위대한 비극의 주인공이 되었다. 그러나 그의 아버지가 장수하고 삼촌이 요절했다면 오필리아와 결혼하여 정상적으로 살 수 있었을 것이다. 물론 때로 혼잣말도 하고, 폴로니어스[45]의 딸에게 침통하고 냉소적인 말도 퍼붓고, 또한 장인에게 심한 무례도 범했겠지만 말이다.

마찬가지로 매기의 운명은 현재 감추어져 있다. 따라서 우리는 지도에 나타나지 않은 강물의 흐름처럼 그것이 스스로 나타날 때까지 기다려야 한다. 단지 우리는 그 강물의 수량이 풍부하고 흐름이 빠르며, 또한 모든 강물이 그렇듯이 종착지가 정해져 있다는 것만을 알고 있을 뿐이다. 새로운 즐거움의 매혹 속에서 매기는 예감하는 버릇을 버렸으며, 점점 더 자신의 미래에 대해 전전긍긍하지 않게 되었다. 필립과의 첫 대면에 대한 불안감도 덜해졌다. 어쩌면 그녀는 무의식적으로 그와의 대면이 연기된 것을 다행으로 생각하는지도 몰랐다.

필립은 약속한 날 저녁에 나타나지 않았다. 스티븐 게스트 씨는 그가 해안 지방으로 여행을 떠났다고 전해 주면서 자기 생각에는 아마도 스케치 여행이 아닌가 싶은데 언제 돌아올지 모른다고 덧붙였다. 그건 매우 필립다운 일이었다. 아무에게도 알리지 않고 훌쩍 떠나버리는 것 말이다. 열이틀 후에

---

45) 오필리아의 아버지.

그가 돌아왔을 때, 루시의 메모가 그를 기다리고 있었다. 그는 매기의 귀환을 알기도 전에 떠났던 것이다.

그 열이틀 동안 매기의 가슴속에 어떤 감정들이 교차했을지, 또한 그동안 경험한 새로운 사건들과 변화무쌍한 생각으로 인해 그 기간이 얼마나 길게 느껴졌을지 제대로 짐작하려면 우리는 다시 열아홉 살로 돌아가야 할지도 모른다. 어떤 사람을 새로 만나게 되면 항상 그 처음 얼마간의 기간은 매우 큰 중요성을 지니며, 새로운 발견이나 인상이 적은 그 이후 기간에 비해 우리 기억 속에서 더 큰 공간을 차지한다. 그 열이틀 동안 스티븐 게스트 씨가 루시 곁에 앉아 있지 않거나 피아노 옆에 서 있지 않거나, 혹은 야외로 함께 나가지 않았던 시간은 얼마 되지 않았다. 분명히 루시에 대한 그의 관심은 점점 더 커졌고 그것은 모든 사람이 기대하던 바이기도 했다. 루시는 몹시 행복했다. 특히 매기가 온 뒤로 스티븐과 함께 있는 것이 더욱 흥미롭고 즐거워진 듯해 더욱 그러하였다. 때때로 상당히 진지해지기도 하는 장난스러운 대화가 술술 풀려나갔다. 이런 대화 속에서 스티븐과 매기는 자신들을 드러내었고 루시는 감탄하면서 이를 경청했다. 만일 매기가 필립과 결혼한다면 그들 넷이 평생 동안 얼마나 행복하게 함께 지낼 수 있을까 하는 생각이 여러 번 루시의 머릿속을 스쳐 지나갔다. 제삼자가 있어서 애인과 함께 하는 시간이 더욱 즐겁고, 그 제삼자가 자기에게 향하던 대화를 가로채는 데 전혀 질투를 느끼지 않는다는 사실은 도대체 설명이 가능한 일일까? 그것은 루시처럼 편안한 마음을 가진 처녀가 아닌 경우에는 불가능하다. 그녀는 함께 있는 사람들의 마음 상태를 알고 있다고 확신했으며, 그러한 확신은 반증이 없는 한 결코 흔들리지 않았다. 게다가 스티븐은 항상 루시 곁에 앉았으며 그녀에게 팔을 내주었고, 또한 동의를 구할 때면 항상 그녀를 향하였다. 또 언제나 한결같은 자상함을 보였고, 그녀가 원하는 것을 알아채고 그것을 해주려는 열의도 한결같았다. 그런데 그것이 정말 똑같은 것일까? 루시가 보기에 그것은 더욱 커진 듯했다. 그러므로 그녀가 그것의 진정한 의미를 알아차리지 못한 것은 당연했다. 그것은 심지어 스티븐 자신도 의식하지 못하는 미묘한 양심의 발로였다. 그는 루시에 비해 매기에 대해서는 별로 주의를 기울이지 않았고, 짐짓 거리를 두고 있었기 때문에 첫날 보트 탈 때 벌어졌던 은근한 관계는 재발하지 않았다. 루시가 없을 때 스티븐이 방에 들어오거나, 루시가 둘만 남겨놓고 방을 나가면 그들은 서로 말을 하지 않았다. 스티븐은 책이나 악보를 살펴보는 체하였고, 매기는 일감에서 고개를 들지 않았다. 그러나 그들은 각자 상대방의 존재를 숨 막힐 듯 거의 손끝까지 의식하였다. 그래도 그들은 다음 날에도 똑같은 일이 생기기를 갈망하였다. 그들 중 누구도 이 일에 대해 깊이 생각하거나 '이게 어찌된 영문이지?' 하고 자신에게 물어보지 않았다. 매기는 이제껏 경험하지 못했던 새로운 것이 생겨나고 있다는 사실을 느끼고 그것의 직접적이고 즉각적인 경험에 매몰되어 있던 터라 설명하거나 따져볼 여력이 없었다. 스티븐은 일부러 자기 검증을 피했고 자신의 행동에 영향을 미칠 만한 어떤 것이 일어나고 있다는 사실을 인정하지 않았다. 루시가 방으로 되돌아오면 그들은 다시 허물없이 행동했다. 매기는 스티븐의 말을 반박하거나 그를 조롱할 수 있었고, 스티븐은 그녀에게 '남성의 이해력에 대한 존경심'에 관한 한 모범적인 소피아 웨스턴 양[46]의 본을 보라고 권할 수 있었다. 둘만 있을 때면 무슨 이유인지 몰라도 항상 피하던 스티븐의 얼굴을 쳐다볼 수 있었고, 심지어 그는 루시의 손가락은 바자회에 내놓을 수예품 때문에 너무 바쁘다면서 매기에게 자기 노래의 반주를 해달라고 부탁하고는 속도가 너무 느리다고 지적하기도 하였는데, 박자는 분명 매기의 취약점이기도 했다.

어느 날, 그날은 바로 필립이 돌아온 날이었는데, 루시는 갑자기 그날 저녁에 켄 부인을 방문하기로 약속을 했다. 켄 부인은 원래 몸이 약한 데다가 기관지염에 걸리는 바람에 몸져눕게 되어 루시를 포함한 몇몇 숙녀들에게 바자회 준비를 부탁해야만 했던 것이다. 그 약속은 스티븐이 있는 자리에서 이루어졌다. 루시는 부탁을 대신 전하러 온 토리 양에게 일찍 나가서 6시에 그녀를 데리러 가겠다고 했다.

"이게 바로 그 바보 같은 바자회의 도덕적 결말이지." 토리 양이 방을 나가자마자 스티븐이 분통을 터뜨렸다. "젊은 아가씨들을 가정에서 끌어내 골동품 싸개나 수놓은 손가방을 만드는 방탕의 장소로 인도하다니! 여성의 본분은 남편들을 집에 머무르게 하고, 또 총각들을 집에서 나가게 하는 이유를 만들어주는 것이 아닌가? 이런 식으로 계속되다가는 사회가

---

46) 헨리 필딩의 소설 『톰 존스』의 여주인공.

와해되고 말 거요."

"글쎄요, 오래가지는 않을 거예요." 루시가 웃으면서 말했다.
"바자회는 다음 주 월요일이니까요."

"그거 정말 다행이군." 스티븐이 말했다. "언젠가 켄도 말하
더군. 허영심 때문에 자선을 베푸는 건 원치 않는다고. 그렇지
만 영국인들은 직접적으로 세금 내는 걸 싫어하기 때문에 세
인트오그스에다 학교를 짓고 기부를 하게 하려면 어리석은
짓이라도 해야 한다고 말이지요."

"그분이 그렇게 말씀하셨어요?" 루시는 놀라서 하늘빛의
두 눈을 크게 뜨며 말했다. "나는 그분이 그런 얘기 하시는 걸
들은 적이 없어요. 우리가 하는 일을 좋게 생각하시는 줄 알
았는데."

"물론 당신이 하는 일이야 좋게 생각하시겠지." 스티븐이 다
정하게 미소 지으며 말했다. "오늘 저녁에 당신이 외출하는 건
나쁘지만, 그래도 좋은 뜻에서라는 것쯤은 나도 알고 있어요."

"나를 너무 좋게 봐주시는군요." 루시는 예쁜 홍조를 띠며
머리를 흔들었다. 그리고 얘기는 거기서 끝났다. 특별히 말은
안 했지만 그날 저녁 스티븐의 방문은 없는 것으로 이해되었
다. 그리고 이러한 묵계에 힘입어 스티븐은 그날 낮의 방문을
길게 끌었다. 결국 그는 4시가 넘어서야 작별 인사를 했다.

그날 저녁 식사 후, 매기는 미니를 무릎에 앉히고 거실에
혼자 앉아 있었다. 이모부는 술을 마시다 잠시 잠이 들었고
어머니는 식당에서 뜨개질을 하다 졸다 하면서 앉아 있었다.
손님이 없을 때면 차 마시는 시간까지 늘 그런 식이었다. 매기

는 몸을 굽혀 그 작고 보들보들한 애완동물을 쓰다듬었다. 주인이 없는 쓸쓸함을 위로해 주려는 것이었다. 그때 자갈길을 밟는 발소리가 들렸다. 그녀가 눈을 들어 보니 스티븐 게스트 씨가 정원을 올라오고 있었다. 강에서 곧장 오는 듯했다. 저녁 식사가 끝나자마자 이렇게 일찍 오다니! 그는 파크 하우스의 저녁 식사 시간이 늦다고 불평을 해대곤 했다. 그렇지만 어쨌든 그가 거기, 검은 옷을 입고 있었다. 분명히 그는 집에 갔다가 강으로 해서 돌아온 것이다. 매기는 얼굴이 달아오르고 가슴이 두근거리는 것을 느꼈다. 혼자서 손님을 맞아보지 않은 그녀로서는 당황하는 것이 당연했다. 그는 그녀가 열린 창문을 통해 자기를 바라보는 것을 보고 걸어오면서 모자를 들어 인사했다. 그러고는 현관문 대신 창문으로 들어왔다. 그도 역시 얼굴을 붉혔다. 그것은 그런대로 지혜롭고 자제력이 강한 젊은이가 지을 수 있는 최고로 바보스러운 표정이었다. 악보를 손에 말아 쥐고 들어온 그는 머뭇거리며 아무거나 생각나는 대로 말했다.

"또 와서 놀랐죠, 털리버 양. 불쑥 찾아와서 죄송합니다. 읍내에 들어갈 일이 있어서 보트로 오게 되었죠. 그 김에 「아르투아의 소녀」[47] 악보를 당신 사촌한테 가져다주려고요. 오늘 아침에 잊어버렸지 뭡니까. 전해 주시겠습니까?"

"네." 매기는 미니를 안고 엉거주춤 일어섰다가 어찌할 바를 몰라 그만 다시 앉고 말았다.

---

47) 1836년에 초연한 마이클 윌리엄 벨프의 오페라.

스티븐은 모자와 악보를 놓았지만 악보는 데굴데굴 굴러 마룻바닥에 떨어지고 말았다. 그는 그녀 옆의 의자에 앉았다. 이전까지 그런 적이 없었기 때문에 그와 매기는 이러한 새로운 자리 배치를 분명히 의식하였다.

"이런 응석받이 같으니라고!" 스티븐은 매기의 팔 위로 늘어진 긴 털북숭이 귀를 잡아당기려고 몸을 숙이며 말했다. 그것은 특별한 의미가 있는 말이 아니었고, 또한 말한 사람 자신도 다음 말을 잇지 않았기 때문에 대화는 거기서 끊어졌다. 미니의 머리를 계속 쓰다듬으면서 스티븐은 자신의 그런 행동이 마치 꿈속에서 일어나는 일 같았고, 또한 자신에 대해 시종 놀라고 있었다. 그런데도 그것은 매우 즐거웠다. 매기를 바라보고 싶었다. 또한 그녀가 자신을 바라보기를 원했다. 그녀의 깊고 야릇한 눈동자를 한 번만, 그리고 오랫동안 들여다볼 수만 있다면 만족하고 정신을 차릴 수 있을 것 같았다. 매기의 시선에 대한 갈망이 일종의 편집증이 된 듯했다. 그래서 그는 이상하지 않게, 그리고 뒤탈 없이 그것을 얻을 수 있는 방법을 생각해 내느라 갖은 꾀를 다 짜내었다. 매기는 딱히 어떤 생각도 할 수 없었다. 그저 커다란 새가 어둠 속에서 그녀 곁을 빙빙 도는 것 같은 느낌뿐이었다. 그녀는 고개를 들 수가 없었고, 그녀 눈에는 복슬복슬한 미미의 검은 등밖에는 보이지 않았던 것이다.

그러나 이런 상황은 끝나게 마련이다. 실제로 그것은 곧 끝나버렸을 것이다. 순간적인 꿈이 그렇듯이 그냥 길게 느껴졌을 뿐인지도 모른다. 스티븐이 드디어 자세를 바로잡았다. 그는 한 팔을 등받이에 대고 매기를 바라보았다. 무슨 말을 해야 할까?

"석양이 멋질 것 같군요. 나가서 보지 않겠어요?"

"글쎄요." 매기가 말했다. 그러나 곧 용기를 내어 눈을 들고 창밖을 내다보았다. "이모부의 카드놀이 상대를 안 해드려도 되면 몰라도."

잠시 침묵. 미니를 쓰다듬는 동작만 계속되었다. 그러나 미니는 이제 더 이상 고마워하지 않았다. 도리어 으르렁거렸다.

"혼자 있는 걸 좋아하시나요?"

매기의 눈썹이 일그러졌다. 그녀는 스티븐을 흘깃 쳐다보며 말했다. "'네.'라고 말해도 괜찮은 건가요?"

"물론 침입자가 묻기에 좀 위험한 질문이겠지요." 스티븐은 매기의 시선에 기분이 좋아져서 그 시선을 다시 받을 때까지 좀 더 있어야겠다고 결심했다. "하지만 제가 돌아간 다음에도 30분 이상 혼자 있을 수 있을 겁니다. 제가 알기로 딘 씨는 7시 30분 전에는 절대 들어오지 않으시거든요."

또 한 번의 침묵. 그사이 매기는 계속 창밖만 바라보다가 겨우 고개를 돌려 미니를 내려다볼 수 있었다.

"루시가 나가지 않았으면 좋았을 텐데요. 음악이 없잖아요."

"내일 밤에는 새로운 목소리를 듣게 될 겁니다." 스티븐이 말했다. "사촌한테 당신 친구 필립 웨이컴이 돌아왔다고 전해주시겠어요? 집에 돌아가는 길에 만났답니다."

매기는 움찔했다. 그것은 순간적으로 머리에서 발끝까지 관통하는 약한 전율에 지나지 않았다. 그러나 필립의 이름에 의해 연상된 새로운 이미지들은 그녀를 사로잡았던 마법을 반쯤 흩어버렸다. 그녀는 단호하게 의자에서 일어나 미니를 쿠션 위에 올려놓고 구석에 있는 루시의 커다란 일감 상자 쪽으로 다가갔다. 스티븐은 당황했고 실망스러웠다. 그는 그들 가족 간에 발생한 다툼에 대해 루시가 했던 얘기를 기억해 냈다. 어쩌면 매기는 웨이컴의 이름을 그렇게 불쑥 말하는 것이 싫었는지도 모르지. 이제는 더 이상 있어봐야 아무 소용도 없겠어. 그는 이렇게 생각했다. 매기는 일감을 가지고 탁자 앞에 앉았다. 쌀쌀하고 오만한 태도였다. 그는 바보처럼 멀거니 앉아 있었다. 이렇게 느닷없이 찾아오다니. 일없는, 필요 없는 그런 방문은 불쾌하고 우스꽝스러운 것이었다. 매기는 자기가 혼자 있을 때 찾아오려고 그가 자기 방에서 급히 저녁을 먹었다는 것을 짐작하였다.

스물다섯 살의 교양 있는, 게다가 법률 지식까지 갖추고 있는 젊은이가 그런 소년 같은 짓을 하다니! 그러나 역사를 돌이켜보면 그렇게 믿지 못할 것도 없다.

그때 매기의 털실 타래가 데굴데굴 굴러갔다. 그녀는 그것을 잡으려고 일어났다. 스티븐도 일어나서 털실을 집어 그녀를 바라보았다. 그가 털실을 건네줄 때 매기는 그의 눈을 바라보았다. 그의 눈에 드리운 애타고 토라진 빛은 매기에게 전혀 새로운 인상을 주었다.

"그럼, 안녕히." 스티븐은 눈빛과 마찬가지로 애원하는 듯한, 그러나 불만스러운 목소리로 말했다. 그는 감히 손을 내밀지 못했다. 말하는 동안 그는 양손을 연미복 주머니에 넣고 있었다. 매기는 자신이 무례한지도 모르겠다고 생각했다.

"좀 더 계시지 않겠어요?" 그녀는 우물쭈물하며 말했다. 그러나 눈길을 돌리지는 않았다. 무례하게 비칠까 봐서였다.

"아닙니다." 스티븐은 반쯤 내키지 않아 하는, 그러나 목마른 사람이 우물을 찾듯이 반쯤 매료된 그녀의 눈을 계속 들여다보았다. "보트가 기다리고 있어요……. 사촌에게 말씀 전해 주세요."

"네."

"제 말씀은, 악보를 가지고 왔더라고요."

"네."

"그리고 필립이 돌아왔다고."

"네."(매기는 이번에는 필립의 이름에 주의하지 않았다.)

"정원에 잠깐 나가지 않겠어요?" 스티븐은 더욱 부드러운 목소리로 말했다. 그러나 다음 순간, 매기가 '아니요.'라고 말하지 않아서 당황했다. 그녀는 열린 창문 쪽으로 다가갔다. 그래서 그도 모자를 집어 들고 그녀 곁으로 가지 않을 수 없었다. 그는 뭔가 벌충을 해야겠다고 생각했다.

"제 팔을 잡으세요." 그는 마치 비밀이라도 되는 듯 낮은 목소리로 말했다.

강한 팔을 내미는 것은 이상하게도 대다수 여성의 마음을 사로잡는 효과가 있다. 육체적으로는 도움이 필요 없는 순간에도 도움받는다는 느낌, 즉 자기 외부에 있지만 자기 것인 그런 힘의 존재는 그녀들에게 항상 내재하는 상상적 욕구를 자극하는 것이다. 그 때문인지, 아니면 다른 이유에서인지는 몰라도 어쨌든 매기는 그의 팔을 잡았다. 그들은 잔디밭을 우회하여 축 늘어진 금련화 가지 밑을 지나갔다. 15분 전과 마찬가지로 꿈꾸는 듯한 기분이었다. 물론 스티븐은 갈망하던 그녀의 시선을 받았다. 그러나 아직 이성이 회복될 낌새가 보이지 않았다. 매기의 흐릿한 의식 가운데서 질문이 불쑥 솟아올랐다. '어떻게 여기 있게 되었지? 왜 따라 나왔지?' 그들은 아무 말도 하지 않았다. 만약 그랬더라면 그들은 서로의 존재에 대해 그처럼 강렬하게 의식하지 못하였을 것이다.

"계단 조심하세요." 마침내 스티븐이 말했다.

"아, 이제 들어가야겠어요." 매기는 계단이 마치 구세주라도 되는 듯했다. "안녕히 가세요."

그녀는 즉시 그의 팔을 놓고 집으로 뛰어갔다. 그녀는 자신의 이런 돌출 행동이 당황스러운 지난 30분간의 기억에 당황할 거리를 하나 더 보탤 뿐이라는 생각을 못 했다. 그런 생각을 할 여유가 없었다. 겨우 안락의자에 무너지듯 앉아서 울음을 터뜨릴 수 있었을 뿐이다.

"아, 필립, 필립, 우리 다시 함께 있다면 얼마나 좋을까. 그렇게 평온하게…… 붉은 계곡에서 말이야."

스티븐은 그녀를 잠깐 바라보다가 보트로 갔고, 곧 부두에 도착했다. 그날 저녁을 당구장에서 보냈다. 연신 줄담배를 피워댔고 내기 당구에서 돈을 잃었다. 그러나 그는 자리를 뜨려 하지 않았다. 그는 생각하지 않기로 결심했다. 머릿속에 들러붙어 있는 매기의 영상 외에는 어떤 기억도 받아들이려 하지 않았다. 그 영상 속에서 그는 그녀를 쳐다보고 있었고 그녀는 그의 팔짱을 끼고 있었다.

그러나 차가운 별빛 아래 집으로 돌아가야 할 순간이 오고
야 말았다. 그와 함께 자신의 미친 짓에 대한 반성도 생겨났
다. 그는 앞으로는 절대로 매기와 단둘이 있지 않겠다고 결심
했다. 완전히 미친 짓이야. 그는 루시를 사랑하고, 그녀에 대해
강한 애착을 가지고 있으며, 약혼한 것이나 마찬가지였다. 그
는 매기를 만나지 않았더라면, 이런 식으로 그녀에게 빠지지
않았더라면 하고 생각했다. 그녀는 감미롭고, 이상하고, 말썽
많고, 사랑스러운 아내가 될 것이다. 누군가의. 그러나 자신은
그녀를 선택하지 않을 것이다. 그녀도 자신과 같은 감정일까?
그는 그랬으면, 아니, 그러지 않았으면 하고 바랐다. 가지 말았
어야 했다. 앞으로는 제어를 해야지. 그녀의 기분을 상하게 하
고, 다투기도 해야지. 다투다니? 그런 눈을 가진 여자와 다툰
다는 것이 가능할까? 도전하는 듯하면서 애원하고, 반박하는
듯하면서 매달리고, 오만한 듯하면서 간절히 원하는, 감미로
운 대립으로 가득 찬 그런 눈 말이다. 그러한 여자가 사랑에
의해 굴복당하는 장면을 볼 수 있다면 그것은 멋진 인생일 것
이다. 만일 스티븐 자신이 아닌 다른 사람이라면.

이런 독백 끝에 스티븐은 낮게 뭐라고 외마디 소리를 중얼
거리고는 담배꽁초를 획 던졌다. 그런 다음 호주머니에 손을
찔러 넣고 잡목 숲을 보다 차분하게, 그러나 성큼성큼 걸어갔
다. 그 외마디가 축복의 말이 아니었던 것만은 분명하다.

7
필립의 재등장

　이튿날 아침에는 비가 몹시 내렸다. 집에서 꼭 해야 할 일이 없는 남자들이 근처에 사는 여자 친구를 방문하여 오래 머물기에 딱 좋은 그런 날씨였다. 가는 길에는 걷거나 말을 타는 데 큰 지장이 없었지만 머무는 동안에 빗줄기가 곧 굵어질 것 같기도 하고 곧 갤 것도 같기 때문에 보통의 불화 정도로는 어림없고, 대놓고 한판 싸움이라도 벌어지지 않는 한에는 좀처럼 일찍 일어나게 되지 않는다. 게다가 이들이 연인이라면 영국의 비 오는 아침처럼 좋은 것이 또 어디 있을까? 영국의 햇살은 믿을 수 없다. 모자를 써봤자 안심할 수 없다. 잔디밭에 앉으면 감기에 걸릴지도 모른다. 하지만 비만큼은 믿을 수 있다. 우비를 걸치고 빗속을 뚫고 말을 달린다. 그다음, 여러분이 가장 좋아하는 자리, 즉 여러분이 섬기는 여신보다 조금 높거나 조금 낮은 자리에 앉는다.(이것은 형이상학의 경우에도 마찬가지다. 이렇게 하여 여성들은 숭배받기도 하고, 멸시당하기도 하는 것이다.) 그러고는 오늘만큼은 어떤 여성 방문객도 오지 않으리라는 확신에 흐뭇해한다.

"스티븐은 오늘 아침 보통 때보다 일찍 올 거야, 분명해." 루시가 말했다. "비 오는 날은 늘 그러거든."

매기는 대꾸하지 않았다. 그녀는 스티븐에게 화가 나 있었다. 그를 싫어하게 될 거라고 생각했다. 비만 아니라면 오늘 아침 글레그 이모 집에 가버렸을 것이다. 그러면 그를 피할 수 있었을 것이다. 사정이 그러니 그녀는 응접실을 비워도 될 구실, 즉 어머니와 함께 있을 구실을 만들어내야 했다.

하지만 스티븐은 일찍 오지 않았다. 대신 더 가까운 이웃이 왔다. 방에 들어오면서 필립은 매기에게 그냥 인사만 하기로 했다. 그들의 관계는 비밀이므로 드러내어서는 안 된다고 생각한 것이다. 그러나 그녀가 다가와 손을 내밀었을 때, 그는 루시가 그들의 비밀을 알고 있다는 것을 이내 알아차렸다. 그것은 두 사람 모두에게 약간 흥분되는 순간이었다. 물론 필립은 이 순간을 준비하느라 많은 시간을 보냈지만 말이다. 그러나 남들의 호의를 기대하지 못하고 인생을 보낸 사람들이 대개 그렇듯이 그는 자제력을 잃는 법이 거의 없었고, 또한 자존심 때문에 쉽게 감정을 노출하지 않았다. 기껏해야 안색이 조금 창백해지고, 말할 때 콧구멍이 조금 더 긴장되고, 목소리가 조금 높아지는 정도에 불과했기 때문에 모르는 사람들은 그것을 냉랭한 무관심의 표시로 생각할 수도 있었다. 그러나 그것은 극심한 내부적 격랑을 감추고 있었다. 반면 매기는 현악기 줄과 같이 자기 감정을 감출 줄 몰랐기 때문에 아무 말 없이 그의 손을 잡는 순간 눈물이 핑 돌았다. 그것은 고통의 눈물이 아니었다. 그것은 차라리 여자와 아이들이 구조의 손길에 매달려 지나온 위험을 뒤돌아보며 짓는 그런 눈물이었다. 왜냐하면 얼마 전까지 톰의 비난과 연관지어지던 필립이 이제는 그녀가 위안과 힘을 얻기 위해 날아갈 수 있는 일종의 외부적 양심이 되어버렸기 때문이다. 필립에 대한 그녀의 조용하고 부드러운 사랑은 어린 시절부터 뿌리내린 것이었다. 그녀는 또한 오랜 기간에 걸쳐 그와 나눈 대화를 통해 처음에 그녀를 움직였던 그에 대한 자신의 본능적 감정을 재확인할 수 있었다. 그것은 결코 허영이나 다른 이기적인 동인이 아니라 동정과 여성다운 헌신이었다. 그런데 그 사랑이 이제는 일종의 성역처럼 생각되었다. 그 성소에서 그녀는 자신을 유혹하는 영향력으로부터 스스로를 지켜야 하는 것이다. 그 유혹은 내부적으로는 끔찍한 갈등을, 외부적으로는 비참을 초래하고야 말 것이었으므로. 필립과의 관계에 대한 이러한 새로운 자각으로 말미암아 혹시 톰이 허락한 교제 범위를 넘게 되지나 않을까 하는 걱정이 배가되었다. 그녀는 손을 내밀었다. 이내 눈물이 솟아올랐지만 내적으로는 아무런 염려도 느껴지지 않았다. 그 장면은 루시가 예상했던 그대로였다. 마음 착한 그녀는 필립과 매기를 다시 한자리에 불러 모은 게 너무도 기뻤다. 그러나 필립을 아무리 잘 보아준다 하더라도, 그녀는 톰이 이 두 사람의 신체적 부조화 때문에 받은 충격에도 일리가 있다는 인상을 지울 수가 없었다. 특히 사촌 톰처럼 시나 동화를 좋아하지 않는 산문적인 사람의 경우에야. 그러나 그녀는 두 사람을 편하게 해주기 위해 곧 얘기를 시작했다.

"돌아오시자마자 이렇게 일찍 와주셔서 참 고마워요." 그녀는 조그만 새가 자기들끼리 지저귀는 듯한 아름답고 높은 목소리로 말했다. "그래서 친구들에게 알리지도 않고 떠나가 버린 무례를 용서해 드리려고 해요. 여기 앉으세요." 그녀는 그에게 가장 잘 맞는 의자를 내어주며 말을 계속했다. "잘 봐드릴게요."

"당신은 사람들 다스리기는 틀렸어요, 딘 양." 필립이 앉으며 말했다. "무서운 척해도 아무도 안 믿을 테니까요. 당신이 용서해 줄 거라고 생각하니 자꾸 나쁜 짓을 하게 되는 거죠."

루시는 몇 마디 장난스럽게 대꾸했지만 필립은 듣고 있지 않았다. 당연히 그는 매기를 보고 있었다. 매기는 오래 헤어져 있던 친구를 만나면 으레 하는 식으로 그를 공공연히, 그리고 애정 어린 눈으로 살펴보고 있었다. 그들의 이별 장면이라니! 마치 어제 일처럼 생생했다. 그들이 마지막 대화에서 주고받았던 말과 눈길 등 모든 것이 아주 세세하게, 그리고 너무도 강렬하게 되살아났다. 게다가 내성적인 사람의 경우 대개 사랑이 깊으면 질투와 불신도 큰 법이다. 따라서 그는 매기의 시선과 태도에서 변화의 증거를 포착했다고 생각했다. 게다가 그는 그것을 반쯤 예상하고 두려워하고 있던 터라 반증이 없는한 그런 생각을 지울 수가 없었다.

"정말 멋진 휴가야, 그렇지?" 매기가 말했다. "루시는 신데렐

라의 천사 같아. 나를 순식간에 허드레 일꾼에서 공주로 바꿔 놓았어. 그냥 하루 종일 빈둥거리기만 하면 되지. 그러면 루시가 알아서 해주거든."

"그럼 혜택을 더 입는 쪽은 루시 양이군." 필립이 말했다. "애완동물을 다 합쳐놓은 것보다 네가 더 나은 게 틀림없어. 게다가 넌 좋아 보여. 변화의 덕을 톡톡히 보는 것 같아."

이런 식의 가식적인 대화가 계속되자, 루시는 그런 대화를 그만두게 하려고 잊은 게 있다고 투덜거리면서 급히 방을 나갔다.

곧 매기와 필립은 몸을 앞으로 기울여 다시 손을 잡았다. 그러고는 최근의 슬픈 기억을 간직하고 있는 친구들처럼 슬픈 만족의 표정으로 서로를 바라보았다.

"필립, 톰 오빠에게 오빠가 보고 싶다고 했어. 만나지 않기로 한 약속을 취소해 달라고 부탁했더니 승낙해 줬어."

충동적인 매기는 필립에게 자신들이 어떤 관계여야 하는지 바로 알리려다가 그만두었다. 필립의 사랑 고백 이후에 일어난 일들이 너무도 고통스러운 것이었기 때문에 자기가 먼저 그 얘기를 끄집어내고 싶지 않았던 것이다. 심지어는 톰을 입에 올리는 것조차 필립에게 상처를 줄 것 같았다. 톰은 얼마나 그를 모욕하였던가. 그러나 필립은 그녀에 대한 생각에 완전히 빠져 있던 터라 다른 것을 생각할 겨를이 없었다.

"그럼 적어도 친구는 될 수 있겠네, 매기? 이제 그걸 방해할 것은 없겠지?"

"오빠 아버지가 반대하시지 않을까?" 매기는 손을 빼면서 말했다.

"매기, 네가 싫어하지 않는 한 나는 결코 너를 포기하지 않을 거야. 어느 누구도 막을 수 없어." 필립은 얼굴을 붉히면서 말했다. "늘 말했잖아, 내가 아버지 말을 듣지 않는 경우도 있다고. 이것도 그중 하나지."

"그럼, 우리의 우정을 막을 것은 없어. 내가 여기 있는 동안 서로 만나고 얘기하는 것 말이야. 나는 곧 떠날 거야. 내 말은 아주 빨리, 새 직장을 얻어 간다는 거야."

"가지 않으면 안 돼, 매기?"

"응, 여기 오래 있으면 안 돼. 앞으로의 내 생활과는 맞지 않아. 신세 지고 살 수는 없어. 톰 오빠와 같이 살 수도 없어. 물론 오빠는 내게 잘해 주고, 나를 부양하겠다고 하지만 나는 그걸 견딜 수가 없어."

필립은 잠시 말이 없더니, 높고 가는 목소리로 말하기 시작했다. 그가 감정을 단호하게 억누르고 있다는 표시였다.

"다른 방법이 없을까, 매기? 사랑하는 사람들을 떠나는 게 네가 기대할 수 있는 유일한 생활일까?"

"그래, 오빠." 그녀는 그가 그런 선택의 불가피성을 믿어주기를 바라는 것처럼 애원하는 눈길로 그를 바라보았다. "적어도 현재로서는. 몇 년 후에는 어떻게 될지 모르지만. 사랑에서는 별로 행복을 기대할 수 없을 것 같은 생각이 들어. 항상 그 때문에 고통을 받아왔거든. 나도 남자처럼 그것에서 벗어나 살 수 있었으면 해."

"모양만 바뀌었지 옛날에 하던 생각 그대로군, 매기. 내가 늘 반박하던 그 생각 말이야." 필립은 씁쓰레한 어조로 말했다. "너는 체념을 통해 고통에서 도피하려는 거야. 다시 말하지만 자기 본성을 왜곡시키거나 손상시키지 않는 도피처는 없어. 내가 고통에서 도피한다면 어떨까? 경멸과 냉소로 무장해야겠지. 혹은 말도 안 되는 자만심에 가득 차서 내가 비록 사람들의 사랑은 못 받지만 대신 하늘의 선택을 받았다고 믿거나."

말하는 동안 필립은 점점 더 비통해졌다. 그가 내뱉는 말은 매기의 말에 대한 대답인 동시에 그 자신이 느끼는 감정의 토로이기도 했다. 그는 고통스러웠다. 그는 사랑을 연상시키는 말들을 피해 갔다. 그의 섬세한 마음 씀씀이였다. 그들 사이에는 사랑의 약속이 있었다. 그가 사랑을 언급하면 매기에게 그 약속을 연상시키게 될 것이고 그것은 천박한 짓이었다. 자기가 변하지 않았다는 얘기도 제대로 할 수 없었다. 그것 역시 뭔가를 호소하는 듯할 터이므로. 매기에 대한 그의 사랑에는 자신이 예외라는 생각, 다시 말해 그녀, 그리고 모든 사람들이 그를 예외로 간주한다는 생각이 각인되어 있었다. 그것은 그가 경험하는 다른 일들에서보다 그 정도가 더욱 심했다.

매기는 양심의 가책을 받았다.

"그래, 오빠." 그녀는 어린 시절, 필립이 그녀를 꾸짖을 때면 경험하곤 했던 회한을 느끼며 대답했다. "오빠가 옳아. 난 항상 내 감정만 생각하고 남 생각을 못 해. 옛날부터 늘 오빠가 내 잘못을 지적해 줘야 했지. 그 말대로 된 게 참 많거든."

매기는 탁자 위에 팔꿈치를 올려놓고 손으로 얼굴을 괸 채 반쯤 회개하고 의지하는 표정으로 다정스럽게 그를 바라보았다. 필립 역시 그녀를 마주 보았다. 그의 표정은 차츰 명료해지며 한 가지 생각으로 고정되는 것처럼 보였다. 그 역시 그녀가 지금 생각하고 있는 것을 생각하는 것일까? 루시의 애인과 관계되는 것을? 그 생각에 그녀는 움찔하였다. 그녀는 자신의 현재 상태와 어제저녁에 일어났던 일의 의미를 보다 명확히 파악할 수 있었다. 그녀는 탁자에서 팔을 뗐다. 갑자기 가슴이 답답해져서 자세를 바꾸어야만 했다. 갑작스러운 정신적 고통은 때로 그런 육체적 증상을 수반하기도 한다.

"왜 그래, 매기? 무슨 일이라도 생겼어?" 필립은 말할 수 없는 불안감에 사로잡혔다. 그의 상상력은 무엇이건 바로 그들 두 사람에게 치명적인 사건들로 둔갑시키곤 하였다.

"아니, 아무것도 아니야." 매기는 억지로 힘을 내어 말했다. 절대로 필립이 그런 생각을 해서는 안 되었다. 그러니 매기 자신의 머리에서도 쫓아버려야 했다. "아무것도 아니야." 그녀는 재차 말했다. "그냥 무슨 생각이 났어. 오빠가 그랬지. 결핍된 생활의 역효과가 날 거라고 말이야. 그런데 정말 그래. 내가 요즘 음악과 사치에 너무 탐닉하는 것 같아. 그런 기회가 생기니까 말이야."

그녀는 일감을 집어 들고 열심히 일하기 시작했다. 필립은 그녀를 가만히 지켜보았다. 정말 그런 일반적인 문제 외에는 없는 것일까 하고 의심하면서. 물론 그런 막연한 자책 때문에 동요하는 것은 매기다운 일이었다. 그때 귀에 익숙한 요란한 초인종 소리가 집이 떠나가라 울렸다.

"참 요란하게도 등장하네!" 매기는 속으로 약간 당황하면서도 겉으로는 완전히 태연하게 말했다. "루시는 도대체 어디 있담."

루시도 그 소리를 들었다. 다정한 인사말이 얼마간 오간 뒤에, 루시가 스티븐을 방으로 안내하여 들어왔다.

"어이, 친구." 스티븐은 필립에게 곧장 다가가서 다정하게 악수를 했다. 매기에게는 지나가는 길에 고개를 숙였을 뿐이다. "다시 돌아와서 기뻐. 그렇지만 지붕 꼭대기에 사는 제비처럼 하인들에게 알리지 않고 들고 나는 일은 없었으면 좋겠어. 이번이 스무 번째는 될걸. 자네가 집에 있다고 해서 자네 화실까지 그 수많은 계단을 헉헉거리면서 겨우 올라갔더니 자네가 없지 뭔가. 자꾸 그러면 의가 상하지."

"찾아오는 사람이 없으니까 들고 나는 걸 알릴 필요가 없더군." 필립은 스티븐의 밝고 건장한 외모와 힘 있는 목소리만으로도 주눅이 드는 기분이었다.

"안녕하십니까, 털리버 양?" 스티븐은 정중하게 매기 쪽으로 돌아서며 말했다. 그러고는 단지 사교적 의무를 수행할 뿐인 듯한 태도로 손을 내밀었다.

매기는 손끝을 살짝 갖다 대었다. 그러고는 거만하고 심드렁하게 "네, 고맙습니다."라고 말했다. 필립의 눈이 날카롭게 그들을 관찰하고 있었다. 그러나 루시는 두 사람의 태도가 곧잘 변하는 것을 보아왔기 때문에, 그들 사이에는 어쩔 수 없는 반감이 있어서 서로에 대한 선의에도 불구하고 그 반감이 또 튀어나오나 보다 하고 안타까워했을 뿐이다. '매기는 스티븐이 좋아하는 유형의 여자가 아니지. 그리고 매기는 그의 자만심 때문에 화가 났나 봐.' 순진하기만 한 루시는 매사를 그런 식으로 해석했다. 스티븐과 매기는 이런 부자연스러운 인사를 나누자마자 곧 상대방의 냉정함에 상처를 입었다. 스티븐은 필립에게 최근의 스케치 여행에 대해 질문을 퍼부었다. 그는 보통 때와는 달리 그녀를 대화에 끌어들이지 않았다. 그 때문에 그의 생각은 더욱더 그녀에게로 쏠렸다. '매기와 필립이 행복해 보이지 않아.' 루시는 생각했다. '아마도 이 첫 번째 만남이 슬픈 기억을 불러일으켰나 봐.'

"말을 타고 달려오지 않은 우리 같은 사람들은 비 때문에 좀 울적해진 것 같아요." 루시가 스티븐에게 말했다. "노래 좀 불러주세요. 필립과 당신이 함께 있는 기회를 활용해야지요. 「마자니엘로」[48] 이중창을 불러주세요. 매기는 아직 들어본 적이 없지만 분명히 마음에 들어 할 거예요."

"좋아요, 그러지요." 스티븐이 피아노 쪽을 향하면서 말했다. 그러고는 곡조를 낮게 흥얼거렸는데 매우 듣기 좋았다.

"필립, 반주 좀 해주시겠어요?" 루시가 말했다. "그러면 제가 제 일을 할 수 있거든요. 괜찮으시겠지요?" 그녀는 물어보는 듯한 귀여운 표정을 지었다. 평소와 마찬가지로 그녀는 자기의 부탁이 혹시 상대방을 곤란하게 하지 않았는지 걱정했다. 하지만 완성하지 못한 자수품에 대한 미련이 너무도 컸다.

필립은 루시의 제안에 반색을 했다. 극도의 공포와 슬픔만

___

48) D. F. E. 오베르의 오페라 「포르티치의 벙어리 아가씨」의 영어 제목.

제외하면 음악을 통해 분출되지 못할 감정이 없었다. 실제로 그의 노래와 연주는 감정의 도움으로 더욱 아름다울 수 있었다. 그 순간 필립의 가슴속에는 여러 가지 복잡한 감정이 소용돌이치고 있었다. 사랑과 질투, 체념과 맹렬한 의심이 삼중주 혹은 사중주를 이루고 있었던 것이다.

"아, 그러지요." 필립은 피아노에 앉으면서 말했다. "그건 불완전한 인생을 보충하는 방법이지요. 한꺼번에 세 사람 몫을 하는 거니까요. 노래하고, 피아노 치고, 동시에 그걸 듣고, 아니면 노래하면서 그림을 그리든지."

"아, 자네는 부러운 친구일세. 나는 손재주가 없어." 스티븐이 말했다. "행정 능력이 뛰어난 사람들은 대개 그렇지. 내게는 사고력이 더 지배적인 경향이 있거든. 그렇지요, 털리버 양?"

스티븐은 그만 매기에게 장난스럽게 묻곤 하던 습관대로 행동하고야 말았다. 매기 또한 즉시 재치 있게 대답하던 습관을 억누르지 못했다.

"지배적인 경향이 있는 건 틀림없어요." 그녀는 웃으면서 말했다. 그 순간 필립은 그러한 경향이 그녀의 마음에 들지 않기를 간절히 바랐다.

"자, 자," 루시가 말했다. "노래, 노래부터! 남 트집 잡는 일은 다음에 해요."

음악이 시작되면 매기는 항상 일을 계속하려고 애를 쓰다가 포기하곤 했다. 오늘은 평소보다 더 애를 썼다. 스티븐은 매기가 그의 노래를 얼마나 좋아하는지 알고 있었다. 그녀는 이미 그 사실을 인식하고 있었으며 평소에는 이에 대해 약간 장난기를 느꼈다. 그러나 오늘은 더 이상 장난스러울 수 없었다. 또한 그녀는 스티븐이 그녀를 바라보기 위해 서서 노래를 부르는 습관이 있다는 것도 알고 있었다. 그래서 더욱 진지하게 음악의 유혹에 저항하려 했다. 그러나 소용이 없었다. 그녀는 이내 일감을 놓고, 모든 생각을 잊은 채, 멋진 이중창이 불러일으키는 몽롱한 감정 상태에 빠졌다. 그 감정은 즉시 그녀를 강하면서도 약하게 만드는 듯했다. 모든 즐거움은 강해지고 저항은 약해지는 것이었다. 선율이 단조로 바뀌자 그녀는 그 변화에 화들짝 놀라 의자에서 벌떡 일어날 뻔했다. 불쌍한 매기! 음악의 힘이 그녀의 영혼을 연주하는 그 순간, 그녀는 매우 아름다웠다. 여러분은 그녀의 몸 전체에 흐르는 보일 듯 말 듯한 전율을 느낄 수 있었을지도 모른다. 그녀는 몸을 앞으로 조금 숙이고, 마치 자신을 제어하려는 듯 두 손을 꽉 잡고 있었다. 눈동자는 행복할 때면 떠오르곤 하는, 어린애 같은 경이에 찬 기쁨으로 환히 빛나고 있었다. 여태껏 루시는 매기가 그런 눈으로 쳐다볼 때면 항상 피아노를 치고 있던 탓에 그런 모습을 보는 것이 처음이었다. 그녀는 충동을 억제하지 못하고 매기에게 살짝 다가가 키스를 했다. 필립도 악보 너머로 이따금 매기의 모습을 훔쳐보면서 지금까지 그녀가 음악에 그토록 몰두해 있는 모습을 본 적이 없다고 생각했다.

"한 곡 더, 한 곡 더요!" 이중창이 끝났을 때 루시가 외쳤다. "이번에도 활기찬 것으로요. 매기는 항상 질풍노도 같은 소리가 좋다고 했거든요."

"그럼, 「길을 떠납시다」[49]가 좋겠군." 스티븐이 말했다. "오늘처럼 비가 오는 아침에 꼭 알맞지. 그렇지만 그 일생일대의 성스러운 임무를 포기하고 우리와 함께 노래할 각오가 됐나요?"

"네, 물론이죠." 루시가 웃으면서 말했다. "악보대에서 「거지 오페라」 악보만 찾아주면 말이죠. 겉장이 거무스레한 거예요."

"거참 굉장한 힌트로군. 거무스레한 게 스무 개도 넘는데." 스티븐이 악보대를 꺼내며 말했다.

"필립, 그동안 뭔가 좀 연주해 주세요." 루시는 필립이 건반 위로 손가락을 놀리는 것을 보고 말했다. "지금 치고 있는 게 뭐죠? 멋있어요. 저는 모르는 곡이지만."

"이걸 모른다고요?" 필립은 곡조를 좀 더 명확하게 연주하면서 말했다. "이건 「몽유병 여인」[50]에 나오는 「아! 왜 나는 당신을 미워하지 못하는가」예요. 이 오페라 줄거리는 모르지만 이 노래는 테너가 여주인공에게 그녀가 자기를 버려도 항상 그녀를 사랑할 거라고 말하는 내용이에요. 지난번에 영어로 부른 적이 있었죠. 「나는 아직 당신을 사랑하네」라는 노래 말이에요."

필립이 그 곡조를 치기 시작한 것은 결코 우연만은 아니었다. 그 노래는 그가 직접 매기에게 말할 수 없는 것을 대변하고 있었다. 매기는 그가 말하는 얘기를 들었다. 노래가 시작되자 그녀는 곡조 속에 담긴 비탄 어린 열정을 이해할 수 있었

---

49) 존 게이의 「거지 오페라」에 나오는 노래.
50) 벨리니의 오페라.

다. 애절한 테너 목소리는 그리 뛰어난 것이 아니었으며 그녀에게 완전히 새로운 것도 아니었다. 붉은 계곡에 있을 때, 풀밭 산책길과 구덩이, 그리고 비스듬히 드리운 양물푸레나무 그늘에서 몇 구절씩 흥얼거리는 것을 들은 적이 있었다. 가사 가운데 뭔가 책망 같은 것이 있었다. 필립의 심정도 그랬을까? 그녀는 아까 대화를 나눌 때 연인 관계는 원하지 않는다는 점을, 그리고 그것은 단지 상황이 허락하지 않기 때문이라는 점을 좀 더 분명히 해둘걸 그랬다고 생각했다. 그녀는 노래에 감동을 받았으나 흥분되지는 않았다. 그것은 단지 추억과, 생각과, 잔잔한 회한을 불러일으켰을 뿐이다.

"그게 당신네 테너들의 수법이지." 필립이 노래를 마치자 악보를 손에 들고 기다리던 스티븐이 말했다. "갖은 방법으로 감상적 사랑과 절개를 속삭여서 여성들을 타락시킨다니까. 당신들의 머리를 중세 테너나 음유시인식의 접시에 담아서 내어야만 완전히 체념할 수 있으려나. 아무래도 해독제를 써야겠어. 딘 양이 실패와 떨어져 있는 동안 말이야."

스티븐의 목소리는 약간 건방지고 힘차게 울려 나왔다.

　나는, 절망 가운데 헛되이,
　죽어야 하나, 한 여인 때문에?

그것은 방 안 공기 전체를 활기차게 만드는 듯하였다. 스티븐이 하는 일을 언제나 자랑스러워하는 루시는 그에게 웃음과 감탄을 보내며 피아노 쪽으로 다가갔다. 매기는 노래 자체와 또 그 노래를 부르는 사람에 대한 반감에도 불구하고 보이지 않는 영향력에 동요되었다. 그 영향력의 파도는 너무도 세었던 것이다.

그러나 그녀는 속으로 화를 내며 속마음을 보이지 않겠다고 결심하고는 일감을 움켜쥐었다. 그녀의 바느질은 엉망이었고 바늘에 여러 번 손가락을 찔렸다. 하지만 그녀는 꾹 참으며 세 사람이 「길을 떠납시다」를 시작할 때까지 고개를 숙이고 방에서 일어나는 일을 무시했다.

만일 건방지고 당돌한 스티븐이 그녀에게 완전히 매료되어 있다는 사실을 그녀가 알았더라면 은연중에라도 기분이 좋지 않았을까? 그도 처음에는 적어도 겉으로는 그녀에게 무관심한 척하려 했다. 그러나 그 결심은 금방 바뀌어 애타게 그녀의 관심을 갈구하였고 은밀하게나마 말이나 시선을 주고받기를 열망하였다. 그는 곧 기회를 잡았다. 바로 「템페스트」[51]를 부르기 시작했을 때였다. 매기는 발판을 가지러 방을 가로질러 가고 있었다. 마침 노래를 부르고 있지 않아서 그녀의 움직임을 낱낱이 의식하고 있던 스티븐은 그녀가 무엇을 필요로 하는지 짐작하고 날듯이 달려가 발판을 들고는 그녀를 간절한 시선으로 바라보았다. 그 바람에 그녀는 그에게 감사의 눈길을 보내지 않을 수 없었다. 그러자 그는 조심스럽게 발판을 놓아주었다. 그 자신만만한 남자가 갑자기 겸손하고 초조한 모습으로 변하다니! 게다가 몸을 굽히고는 벽난로와 창문 사이

---

51) 셰익스피어의 동명 희곡에 토머스 안이 곡을 붙인 것.

에 있는 그 자리에 외풍이 들어오지나 않을까 염려하며 작업대를 옮겨줄까 물어보다니! 어릴 때부터 이런 식의 예의에 익숙한 여자라 할지라도 이런 태도에는 상당한 감동을 받았을 것이다. 더구나 매기에게 이런 일들은 결코 일상적인 사건이 아니라 인생에서 새로운 요소였다. 따라서 이러한 경의는 매우 새로운 것이었다. 그의 친절한 배려에 그녀는 그를 바라보지 않을 수 없었다. 그러고는 자기 쪽으로 기울이고 있는 그의 얼굴을 향해 "아니, 괜찮아요."라고 말하지 않을 수 없었다. 일단 눈길이 마주치자 어제저녁과 같은 현상이 일어났다. 서로를 바라보는 감미로운 감정을 막을 수가 없었던 것이다.

스티븐의 행동은 일상적 예의에 불과했다. 2분도 채 걸리지 않았던 것이다. 따라서 노래를 부르고 있던 루시는 그것을 거의 눈치채지 못했다. 그러나 이미 막연한 불안감에 사로잡혀 사소한 일에서조차 결정적인 증거를 찾고 있던 필립은 스티븐의 갑작스러운 열성과 매기의 표정 변화를 놓치지 않았다. 그는 그녀의 빛나는 얼굴이 스티븐의 얼굴에서 나오는 빛을 반영하고 있다고 생각했으며, 또한 그것이 이제까지의 지나친 무관심과 너무도 대조적이므로 분명 특별한 의미가 있다고 생각하고는 고통을 느꼈다. 스티븐이 다시 노래를 시작했다. 그 힘찬 목소리는 마치 철판을 두드려대는 것처럼 필립의 날 선 감정에 거슬렸다. 그는 피아노를 제멋대로 뚱땅거리고 싶은 충동에 사로잡혔다. 물론 스티븐과 매기 사이에 특별한 감정이 있다고 추정할 아무런 확실한 근거도 없었다. 그 자신의 이성으로 판단해 볼 때도 그랬다. 그는 바로 집에 돌아가고 싶었다. 냉정하게 따져보고 자신의 의심에 근거가 없음을 확인하고 싶었다. 그러나 다른 한편으로는 스티븐이 거기 있는 한 그곳에 계속 있고 싶었다. 스티븐이 매기와 함께 있는 장면에 항상 입회하고 싶었다. 불쌍한 필립에게는 매기 근처에 있는 남자라면 누구라도 매기를 사랑하지 않을 수 없다고 여겨졌다. 그녀가 미혹에 빠져 스티븐 게스트를 사랑하게 된다면 그녀의 앞길에 행복이란 있을 수 없다. 이런 생각이 들자 필립은 그녀에 대한 자신의 사랑이 그렇게 전적으로 기우는 것이 아니라는 생각이 들었다. 이러한 내부적 갈등 때문에 그의 피아노 연주가 엉망이 되었다. 루시가 놀라서 그를 바라보았다. 그 순간 털리버 부인이 들어왔다. 점심 식사가 준비되었다는 것이다. 그들은 그것을 핑계로 연주를 중지하였다.

"아, 필립 군," 그들이 식당에 들어가자 딘 씨가 말했다. "오랜만일세. 아버님께서는 아직 출타 중이시지? 며칠 전 사무실에 들렀더니 출타 중이시라더군."

"며칠간 사업차 머드포트에 가 계셨는데 이제는 돌아오셨어요."

"농사 취미는 여전하시고?"

"그런 것 같습니다." 필립은 자기 아버지 일에 대한 딘 씨의 갑작스러운 흥미에 약간 의아해하면서 대답했다.

"아!" 딘 씨가 말했다. "아버님은 강 이편저편에 모두 토지를 가지고 계시지?"

"네, 그렇습니다."

"아!" 딘 씨는 비둘기 고기 파이를 나눠 주면서 말을 계속했다. "농사라는 게 퍽 힘들다고 생각하실걸. 꽤 돈이 드는 취미라고 말이야. 나는 취미 같은 건 없네. 앞으로도 생각이 없고. 취미생활로 돈을 벌 수 있다고 생각하는 사람도 있는 것 같은데, 내가 보기엔 그게 제일 나쁜 취미라네. 곡식 자루에서 곡식을 뿌리듯 돈을 내버리는 거니까."

루시는 아버지가 괜히 웨이컴 씨의 지출을 비난하는 것 같아서 초조해졌다. 그러나 이야기는 거기서 끝났다. 딘 씨는 점심 식사 시간 내내 아무 말도 하지 않고 생각에 잠겨 있었다. 루시는 원래 아버지의 심기를 잘 살피는 편이었다. 게다가 그녀는 요즘 웨이컴 씨 일에 특별한 관심을 가질 이유가 있던 터라 아버지가 무엇 때문에 그런 질문을 했는지 몹시 궁금했다. 아버지가 그 질문만 하고는 침묵을 지키자 그녀는 여기에 뭔가 이유가 있다고 생각하게 되었다.

이런 생각 끝에 그녀는 아버지에게 특별한 얘기를 할 때면 으레 쓰는 수법을 쓰기로 했다. 점심 식사 후, 그녀는 뭔가 구실을 붙여 털리버 이모를 식당에서 나가게 한 뒤, 등받이 없는 의자를 아버지 무릎 곁에 갖다 놓고 앉았다. 그럴 때면 딘 씨는 매우 흐뭇해하면서 그렇게 열심히 노력한 보람이 있다고 생각했다. 물론 머리에 담배 가루가 떨어지는 것을 싫어하는 루시가 코담뱃갑을 뺏어버리기 때문에 담배 냄새를 맡을 수는 없지만 말이다.

"아빠, 주무시지 마세요." 그녀는 의자를 당기고 코담뱃갑에서 아버지의 커다란 손가락을 떼어놓으며 말했다.

"아직 안 잔다." 딘 씨는 식탁 위에 놓인 유리병, 즉 자신의 노력에 대한 보상물을 바라보며 말했다. "원하는 게 뭐냐?" 그는 보조개 팬 턱을 사랑스러운 듯이 꼬집으며 물었다. "바자회에 쓸 돈을 내 호주머니에서 긁어내려고, 응?"

"아뇨, 오늘은 그런 게 아니에요. 부탁이 아니라, 그냥 얘기 좀 하려고요. 아빠, 오늘 왜 필립에게 그 사람 아버지의 농사 얘기를 하셨어요? 좀 이상하던데요. 아빠는 그에게 그 사람 아버지 얘기는 거의 안 하시잖아요. 게다가 웨이컴 씨가 취미 생활에서 돈을 잃건 말건 아빠가 왜 상관하시는 거예요?"

"사업에 관계된 거란다." 딘 씨는 그 일에 남이 관여하는 것을 제지하는 듯이 손사래를 치며 말했다.

"하지만 아빠, 아빠는 늘 웨이컴 씨가 필립을 계집애처럼 키운다고 말씀하셨잖아요? 그런데 어떻게 그 사람에게 사업 얘기를 하실 생각을 하셨어요? 갑자기 그런 질문을 하시니까 참 이상했어요. 필립도 그렇게 생각했을 거예요."

"그렇지 않단다, 애야!" 딘 씨는 자신의 사회적 처신을 정당화하려고 했다. 그는 출세를 위해 처세술을 갈고 닦는 데 꽤 노력을 하였던 것이다. "강 저편에 있는 웨이컴의 방앗간 있지, 털리버 이모부네 돌코트 물방앗간 말이다, 그게 요즘 잘 안 된다는 얘기가 있어. 네 친구 필립을 통해 그의 아버지가 농사일에 진력이 났는지 어떤지 좀 알아보고 싶었다."

"왜요? 그 사람이 팔면 아버지가 사시게요?" 루시는 애가 탔다. "아, 모두 말씀해 주세요. 자, 담뱃갑 여기 있어요. 말씀해 주시면 드릴게요. 매기 말이 모두들 언젠가 톰이 방앗간을 되찾기만을 고대하고 있대요. 매기 아버지가 톰에게 마지막으로 한 말이래요. 방앗간을 다시 찾으라고요."

"쉿, 이 깜찍한 것아," 딘 씨는 돌려받은 담뱃갑을 집으며 말했다. "이 일에 대해서는 입도 벙긋하지 마라. 알겠니? 걔들이 방앗간을 되찾을 확률은 별로 없어. 웨이컴 손에서 빼내기는 어느 누구라도 쉽지 않아. 만일 우리가 그걸 털리버네에게 주려고 한다는 걸 웨이컴이 알아봐라. 더욱 안 내놓으려고 할걸. 당연하잖니, 그동안의 일을 생각하면 말이야. 그 일이 일어나기 전까지만 해도 털리버 가족에게 그런대로 잘해 주었지만 말채찍으로 맞기까지 하고서야 어디 그럴 수 있겠니?"

"자, 아빠," 루시는 제법 엄숙하게 말했다. "저를 믿어주시겠어요? 지금부터 제가 하려는 말의 근거는 묻지 마세요. 하지만 저로서는 확실한 근거가 있어요. 또 저는 조심성이 많고요. 정말이에요."

"좋아, 어디 들어보자꾸나."

"저, 제 생각으로는 필립에게 얘기를 해준다면, 말하자면 아빠가 그걸 사고 싶어 하시고, 또 우리 사촌들이 그걸 왜 갖고 싶어 하는지 알려준다면 필립이 도와줄 것 같아요. 그 사람도 그걸 원할걸요."

"얘야, 나는 어째서 그런지 잘 모르겠구나." 딘 씨는 어리둥절한 것 같았다. "그가 왜 그런 데 신경을 쓰겠니?" 그러다가 갑자기 그는 알겠다는 듯이 딸을 쳐다보며 말했다. "그 불쌍한 친구가 널 좋아한다는 거냐, 그래서 뭐든지 네가 원하는 대로 할 수 있다는 건 아니겠지?"(딘 씨는 딸의 애정에 대해서는 마음을 푹 놓고 있었다.)

"아니에요, 아빠. 그 사람은 제게 별로 관심이 없어요. 제가 생각하는 것만큼도 생각 안 하는걸요. 하지만 제 말에는 충분한 근거가 있어요. 뭐냐고 묻지는 마세요. 혹시 집히는 게 있더라도 말씀하지 마세요. 그냥 제가 알아서 처리할 수 있게 허락만 해주세요."

루시는 의자에서 일어나 아버지 무릎에 올라앉았다. 그리고 마지막 부탁을 하면서 그의 뺨에 입을 맞추었다.

"산통 깰 짓은 절대로 안 하겠지?" 그는 기쁜 표정으로 딸을 바라보며 말했다.

"그럼요, 아빠. 제가 얼마나 영리하다고요. 아빠의 사업 수완을 그대로 물려받았으니까요. 제 가계부를 보시고 칭찬하셨잖아요, 그렇죠?"

"좋아, 좋아. 그 친구가 비밀만 지킨다면 별 탈 없겠지. 게다가 실은 별다른 뾰족한 수도 없거든. 자, 이제 잠 좀 자게 해다오."

8
웨이컴의 새로운 면모

여러분이 엿들은 루시와 그녀 아버지 사이의 대화가 있은 지 채 사흘이 지나지 않아서 루시는 매기를 글레그 이모 댁에 보낸 뒤 필립과 은밀한 대화를 나누었다. 필립은 루시가 들려준 이야기에 관해 하루 낮 하룻밤을 꼬박 고민한 끝에 완전한 작전 계획을 짰다. 이제 매기와의 관계를 변화시킬 수 있는 가능성이 열린 것이다. 그들 사이에 적어도 한 가지 장애물은 제거될 수 있었다. 그는 계획을 세우고 자신의 모든 행동을 꼼꼼히 계산해 보았다. 마치 체스를 처음 배운 사람이 그 묘미에 빠져 한 수 한 수 열심히 궁리하는 것처럼, 전략을 검토하면서 자신의 전략가적 재능에 스스로 놀라기도 했다. 그의 계획은 과감하고 주도면밀하였다. 그는 아버지가 신문 보는 일 외에는 다른 할 일이 없는 때를 기다렸다. 적당한 때가 오자 그는 아버지 뒤로 다가가 어깨 위에 손을 얹었다.

"아버지, 제 화실로 오셔서 새 스케치 좀 안 보시겠어요? 잘 정리해 두었거든요."

"필립, 지금 무릎이 뻑뻑해서 네 방까지 올라가는 건 좀 무리일 것 같다." 웨이컴 씨는 신문을 내려놓으며 자상하게 아들을 바라보았다. "그래도 가보자꾸나."

"필립, 좋은 방이지, 안 그러냐? 천창이 있어서 볕이 잘 들고, 그렇지?" 그는 화실에 들어서면 늘 이렇게 말하곤 했다. 아버지다운 자애심으로 그 방을 꾸몄다는 사실을 자기 자신과 아들에게 상기시키기를 좋아했던 것이다. 그는 훌륭한 아버지였다. 에밀리가 무덤에서 되돌아온다 하더라도 그 점에서는 아무것도 비난할 게 없을 것이다.

"자, 자," 그는 코 위에 안경을 올려놓고 의자에 앉아서 한숨을 돌리며 방 전체를 둘러보았다. "멋지구나. 내 장담하건대 네 그림은 런던의 그 화가, 이름이 뭐더라, 그 있잖아, 레이번이 비싸게 주고 산 그 화가 그림보다 못할 게 없어."

필립은 고개를 절레절레 저으며 미소를 지었다. 그는 그림 그리는 의자에 걸터앉아 연필을 쥐고 강한 선을 긋기 시작했다. 떨리는 마음을 진정시키기 위해서였다. 그는 아버지가 일어서서 천천히 방 안을 걸어 다니는 것을 지켜보았다. 웨이컴은 자애로운 태도로 천천히 그림들을 둘러보았다. 그림 하나하나마다 발길을 멈추고는 다른 사람의 풍경화를 볼 때보다 훨씬 오랫동안 찬찬히 들여다보았다. 마침내 그는 그림 두 점이 한꺼번에 놓여 있는 진열대 앞에 이르렀다. 그중 한 점은 가죽 케이스에 들어 있는 다른 그림보다 훨씬 컸다.

"아이고! 이게 뭐냐?" 웨이컴은 풍경화에서 갑자기 초상화로 바뀐 것을 보고 놀라서 말했다. "초상화는 이제 그만둔 줄 알았는데. 이게 누구냐?"

"같은 사람이에요." 필립은 차분하면서도 재빨리 말했다. "나이만 좀 들었을 뿐이지요."

"그게 누군데?" 웨이컴은 큰 그림을 뚫어져라 바라보며 매서운 목소리로 물었다. 그 눈길에는 차츰 의혹이 짙어갔다.

"틸리버 양입니다. 작은 그림은 제가 킹스 로턴 학교에 다닐 때 그린 거예요. 그녀의 오빠와 같이 다녔죠. 큰 그림은 제가 외국에서 돌아왔을 때 본 모습입니다. 별로 닮지는 않았어요."

웨이컴은 화가 머리끝까지 나서 돌아섰다. 얼굴이 붉으락푸르락했고 안경도 떨어졌다. 그는 그 건방진 연약한 몸뚱어리를 쳐서 의자에서 떨어뜨리기라도 할 듯한 험악한 기세로 아들을 쳐다보았다. 그러나 곧 의자에 털썩 주저앉아 바지 주머니에 손을 찔러 넣었다. 물론 아들을 바라보는 성난 눈길은 여전하였다. 필립은 조용히 앉아서 연필 끝만 바라보고 있었다.

"그럼, 외국에서 돌아온 후로 그 처녀와 사귀었다는 얘기냐?" 마침내 웨이컴이 말했다. 때릴 수 없는 경우, 화난 사람들이 으레 그러듯이 모진 말로 벌을 주려는 의도가 다분했다.

"네, 그녀의 아버지가 죽기 전까지 1년 내내 자주 만났어요. 돌코트 물방앗간 근처에 있는 붉은 계곡이라는 수풀에서 말이죠. 저는 그녀를 매우 사랑해요. 다른 여자는 결코 사랑하지 않을 겁니다. 그녀가 어렸을 때부터 사랑해 왔으니까요."

"자알한다! 그리고 지금까지 죽 편지질을 했겠지?"

"아닙니다. 헤어지기 직전에야 사랑 고백을 했어요. 그런데 그녀는 오빠에게 다시는 저를 보지도 않고, 편지도 쓰지 않겠다고 약속을 했어요. 그녀가 저를 사랑하는지, 또 저와 결혼해 주려는지 확신이 서지 않아요. 그렇지만 그렇다면, 그럴 정도로 저를 사랑한다면 그녀와 결혼하겠어요."

"그래 이게 내가 너에게 해준 것에 대한 보답이냐?" 차분하게 자기 주장을 내세우며 맞서는 필립 앞에서 웨이컴은 무력감과 분노로 덜덜 떨면서 얼굴이 백지장처럼 하얘졌다.

"아닙니다, 아버지." 필립은 처음으로 아버지를 바라보며 말했다. "아버지께서는 제게 참 잘해 주셨어요. 그렇지만 저는 항상 아버지께서 제 행복을 위해 그러신다고 생각했어요. 저같은 불행한 사람에게도 행복이 가능하다면 말입니다. 결코 아버지 감정 때문에 제 행복을 희생하면서까지 갚아야 할 빚이라고는 생각하지 않았어요. 게다가 저는 아버지의 감정에 공감하지도 않고요."

"이런 경우에 자식들은 대부분 아버지의 감정에 공감하는 법이지 않느냐." 웨이컴은 매서운 어조로 말했다. "그 처녀의 아비는 미친 무식쟁이였어. 날 죽이려고 들었으니까. 그건 이곳 사람들이 다 알고 있는 일이지. 게다가 그 오빠도 무례하기가 이를 데 없고. 아비보다 좀 더 침착할 뿐이지. 그 작자가 그 처녀에게 널 만나지 못하게 했다고 하지 않았느냐. 조심하지 않으면 그 작자가 네 뼈를 전부 박살내 버릴 거다. 네 행복을 위해서 말이지. 그런데 너는 이미 마음을 정한 것 같구나. 결과도 충분히 생각해 보았을 테고. 물론 너는 내게 매인 몸이 아니다. 내일이라도 당장 그 처녀와 결혼하려무나. 너도 스물 여섯 살이나 되었으니 마음대로 하렴. 나도 내 마음대로 할 테니. 그러니 더 이상 얘기할 것도 없다."

웨이컴은 일어서서 문 쪽으로 걸어갔다. 그런데 무엇이 그를 잡아당기기라도 하는 것처럼 문 앞에서 돌아서서 방을 왔다 갔다 하기 시작했다. 필립은 즉각 대답하지 않았다. 그러나 이윽고 나온 그의 대답은 매우 통렬하고 명확했다.

"아닙니다. 저는 털리버 양이 동의해도 결혼할 수 없습니다. 저 혼자 벌어서 그녀를 먹여 살려야 한다면 말이죠. 저는 직업교육을 받은 적이 없으니까요. 그녀에게 불구에다 가난까지 안길 수는 없어요."

"아, 그게 바로 네가 나에게 매달리는 이유로구나." 웨이컴의 목소리는 여전히 매서웠다. 그러나 필립의 마지막 말에 그는 가슴이 뜨끔했다. 그 말이 사반세기 동안 습관이 되어온 그의 감정을 건드린 것이다. 그는 다시 의자에 주저앉았다.

"저는 이 모든 것을 예상했습니다." 필립이 말했다. "이런 일은 부자지간에 자주 일어나죠. 제가 만일 제 또래의 다른 청년들 같았더라면 아버지께서 화내실 때 한술 더 떴을 겁니다. 아버지와 인연을 끊고 제가 원하는 여자와 결혼해서 다른 사람들처럼 행복하게 살 수도 있겠죠. 그렇지만 아버지는 다른 아버지들보다 막강하세요. 아버지께서 지금까지 제게 해주신 그 모든 것의 궁극적 목표가 되는 저를 항복시켜 꼼짝 못하게 하시겠다면 말이지요. 제 인생에 가치를 주는 유일한 것을 뺏을 수 있으니까요."

필립이 잠시 말을 멈췄지만, 웨이컴은 잠자코 있었다.

"하지만 아버지께서 반대하셔서서 무슨 이득이 있겠어요? 고작 떠돌아다니는 야만인들에게나 어울릴 그런 우스꽝스러운 증오심을 만족시키는 것뿐이잖아요?"

"우스꽝스러운 증오심이라니!" 웨이컴이 소리를 질렀다. "그게 무슨 소리냐? 어처구니가 없구나! 그래 농사꾼에게 채찍으로 얻어맞고도 그자를 사랑하란 말이냐? 게다가 그 냉랭하고 건방진 아들놈도 있잖니. 빚 청산을 할 때 그놈이 내게 한 말을 잊을 수가 없어. 총을 쏴 죽여도 시원치 않을 놈 같으니라고. 물론 그럴 가치도 없지만."

"그 사람들에 대한 반감 얘기가 아닙니다." 필립이 말했다. 그 역시 톰에게 반감을 가지고 있었던 것이다. "물론 복수심은 좋은 게 아니니 빨리 잊어버리시는 게 낫지만 말입니다. 제 말씀은 왜 힘없는 처녀에게까지 반감을 갖느냐는 것이죠. 그녀는 분별도 있고 착해서 아버지와 오빠처럼 편협한 편견을 가지고 있지 않아요. 가족의 분쟁에 끼어든 적도 없고요."

"그게 무슨 소용 있느냐? 여자의 행동 같은 건 중요하지 않아. 그 가문이 어떠냐가 문제지. 어쨌든 그건 체면 깎이는 일이야. 털리버 영감의 딸과 결혼할 생각을 하다니!"

대화가 시작된 후 처음으로 필립은 약간 자제력을 잃고 화가 나서 얼굴이 벌게졌다.

"털리버 양은 말입니다," 그는 쓸쓸하고 통렬하게 말했다. "저속하고 어리석은 사람들이 아니라면 누구나 중산층이라고 인정하는 자질들을 가지고 있어요. 무척 세련된 데다 그녀의 친구들은 어찌되었건 명예나 인품에서 나무랄 데 없는 사람들로 존경받고 있어요. 아마 세인트오그스 사람들이라면 누구나 저보다 그녀가 낫다고 말할 겁니다."

웨이컴은 묻는 듯한 매서운 눈초리를 아들에게 던졌다. 그러나 필립은 그를 보고 있지 않았다. 그는 약간 뉘우치는 마음이 들어, 얼마 후 자신의 마지막 말에 대한 보충 설명을 덧붙였다.

"세인트오그스의 누구라도 붙잡고 물어보세요. 그녀처럼 아름다운 사람이 나같이 보잘것없는 인간과 결혼하는 것이 손해라고 안 할 사람이 하나라도 있는지."

"그 애는 아니야!" 웨이컴이 다시 일어서며 말했다. 그는 반은 아버지로서, 반은 개인으로서 화도 나고 자존심도 상해서 다른 모든 것을 잊었다. "이건 그 애로서는 엄청나게 좋은 혼처야. 여자가 남자를 진정으로 좋아하면 우연한 불구쯤은 문제도 안 돼."

"그렇지만 그런 경우, 여자들이 그 남자를 좋아하기는 어렵죠." 필립이 말했다.

"그렇다면 좋다." 웨이컴은 자신의 원래 위치를 회복하려고 다소 거칠게 딱 잘라 말했다. "만일 그 애가 너를 좋아하지 않는다면 굳이 내게 그 얘기를 할 필요도 없었겠지. 그럼 되지도 않을 일에 내가 허락하고 말고 할 까닭도 없었을 테고."

웨이컴은 문으로 성큼성큼 걸어가 뒤도 돌아보지 않고 문을 쾅 닫고 나가버렸다.

필립은 지금까지의 대화로 보아 머지않아 아버지의 마음이 변하여 결국 그가 예상한 대로 되기 쉬울 거라고 생각했다. 그러나 아버지와의 대화는 여자처럼 섬세한 그의 신경을 거슬렀다. 그는 저녁 먹으러 내려가지 않기로 결심했다. 그날만큼은 아버지를 다시 만나고 싶지 않았던 것이다. 웨이컴은 집에 사람이 없을 때면 저녁에 외출하는 버릇이 있었다. 어떤 때는 7시 30분쯤 되는 이른 시간에 나가기도 했다. 지금은 오후의 한창때라서 필립은 방문을 잠그고 한참 동안 산책을 할 양으로 집을 나섰다. 아버지가 외출할 때까지 집에 돌아오지 않을 생각이었다. 그는 보트를 타고 강을 따라 내려가 단골 마을에서 내려 식사를 한 뒤 돌아가도 될 만큼 늦게까지 빈둥거렸다. 그는 지금까지 아버지와 다툰 적이 없었다. 그래서 방금 시작된 이 싸움이 몇 주나 계속될까 두려워서 아플 지경이었다. 그사이에 무슨 일이 일어나지나 않을까? 그는 무심결에 떠오른 이 질문의 의미를 천착하지는 않았다. 그러나 일단 그가 매기의 허락받고 인정된 애인이 되고 나면 막연한 두려움은 줄어들 것이다. 화실로 올라간 그는 피로를 느끼고 안락의자에 몸을 던졌다. 그러고는 방에 진열된 물과 바위 그림들을 멍하니 둘러보다가 깜빡 잠이 들었다. 꿈속에서 그는 매기를 보았다. 그녀는 푸르스름하게 반짝이는 끈적끈적한 폭포 줄기의 터널을 따라 떨어지고 있었다. 그런데도 그는 어찌할 바를 모른 채 그저 바라보고만 있었다. 그러다가 갑자기 뭔가가 부딪치는 끔찍한 소리에 깜짝 놀라 잠이 깼다.

문이 열리는 소리였다. 아마도 잠깐 존 모양이었다. 저녁 빛이 별로 깊어진 것 같지 않았기 때문이다. 방으로 들어온 사람은 아버지였다. 필립이 자리를 내주려고 하자 아버지는 시가를 입에 문 채 말했다.

"그대로 있어라. 난 걸어 다니고 싶으니까."

그는 방을 한두 바퀴 돌고 나더니 주머니에 한 손을 찔러 넣은 채 필립의 맞은편에 멈춰 섰다. 그러고는 마치 방금 하던 얘기를 계속하는 것처럼 태연하게 말하기 시작했다.

"그런데 필립, 그 처녀가 너를 좋아하긴 했던 것 같구나. 그렇지 않으면 그런 식으로 너를 만났을 리가 없잖니."

필립은 가슴이 두근거렸다. 그의 얼굴에는 섬광처럼 홍조가 떠올랐다. 그 말에 바로 대꾸하기가 쉽지 않았다.

"킹스 로턴에 있을 때 저를 좋아했어요. 어릴 때였죠. 아마도 그녀의 오빠가 발을 다쳤을 때 제가 자주 함께 있어줬기 때문인 것 같아요. 그걸 죽 기억하고는 저를 오랜 친구처럼 생각했어요. 저를 애인으로 생각하고 만났던 건 아니에요."

"그래, 하지만 결국 너는 그 처녀에게 고백했잖니. 그때 뭐라고 하던?" 웨이컴은 시가를 다시 피우며 걷기 시작했다.

"저를 사랑한다고 했어요."

"제기랄, 그러면 됐지, 뭘 더 원하는 거냐? 그 애가 바람둥이기라도 한 거냐?"

"그때는 아직 어렸어요." 필립이 머뭇거리며 말했다. "어쩌면 자기 감정을 제대로 알지 못했는지도 몰라요. 게다가 오래 헤어져 있었고 또 상황이 어려운 것 때문에 마음이 달라졌을지도 몰라요."

"하지만 이제 돌아오지 않았느냐. 나도 교회에서 본 적이 있다. 돌아온 다음에 다시 얘기를 해보았느냐?"

"네, 딘 씨 댁에서요. 하지만 여러 가지 이유로 그 얘기를 다시 할 수 없었어요. 아버지께서 허락해 주신다면 한 가지 장애물은 없어지는 셈이죠. 아버지께서 그녀를 며느리감으로 생각해 주신다면 말이에요."

웨이컴은 잠시 매기의 초상화 앞에서 묵묵히 서 있었다.

"네 어머니 같은 여자는 아니야, 필립." 마침내 그가 말했다. "교회에서 그 애를 보았는데 이것보다 더 예쁘더라. 매우 아름다운 눈에 얼굴도 예쁘고. 하지만 좀 위험하고 다루기 힘들어 보이더구나, 안 그러냐?"

"아주 상냥하고 다정다감해요. 게다가 정말 꾸밈이 없어요. 다른 여자들처럼 젠체하거나 시시한 꾀 같은 것도 부리지 않고요."

"아, 그래?" 웨이컴이 말했다. 그러고는 아들을 바라보았다. "하지만 네 어머니는 더 상냥했지. 곱슬곱슬한 갈색 머리에다 너처럼 회색 눈이었지. 너는 잘 기억 못 할 거다. 초상화가 없는 것이 정말 유감이야."

"그렇다면 아버지, 제가 그런 행복을 누리면 기쁘지 않으시겠어요? 제 인생이 즐거워진다면 말이에요. 아버지께서 28년 전에 어머니와 결혼하실 때 맺으시고 그 뒤로도 계속 가꾸어 오신 그 인연처럼 강한 끈은 없을 거예요."

"아, 필립, 너만은 나의 좋은 점을 알아주는구나." 웨이컴은 시가 꽁초를 내던지고 아들에게 손을 내밀며 말했다. "우리는 한데 뭉쳐야 해. 할 수 있는 데까지 말이야. 그런데 내가 할 일이 무엇이냐? 아래층에 내려와서 얘기하려무나. 내가 그 처녀를 만나볼까?"

이렇게 장벽이 무너지자 필립은 털리버 가족과의 관계에 대해 자유롭게 말할 수 있었다. 그는 방앗간과 토지를 찾고자 하는 그들의 희망과 그 중간 단계로 게스트 회사를 거치는 문제를 끄집어냈다. 그는 이제 과감하게 설득하고 재촉할 수 있었다. 아버지는 그가 예상했던 것보다 훨씬 쉽게 양보했다.

"방앗간은 별것 아니다." 마침내 그는 조금 화가 난 투로 승낙했다. "요즘 방앗간 때문에 좀 골치를 썩었어야지. 그동안 투자한 비용이나 돌려준다면 그걸로 됐어. 그렇지만 한 가지는 절대로 들어줄 수 없다. 털리버네 아들과의 직접 협상은 안돼. 네가 그 누이동생을 위해서 그자를 참아주겠다면 말리지 않겠어. 하지만 나는 아니다. 도저히 받아들일 수 없어."

다음 날 웨이컴 씨가 협상에 기꺼이 응할 거라는 말을 전하러 딘 씨 집으로 가는 필립의 즐거운 기분과, 아버지에게 자신의 사업 수완을 떠벌리는 루시의 승리감에 대해서는 여러분의 상상에 맡기겠다. 딘 씨는 다소 어리둥절하였다. 그는 젊은이들 사이에 뭔가가 있다는 것을 짐작하고 이에 대한 힌트를 얻고 싶어 했다. 그러나 딘 씨 같은 부류의 사람들에게 젊은이들 간의 일이란 새나 나비 사이에서 일어나는 일과 마찬가지로 인생이라는 실제 사업과는 상관없는 일이었다. 물론 그것의 영향으로 금전적 손해가 생길 경우에는 얘기가 다르다. 하지만 이번 경우, 그 영향은 전적으로 유리해 보였다.

9
자선 바자회

세인트오그스의 스타로서 매기의 경력의 절정은 분명히 바자회 날이었다. 풀릿 이모의 옷장에서 나온 것으로 보이는 하늘하늘한 흰 모슬린 드레스를 입은 그녀의 꾸밈없는 고상한 미모는 그녀 주위에 있는 좋은 옷으로 성장한 다른 여자들 사이에서 단연 두드러졌다. 우리는 우리의 사회적 품행이 얼마나 가식적인지 제대로 인식하지 못하고 지나친다. 이처럼 아름다움과 꾸밈없는 태도를 함께 갖춘 사람을 보기 전에는 말이다. 미모를 겸비하지 않고 단지 꾸밈없기만 하다면 우스꽝스럽다고 치부해 버리기 때문이다. 게스트 씨 댁 딸들은 교육을 잘 받은 덕에 천박한 속물들의 속성인 가식적인 목소리나 인상을 쓰지 않았다. 그런데 그들의 진열대는 매기의 진열대 바로 옆에 있었다. 그 때문에 오늘 갑자기 게스트 씨 댁 맏딸은 턱을 너무 높이 쳐들고, 손아래의 로라 양은 말할 때나 움직일 때 줄곧 남의 시선을 의식하고 있다는 게 뚜렷이 드러나 보였다.

세인트오그스와 그 인근의 사람들이 모두 성장을 하고 그곳에 왔다. 고색창연한 멋진 건물은 멀리서라도 와서 볼 만한 것이었다. 툭 트인 천장, 조각된 오크 재질의 서까래, 같은 오크 재질의 거대한 접이 문짝들, 아래의 휘황찬란한 장면을 비스듬히 비추는 밝은 햇살. 게다가 빛바랜 줄무늬가 그려진 벽에는 군데군데 귀족 가문의 문장(紋章)에 자주 쓰이는 털이 뻣뻣하고 주둥이가 뾰쭉한 동물 그림들 및 이 공회당의 옛 주인이었던 영주 가문의 상징들이 붙어 있었다. 한쪽 벽 상단에 있는 커다란 아치 아래에 오크 나무로 만든 오케스트라 석이, 그 뒤로는 앞쪽이 트인 다락 같은 방이 자리 잡고 있었다. 온실에서 키운 갖가지 화초로 장식된 그 방에는 간식과 음료가 준비되어 있었다. 그곳은 빈둥거리는 신사들이 아래층의 군중 속에서 복작대다가 가끔씩 올라와 홀 전체를 조망하기에 아주 좋은 곳이었다. 정말이지 이 오래된 건물은 우아한 자선, 즉 허영을 통해 적자를 메운다는 훌륭한 현대적 목적에 안성맞춤이었다. 그래서 건물에 들어서는 사람들은 예외 없이 이에 대해 한마디씩 언급하곤 했다. 오케스트라 석 위의 거대한 아치 옆에는 채색 유리를 끼운, 벽에서 툭 튀어나온 세로 창이 있었는데 이것은 이 건물에서 단 하나의 부조화였다. 루시의 진열대는 바로 그 옆에 있었다. 켄 부인이 위탁한 커다란 일상 용품을 팔기 위해 일부러 그곳을 택한 것이었다. 매기는 이 일상용품 판매를 자원하여 진열대 끝에 앉아 있었다. 구슬 방석이라든가 다른 정교한 물품들에 대해서 잘 몰랐기 때문이다. 그런데 그녀의 상품 중 하나인 남성용 실내복은 곧 인기 품목이 되었다. 모두 관심을 갖고 안감과 품질을 살펴보고, 직접 입어보기도 하는 바람에 그녀의 진열대는 눈에 확 띄게 되었다. 자기 물건을 팔아야 하고 실내복에는 관심 없는 여성들은 대번에 남자들의 경솔한 태도와 나쁜 취향을 알아챘다. 어느 양복점에서건 만들 수 있는 것을 가지고 난리를 치다니. 이날 털리버 양에게 공개적으로 쏟아진 여러 사람들의 첨예한 관심은 그 자리에 있었던 사람들이 이후 매기의 행실에 대해 판단하는 데 상당한 영향을 미쳤다. 물론 자비심 많은 부인들의 천사 같은 마음에는 자신들의 미모가 모욕당한 데서 오는 분노 같은 것이 깃들 여지가 없다. 그러나 찬사를 한 몸에 받았던 사람의 실수는 그 대조성 때문에 더욱 그림자가 짙어 보이는 법이다. 게다가 매기가 주목을 받은 것은 오늘이 처음이어서 몇몇 특성이 두드러져 보였고 그것들은 이후 그녀의 행동에 대한 설명이 되기도 했다. 그들은 털리버 양의 노골적인 시선이 당돌하고 그녀의 미모에 뭔가 거친 구석이 있다고 생각했다. 그래서 모든 여자들은 그녀가 사촌인 딘 양보다 못하다고 입을 모았다. 이제 세인트오그스의 숙녀들은 루시가 스티븐 게스트의 구애를 받는다는 것을 완전히 인정했던 것이다.

사랑스럽고 귀여운 루시로 말할 것 같으면, 최근 방앗간 일을 해결했고 매기와 필립을 위해 여러 가지 계획을 짜고 있던 터라 기분이 날아갈 듯했다. 매기가 인기를 끄는 것을 보고서도 그저 기쁘기만 했다. 물론 그녀 자신도 매우 아름다웠으며 스티븐은 공개적으로 그녀에게 최고의 관심을 보였다. 그는 그녀가 만든 물건들을 남이 가져갈세라 일찌감치 모두 사버렸고 남자들에게 쓸데없는 여성용품들을 사도록 부추기는 루시를 즐거운 마음으로 도왔다. 그는 모자를 벗고 루시가 수놓은 진홍빛 터키모자를 썼다. 그러나 보통 사람들의 눈에는 이 행동이 루시에 대한 찬사라기보다는 그저 젠체하는 태도로 보였다. "게스트는 퍽이나 잘난 척해." 젊은 토리가 말했다. "그렇지만 세인트오그스의 특권층이니까, 파죽지세지. 만일 다른 사람이 저런 짓을 했더라면 모두들 바보짓이라고 할 거야."(젊은 토리는 빨간 머리였다.)

그러나 스티븐은 매기에게서 아무것도 사지 않았다. 그래서 루시는 약간 뾰로통한 투로 말했다.

"저기요, 매기가 뜨개질한 물건이 다 없어지겠어요. 그런데 당신은 하나도 사지 않았네요. 저 멋지고 따뜻한 손목 토시 있잖아요. 저것 좀 사세요."

"아, 아니." 스티븐이 말했다. "저건 분명 서리 내리는 카프카스 지방을 생각해서[52] 이런 더운 날에도 추위를 느낄 수 있는 상상력 풍부한 사람들을 위한 걸 거요. 알다시피 내 강점은 준엄한 이성이지. 필립에게나 사라고 해요. 그런데 필립은 왜 안 오는 거지?"

"그분은 사람 많은 데를 싫어해요. 내가 오라고는 했지만

---

52) 셰익스피어의 희곡 『리처드 2세』에 나오는 구절.

말이에요. 내 물건 중에 안 팔린 게 있으면 다 사겠다더군요. 자, 이제 가서 매기 것 좀 사요."

"아니, 아니에요. 저, 손님이 왔군. 방금 웨이컴 씨가 왔는데."

루시는 걱정스러운 눈빛으로 매기를 돌아다보았다. 분명 웨이컴 씨에 대한 매기의 감정은 매우 착잡할 것이다. 그 슬픈 사건이 있은 후의 첫 만남을 어떻게 넘기는지 루시는 매우 궁금했다. 그러나 다행히도 웨이컴 씨는 지혜롭게 곧 바자회 물건에 대해 이야기하기 시작했고 물건을 살 듯한 태도를 보였다. 그는 때때로 매기에게 상냥하게 미소 지었고, 대답을 강요하지 않는 것이 마치 매기의 창백한 얼굴과 떨리는 모습을 알아채기라도 한 듯했다.

"아니, 웨이컴 씨가 당신 사촌에게 아주 정답게 구는데." 스티븐이 낮은 목소리로 말했다. "도량이 넓어서 그런가? 가족 간에 다툼이 있었다고 했던 것 같은데."

"아, 그건 곧 해결될 거예요." 만족스러운 마음에 루시는 그만 조금 경솔해져서 의미심장한 태도로 말했다. 그러나 스티븐은 그것을 눈치챈 것 같지 않았다. 그때 몇몇 여성 고객이 오는 바람에 그는 매기 쪽으로 옮겨 갔다. 그러고는 웨이컴이 지갑을 꺼내 셈을 치를 때까지 이것저것 만지작거리며 멀찍이 서 있었다.

"아들놈도 같이 왔는데 건물 어딘가로 사라져버렸소." 웨이컴의 말이 들려왔다. "숙녀 분들에 대한 예의 표시는 모두 다 나에게 맡기고 말이지. 만나면 그런 나쁜 행실 좀 나무라주시오."

그녀는 마주 미소를 짓고 잠자코 인사했다. 돌아서던 웨이컴은 그제서야 스티븐을 발견하고 고개를 까딱했다. 스티븐이 거기 있는 것을 의식한 매기는 돈 세느라 바쁜 척하며 쳐다보지 않았다. 그녀는 그가 오늘 루시 곁에만 있고 자기 곁에 오지 않아서 기뻤던 것이다. 오늘 아침 그들은 의례적인 인사를 나누었다. 두 사람은 다 같이 서로 떨어져 있는 것을 기쁘게 생각했다. 마치 굳은 결심에도 불구하고 아편 끊기에 실패했던 중독자가 현재 아편 없이 지내는 것을 기뻐하듯이. 실제로 그들은 지난 며칠 동안 일부러 실패를 자초하는 경향이 있었다. 외부적인 상황 탓에 그들은 곧 헤어져야 했다. 그렇다면 그렇게 모든 것을 자제할 필요가 없는 것이 아니겠는가.

스티븐은 마치 마지못해 끌려가듯 한 발짝씩 다가가 진열대 끝을 돌아갔다. 진열된 의류에 그의 몸이 반쯤 가려졌다. 돈을 세고 있던 매기의 귀에 갑자기 상냥한 낮은 목소리가 들렸다. "피곤하지 않아요? 뭘 좀 갖다드릴까요? 과일이나 젤리 같은 것으로. 어때요?"

예기치 않았던 어조에 그녀는 바로 마치 옆에서 하프라도 울린 것처럼 움찔하였다.

"아, 아니요. 고마워요." 그녀는 조그만 소리로 말하면서 그를 올려다보는 둥 마는 둥 했다.

"안색이 창백하군요." 스티븐은 포기하지 않고 더욱 간청하는 목소리로 말했다. "많이 피곤한 것 같아요. 싫다고 하셔도 뭘 좀 갖다 드리지요."

"정말 필요 없어요. 먹을 수가 없을 것 같아요."

"내게 화가 나셨나요? 내가 뭘 잘못했나요? 나를 좀 쳐다봐 주세요."

"제발 가주세요." 매기는 힘없이 말했다. 그녀의 눈길은 그에게서 바로 오케스트라 석의 반대편 모퉁이로 옮아갔다. 그곳은 낡고 빛바랜 초록 커튼으로 반쯤 가려져 있었다. 이 말을 하자마자 매기는 곧 그 말이 시사하는 의미 때문에 비참한 느낌이 들었다. 그러나 스티븐은 곧바로 돌아서서 그녀의 시선 쪽으로 향했다. 거기서 그는 반쯤 가려진 모퉁이에 앉아 있는 필립 웨이컴을 발견했다. 그곳에서는 매기가 앉아 있는 자리가 잘 보였다. 스티븐의 머릿속에 새로운 생각이 섬광처럼 떠올랐다. 웨이컴의 태도와 자신의 말에 대한 루시의 대답을 연결시켜 보건대 필립과 매기 사이에는 자기가 들은 어릴 때의 관계 이상의 것이 있는 게 분명했다. 그는 즉시 홀을 떠나 휴게실로 올라간 다음 필립 뒤에 앉아서 그의 어깨에 손을 얹었다.

"필립, 초상화 그릴 궁리 중인가, 아니면 저 창문을 연구하고 있는 건가? 정말이지 이 어두운 구석에서 보니 좋은 소품이 되는군. 커튼이 딱 경계를 짓고 있으니 말이야."

"표정을 연구하고 있었네." 필립이 통명스럽게 말했다.

"뭐, 털리버 양 말이야? 오늘은 좀 비정하고 음울한 것 같지 않아? 몰락한 공주가 계산대 뒤에 있는 듯해. 그녀의 사촌이 뭘 좀 갖다주라고 해서 갔는데 평소처럼 딱지만 맞고 말았어. 우리 사이에는 천성적으로 반감이 있나 봐. 나는 그녀 마음에 들지 못하거든."

"위선자 같으니라고!" 필립은 화가 나서 얼굴이 붉으락푸르락했다.

"뭐라고, 대체로 사람들이 나를 좋아해서 말인가? 물론 그렇긴 해. 그렇지만 잘 안 되는 경우도 있어."

"난 가네." 필립이 갑자기 일어서며 말했다.

"나도 가겠네. 바람을 좀 쐬어야겠어. 여기는 답답해. 이만하면 충분히 봉사를 한 셈이니까."

두 친구는 함께 아래층으로 내려왔다. 그동안 아무 말도 오가지 않았다. 필립은 교회 마당으로 나갔다. 그런데 스티븐은 "아, 나는 여기 좀 들러야겠어."라고 말하고는 건물 반대편에 있는 방으로 들어갔다. 도서실로 쓰이는 방이었다. 방에는 아무도 없었다. 그가 바란 건 바로 그것이었다. 그는 모자를 탁자에 내팽개치고 의자에 걸터앉아서 높은 벽돌 벽을 바라보았다. 몹시 인상을 쓰는 모양이 마치 거대한 피톤[53]이라도 죽인 것 같았다. 도덕적 갈등에서 비롯된 행위는 악덕과 비슷해 보이기도 한다. 그래서 행동만으로는 구별하기가 어렵다. 스티븐이 자신의 이기적 목적을 위해 고의로 이중적 행위를 하는 위선자가 아니라는 사실을 여러분은 분명히 알 거라 믿는다. 그러나 그는 자기 감정의 추구와 그것의 은폐 사이에서 왔다 갔다 하였기 때문에 필립의 비난에도 일리가 있었다.

그동안 매기는 진열대에 앉아서 떨고 있었다. 눈물을 억제하느라 잔뜩 힘을 주는 바람에 눈이 아팠다. 그녀의 인생

---

53) 그리스 신화에 나오는 거대한 뱀. 아폴론에게 죽임을 당한다.

은 늘 이런 꼴인가? 항상 새로운 내적 갈등에 시달려야 하는가? 그녀는 주위의 분주하고 무관심한 목소리들을 들으면서 그런 손쉬운 재잘거림에 정신이 팔리기를 바랐다. 바로 그 순간, 늦게 홀에 도착한 켄 박사가 뒷짐을 지고 홀 중앙으로 걸어왔다. 홀 안을 이리저리 살펴보던 그의 시선이 처음으로 매기에게 가 닿았다. 그는 매기의 아름다운 얼굴에 고통이 스며 있는 것을 보고 놀랐다. 그녀는 꼼짝도 하지 않고 앉아 있었다. 오후 늦은 시간이라 손님들도 줄어들었다. 남자들은 대개 한낮에 왔기 때문에 매기의 진열대에는 별로 남은 물건이 없었다. 텅 빈 진열대에 앉아 있는 그녀의 고통스럽고 멍한 표정은 그녀 주위의 활달하고 바쁜 사람들과 극명한 대조를 이루었다. 켄 박사는 매우 호기심이 동했다. 물론 그녀는 교회에서도 그의 관심을 끌었다. 새로운 얼굴인 데다 인상이 강렬했기 때문이다. 그 후, 일 때문에 잠시 딘 씨 댁을 방문했을 때 그녀를 소개받은 적이 있었지만 말이라고는 겨우 두세 마디밖에 나누지 못했다. 이제 그는 그녀를 향해서 나아갔다. 매기는 누군가가 다가오는 것을 보고 정신을 차리고 쳐다보며 얘기 나눌 채비를 했다. 그러다가 자기를 쳐다보는 사람이 켄 박사라는 것을 깨닫고는 어린아이 같은 본능적 안도감을 느꼈다. 진지하고 통찰력 있는 친절함이 밴 평범한 중년의 얼굴은 단단하고 안전한 경지에 도달한 인간의 모습이었다. 그러나 동시에 그 얼굴은 아직 세파에 허우적거리고 있는 인간을 향해 동정과 도움을 보내는 것 같았다. 매기는 그 얼굴에서 깊은 인상을 받았으며 그것은 그녀의 기억 속에 하나의 약속과도 같이 새겨졌다. 감정의 소용돌이 속을 빠져나와 안전지대에 도달했지만 아직까지 그 정열의 기억을 잃거나 관조에만 빠지거나 하지 않는 중년이란 일종의 세속적인 성직자와도 같다. 인생의 경험으로 무장한 그들은 비틀거리는 젊은이들과 내면적 절망의 희생자에게 안식을 주고 구원을 줄 수 있는 것이다. 우리 대부분은 청춘의 어느 순간, 그와 같은 성직자의 도움을 간절히 필요로 한다. 물론 그 성직자는 정식으로 사제 서품을 받은 종교인일 수도 있고 아닐 수도 있다. 그러나 대부분의 경우 우리는 아무런 도움 없이 열아홉 살의 어려움을 혼자서 뚫고 나가야 한다. 매기가 그랬던 것처럼.

"일이 피곤한가 보지요, 털리버 양?" 켄 박사가 말했다.

"좀 그래요." 매기는 솔직하게 말했다. 그녀는 뻔한 일을 선웃음 지으며 부정하는 것 같은 내숭에 익숙하지 않았다.

"아내에게 자기 물건을 빨리 팔았다고 전해 줄 수 있겠군요. 아내가 아가씨에게 무척 고마워할 겁니다."

"아, 저는 아무것도 한 게 없어요. 신사 분들이 아주 일찍 오셔서 실내복이랑 수놓은 조끼를 사셨어요. 누가 팔았더라도 저보다 더 많이 팔 수 있었을 거예요. 저는 물건에 대해 뭐라고 말해야 할지 잘 몰랐거든요."

켄 박사는 미소를 지었다. "우리 교구에 계속 살았으면 좋겠군요, 털리버 양, 그럴 건가요? 지금까지는 다른 곳에 있었지요."

"학교 선생을 했어요. 이제 곧 비슷한 직장으로 갈 거예요."

"아, 그래요? 나는 아가씨가 이 근처에 사는 친척들과 함께 살았으면 했는데."

"아, 저는 가야만 해요." 매기가 간절히 말했다. 그녀는 의지하는 표정으로 켄 박사를 바라보았다. 마치 그 세 마디 말 속에 그녀의 모든 생애를 다 표현한 것처럼. 1킬로미터 반 정도밖에 안 되는 거리를 함께 가거나 잠시 길가에서 쉬는 동안의 일시적 만남에도 말 없는 계시의 순간이 있을 수 있다. 그 순간, 우리는 모르는 사람의 말 한마디, 혹은 눈길 하나에서 인간의 연대를 느낀다. 바로 지금이 그런 순간이었다.

켄 박사는 매기의 표정과 어조를 통해 그 짧은 말에 깊은 의미가 담겨 있다는 것을 눈치챘다.

"알겠어요." 그가 말했다. "떠나는 것이 옳다고 생각하는군요. 그렇지만 다시 만날 수 있겠지요. 아가씨를 좀 더 잘 알고 싶군요. 내가 아가씨를 도울 수 있다면 말입니다."

그는 손을 내밀고 다정하게 그녀의 손을 잡았다. 그러고는 돌아서서 갔다.

'뭔가 마음속에 고민이 있나 보군.' 그는 생각했다. '불쌍한 것! "너무도 고결한 천성을 타고났으나 고통 때문에 너무 낮게 떨어져 버린 영혼들"[54] 중 하나가 될 가능성이 있어 보이는군. 저 아름다운 눈 속에는 정말 솔직한 무엇인가가 있어.'

그날도 매기의 결점 가운데 하나인 칭찬과 자신의 우월성에 대한 인정을 지나치게 기꺼워하는 버릇은 분명히 발동했다. 그것은 예전에 집시들을 가르치며 그들 사이에서 공주 노

---

54) 존 키블의 『그리스도교 교회력』에 나오는 구절.

룻을 하려고 했던 것과 마찬가지였다. 그날 그녀는 많은 사람들에게 주목받고 호의 어린 인사를 받았다. 게다가 거울에 비친 그녀의 전신은 정말 만족스러웠다. 늘씬한 키와 풍성한 검은 머리의 미인이었던 것이다. 그러니 그녀의 마음이 들뜨지 않는다면 이상한 일이지 않겠는가. 그녀는 거울에 비친 자신의 모습에 미소를 보냈다. 그 순간 자신의 미모에 도취되어 모든 것을 잊었다. 그런 상태가 계속되었더라면 매기는 스티븐 게스트의 구애를 받아들여 갖은 사치와 찬미와 사랑, 그리고 온갖 문화적 혜택으로 가득 찬 그런 삶을 택했을 것이다. 그러나 그녀에게는 허영심보다 더 강한 것이 있었다. 정열과 애정, 그리고 어린 시절의 교육과 노력, 어릴 적부터 간직해 온 사랑과 동정심 등이었다. 이러한 매기 내면의 큰 조류는 지난 주에 발생한 사건들과 그녀 자신의 내적 동요로 인해 그날 최고조에 도달해 있었다. 따라서 허영심이라는 조류는 곧바로 그 큰 조류에 섞여 들어가 분간할 수 없게 되어버렸다.

필립은 그들 사이의 장애물 중에서 자기 아버지 쪽이 해결되었다는 얘기를 매기에게 직접 전하지는 않았다. 겁이 났던 것이다. 그래서 대신 루시에게 모든 것을 털어놓았다. 그러고는 루시를 통해 얘기를 전해 들은 매기가 그들 두 사람이 보다 가까워진 것에 대해 기뻐하는 태도를 보여주기 바랐다. 루시가 코레조[55]의 천사같이 쾌활한 기쁨에 넘쳐 빛나는 얼굴로 얘기를 쏟아놓았을 때 매기는 상반되는 감정에 가슴이 벅

---

55) Correggio(1494~1534). 이탈리아의 화가.

차 말을 제대로 할 수 없었다. 매기는 그저 울기만 하였다. 루시는 매기가 아버지의 소원이 이루어지고 톰이 애쓴 보람이 있어 방앗간을 되찾게 된다는 사실이 기뻐서 그러는 것으로 생각하고 전혀 놀라지 않았다. 그 후 며칠 동안 루시는 바자회 준비에 몹시 바빠서 그 일에 신경 쓸 겨를이 없었다. 그래서 사촌 자매는 그 문제에 관해서 얘기를 하거나 서로의 감정을 나눌 수가 없었다. 그동안 필립이 두어 번 집에 왔지만 매기와 개인적인 얘기는 전혀 나누지 않았다. 그리하여 매기의 내적인 투쟁은 타인의 방해 없이 진행되었다.

바자회가 끝나자 사촌 자매는 다시 자기네끼리만 집에 있게 되었다. 그때 루시가 말했다.

"모레 모스 고모님 댁에 가는 건 그만둬, 매기. 내가 조르는 바람에 좀 더 있다 갈 수밖에 없게 되었다고 편지를 써. 그럼 내가 사람을 보내 전해 줄게. 고모님께서도 섭섭해하지 않으실 거야. 앞으로도 시간이 많은데 뭐. 난 정말이지, 이렇게 빨리 널 보내고 싶지 않아."

"아냐, 난 꼭 가야 해. 연기할 수가 없어. 절대로 그리티 고모를 빠뜨릴 수가 없어. 그런데 시간이 정말 없어. 6월 25일에는 새 직장에 가야 하니까."

"매기!" 루시는 놀라서 얼굴이 백지장처럼 하얘졌다.

"요즘 네가 너무 바쁜 것 같아서 말할 기회가 없었어." 매기는 침착하려고 무진 애를 쓰며 말했다. "일전에 옛날 우리 집 가정교사였던 퍼니스 양에게 편지를 썼어. 일자리를 좀 알아봐 달라고 말이야. 그랬더니 얼마 전에 답장이 왔어. 자기 학생들 중 고아 세 명을 여름 동안 바닷가로 데려가 달라는 거야. 거기서 돌아오면 자기와 함께 아이들을 가르치자고 하더라. 그래서 어제 그러겠다고 답장을 보냈어."

루시는 하도 기가 막혀서 얼마 동안 말을 할 수가 없었다.

"매기," 마침내 그녀가 말했다. "어쩜 그럴 수가 있니? 내게 한마디 상의도 없이 그런 결정을 하다니, 게다가 하필이면 지금 이때에 말이야!" 그녀는 잠깐 망설이다가 말을 이었다. "그럼 필립은? 난 모든 게 잘 되어간다고 생각했어. 아, 매기, 도대체 무슨 이유야? 가지 마. 내가 대신 편지해 줄게. 이제 필립과 너를 갈라놓을 게 하나도 없잖아."

"아냐, 그렇지 않아." 매기는 힘없이 말했다. "톰 오빠는 어떡하고. 내가 필립이랑 결혼하려면 오빠를 포기해야 한다고 그랬어. 오빠는 절대로 안 변할 거야. 적어도 한참 동안은. 뭔가 특별한 계기가 생기지 않는다면 말이야."

"내가 오빠에게 얘기할게. 이번 주에 돌아오니까. 방앗간 소식을 들으면 기분이 누그러질 거야. 필립에 대해서도 얘기할게. 오빠는 항상 내 말을 잘 들어주니까. 그렇게 고집을 부릴 것 같진 않아."

"그래도 난 가야 해." 매기는 고통스러운 목소리로 말했다. "세월이 좀 가기를 기다려야 해. 나보고 자꾸 있으라고 하지 마, 응, 루시."

루시는 2, 3분간 다른 곳을 바라보며 곰곰이 생각했다. 마침내 그녀는 매기 옆에 무릎을 꿇고 앉아서 걱정스럽고 진지한 얼굴로 그녀를 올려다보았다.

"매기, 혹시 너 필립을 결혼할 만큼 깊이 사랑하지 않는 것 아니니? 솔직히 얘기해 봐, 날 믿고 말이야."

매기는 잠시 동안 아무 말도 하지 않고 루시의 손을 꽉 쥐었다. 매기의 손은 차가웠다. 그러나 그녀의 목소리는 명확하고 분명했다.

"아냐, 루시. 할 수만 있다면 그와 결혼하겠어. 나로서는 그게 최선이고 가장 훌륭한 인생이 될 거야. 그의 인생을 행복하게 해주는 것 말이야. 그 사람이 나를 제일 먼저 사랑했거든. 그만큼 내게 의미가 깊은 사람은 없을 거야. 그렇지만 그 때문에 오빠와 영원히 갈라설 수는 없어. 그러니 떠나서 기다려야 해. 제발 더 이상 그 얘기는 하지 말아줘."

루시는 고통스럽기도 하고 의심스럽기도 했지만 그 말에 따랐다. 그녀는 화제를 돌려 다음과 같이 말했다.

"좋아, 매기. 그래도 내일 파크 하우스의 무도회에는 가야 해. 재미없는 의무적인 방문을 하기 전에 음악 속에서 즐겁게 놀아야지. 아! 저기 이모님이 차를 가지고 오시네."

10
마법의 주문이 깨지다

파크 하우스의 마주 열린 방들은 휘황찬란하게 빛났다. 조명과 꽃과 열여섯 쌍의 남녀와 그들을 동반한 부모와 후견인들의 존재 덕택이었다. 그랜드피아노의 음악 속에서 무도회가 진행되는 긴 응접실은 그날 행사의 중심이었다. 방 저쪽 끝에 열려 있는 서재에서는 나이 든 남자들이 차분히 카드놀이를 하고 있었다. 반대편 끝에는 온실이 딸린 거실이 있었는데 사람들은 가끔씩 그곳으로 가서 열기를 식히고 숨을 돌렸다. 처음으로 검은 상복을 벗고 풍성한 흰 크레이프 드레스 아래 날씬한 몸매를 드러낸 루시는 그날의 공인된 여왕이었다. 왜냐하면 그 파티는 게스트 양 자매가 호의를 베풀어 세인트오그스의 귀족 이외의 다른 귀족은 초대하지 않고 주로 그곳의 상인이나 전문직 종사자들을 초대한 파티였기 때문이다.

처음에 매기는 춤추는 법을 잊어버렸다는 이유로 춤추기를 거절하였다. 학교에서 춤을 춰본 뒤로 너무 많은 세월이 흐른 데다 그녀로서는 그런 핑곗거리가 있는 게 다행스러웠다. 무거운 마음으로 춤을 춘들 제대로 추어질 리가 없었기 때문이다. 그러나 음악을 듣는 사이에 사지가 들썩거리기 시작했고 춤추고 싶은 욕망이 생겨났다. 그래서 두 번씩이나 와서 춤을 추자고 권유한 사람이 바로 그 끔찍한 젊은 토리임에도 불구하고 그녀는 시골 춤밖에는 출 줄 모른다는 조건 아래 그의 청을 받아들였다. 물론 토리는 그토록 더없는 행복을 위해 얼마든지 기다릴 용의가 있었다. 그는 때때로 그녀에게 와서 그녀가 왈츠를 못 추는 것이 '큰 유감'이라면서 함께 왈츠를 추고 싶다고 했는데 그것은 순전히 아첨에 불과했다. 마침내 그 옛날 춤을 출 차례가 되었다. 태깔보다는 진정한 즐거움으로 가득한 그 춤이 시작되었을 때 매기는 자신의 파란만장한 인생을 잊고, 예절 따위는 일체 무시하는 듯한 촌스러운 리듬에 빠져 어린아이처럼 즐거워하였다. 그녀는 자신의 손을 잡고 무도장으로 인도하는 젊은 토리에게도 관대한 마음이 들었다. 그녀의 눈과 뺨에 환하게 떠오른 젊은이다운 기쁨의 불꽃은 살짝 부채질만 해도 활활 타버릴 듯했다. 검은 레이스가 달린 그녀의 단순한 검은 드레스는 마치 영롱한 보석을 감싸는 짙은 세팅 같았다.
　스티븐은 아직 그녀에게 춤을 청하지 않았다. 또 의례적인 친절 이상의 관심도 보이지 않았다. 어제 이후 줄곧 그의 마음속에 자리 잡고 있던 그녀의 영상에 변화가 일어났다. 갑자기 필립의 영상이 그녀의 영상을 반쯤 가리기 시작한 것이다. 그녀와 필립 사이에 뭔가가 있는 것이 틀림없었다. 적어도 필립 쪽에서는 그녀에게 애착을 가지고 있었고 그 때문에 그녀도 다소 구속감을 느끼는 듯했다. 스티븐은 자신을 타일렀다. 이 또한 그녀가 주는 위험한 매혹에 저항해야 할 또 하나의 이유를 제공하며, 그것은 자신의 명예 문제라고 말이다. 그러나 그는 때때로 불쑥불쑥 떠오르는 필립의 영상에 심한 저항감과 소름 끼치는 반감을 느꼈다. 그 때문에 더욱 매기에게 달려가고 싶었다. 또한 그녀를 자기 것이라고 주장하고 싶은 충동도 배가되었다. 그런데도 그는 그날 이제껏 마음먹은 바에 충실하게 행동했다. 그는 그녀에게서 떨어져 있었고 거의 쳐다보지도 않은 채 기꺼이 루시에게 전념하였다. 그러나 지금 그의 눈은 매기를 집어삼킬 듯 쳐다보고 있었다. 그는 젊은 토리를 춤판에서 차내고 그의 자리를 차지하고 싶었다. 또한 춤이 빨리 끝나 자기 파트너에게서 풀려나고 싶었다. 매기와 춤을 추며 오랫동안 그녀의 손을 잡고 싶은 욕망이 갈증처럼 그를 사로잡기 시작했다. 비록 그들의 몸은 춤추는 사람들의 대열 양쪽 끝에 멀리 떨어져 있었지만 그들의 손은 그 사이에 있는 모든 사람들을 넘어 서로 맞닿아 있는 것처럼 느껴졌다.

그 이후, 스티븐은 자신이 자유로워질 때까지, 그리고 매기가 방 저편에 다시 혼자 자리를 잡고 앉을 때까지 무슨 일이 일어났는지, 그리고 자신이 어떻게 기계적으로 사교적 의무를 수행했는지 알지 못할 지경이었다. 그는 왈츠를 추기 위해 모이기 시작하는 쌍쌍들을 돌아 매기 쪽으로 다가갔다. 매기는 그가 찾는 사람이 바로 자신이라는 사실을 의식하자 굳은 결심에도 불구하고 기쁨으로 가슴이 벅차오르는 것을 느꼈다. 그녀의 눈과 빰은 아직도 춤출 때의 어린아이 같은 열광으로 빛났고 온몸은 기쁨과 사랑으로 충만하였다. 심지어는 닥쳐올 고통조차도 쓰라릴 것 같지 않았다. 그녀는 그것을 인생의 한 부분으로 받아들일 준비가 되어 있었다. 지금 이 순간, 그녀에게 인생이란 쾌락과 고통을 초월하여 날카롭게 진동하는 의식처럼 생각되었기 때문이다. 이날, 이 마지막 밤만큼은 과거와 미래에 대한 섬뜩한 생각일랑 잊고 현재의 온기를 제약 없이 누려도 되지 않을까?

"또 왈츠가 시작되는군요." 스티븐이 그녀 쪽으로 몸을 굽히고 말했다. 그의 눈길과 말투는 여름날 숲속에서 사랑을 속삭이는 젊은 연인들처럼 그윽하고 사랑스러웠다. 그런 눈길과 어조는 타오르는 가스 불과 노골적인 구애로 숨 막히는 그 방에 상쾌한 시의 입김을 불어넣었다. "또 왈츠가 시작되는군요. 구경하기도 어지럽고 방 안도 너무 더운데, 잠깐 걸을까요?"

그는 그녀의 손을 잡아 팔짱을 끼게 했다. 그러고는 거실로 들어갔다. 그곳에는 조각을 싫어하는 손님들을 위해 떼어낸 판화들로 뒤덮인 탁자들뿐, 아무도 없었다. 그들은 온실로 들어갔다.

"조명을 받으면 나무와 꽃 들이 얼마나 이상하고 비현실적으로 보이는지 몰라요." 매기가 나지막한 목소리로 말했다. "마치 마법의 세계에 속한 듯하거든요. 절대로 시들지 않을 것 같고요. 꼭 보석으로 만들어진 것 같아요."

그녀는 층층이 쌓여 있는 제라늄을 쳐다보며 말했다. 스티븐은 아무 대답도 하지 않았다. 단지 그녀를 쳐다보았을 뿐이다. 어느 위대한 시인은 빛과 소리를 교배하여 암흑을 침묵이라고, 빛을 달변이라고 말하지 않았던가?[56] 스티븐의 오랜 응시에는 이상하리만큼 강력한 무엇인가가 있었다. 매기의 얼굴이 저절로 그쪽을 향하였다. 그녀는 고개를 들어 그 눈길을 바라보았다. 천천히, 마치 꽃송이가 떠오르는 햇살을 향하듯이. 그들은 자신들이 걷고 있다는 것도 느끼지 못한 채 불안정한 걸음걸이로 걸어갔다. 그들은 아무것도 느끼지 못했다. 다만 인간의 모든 깊은 정열에 내재하는 엄숙함이 깃든 진지한 눈빛만이 존재할 뿐이었다. 그들의 머릿속에는 서로를 단념해야만 하며 또한 단념할 것이라는 생각이 떠나지 않았으며, 그 때문에 그 말 없는 고백의 순간은 더욱 강렬하고 황홀하기만 하였다.

곧 그들은 온실 끝에 도착했다. 이제 멈춰 서서 돌아가야만 했다. 동작의 변화 때문에 매기에게는 새로운 의식이 떠올랐다. 그녀는 얼굴을 붉히며 고개를 돌리고 스티븐의 팔에서 손을 빼어낸 다음, 꽃 쪽으로 다가가 향기를 맡았다. 스티븐은 창백한 얼굴로 꼼짝도 하지 않았다.

"이 장미꽃 가져도 될까요?" 매기는 뭔가 말하여 돌이킬 수 없는 고백의 분위기를 떨쳐버리려고 무진 애를 썼다. "나는 장미를 너무 좋아해요. 꽃을 따서 향기가 없어질 때까지 냄새를

---

56) 단테의 『신곡』 「지옥편」 중에서.

맡고 싶거든요."

스티븐은 아무 대꾸도 하지 않았다. 도대체 말을 할 수가 없었다. 매기는 눈길을 끄는 반쯤 편 장미 꽃송이를 향해 조금 더 팔을 들어 올렸다. 여인의 팔의 아름다움을 느껴본 적 없는 사람이 누가 있을까? 옴폭 들어간 팔꿈치의 부드러움, 그리고 그 아래로 섬세한 손목까지 굴곡을 그리는, 거의 보이지 않는 조그만 잔주름이 새겨진 단단하고 사랑스러운 곡선을. 여인의 팔은 2000년 전의 어느 위대한 조각가의 영혼에 감동을 주었다. 그는 파르테논 신전을 위해 조각⁵⁷⁾ 하나를 만들었다. 오래되어 머리 부분이 없어진 대리석 몸체를 껴안고 있는 그 팔은 아직까지도 우리를 감동시킨다. 매기의 팔은 바로 그러한 팔이었다. 게다가 그것에는 생명의 따스함이 감돌고 있었다.

스티븐은 미칠 듯한 충동에 사로잡혔다. 그는 그 팔을 향해 내달아 손목을 잡고 팔에 키스를 퍼부었다.

매기는 그에게서 팔을 확 잡아 뺐다. 분노와 수치심에 떨면서 상처받은 전쟁의 여신과도 같이 그를 노려보았다.

"감히 어떻게 이럴 수가 있죠?" 그녀는 깊이 동요한, 반쯤 숨 막히는 목소리로 말했다. "날 이렇게 모욕하다니. 내가 그럴 만한 짓을 했나요?"

그녀는 획 돌아서서 옆방으로 들어갔다. 소파에 몸을 던진

---

57) 그리스 파르테논 신전의 대리석상 중 데메테르와 페르세포네의 상. 현재는 대영박물관이 소장하고 있다.

그녀는 숨을 헐떡이며 떨었다.

끔찍한 응징이 닥친 것이다. 루시와 필립을, 그리고 자신의 고결한 영혼을 배반하고 한순간의 행복을 허용한 죄의 대가였다. 그 순간적인 행복은 결국 문둥병과도 같은 몹쓸 병으로 박살이 났다. 스티븐은 루시보다 그녀를 가볍게 본 것이다.

한편 스티븐은 여러 정념의 갈등으로 현기증을 느끼며 온실 벽에 기대어 서 있었다. 그의 마음속에는 사랑, 분노, 그리고 혼란스러운 절망이 한꺼번에 소용돌이쳤다. 자제력을 잃었다는 것도 절망스러웠고 매기에게 실수한 것도 절망스러웠다.

이 마지막 감정이 다른 모든 감정을 이겼다. 그녀 곁에 가서 용서를 비는 것 외에는 아무것도 할 수 없었다. 그래서 매기가 소파에 앉은 지 몇 분 후, 그는 그녀 앞에 와서 겸손하게 섰다. 그러나 매기의 분노는 고스란히 남아 있었다.

"날 좀 혼자 내버려둬요." 그녀는 매우 거만하게 말했다. "그리고 앞으로는 내 근처에 얼씬도 하지 마요."

스티븐은 돌아서서 방 반대편 끝에서 앞뒤로 왔다 갔다 하였다. 곧 무도회장으로 돌아가야 했다. 스티븐은 그것을 의식하기 시작했다. 마침내 그가 되돌아갔을 때, 왈츠는 아직도 끝나지 않았다. 그들이 응접실을 떠나 있던 시간은 그렇게 짧았던 것이다.

매기도 곧 응접실로 돌아갔다. 그녀의 자존심이 행동을 개시하였다. 그동안 그녀가 약점을 보인 바람에 결국 이렇게 자존심에 상처를 입게 된 것이다. 그러나 그 바람에 치유 또한 쉬워졌다. 지난달 그녀를 괴롭혔던 모든 생각과 유혹은 기억의 저편에 내팽개쳐졌다. 이제 그녀를 유혹할 것은 아무것도 없었다. 의무 수행은 보다 수월해졌다. 이제 다시 한 번 예전의 조용한 목적에 따라 평화롭게 살게 될 것이다. 그녀가 무도회장에 들어갔을 때 그녀의 얼굴에는 흥분된 빛이 남아 있었다. 그러나 그녀에게는 이제 자신의 자제력에 대한 자신감, 즉 그 어느 것도 그녀를 동요시키지 못할 거라는 자신감이 있었다. 그녀는 춤 신청을 거절했지만 그녀에게 말을 거는 사람 모두와 기꺼이, 그리고 차분하게 얘기를 나누었다. 그날 밤, 집으로 돌아왔을 때 매기는 편한 마음으로 루시에게 입을 맞출 수 있었다. 그녀는 그 지독한 사건이 일어난 순간에 대해 거의 감사하는 마음이 들 정도였다. 그 사건으로 말미암아 그들 사이에 더 이상의 말이나 시선 교환이 불가능해졌고, 따라서 그 사건은 의심이라고는 모르는 이 상냥한 동생에 대한 더 이상의 배반을 방지해 주었기 때문이다.

그다음 날 아침, 매기는 예상했던 만큼 일찍 배싯으로 떠나지 않았다. 털리버 부인이 함께 마차를 타고 가기로 되어 있었는데 그녀는 집안일을 대충 해치우는 성격이 아니었던 것이다. 그래서 서둘러 채비를 마친 매기는 마차여행 복장으로 정원에 앉아서 기다려야만 했다. 루시는 배싯의 어린이들에게 줄 선물로 바자회 물건들을 싸느라고 바빴다. 초인종이 요란하게 울렸을 때 매기는 루시가 스티븐을 자기에게 데려올까 봐 겁이 났다. 분명히 스티븐일 터였다.

그런데 방문객은 혼자서 성원으로 나와 그녀 곁의 정원 의자에 앉았다. 스티븐이 아니었다.

288

"여기서는 겨우 스코틀랜드 전나무 끄트머리만 보이는군, 매기." 필립이 말했다.

그들은 아무 말 없이 손을 잡았다. 매기는 예전의 어린애 같은 다정한 미소를 여느 때보다 더욱 담뿍 담은 얼굴로 그를 바라보았다. 그는 자신감을 얻었다.

"그래," 그녀가 말했다. "나는 자주 그걸 쳐다봐. 나무줄기에 햇살이 낮게 비치는 것을 다시 볼 수 있으면 좋겠어. 그쪽으로 는 한 번밖에 못 가봤어. 어머니와 묘지에 갈 때였지."

"나는 거기 가본 적이 있어. 자주 가지." 필립이 말했다. "내 게는 의지하고 살 거라곤 과거밖에 없어."

생생한 기억과 동정심 때문에 매기는 필립의 손을 잡았다. 예전에 그들은 그렇게 자주 손에 손을 잡고 걸었다!

"나는 구석구석 다 기억해. 오빠가 어디서 어떤 얘기를 했 는지도. 전에 들어보지 못한 아름다운 얘기들이었지."

"곧 그곳에 다시 가겠지, 안 그래, 매기?" 필립이 소심하게 떨면서 말했다. "톰이 곧 방앗간에서 살게 될 테니까."

"응, 그렇지만 나는 거기 없을 거야." 매기가 말했다. "그 기 쁜 소식을 단지 전해 듣기만 하겠지. 나는 다시 떠나. 루시가 얘기했지?"

"그렇다면 미래는 절대로 과거와 다시 연결될 수 없는 건가, 매기? 그 장은 완전히 끝나버린 거야?"

예전에 그렇게도 자주 간절한 숭배를 담고 그녀를 올려다보 던 회색 눈이 지금 다시 그녀를 올려다보고 있었다. 마지막 희 망의 빛을 담고서. 매기는 커다랗고 진지한 눈으로 그 시선을 마주 받았다.

"그 장은 절대로 끝나지 않아, 필립." 그녀는 진지하고도 슬프게 말했다. "나는 과거와 단절된 미래 같은 건 원하지 않아. 그렇지만 톰 오빠와의 관계는 매우 중요해. 오빠와 나를 영영 갈라놓는 일은 할 수가 없어."

"그게 우리를 영원히 갈라놓는 유일한 이유야, 매기?" 필립은 확답을 얻고야 말겠다는 결심으로 물었다.

"유일한 이유지." 매기는 차분하고도 단호하게 말했다. 그리고 그것을 믿었다. 그 순간 그녀는 마술의 잔이 바닥에 부딪혀 박살난 듯한 느낌이 들었다. 스티븐의 행동은 그 반동으로 그녀에게 자제력을 주었으며 그것은 아직까지 사라지지 않고 있었다. 그리하여 그녀는 차분하게 선택하는 기분으로 미래를 바라볼 수 있었다.

그들은 서로 바라보지도 않고, 아무 말도 하지 않은 채 몇 분 동안 손을 잡고 가만히 앉아 있었다. 매기의 마음속에서는 지금의 이 순간이 아니라 처음에 그들이 서로 사랑하고 헤어졌던 장면이 더욱 생생하였다. 그녀는 그 옛날 붉은 계곡에 있던 필립을 보고 있었던 것이다.

필립은 그녀의 대답에 매우 만족하고 행복해야 한다고 생각했다. 그녀는 옹달샘처럼 솔직하고 투명하지 않은가. 그런데 왜 그는 완전히 행복하지 못한가? 질투심이란 마음 구석구석까지 알지 못하면 결코 만족하지 못하기 때문이 아니겠는가.

11
오솔길에서

매기가 모스 고모 댁에 간 지 나흘째 되는 날이었다. 매기는 그동안 걱정으로 흐려진 인정 많은 고모의 눈에 화창한 6월 초의 햇살을 선사했다. 크고 작은 사촌들에게는 새 시대를 열어주었다. 그들은 마치 그녀가 지혜와 미의 화신이기라도 한 것처럼 그녀의 말과 행동거지를 그대로 배웠다.

그녀는 고모와 함께 둑길에 서 있었다. 주변에서는 사촌들이 닭에게 모이를 주었다. 농장 생활에서 오후의 젖 짜는 시간 전의 조용한 때였다. 텅 빈 마당 주변의 커다란 건물들은 예전과 다름없이 음산하고 황폐했다. 그러나 마당의 낡은 담장 위로 제멋대로 뻗어 있는 장미 넝쿨은 한창 물이 올랐고, 건물 윗부분의 회색 목재와 낡은 벽돌은 대낮의 햇살 아래 졸고 있는 듯하였다. 그것은 모두 조용한 그 순간과 잘 어울렸다. 매기는 모자를 팔에 걸고 미소를 지으며 솜털이 보송보송한 작은 병아리 떼를 바라보고 있었다. 그때 고모가 소리쳤다.

"아이고! 대문으로 들어오는 저 사람이 누굴까?"

커다란 적갈색 말을 탄 신사였다. 말의 옆구리와 목에는 빨리 달리느라 검은 힘줄이 돋아 있었다. 매기는 정신이 아득하고 가슴이 두근거렸다. 죽은 척하던 야만스러운 적이 갑자기 되살아난 것처럼 끔찍했다.

"애, 누구니?" 매기의 갑작스러운 표정 변화를 보고는 그녀와 아는 사이라는 것을 눈치챈 모스 부인이 물었다.

"스티븐 게스트 씨예요." 매기는 작은 목소리로 말했다. "제 이종사촌 루시의, 아니 제 사촌 집안과 무척 친한 분이에요."

스티븐은 어느새 그들 곁에 가까이 다가와 말에서 펄쩍 뛰어내리더니, 앞으로 걸어오면서 모자를 들어 인사했다.

"말을 잡아드리렴, 윌리." 모스 부인이 열두 살 난 아들에게 말했다.

"아니, 괜찮습니다." 스티븐은 성마르게 자꾸 고개를 쳐드는 말의 머리를 당기면서 말했다. "바로 돌아가야 하니까요. 털리버 양, 당신에게 전할 말이 있습니다. 개인적인 일로 말입니다. 잠깐 나와 함께 걷겠어요?"

그는 몹시 지친 동시에 초조한 모습이었다. 뭔가 걱정이나 화낼 거리가 있어서 잠도 자지 못하고 식사도 하지 못한 것 같았다. 그의 말투는 퉁명스럽다고 해도 과언이 아닐 정도였다. 마치 용건이 너무 급해서 모스 부인이 자신의 방문이나 요청에 대해 어떻게 생각할지 염려할 겨를이 없는 듯이 보였다. 이

거만한 신사 앞에서 마음 착한 모스 부인은 어찌할 바를 몰랐다. 말을 밖에 두고 집 안으로 들어가자고 다시 한 번 청해야 하나 어쩌나 속으로 고민하고 있었다. 매기는 어색한 상황을 눈치챘지만 뭐라고 말을 할 수가 없어서 모자를 쓰고 묵묵히 대문 쪽으로 돌아서서 걷기 시작했다.

스티븐도 돌아서서 말을 끌고 그녀와 나란히 걸어갔다.

오솔길에 들어서서 4~5미터를 갈 때까지 그들은 한마디도 하지 않았다. 그 지점에 도착하자 그때껏 묵묵히 앞만 보고 걸어가던 매기가 되돌아가려고 돌아섰다. 그러고는 화를 내며 도도한 태도로 말했다.

"더 이상 갈 필요가 없겠군요. 이렇게 당신과 함께 나올 수밖에 없게 만든 것이 신사답고 사려 깊은 행동이라고 생각하시나요? 아니면 나를 또 한 번 모욕하려고 작정이라도 하셨나요? 이런 식으로 억지로 나를 만나려 하시다니."

"물론 내가 와서 화가 나겠죠." 스티븐이 씁쓸하게 말했다. "남자의 고통은 중요하지 않겠죠. 당신이 염려하는 건 오직 여성의 품위뿐이니까요."

매기는 약한 전기에 감전이라도 된 것처럼 움찔하였다.

"내가 이렇게 혼란에 빠진 것만으로는 충분하지 않은가 보죠. 당신을 미치도록 사랑하는데, 남자로서 느낄 수 있는 가장 강렬한 감정을 억누르고 있는데. 다른 의무들 때문에 말입니다. 그런데 당신은 나를 마치 일부러 당신을 모욕하는 천박한 놈처럼 취급하는군요. 내 마음대로 할 수만 있다면 당신에게 청혼하고, 내 모든 재산과 내 인생 전부를 바치고 싶습니다. 나도 내가 나 자신을 잊고 무례한 행동을 했다는 걸 압니다. 그런 짓을 한 나 자신이 밉습니다. 그렇지만 나는 곧바로 뉘우쳤고, 그 뒤로 계속 뉘우치고 있습니다. 용서 못 할 짓이라고는 생각하지 말아주세요. 내가 당신을 사랑하듯이 온 영혼을 바쳐 사랑하는 사람은 순간적으로 감정의 노예가 될 수 있습니다. 그렇지만 당신은 알고 있습니다. 이걸 믿어야만 해요. 내가 가장 고통스러웠던 것은 당신을 가슴 아프게 했다는 겁니다. 그 잘못을 돌이킬 수만 있다면 나는 무슨 짓이라도 하겠습니다."

매기는 말을 할 수가 없었다. 고개를 돌릴 수도 없었다. 분노 때문에 생겼던 힘은 모두 사라졌다. 그녀의 입술이 부들부들 떨렸다. 그 고백을 듣자 모든 걸 용서하고 싶은 마음이 뭉클 솟아올랐다. 그러나 그 말을 할 수는 없었다.

그들은 다시 대문 근처에 이르렀다. 그녀는 멈춰 섰다. 그녀의 몸이 떨리고 있었다.

"그런 말씀 하시면 안 돼요. 듣지 않을래요." 그녀가 대문 쪽으로 다가가는 것을 막으려고 스티븐이 앞을 막아서자, 그녀는 고통스럽게 고개를 숙이며 말했다. "당신이 겪을 고통은 참 안되었어요. 하지만 그 얘기는 해봤자 소용없는 일이에요."

"아닙니다, 소용이 있습니다." 스티븐이 바로 말을 받았다. "당신이 나에 대한 나쁜 오해를 버리고 조금이나마 나를 동정하고 좋게 생각해 준다면 말입니다. 당신이 나를 무례한 바람둥이라고 미워하지 않는다면 소금은 참아내기가 쉬울 것 같아요. 나를 좀 보세요. 내 몰골을 좀 봐주세요. 당신 생각을 하지 않으려고 매일 하루에 50킬로미터씩 말을 달렸답니다."

매기는 보지 않았다. 아니, 감히 볼 수가 없었다. 그녀는 이미 그 초췌한 얼굴을 보았던 것이다. 대신 그녀는 상냥하게 말했다. "나는 당신을 나쁘게 생각 안 해요."

"그럼, 당신, 날 좀 쳐다봐요." 스티븐은 깊고 다정한 목소리로 간청했다. "아직 가지 마요. 한순간만이라도 행복을 맛보게 해줘요. 당신이 날 용서했다는 것을 느끼게 해줘요."

"네, 당신을 용서해요." 매기는 그 목소리에 감동받아 말했다. 그녀는 자기 자신이 두려워졌다. "하지만 이제 집에 들어가게 해주세요. 제발 가주세요."

내리깐 그녀의 눈꺼풀 밑으로 닭똥 같은 눈물이 한 방울 떨어져 내렸다.

"당신에게서 떨어질 수가 없어요. 당신을 떠날 수가 없어요." 스티븐이 더욱 정열적으로 간청했다. "이렇게 차갑게 보내면 아마도 되돌아오게 될 겁니다. 나 자신을 믿을 수가 없거든요. 하지만 당신이 나와 조금만 더 함께 가준다면 그것에 의지해서 살 수 있을 겁니다. 당신이 화를 내면 내가 열 배나 더 제정신을 잃는다는 걸 분명히 아셨겠죠."

매기는 돌아섰다. 그런데 자주 방향을 바꾸는 것에 화가 났는지 적갈색 말 탠크레드가 불만스럽게 힝힝거리기 시작했다. 스티븐은 대문 밖을 엿보고 있던 윌리 모스의 모습을 발견하고 그를 불렀다. "자! 여기 와서 내 말을 5분만 잡고 있으렴."

"아, 안 돼요." 매기가 황급히 말했다. "고모님이 이상하게 생각하실 거예요."

"괜찮아요." 스티븐이 짜증스럽게 말했다. "그분은 세인트 오그스 사람들을 모르니까요. 얘, 한 5분간만 여기서 좀 왔다 갔다 해주렴." 그는 가까이 다가온 윌리에게 덧붙였다. 그러고는 매기 쪽으로 돌아서서 함께 걷기 시작했다. 이제 그녀는 꼼짝없이 걸을 수밖에 없게 되었다.

"내 팔을 잡아요." 스티븐이 간절하게 말했다. 그녀는 그의 팔을 잡았다. 악몽 속으로 빠져드는 것만 같은 느낌이었다.

"이 불행에는 끝이 없어요." 그녀는 말을 함으로써 그런 영향력을 떨쳐버리려고 애썼다. "나쁘고 천박해요. 루시나 다른 사람들이 보아서는 안 될 말이나 시선을 교환하는 것 말이에요. 루시를 생각하세요."

"물론 생각해요. 그녀에게 은총이 있기를. 만일 내가 그렇지 않다면……." 스티븐은 자기 팔을 잡고 있는 매기의 손 위에 자기 손을 얹었다. 그러자 두 사람 모두 말을 계속할 수가 없었다.

"게다가 내겐 다른 인연이 있어요." 마침내 매기가 무진 애를 쓰며 말했다. "루시가 아니더라도 말이에요."

"필립 웨이컴과 약혼했나요, 정말 그래요?" 스티븐이 급히 물었다.

"나로서는 그와 약혼한 거나 다름없다고 생각하고 있어요. 다른 사람과는 결혼하지 않을 거예요."

스티븐은 침묵했다. 그러나 그들이 햇볕을 벗어나 잔디로 덮인 시야가 가려진 샛길로 들어서자 그는 격렬하게 내뱉기 시작했다.

"그건 자연스럽지 못해요. 끔찍해요. 매기, 내가 당신을 사랑하는 것처럼 당신도 나를 사랑한다면 우린 모든 것을 버리고 하나가 되어야 해요. 제대로 알지 못한 채 맺어진 이 모든 잘못된 관계를 청산하고 결혼해야 해요."

"그런 유혹에 빠지느니 차라리 죽어버리겠어요." 매기는 착 가라앉은 분명한 목소리로 천천히 말했다. 이런 극단적인 상황에 놓이자 고통스러웠던 지난 몇 년간 축적된 영혼의 힘이 모조리 발휘되었다. 그녀는 말을 하면서 팔을 뺐다.

"그럼 나를 사랑하지 않는다고 말해 줘요." 그는 거의 과격한 투로 말했다. "나 말고 다른 사람을 사랑한다고 말해 달란 말입니다."

매기의 머릿속에 섬광처럼 떠오르는 생각이 있었다. 스티븐에게 필립을 사랑한다고 하면 적어도 외적인 갈등에서는 해방될 수 있을 것 같았다. 그러나 그녀의 입술은 그런 말을 발음하기를 거부하는 듯했다. 그녀는 말이 없었다.

"당신이 진정 나를 사랑한다면, 우린 결혼하는 것이 더 낫고 또 옳은 일입니다." 스티븐은 다시 그녀의 손을 잡아 자기 팔에 끼면서 상냥하게 말했다. "그 때문에 생기는 고통은 어쩔 수가 없어요. 우리가 서로 사랑하려고 해서 사랑하게 된 건 아니지 않습니까. 그건 자연스럽게 나를 사로잡았어요. 저항하려고 안간힘을 썼는데도 말입니다. 내가 암묵적인 언약에 충실하려고 애쓴 건 하느님도 아실 겁니다. 그렇지만 결과는 더 나빴을 뿐입니다. 처음부터 포기했더라면 좋았을 것을."

매기는 침묵하였다. 만일 그것이 나쁜 것이 아니라면. 그것을 확신할 수만 있다면. 그래서 여름날의 시냇물처럼 부드러우면서 강력한 이 물결에 저항하려고 애쓰지 않아도 된다면!

"'그래요.'라고 말해요. 응, 매기." 스티븐은 그녀의 얼굴을 들여다보느라 몸을 굽히며 말했다. 그의 표정에는 간절한 애원이 담겨 있었다. "우리가 결혼하여 서로를 갖게 된다면 세상이야 어찌되건 무슨 상관이겠어요?"

그녀의 숨결이 그의 얼굴에 닿았다. 그의 입술은 그녀의 입술과 아주 가까웠다. 그러나 그녀에 대한 그의 사랑에는 커다란 두려움이 있었다.

그녀의 입술과 눈꺼풀이 파르르 떨렸다. 그녀는 애무의 손길 아래서 저항하려 애쓰는 소심하고 사랑스러운 야생동물과도 같이 잠시 빨아들일 듯이 그를 바라보았다. 그러나 곧 집쪽으로 시선을 휙 돌렸다.

"게다가 무엇보다도 말입니다," 그는 그녀의 양심의 거리낌뿐만 아니라 자신의 거리낌까지 잠재우려 애쓰며 황급히 말을 이었다. "정식 약혼을 파기하는 것도 아니잖아요. 만약 루시가 마음이 변해 다른 사람을 사랑하게 되었다면 나로서는 뭐라고 하지 못했을 거예요. 아무 권리도 없으니까요. 만일 당신이 필립과 굳은 언약을 한 것이 아니라면 우리 두 사람은 모두 자유예요."

"당신도 그걸 믿지 않아요. 당신 본심이 아니죠." 매기는 진지하게 얘기했다. "당신도 나처럼 생각할 거예요. 진정한 관계란 우리가 다른 사람의 마음속에 심어놓은 감정과 기대 속에 있어요. 그렇지 않으면 외적인 징벌이 없는 약속은 모두 깨지고 말 거예요. 그러면 사람들 사이에 신의 같은 건 존재할 수 없겠죠."

스티븐은 아무 말도 하지 않았다. 자신의 논리를 계속 주장할 수가 없었다. 그 자신도 이전에 이에 대해 갈등하는 동안, 그 반대라고 확신했었기 때문이다. 그러나 그것은 곧 모양새를 바꾸어 새로운 형태로 나타났다.

"그 맹세는 지켜질 수 없습니다." 그는 마구 우겼다. "그건 부자연스러워요. 우리는 진정으로 사랑하지 않는 사람을 그냥 사랑하는 척할 수 있을 뿐입니다. 그것 역시 잘못된 것이죠. 그럴 경우 우리뿐만 아니라 상대방도 비참해질 겁니다. 매기, 그걸 알아야 해요. 물론 지금도 알고 있겠지요."

그는 그녀의 얼굴을 간절히 바라보았다. 그녀가 조금이라도 수긍하는 기색을 보이지 않을까 하는 기대에서였다. 그는 크고 힘센 손으로 그녀의 손을 부드럽게 쥐었다. 잠시 동안 그녀는 땅바닥만 묵묵히 바라보고 있었다. 그러더니 깊은 한숨을 쉬고는 엄숙한 슬픔을 담은 눈으로 그를 바라보았다.

"아, 어려워요. 인생이란 참 어려워요. 나도 가끔은 우리의 가장 강렬한 감정을 따르는 것이 옳게 느껴져요. 하지만 그런 감정은 우리가 이전에 맺었던 관계들과 끊임없이 상충하지요. 그런 감정은 다른 사람들로 하여금 우리에게 의존하게 했던 바로 그 관계들을 두 동강으로 잘라버려요. 만일 인생이 낙원에서처럼 쉽고 단순한 것이라면, 우리는 처음으로 우리 마음이 끌렸던……. 내 말은 사랑이 오기 전에 이미 의무가 생겨나 있지 않았다면 사랑이란 두 사람이 하나가 되어야 할 이유

가 되겠죠. 하지만 지금은 그렇지 않아요. 인생에는 우리가 포
기해야만 할 것이 있어요. 때론 사랑을 포기해야 하죠. 나는
모르는 것이 많아요. 그렇지만 하나만은 분명해요. 다른 사람
의 희생 위에서 내 행복을 찾아서는 안 되며 그럴 수도 없다
는 것이죠. 사랑은 자연스러운 것이에요. 하지만 동정심과 신
의와 추억 역시 자연스러운 것이죠. 그 감정들은 아직까지 내
게 그대로 살아 있고, 만일 거역하면 나를 벌할 거예요. 내가
초래한 고통 때문에 늘 양심의 가책에 시달릴 테니까요. 그러
면 우리의 사랑도 망가지고 말 거예요. 나를 닦달하지 마세
요. 나를 도와주세요. 도와줘요. 당신을 사랑하니까."

　얘기가 진행됨에 따라 매기는 점점 더 그 말을 진심으로 믿
게 되었다. 얼굴이 빛나고 눈동자에는 심금을 울리는 사랑의
빛이 더욱 짙어졌다. 그녀의 애원은 스티븐의 마음속에 있는
고귀한 심성을 울렸다. 그러나 애원하는 그녀의 너무도 아름
다운 모습은 더욱더 그를 사로잡았다.

　"사랑하는 매기." 그는 거의 속삭이다시피 하며 그녀를 얼
싸안았다. "나는, 나는 당신이 원하는 것이라면 뭐든지 하겠어
요. 하지만 한 번만 키스해 줘요. 딱 한 번만. 마지막으로. 헤
어지기 전에."

　한 번의 키스. 그리고 오랫동안의 응시. 마침내 매기가 떨리
는 목소리로 말했다. "나를 보내주세요. 우리 빨리 돌아가요."

　그녀는 서둘러 걸었고 더 이상 한마디도 하지 않았다. 윌리
와 말이 보이는 곳에 다다르자 스티븐은 멈춰 서서 손짓을 하
였고 매기는 그대로 대문 안으로 들어갔다. 모스 부인은 낡은

현관문 앞에 혼자 서 있었다. 그녀는 특별히 신경을 써서 아이들을 모두 집 안으로 들여보내 놓았다. 매기에게 부유하고 잘생긴 애인이 있다면 참 기쁜 일일 것이다. 그런 경우에도 매기는 당연히 집에 들어오는 걸 어색해할 것이었다. 게다가 그건 기쁜 일이 아닐 수도 있었다. 어찌되었건 모스 부인은 혼자서 매기를 맞으려 했고, 그녀를 조바심치며 기다렸다. 매기가 돌아왔을 때, 그 불쌍한 것의 얼굴을 보아하니 기쁨이 있다 하더라도 매우 심란하고 복잡한 것임에 틀림없었다.

"얘야, 여기 잠깐 앉아라." 그녀는 매기를 현관으로 데리고 들어가 벤치 옆자리에 앉혔다. 집 안에서는 조용히 비밀 얘기를 할 수 없었던 것이다.

"아, 그리티 고모, 저는 너무 불행해요. 열다섯 살 때 죽어버렸더라면 좋았을걸 그랬어요. 그때는 포기하는 게 그렇게 쉬워 보였는데. 이제는 그게 너무 어려워요."

불쌍한 매기는 고모의 목을 얼싸안고 오랫동안 서럽게 흐느껴 울었다.

12
가족 파티

매기는 그 주말에 마음씨 좋은 그리티 고모를 떠나 미리 약속한 대로 풀릿 이모 댁인 가룸 퍼스로 갔다. 그사이 예상치 못한 일이 벌어진 터라 털리버 가족의 운세가 돌변한 것을 축하하고 그에 대해 의논하기 위하여 가룸에서 가족 파티가 열리게 되었다. 이제 털리버가의 불명예의 마지막 음영이 마치 일식 때 남은 검은 부분이 사라지듯 깨끗이 지워지고 지금까지 흐려졌던 명예가 그 광채를 환히 발하게 될 듯했다. 높은 명망과 찬사를 지속적으로 누리는 사람이 비단 새로 부임한 성직자만이 아니라는 사실은 무척 즐거운 일이다. 이 지역의 존경받는 많은 가문의 경우, 신용이 좋아진 친척들 역시 그와 비슷한 진심에서 우러나온 인정을 받는다. 그 인정은 결코 조상 덕이 아니다. 따라서 우리는 그런 일이 생기면, 언젠가 독사도 물지 않고 늑대마저도 잡아먹으려고 으르렁거리지 않는 지상천국과 같은 황금시대가 오지 않을까 하는 희망을 품게 된다.

루시는 글레그 이모보다도 더 일찍 왔다. 어떤 방해도 받지 않고 그 굉장한 소식에 관해 매기와 얘기를 나누고 싶었기 때문이다. 루시는 지혜로워 보이는 예쁜 모습으로 말했다. 그녀는 모든 것이, 심지어는 다른 사람의 불행마저도(불쌍한 사람들 같으니!) 털리버 이모와 사촌 톰과 콧대 높은 매기의(만일 그녀가 그 반대를 고집하지 않는다면) 행복에 일조했다고 주장했다. 그 많은 고통에 대한 보상으로 말이다. 톰이 뉴캐슬에서 돌아온 날, 바로 그 당일에 웨이컴 씨가 방앗간에 배치한 그 불운한 젊은 젯섬이 술에 취해 말에서 떨어지다니! 그리하여 그는 위험한 상태로 세인트오그스에 누워 있게 되고, 그 바람에 웨이컴 씨가 당장이라도 방앗간을 내줄 뜻을 비치게 되다니! 물론 그것은 그 불행한 사람에게는 참 안된 일이다. 하지만 다른 때도 아니라 바로 그날 그 불행이 일어났다는 사실은 마치 루시의 아버지도 높이 평가하는 톰의 모범적인 행동에 적시의 보상이라도 하려는 것처럼 보였다. 털리버 이모는 이제 방앗간으로 가서 톰의 살림을 돌봐주어야 할 것이다. 그것은 루시의 살림살이 면에서는 큰 손실이지만 그래도 불쌍한 이모가 옛날 집을 되찾아 차츰차츰 편안한 생활을 할 수 있게 될 것이니 어쩔 수 없지 않은가.

그 점에서 루시는 나름대로 꿍꿍이속이 있었다. 매기와 함께 환한 계단을 내려와 햇살조차도 다른 곳보다 더 맑아 보이는 멋진 거실로 들어서자, 그녀는 위대한 전술가처럼 적의 취약점을 공격했다.

"풀릿 이모." 그녀는 소파에 앉아서 이모의 너풀거리는 모자 끈을 다정하게 매만지며 말했다. "톰 오빠가 새로 살림을 차리는 데에 이모님이 어떤 천과 물건들을 줄 것인지 결정하셨으면 좋겠어요. 이모님은 항상 관대하시고 좋은 물건들만 주시잖아요. 이모님이 본을 보이시면 글레그 이모님도 따라 하실 거고요."

"얘야, 글레그 언니는 절대로 그렇게 못 할 거다." 풀릿 부인이 평소와는 달리 힘주어 말했다. "내 장담하지만 언니는 내 것에 견줄 만한 천을 가지고 있지 않거든. 안목이 없어서 돈을 쓰고도 제대로 사지 못해. 식탁보는 모두 큰 체크무늬 아니면 수사슴이나 여우 같은 동물무늬지. 물방울무늬나 다이아몬드 무늬 같은 건 하나도 없어. 그런데 죽기도 전에 천을 나눠 주는 건 섭섭한 일이야. 그런 건 꿈에도 생각 못 했구나, 베시." 풀릿 부인은 머리를 흔들며 동생인 털리버 부인을 바라보았다. "너와 내가 그 이중 다이아몬드 천, 그래, 우리가 처음으로 짰던 리넨 천, 그 천을 고를 때 말이야. 그런데 네 것은 다 어디로 갔는지."

"방법이 없었어, 정말이야, 언니." 자기를 죄인으로 생각하는 습관이 붙어버린 가엾은 털리버 부인이 말했다. "정말이지 그건 내 잘못이 아냐. 밤중에 누워서 그 멋진 내 흰 천들이 온 사방에 흩어져 있다는 생각을 하면 나도 정말 잠이 안 와."

"박하사탕 하나 드시죠, 털리버 부인." 풀릿 이모부는 그것이 값싸고도 유익한 위로라도 된다고 생각하는지 자기가 먼저 한 개를 입에 넣으면서 말했다.

"아, 하지만 풀릿 이모님," 루시가 말했다. "이모님 댁에는 정말 아름다운 천이 많잖아요. 이모님께 딸이 있다고 생각해 보세요. 그렇다면 결혼시킬 때 나눠 주셨을 거잖아요."

"그래, 나도 안 주겠다고는 안 했어." 풀릿 부인이 말했다. "이제 톰의 운수가 트였으니까 당연히 친지들이 돌봐주고 도와줘야지. 베시, 네 집 물건들을 청산할 때 산 식탁보를 줄게. 그건 그냥 도와주려고 산 것뿐이야. 한번도 쓰지 않고 그냥 장 속에 처박아 두었으니까. 하지만 이제 매기에게는 더 이상 인도산 모슬린이랑 다른 물건들을 주지 않겠어. 만일 다시 고용살이하러 간다면 말이야. 오빠 집에서 할 일이 없으면 내 집에 남아서 말동무도 하고 바느질도 하면 될 텐데."

도슨가의 사람들은 교사나 가정교사라는 직업을 '고용살이'라고 생각했다. 이제 훨씬 나은 방법이 있는데도 불구하고 매기가 그런 비천한 신분으로 돌아가는 것은 루시를 제외한 모든 친척들에게 매우 속상한 일이었다. 전혀 꾸미지 않은 외모에다 머리는 등 뒤로 늘어뜨리고 장래 전망도 불분명한 매기는 그들에게 가장 달갑지 않은 조카였다. 그런데 이제 그녀는 가족의 장식품 노릇도 할 수 있고 유용할 수도 있었다. 그 문제는 글레그 부부가 와서 차와 머핀을 먹을 때 다시 한 번 제기되었다.

"허허!" 글레그 씨는 호인답게 매기의 등을 토닥거리며 말했다. "말도 안 되는 일이야! 취직 얘기는 다시 하지 마라, 매기. 바자회에서 네게 반한 남자가 수도 없을 텐데 그중에 쓸 만한 사람이 없더냐? 자, 말해 보렴."

"글레그 씨," 엄격해지면 더욱 정중해지는 면이 있는 그의 아내가 말했다. 그럴 때면 찌푸린 인상 때문에 이마 주름이 더욱 두드러졌다. "미안하지만 나잇값을 못 하시는 것 같군요. 매기는 우리에게 의논도 안 하고 다시 떠날 생각을 해서는 안 돼요. 그건 이렇게 잘해 주는 이모들과 나머지 친척들에 대한 도리가 아니지요. '애인' 때문에 안 떠난다는 것도 말이 안 돼요. 물론 당신이 그런 말을 쓰니까 나도 쓰기는 하지만 우리 집안에서는 아직까지 그런 말을 들어본 적이 없어요."

"아니, 그럼 우리가 이 집안 딸들을 보러 갔을 때 우리를 뭐라고 불렀지, 동서? 그때는 우리도 꽤 달콤한 애인 취급을 받지 않았나?" 글레그 씨는 장난스럽게 윙크하며 말했다. 풀릿 씨는 달콤하다는 말에 자극받아 사탕 하나를 더 집었다.

"글레그 씨," 글레그 부인이 말했다. "그렇게 주책 부릴 생각이면 미리 알려주세요."

"아, 제인 언니, 형부는 그냥 농담하시는 거야. 건강하고 힘 있을 때 농담하시게 내버려두라고. 불쌍한 틸트 씨 좀 봐. 입이 한쪽으로 돌아가서 웃고 싶어도 웃지를 못한다니까."

"내가 감히 당신 농담을 가로막아도 괜찮다면, 머핀 그릇도 좀 집어 주실 수 있겠어요, 글레그 씨?" 글레그 부인이 말했다. "조카가 제 어미의 맏언니를 모욕하는 걸 다른 사람들이 본다면 농담이라고 할까요. 큰이모는 외가 쪽의 어른이잖아요. 그런데 여기 와 있는 동안 가끔 잠깐씩 들르더니 내게 알리지도 않고 홀쩍 가버릴 생각이나 하고 있고. 나는 저를 위해서 모자 만드는 일거리도 마련해 놓고, 내 돈도 공평하게 나누고 있던 참인데."

"언니," 털리버 부인이 걱정스럽게 말했다. "매기도 언니 집에 머무르지 않고 떠날 생각은 아닐 거예요. 물론 나는 그 애가 떠나는 걸 바라지 않아요. 정반대죠. 나는 정말이지 그 일과는 상관이 없어요. 내가 얼마나 여러 번 말했는지 몰라요. '애야, 가야 할 이유가 없잖니.' 하고 말이에요. 매기가 떠나기로 작정한 날까지는 아직 열흘이나 남았으니까 그동안 언니 집에 머무를 수 있을 거예요. 나도 시간 나는 대로 들를 거고, 또 루시도 그렇고."

"베시," 글레그 부인이 말했다. "네가 좀 더 생각이 깊다면 짐작할 수 있지 않겠니? 내가 막판에 와서 침대를 꾸민다고 괜히 부산 떨 필요가 없다고 생각하리란 걸 말이야. 우리 집은 딘 씨 집에서 걸어서 한 시간도 채 안 걸리잖니. 그러니 아침에 일찍 와서 저녁 늦게 가면 되지. 나처럼 가까운 이모가 있어서 같이 지낼 수 있다는 사실에 감사하면 되는 거야. 내가 그 애 나이 때는 당연히 그렇게 생각했을 거다."

"아, 제인 언니," 풀릿 부인이 말했다. "누가 와서 언니 침대에서 자면 아마도 침대가 고맙게 생각할 거예요. 그 줄무늬 방은 곰팡이 냄새가 고약해. 거울에도 곰팡이가 슬었더라고. 언니가 나를 그 방에 데리고 들어갔을 때 나는 꼭 죽는 줄 알았다니까요."

"아, 저기 톰 오빠가 오네요!" 루시가 손뼉을 치며 소리쳤다.

"내가 시킨 대로 신드바드를 타고 오네요. 약속을 안 지킬까 봐 걱정했어요."

톰이 들어오자 매기는 벌떡 일어나서 키스했다. 감정이 북받쳐 올랐다. 방앗간을 되찾게 된 얘기가 나온 뒤로 첫 만남이었다. 그녀는 그의 손을 잡고 자기 옆에 있는 의자로 인도했다. 그녀는 항상 톰과 자기 사이에 아무런 구름도 없기를 갈망했다. 그것은 어떤 변화에도 불구하고 변하지 않는 뿌리 깊은 것이었다. 그날 저녁 그는 그녀에게 매우 친절한 미소를 지었다. "그래, 매기, 모스 고모님은 어떠셔?"

"자, 어서 오게, 우리 도련님." 글레그 씨가 손을 내밀며 말했다. "너는 대단한 사람이야. 뭐든 해낸단 말이지. 우리 늙은이들보다 훨씬 빨리 출세를 하는구나. 축하하네, 축하해. 언젠가는 방앗간을 완전히 되찾게 될 거야. 내 장담하지. 너는 도중에 그만두는 사람이 아니니까."

"그렇지만 그게 다 외가 덕이란 걸 명심해야지." 글레그 부인이 말했다. "외가에서 돌봐주지 않았다면 생활이 어려웠을 테니까. 우리 집안에는 실패나 소송이나 낭비 같은 건 없어. 유언을 남기지 않고 죽는 일도 없고."

"그럼, 급사하는 일이란 없지." 풀릿 이모가 말했다. "항상 의사가 왔으니까. 그런데 톰은 우리 도슨 집안을 닮았어요. 처음부터 내가 그랬잖아요. 글레그 언니는 뭘 줄지 모르지만 나는 내가 가진 큰 식탁보들 중에서 하나만 빼고 다 줄 거예요. 침대보는 물론이고. 나는 앞으로 무엇을 더 해줄 것인지가 아니라 틀림없이 해줄 것만 말하겠어요. 만일 내가 내일 죽는다면, 풀릿 씨, 명심하세요. 당신은 열쇠 있는 곳을 제대로 기억 못 해서 쩔쩔매겠지만. 푸른 방의 서랍장 열쇠는 왼편 장롱 세 번째 선반의 넓은 끈 달린, 좁은 프릴 달린 게 아니에요, 알겠어요? 넓은 끈 달린 나이트캡 뒤에 있어요. 서랍장을 열면 푸른 벽장 열쇠가 있어요. 분명히 당신은 실수하겠지만 그야 내 알 바 아니죠. 당신은 내 알약과 물약은 정말 잘 기억하더군요. 내가 항상 말해 주니까요. 그런데 열쇠는 늘 헷갈리죠." 자기가 죽은 다음에 그런 혼동이 생겨날 거라는 생각에 풀릿 부인은 마음이 매우 심란해졌다.

"소피, 네 자물쇠 채우는 버릇은 좀 심해." 글레그 부인은 동생의 괴벽에 진저리가 난다는 듯이 말했다. "그건 우리 집안의 정도를 벗어나는 거야. 물론 나도 잘 잠그기는 하지. 그렇지만 나야 적당히 하잖니. 그리고 천 문제 말인데, 내 조카에게 줄 선물로 무엇이 적당한지 살펴보마. 한번도 표백하지 않은 천이 있는데 다른 집의 올이 가는 네덜란드 삼베보다 훨씬 낫거든. 톰이 그걸 침대에 깔고 누워서 이모 생각을 좀 했으면 좋겠구나."

톰은 글레그 부인에게 고맙다고 말했다. 그러나 밤중에 누워서 이모를 생각하겠다는 약속은 하지 않았다. 글레그 씨는 화제를 돌리느라 딘 씨에게 증기기관에 대해 어떻게 할 것인지 물어보았다.

루시가 톰에게 신드바드를 타고 오라고 부탁한 데에는 깊은 뜻이 있었다. 귀가할 시간이 되자 자연스럽게 그 말은 남자 하인의 차지가 되고, 대신 톰은 어머니와 루시를 태운 마차를 몰게 되었다. "이모님, 혼자 앉아 가셔야 할 것 같아요." 꾀 많은 젊은 아가씨가 말했다. "저는 톰 옆에 앉아야 하니까요. 얘기할 게 많아서요."

　루시는 매기를 위한 애정 어린 염려로 머릿속이 가득 차 있어서 톰과 그것에 대해 얘기하는 것을 미룰 수가 없었다. 그녀의 생각으로는 방앗간에 관한 소원이 이렇게 빨리 이루어져서 기쁜 나머지 톰이 보다 유연하게 말을 잘 들어줄 것만 같았다. 그녀는 성격상 톰을 이해할 만한 인물이 아니었다. 그래서 필립이 아버지에게 영향력을 발휘한 이야기를 했을 때 톰의 표정이 불쾌하게 변하는 것을 보고는 놀라고도 가슴 아팠다. 그녀는 그 소식이 단번에 커다란 효력을 발휘할 것이고 그래서 톰이 곧바로 필립을 좋게 생각하게 되고, 또 웨이컴 씨가 매기를 기꺼이 며느리로 맞을 자세가 되었다는 것을 그에게 증명해 줄 거라고 생각했다. 그렇게만 되면 아무것도 부족한 것이 없었다. 톰은 사촌 루시를 대할 때면 늘 즐거운 미소를 띠곤 하므로 이번에도 갑자기 태도가 백팔십도로 돌변하여 예전에 해오던 얘기와 정반대로 얘기하지 말라는 법도 없었다. 그로서는 옛날의 상처가 아물게 되어 기쁘고 매기가 적당한 수준에서 신속히 필립과 결혼하면 좋겠다고 말이다. 루시의 생각으로는 어느 것도 이보다 더 쉬울 수는 없었다.

　하지만 엄격한 사람들은 우리가 진실이라고 부르는 복잡하고 단편적이며 또한 의심스럽기까지 한 지식으로부터는 어떠한 자양분도 얻어내지 못한다. 엄격함이란 굳센 의지, 목적의 정당성에 대한 확신, 상상력과 지력의 빈곤, 커다란 자제력, 그리고 남을 지배하려는 성향과 같은 긍정적 부정적 자질들의 복합적 결합에 의해 생겨난다. 그런데 엄격한 사람들의 경우, 이러한 자질들이 너무도 강해서 어떤 편견에 사로잡히면 결코 그것에서 빠져나올 수 없다. 편견은 세상에 퍼져 받아들여지기도 하고, 입소문으로 전달되기도 하며, 눈으로 포착되기도 한다. 어찌되었건 편견이 어떤 방식으로든 일단 그런 사람들에게 전해지면 그것은 그들의 정신에 터를 잡게 되고 그때부터 그들은 그것을 강하고 용감하게 주장한다. 그들에게는 자기 스스로 깨달은 생각이 없기 때문에 그 생각의 공백을 채우기 위해서 그 편견들을 무슨 권리나 되는 듯이 다른 사람들에게 강하게 주장해야 할 필요가 있는 것이다. 그리하여 그것은 지팡이인 동시에 몽둥이가 되고 만다. 그리고 그러한 목적에 부합하는 모든 편견은 자명한 것으로 치부된다. 우리의 착하고 고결한 톰 털리버도 이런 부류에 속했다. 그는 속으로 아버지의 잘못을 비판했지만 그 역시 아버지의 편견, 즉 느슨한 원칙과 느슨한 생활 태도를 가진 사람에 대한 편견을 그대로 받아들였다. 이들 부자는 다 같이 개인의, 그리고 가족의 긍지가 훼손된 것에 대해 억하심정을 품고 있던 터라 이 편견을 쉽게 공유할 수 있었던 것이다. 게다가 톰이 필립에 대해, 그리고 매기와 필립의 결혼에 대해 극도의 반감을 느끼는 데는 다른 감정들도 가세하였다. 그래서 루시는 이 의지력 강한 사촌에게 상당한 영향력을 가지고 있었음에도 그 결혼에 대해서는 전적인 거부밖에는 얻어낼 수 없었다. "물론 매기는 제 마음대로 할 수 있어. 독립하겠다고 선언했으니까. 그렇지만 나로서는 아버지의 뜻이라는 의무를 저버릴 수 없어. 그러니까 남자의 명예를 걸고 절대로 웨이컴가와 인연을 맺는 것에 동의할 수 없어."

따라서 루시가 열심히 궁리한 끝에 얻어낸 결과란, 톰으로 하여금 매기가 하려는 일은 모두 나쁘다는 인식만 심어준 것이었다. 일자리를 얻어 떠나려는 생각도 나쁘지만 기껏 생각을 바꾼다는 것이 필립 웨이컴과 결혼하는 것이라니! 그녀가 하는 일이 늘 그렇듯이 그것 또한 나쁘기는 마찬가지라고 톰은 생각했다.

13
물결 따라 흘러

일주일이 채 못 되어 매기는 다시 세인트오그스로 돌아왔다. 외면적으로는 처음 그녀가 그곳에 다니러 왔을 때와 전혀 달라진 게 없었다. 그녀는 별로 힘들이지 않고 아침나절을 루시와 떨어져 지낼 수 있었다. 글레그 이모 집을 방문하기로 한 약속도 있었고, 마지막 주간인 데다, 톰의 세간살이 준비도 해야 하는 까닭에 어머니와 좀 더 많은 시간을 보내는 것이 당연했기 때문이다. 그러나 루시는 어떤 일이 있어도 저녁나절만큼은 매기와 함께 보내기를 고집했다. 그녀는 매기가 글레그 이모 집에서 저녁 식사 시간 전에 돌아와야 한다고 했다. "안 그러면 언제 너를 보겠니?" 루시가 눈물을 글썽이며 뾰로통하게 이렇게 말하는 데야 어찌할 수가 없었다. 예전에는 딘 씨 집에서 저녁 식사 하는 것을 피해 오던 스티븐 게스트 씨는 요사이 까닭을 알 수 없게 자주 그 집에서 식사를 하였다. 처음에는 그도 아침이면 매기가 떠날 때까지 그곳에서 저녁을 들지 않겠다고, 심지어는 아침에도 가지 않겠다고 결심하곤 했다. 또 심지어는 이 좋은 6월의 날씨를 즐기기 위해 여행을 떠날 계획을 세우기도 했다. 그가 평소 자기의 명청함과 말이 막히는 이유로 내세우곤 하던 두통은 충분한 핑곗거리가 되었다. 그러나 여행은 실행되지 않았고 나흘째 되는 날 아침에는 저녁 스케줄에 대한 결심도 하지 않았다. 저녁은 단지 매기와 조금 더 함께 있을 수 있는 순간들로 생각되었다. 그녀를 한 번이라도 더 만지고, 그녀와 한 번이라도 더 시선을 교환할 수 있는 그런 순간들 말이다. 그걸 왜 마다하겠는가? 그들 사이에는 더 이상 감출 것이 없었다. 그들은 다 알고 있지 않은가? 서로 사랑을 고백했고, 서로를 단념했고, 이제 곧 헤어질 것이 아닌가? 명예와 양심이 그들을 갈라놓을 것이었다. 매기는 영혼 깊숙한 곳에서 나오는 명령에 따라 그렇게 결정했다. 그렇지만 그들은 넘을 수 없는 심연을 사이에 두고 서로에게 미련이 담긴 눈길을 보낼 수 있을 것이다. 일단 돌아서 버리면 그들의 눈에 번뜩이는 이상한 광채가 사라질 때까지는 결코 다시 만나지 못할 테니.

매기는 그 기간 내내 마비된 것처럼 조용히 행동했다. 그것은 평소 매기의 밝고 정열적인 태도와 매우 대조적이었기 때문에 분명 루시의 의심을 살 만했다. 그러나 루시는 매기가 필립과 톰 사이의 문제로 고민하고 있고 또한 스스로 고집한 것이긴 하지만 어쨌든 싫은 곳으로 떠나게 되어 우울해한다고 확신하고 있었다. 그래서 그녀는 다른 이유를 찾을 생각을 하지 않았다. 그러나 그 마비 상태 아래에서는 치열한 감정싸움이 벌어지고 있었다. 그것은 평생 갈등 속에서 살아온 매기로서도 겪어본 일이 없고, 또한 예상치도 못한 힘든 싸움이었다. 그녀 안에 있는 모든 악이 지금까지 때를 엿보고 있다가 갑자기 완전무장을 하고 끔찍하고도 압도적인 힘으로 달려드는 것 같았다. 때로는 잔혹한 이기심이 그녀를 사로잡았다. 왜 루시가, 왜 필립이 고통받으면 안 되는가? 그녀 자신은 오랫동안 고통을 받아오지 않았는가. 그런데 어느 누가 그녀를 위해 뭔가를 희생해 주었는가? 충만한 삶, 다시 말해 사랑, 부귀, 안락, 세련 같은 그녀가 갈망하던 모든 것이 그녀의 손아귀에 들어오려고 하는데 왜 그것을 포기해야 하는가? 왜 그것을 다른 사람에게 주어야 하는가? 그 사람에게는 덜 절실할지도 모르는데. 그러나 이런 모든 새로운 격정의 소용돌이 가운데서 오래된 목소리들이 들려왔다. 그것들은 점점 커져서 때로는 그 소용돌이가 완전히 가라앉은 것처럼 느껴지기도 했다. 그녀가 꿈꾸던 충만한 삶, 그 삶이 그녀를 유혹한 것일까? 그렇다면 예전의 노력 및 사랑과 역경의 시기 동안 그녀의 마음속에 키워진 다른 사람의 고통에 대한 깊은 동정심, 그리고 개인적인 즐거움을 넘어선 보다 고귀한 무엇인가에 대한 신성한 기대는 어떻게 되는 것일까? 그런 가치들은 인생을 신성하게 해주는 것일 터인데. 그녀의 영혼 중 가장 고귀한 신의와 동정을 짓밟고 나서 새로운 행복한 삶을 꿈꾸는 것은 발을 불구로 만들고 나서 산책을 즐기겠다고 하는 것과 다를 바가 없었다. 게다가 그녀 자신에게 고통이 그토록 힘든 것이라면 다른 사람에게는 어떻겠는가? 아, 하느님! 남에게 고통을 주지 않게 하소서. 내게 그것을 감당할 힘을 주소서. 그런 유혹이라면 고의적인 범죄와 마찬가지로 절대로 이끌릴 일이 없다고 생각했는데 어쩌다 그런 유혹과 싸우는 지경으로까지 전락한 것일까? 그녀의 진실과 애정과 감사의 마음과 충돌을 일으키는 그 감정을 처음으로 의식한 가증스러운 순간은 언제였을까? 그러고도 그것을 가증스럽다고 진저리를 치며 떨쳐버리지 않은 순간은 언제였을까? 하지만 그 이상하고도 달콤하며 사로잡는 감정조차 그녀를 정복하지 못하지 않았는가! 그것이 그녀 자신의 고통으로만 남아 있는 바에야……. 여기서 그녀의 생각은 스티븐의 생각과 일치했다. 헤어지기 전에 서로 고백의 순간을 조금 가진들 어떠랴 하는 것이었다. 그 사람 역시 고통받고 있지 않은가? 그녀는 매일 그것을 보았다. 그것은 피로하고 아픈 듯한 그의 모습에서 드러났다. 그는 남들 때문에 할 수 없이 외양을 꾸미고 있었지만 그럴 필요가 없을 때면 곧바로 모든 것이 귀찮은 듯한 태도였다. 그녀를 쳐다보는 것을 제외하고는. 사랑과 고통의 낮은 속삭임처럼 그녀를 따라다니는 그 간절한 시선에 때때로 답하는 것을 어떻게 거부할 수 있겠는가? 그녀의 거부는 점점 줄어들었다. 마침내 저녁이면 그들은 이따금 서로 물끄러미 바라보게 되었다. 그들은 마주 바라다보게 될 때까지 내내 그 순간을 생각했고 마침내 그때가 오면 더 이상 다른 그 무엇도 생각할 수 없었다. 간혹 스티븐이 관심을 갖는 것이 있다면 바로 노래였다. 그것은 매기에게 얘기하는 수단이었다. 어쩌면 그는 그것이 비밀스러운 갈망에 의해 촉발된 것임을 뚜렷이 의식하지 못하고 있는지도 몰랐다. 스스로의 결심과는 반대로 그녀를 좀 더 굳건히 장악하려는 그런 갈망 말이다. 여러분도 자신의 말을 주의 깊게 관찰해 보라. 그러면 스티븐의 모순을 이해할 수 있을 것이다.

필립 웨이컴은 스티븐만큼 자주 오지 않았다. 그러나 그 역시 이따금 저녁때 오곤 했다. 어느 날 저녁, 해 질 무렵 잔디밭에 앉아서 루시가 말했다.

"이제 글레그 이모를 방문하는 일도 모두 끝났으니 매기가 떠날 때까지 매일 보트 타러 나가요. 매기는 그 지겨운 방문 때문에 원하는 만큼의 반도 타지 못했어요. 매기는 보트 타는 걸 무엇보다도 좋아하거든요. 안 그래, 매기?"

"탈것 중에서 제일 좋아한다는 말이겠죠, 그렇지?" 필립은 낮은 정원 의자에 축 늘어져 앉아 있는 매기에게 웃으며 말했다. "만일 정말 다른 무엇보다 좋아한다면 매기는 플로스강에 나타나는 그 귀신 같은 뱃사공에게 영혼을 팔아넘길 테니까요. 영원히 강물 따라 흐르고 싶어서 말이죠."

"당신이 매기의 뱃사공이 되어주시겠어요?" 루시가 말했다. "괜찮다면 우리와 함께 가서 노를 저어주세요. 플로스가 강이 아니고 호수라면 매기가 노를 잘 저으니까 남자 없이 우리끼리 하겠지만, 현실이 그렇지 않으니 할 수 없이 기사와 시종에게 부탁할 수밖에요. 그런데 그 사람들은 기꺼이 해주려는 기색이 없네요."

루시는 스티븐에게 살짝 비난의 표정을 지어 보였다. 그는

왔다 갔다 하면서 작은 가성으로 다음과 같은 구절을 노래하
고 있었다.

영혼에서 우러나온 갈증은,
신성한 샘물을 원하네.[58]

스티븐은 아무런 주의도 기울이지 않고 멀찍이 떨어져 있었
다. 필립이 최근 방문했을 때 그는 자주 그런 모습을 보였다.
"당신은 별로 보트를 타고 싶지 않은가 봐요." 스티븐이 그녀
옆자리에 앉자 루시가 말했다. "이제 노 젓는 게 싫으신가요?"
"아, 나는 보트에 여럿이 타는 걸 싫어해요." 그는 거의 화
를 내다시피 말했다. "다른 사람이 없을 때 오지요."
루시는 필립이 상처를 받았을까 봐 얼굴을 붉혔다. 스티븐
이 그런 식으로 말하는 것은 전에 없던 일이었다. 그런데 요즘
그는 확실히 상태가 좋지 않았다. 필립도 얼굴을 붉혔다. 그것
은 개인적 모욕 때문이라기보다는 스티븐의 우울이 매기와 관
련이 있지 않나 하는 의심 때문이었다. 실제로 매기는 그가 입
을 열자 의자에서 벌떡 일어나더니 월계수 울타리 쪽으로 걸
어가서는 강 위로 지는 해를 바라보고 있었다.
"나를 초대하면 다른 사람들을 배제하게 되는 거라는 사실
을 딘 양이 몰랐으니 나는 당연히 사절해야겠군요." 필립이 말

---

58) 영국 시인 벤 존슨의 시 「당신의 눈빛으로만 나의 갈증을 채워주오」의
일부분.

했다.

"아니에요, 그러지 마세요." 루시는 당황하여 어찌할 바를 몰랐다. "내일은 특별히 당신이 필요해요. 루크레드까지 두어 시간 저어 갔다가 해가 너무 뜨거워지기 전에 돌아오면 정말 좋을 거예요. 그런데 당신은 어떻게 보트 한 척에 네 사람이 타는 걸 반대할 수 있죠?" 그녀는 스티븐을 바라보며 덧붙였다.

"난 사람을 반대하는 게 아니라 숫자를 반대하는 거요." 정신을 차리자 스티븐은 자신의 무례에 대해 다소 부끄러워졌다. "만일 네 번째 사람을 투표로 결정한다면 당연히 자네를 찍지. 그렇지만 숙녀들을 태우는 기쁨을 반으로 나누지 말자고. 번갈아 가며 하는 게 좋겠어. 나는 그다음 날 갈 테니."

이 사건으로 인하여 필립은 스티븐과 매기를 더욱더 주시하게 되었다. 그들이 집으로 다시 들어가자, 곧 노래를 하자는 제안이 나왔다. 털리버 부인과 딘 씨는 카드놀이에 골몰해 있었고 매기는 일행과 떨어져 책과 일감이 쌓여 있는 탁자 옆에 앉았다. 그러나 그녀는 아무것도 하지 않고 그저 멍하니 노래를 들었을 뿐이다. 스티븐은 곧 이중창을 골라 루시와 필립에게 부르라고 했다. 그는 전에도 자주 그런 짓을 했다. 그러나 그날 저녁 필립은 스티븐의 모든 말과 시선에 숨겨진 의도가 있다고 생각하고는 그를 면밀히 관찰하였다. 그러면서도 필립은 이토록 집요하게 의심하는 자신에게 화가 났다. 매기는 사실상 그녀 자신에 관한 한 의심할 근거가 없음을 밝히지 않았는가? 더구나 그녀는 진실 그 자체였다. 그들이 지난번 정원에서 얘기를 나눴을 때 듣고 본 그녀의 말과 눈빛을 믿지 않기란 불가능했다. 어쩌면 스티븐은 그녀에게 반해 있는지도 몰랐다.(그보다 더 자연스러운 것이 어디 있겠는가?) 그러나 필립은 자기 친구의 고통스러운 비밀을 파고든다는 것이 매우 천박하게 느껴졌다. 그런데도 그는 지켜보았다. 스티븐은 피아노 곁을 떠나 천천히 매기가 있는 탁자 근처로 걸어갔다. 그러고는 그냥 무료해서인 것처럼 신문을 뒤적였다. 피아노를 등지고 앉아 신문을 팔꿈치 밑으로 끌어당기고 손을 머리카락 속으로 쑤셔 넣는 양이 마치 《레이스햄 신문》의 지방 뉴스에 흥미를 가진 듯이 보였다. 그러나 실은 매기를 보고 있었다. 그녀는 그가 다가오는 것에 조금도 알은체를 하지 않았다. 그녀는 필립과 함께 있을 때면 저항력이 세졌다. 신성한 장소에서 우리가 말을 더 잘 참을 수 있는 것과 마찬가지로. 그런데 마침내 그녀의 귀에 "사랑하는 매기."라는 말이 들려왔다. 너무도 부드럽고 고통스러운 간청의 소리였다. 그것은 의당 주어졌어야만 할 것을 부탁하는 환자의 간청과도 같았다. 배싯의 오솔길에서 스티븐은 무심결에 흘러나오는 신음 소리처럼 그 말을 자꾸 되풀이하였다. 그 후로 그녀는 그 말을 다시 들은 적이 없었다. 필립은 아무 소리도 들을 수 없었다. 그러나 피아노 반대편으로 자리를 옮긴 덕에 매기가 깜짝 놀라며 얼굴을 붉히는 것은 볼 수 있었다. 그녀는 잠시 스티븐의 얼굴을 쳐다보더니 이내 겁먹은 듯이 필립을 쳐다보았다. 그녀는 필립이 자신을 지켜보고 있었는지 어떤지 잘 알 수 없었다. 그러나 그렇게 숨기는 것이 몹시 부끄러웠다. 그녀는 자리에서 일어나 어머니 쪽으로 걸어가 카드놀이를 지켜보았다.

얼마 안 있어 필립은 집으로 돌아갔다. 가슴속에는 끔찍한 의혹과 비참한 확신이 소용돌이쳤다. 스티븐과 매기 사이에 뭔가 상호적인 인식이 있다는 것을 부정할 수 없었다. 그날 밤 그의 신경질적이고 예민한 신경은 거의 발광할 정도로 고통을 받았다. 아무리 생각해 봐도 그 일을 그녀의 말과 행동에 조화시킬 방법을 찾을 수 없었다. 마침내 늘 그래 왔던 것처럼 매기에 대한 신뢰가 고개를 들자 그는 얼마 안 가서 진실을 그려볼 수 있었다. 그녀는 싸우고 있었다. 그래서 떠나려는 것이다. 이것이 바로 그가 돌아온 후에 목격한 모든 것을 해석할 수 있는 실마리였다. 그러한 믿음에 반하여 다른 가능성도 떠올라 결코 시야에서 사라지지 않았다. 그의 상상력이 전체 이야기를 만들어냈다. 스티븐은 그녀를 미친 듯이 사랑하고 그것을 그녀에게 말한 것이 틀림없다. 그녀는 그를 거부하였고 서둘러 떠나려 하고 있다. 하지만 그가 그녀를 포기할까? 그녀가 그에 대한 감정에 반쯤 압도당해 있다는 것을 알면서도? 필립은 절망으로 가슴이 찢어지는 듯했다.

　아침이 되자 필립은 너무 아파서 보트 타러 가기로 한 약속을 지킬 수가 없었다. 현재의 동요된 상태에서는 아무것도 결정할 수가 없었다. 단지 상반되는 의도들 사이에서 갈팡질팡하고 있을 뿐이었다. 처음에 그는 매기를 만나서 자기에게 털어놓으라고 할까도 생각했다. 하지만 곧 자기가 끼어들 일이 아니라는 생각이 들었다. 그동안 줄곧 주제넘게 나서오지 않았는가? 그녀가 약속을 한 것은 철모르는 어린 시절의 일이다. 그런데 그것이 굴레처럼 느껴진다면 그것 때문에 그녀가 그를 미워하게 되지 않겠는가. 그녀가 그에게 자기 감정을 숨기려고 작정한 것이 분명한 마당에 무슨 권리로 그녀의 감정을 밝히라고 요구할 것인가? 자신의 행동이 이기적인 분노 때문이 아니라 그녀를 위한 순수한 염려 때문이라는 것이 확실해질 때까지 그는 그녀를 만날 수 없었다. 스스로 믿지 못하기 때문이었다. 그는 아침 일찍 스티븐에게 보내는 짧은 메모를 써서 하인에게 주었다. 몸이 아파서 딘 양과의 약속을 지킬 수 없으니 스티븐이 대신 가줄 수 있는지 묻는 내용이었다.

루시는 멋진 계획을 세웠다. 그래서 스티븐이 보트 타러 오지 않는 것도 불만스럽지 않았다. 그녀는 그날 아침 10시에 아버지가 린둠에 간다는 것을 알았다. 그곳은 바로 그녀가 쇼핑을 하러 가고 싶어 하던 곳이었다. 중요한 쇼핑이라서 다음 기회로 미룰 수도 없었다. 그리고 털리버 부인도 함께 가야만 했다. 몇 가지 물건은 그녀와도 관련되는 것이었기 때문이다.

"너는 어쨌거나 노를 저을 수 있을 거야, 알지." 그녀는 아침 식사를 마치고 2층으로 함께 올라가며 매기에게 말했다. "필립이 10시 30분에 올 거야. 게다가 날씨도 좋고. 자, 싫다는 말은 하지 마, 이 귀여운 불평쟁이야. 내가 요정 대모 노릇을 해봐야 무슨 소용이 있겠니? 내가 아무리 기적을 만들어도 네가 찌푸린 얼굴을 한다면 말이야. 미운 톰 오빠 생각은 하지도 마. 오빠 말 좀 안 들으면 어때, 뭐."

매기는 길게 저항하지 않았다. 그녀는 그 계획이 거의 반갑게 느껴질 지경이었다. 다시 필립과 단둘이 있게 되면 힘이 생기고 평온해질지도 몰랐다. 그것은 그런대로 평온했던 예전으로 되돌아가는 것과 같았다. 그때의 갈등은 지금 매일 벌어지는 소용돌이와 비교한다면 조용한 휴식과도 같은 것이었다. 그녀는 보트 탈 채비를 마치고 10시 30분에 거실에 앉아서 기다리고 있었다.

정각에 초인종이 울렸다. 매기는 반쯤은 슬프고 반쯤은 기쁘고 다정한 마음으로, 그녀와 단둘이 있게 된 것을 알고 필립이 놀랄 거라 상상하고 있었다. 그때 홀을 가로질러 오는 빠른 발소리가 들렸다. 분명 필립의 발소리는 아니었다. 곧 문이 열리고 스티븐 게스트가 들어왔다.

처음에 그들은 둘 다 너무 마음이 동요되어 아무 말도 하지 못했다. 스티븐 역시 하인에게서 다른 사람들이 모두 나갔다는 얘기를 들은 것이다. 매기는 놀라서 벌떡 일어났다가 다시 앉았다. 그녀의 심장이 방망이질했다. 스티븐은 모자와 장갑을 벗어 던지고 아무 말 없이 그녀 옆에 앉았다. 그녀는 곧 필립이 올 거라고 생각했다. 그래서 부들부들 떨며 안간힘을 써서 저만치 떨어진 의자로 가 앉으려고 자리에서 일어섰다.

"그 사람은 오지 않아요." 스티븐이 낮은 목소리로 말했다. "내가 보트를 탈 겁니다."

"아, 우린 갈 수 없어요." 매기는 다시 의자에 주저앉았다. "루시는 이걸 예상하지 못했어요. 아마 속이 상할 거예요. 필립은 왜 안 오는 거죠?"

"몸이 아파서요. 나보고 대신 가달라고 부탁했어요."

"루시는 린둠에 갔어요." 매기는 떨리는 손으로 황급히 모자를 벗으며 말했다. "우리는 가지 말아야 해요."

"좋아요," 스티븐이 그녀를 바라보며 꿈꾸듯이 말했다. 그는 그녀가 앉은 의자 등받이에 팔을 올려놓았다. "그럼 여기 있읍시다."

그는 그녀의 깊은 눈을 들여다보았다. 별이 반짝이는 밤하늘처럼 아득하고 신비로운, 그러나 매우 가까이서 수줍은 사랑의 빛을 발하는 눈이었다. 매기는 꼼짝도 하지 않았다. 어쩌면 몇 초, 아니 몇 분 동안이었는지도 모른다. 차츰 그녀의 떨림이 가라앉고 뺨에 홍조가 떠올랐다.

"하인이 기다리고 있어요. 쿠션을 가지고 나갔어요." 그녀가 말했다. "나가서 얘기 좀 해주시겠어요?"

"뭐라고 말할까요?" 스티븐은 거의 속삭이는 목소리로 말했다. 그는 이제 그녀의 입술을 바라보고 있었다.

"갑시다." 스티븐이 간청하듯이 속삭였다. 그는 의자에서 일어나면서 손을 잡고 그녀를 일으켰다. "함께 있을 시간도 얼마 없잖아요."

그들은 밖으로 나갔다. 매기는 그의 손에 이끌려 장미나무 사이로 정원을 내려가고, 억세면서도 부드러운 손길의 도움을 받아 보트에 타고, 발치에 쿠션과 망토가 깔리고, 그녀가 잊고 온 양산이 펴지는 것을 느꼈다. 그 모든 것은 그녀의 의지와는 상관없이 줄곧 그녀를 이끌고 있는 듯한 강한 존재에 의해 이루어졌다. 그것은 독한 강장제처럼 갑자기 원기를 북돋우는 힘과 함께 찾아온 또 하나의 자아와도 같았다. 그녀는 그 외에는 아무것도 느끼지 못했다. 과거의 기억은 모두 지워진 듯했다.

그들은 빠르게 미끄러져 갔다. 스티븐의 노 젓기는 역류하는 조류의 도움을 받았다. 그들은 토프턴의 나무와 집 들을 지나 햇빛 비치는 조용한 들판과 목초지 사이를 흘러갔다. 그것들은 비난받을 걱정 없는 자연의 기쁨으로 가득 차 있는 듯했다. 젊고 생기 넘치는 아침의 숨결, 감미롭고 규칙적인 노 젓는 소리, 찰랑찰랑 가득한 기쁨이 저절로 흘러넘치는 소리처럼 경쾌한 새들의 스쳐가는 노랫소리, 이제는 피할 필요가 없는 장중하고도 끈질긴 시선에 의해 하나로 합쳐진 두 사람의 마음. 처음 한 시간 동안 그들의 마음에 이것들 외에 또 무엇이 끼어들 수 있었겠는가? 반쯤 기계적으로 대충 노를 젓는 스티븐의 입에서는 때때로 나지막하고 억제된 애절한 사랑의 신음이 새어 나왔다. 그 외에는 아무런 말도 하지 않았다. 말이란 생각의 표현 외에 또 무엇이겠는가? 그런데 생각은 그들을 감싸고 있는 안개로 가득한 마법의 세계에 속한 것이 아니라 그 안개 밖의 과거와 미래의 세계에 속한 것이었다. 매기는 스쳐 지나가는 강둑을 어스름하게 느꼈을 뿐이다. 마을도 눈여겨보지 않았다. 다만 그들이 늘 배를 내리던 루크레드에 도착하기까지 여러 마을을 지나야 한다는 것만 알고 있었을 뿐이다. 그녀는 줄곧 멍한 상태로 있던 터라 이정표가 될 만한 것들을 알아보지 못하고 지나쳤다.

점점 느리게 노를 젓던 스티븐이 마침내 완전히 멈추고 노를 내려놓았다. 그러고는 팔짱을 끼고 물을 내려다보았다. 마치 자기 도움 없이도 보트가 얼마나 빨리 흘러가는지 살피는 것 같았다. 이 갑작스러운 변화에 매기는 퍼뜩 정신이 들었다.

그녀는 멀리 펼쳐진 들판을 바라보고, 가까운 강둑을 바라보았다. 주변 풍경이 낯설었다. 그녀는 갑자기 끔찍한 두려움에 사로잡혔다.

"아, 루크레드를 지나쳤나요? 거기서 내리기로 했잖아요?" 그녀는 그곳이 보이는지 보려고 뒤를 돌아다보며 외쳤다. 아무 마을도 보이지 않았다. 그녀는 다시 고개를 돌려 괴로운 표정으로 스티븐에게 묻는 듯한 시선을 보냈다.

그는 계속 물을 내려다보면서 꿈꾸는 듯 이상하고 멍한 목소리로 말했다. "네, 아주 멀리."

"아, 어떡하면 좋아요?" 매기는 절망적으로 부르짖었다. "하느님, 제발 도와주세요!"

그녀는 손을 마주 잡고 겁먹은 어린애처럼 울먹이기 시작했다. 그녀에게는 어떻게 루시를 다시 대면하나 하는 생각밖에 떠오르지 않았다. 의심에 차서 고통스럽고 놀란 표정을 짓겠지. 어쩌면 비난의 표정을 지을지도 몰라. 그야 당연하지.

스티븐이 자리를 옮겨 그녀 곁에 앉았다. 그러고는 다정하게 그녀의 맞잡은 손을 끌어내렸다.

"매기," 그는 천천히 뭔가를 결심하는 듯한 낮은 목소리로 말했다. "집에 돌아가지 맙시다. 누구도 우리를 갈라놓을 수 없을 때까지는, 결혼하기 전에는 가지 맙시다."

평소와는 다른 목소리와 놀라운 이야기 때문에 매기는 울음을 그쳤다. 그러고는 생각에 잠겨 꼼짝도 하지 않고 앉아 있었다. 마치 스티븐이 모든 것을 바꿔놓을, 그리하여 그 끔찍한 현실을 바꿔놓을 좋은 방법을 발견하기라도 한 듯이.

"자, 매기, 우리가 의도하지 않았는데도 이렇게 되고 말았어요. 우리가 그토록 노력했는데도 말입니다. 우린 결코 단둘이 있으려고 하지 않았어요. 그런데 다른 사람들이 그렇게 만들었지요. 자, 배가 조류에 실려 가는 걸 좀 봐요. 우리는 부자연스러운 속박에서 멀어지고 있는 겁니다. 우리 자신이 그 족쇄를 더 단단히 채우려고도 했죠. 하지만 다 헛일이었습니다. 물결을 따라가면 토비까지 갈 수 있을 거예요. 그곳에 내려서 마차를 빌려 요크로 해서 스코틀랜드로 가요. 우리가 하나가 될 수 있을 때까지, 그래서 죽음 이외의 어떤 것도 우리를 갈라놓을 수 없게 될 때까지 멈추지 맙시다. 그게 옳아요, 사랑하는 매기. 그것만이 이런 혼란에서 벗어나는 유일한 방법이에요. 일은 이렇게 되도록 되어 있었어요. 이건 우리가 꾸민 게 아니잖아요. 우리가 생각해서 한 게 아니잖아요."

스티븐이 간절하고 열렬하게 호소했다. 매기는 잠자코 듣고 있었다. 처음의 놀라움은 조류가 모든 것을 해결해 준다고 믿고 싶은 마음으로 변했다. 그저 조용하고 빠른 물살을 따라 흘러가면 되지 않을까, 더 이상 안간힘을 쓰지 않아도 되지 않을까? 그러나 그 생각을 뚫고 과거의 무서운 그림자가 엄습했다. 마침내 치명적인 도취의 순간이 자신에게 다가오고 있다는 무서운 생각이 들자, 매기는 갑자기 스티븐에 대한 격심한 저항감에 사로잡혔다.

"날 보내줘요!" 그녀는 흥분한 목소리로 말했다. 동시에 분노의 시선을 보내며 그에게서 손을 빼내려고 했다. "내게서 모든 선택권을 빼앗으려고 하는군요. 당신은 우리가 너무 멀리

왔다는 것을 알고 있었어요. 내가 방심한 틈을 이용했어요. 나를 이런 지경에 몰아넣다니, 남자답지 못해요."

이런 책망에 놀라 그는 그녀의 손을 놓고 제자리로 돌아가 팔짱을 끼었다. 매기의 말에 그는 절망했다. 만일 그녀가 계속 가는 것을 원치 않는다면 그는 그녀를 궁지에 몰아넣은 자신을 책망할 수밖에 없었다. 그러나 그녀의 비난은 참을 수 없는 것이었다. 그녀와 헤어지는 것보다 더 나쁜 것이 하나 있다면 그것은 그녀가 자신을 비열한 남자라고 생각하는 것이었다. 마침내 그는 간신히 화를 억누르며 말했다.

"우리가 루크레드를 지나친 것을 몰랐어요. 그다음 마을에 도착했을 때는 알았지만 더 가고 싶어졌어요. 물론 그건 옳은 게 아니었어요. 당신에게 얘기했어야 했죠. 그것만으로도 당신은 나를 미워하겠죠? 당신은 내가 당신을 사랑하듯이 다른 모든 걸 희생할 만큼 나를 사랑하지 않으니까요. 여기서 배를 멈출까요? 여기서 내려드릴까요? 루시에게 내가 미쳤었다고 말하겠어요. 당신이 나를 미워한다고 할게요. 그러면 나와는 완전히 끝이지요. 아무도 당신을 비난하지 않을 겁니다. 내가 당신에게 용서받지 못할 짓을 했으니까요."

매기는 힘이 쭉 빠졌다. 스티븐의 호소를 거부하는 것은 그녀의 명예를 회복시켜 주고 나서 그가 겪게 될 고통을 못 본 척하는 것보다 쉬웠다. 그의 다정한 시선을 외면하는 것은 그 분노와 비참함이 뒤엉킨 얼굴을 외면하는 것보다 한결 쉬웠다. 결국 그와 그녀를 갈라놓는 것은 그녀의 이기심인 듯했다. 그녀의 행위를 지배한 그녀의 양심이란 결국 자기애에 불과했던 것일까? 그녀 눈에 이글거리던 분노의 불길이 꺼졌다. 대신 서서히 고통이 서리기 시작하였다. 그녀는 돌이킬 수 없는 위반 속으로 자신을 몰아넣었다고 그를 비난했다. 바로 그녀가, 나약하기 짝이 없는 바로 그녀가 말이다.

"당신에게 어떤 일이 일어났는지 모르는 건 아니에요……. 그렇지만." 이번에는 전혀 다른 종류의 책망이었다. 그것은 보다 큰 신뢰를 요구하는 사랑의 책망이었다. 스티븐의 고통에 굴복하는 것은 다른 종류의 굴복보다 더욱 치명적이었다. 그에 대한 그녀의 저항의 도덕적 기반은 바로 다른 사람들에 대한 배려였는데, 그의 고통에 대한 연민은 이러한 일반적 배려와 잘 구분되지 않기 때문이었다.

스티븐은 매기의 눈빛과 목소리에서 누그러진 태도를 읽었다. 그는 마치 천국이 다시 열리는 것 같은 기분이었다. 그는 그녀 곁으로 다가가 손을 잡았다. 그러고는 보트 뒤편에 팔꿈치를 기댄 채 아무 말도 하지 않았다. 그는 말하기가 두려웠다. 움직이는 것조차 두려웠다. 그 바람에 그녀가 화를 내거나 거부할까 봐 겁이 났던 것이다. 그의 인생은 그녀의 동의에 달려 있었다. 그것이 없다면 모든 것은 절망이고 혼돈이며 비참한 불행일 뿐이었다. 그들은 그렇게 강물을 미끄러져 갔다. 두 사람 모두 안식처인 양 침묵 속에서 쉬었다. 두 사람 모두 그들의 감정이 다시 나뉠까 봐 두려워했다. 마침내 그들은 구름이 몰려드는 것을 깨달았다. 바람도 점점 차가워지더니 드디어 날씨가 완전히 변해 버렸다.

"춥겠어요, 매기. 그렇게 얇은 옷을 입었으니. 어깨 위로 망토를 걸쳐줄 테니 잠깐만 일어나 봐요, 사랑하는 매기."

매기는 순순히 그 말에 따랐다. 남이 시키는 대로 하는 것, 그리고 남이 그녀 대신 모든 것을 결정해 주는 것에는 말로 표현할 수 없는 매력이 있었다. 매기는 망토를 걸치고 앉았다. 스티븐도 다시 노를 잡고 서두르기 시작했다. 최대한 빨리 토비에 도착해야 했기 때문이다. 매기는 자신이 명백하게 의사를 밝힌 기억이 없었다. 모든 순종은 저항보다 뚜렷이 인식되지 않는 법이다. 그것은 생각이 일부 마비되는 것이며 다른 사람의 인격에 의해 우리의 인격이 가려지는 것이다. 모든 것이 그녀를 묵묵히 따르게 만들었다. 몇 시간 동안이나 꿈처럼 미끄러지는 보트를 타고 있다 보니 나른하게 지쳐버렸고, 도대체 집에서 얼마나 떨어져 있는지도 모르는 그 낯선 장소에서 보트를 내려 집으로 걸어가는 것도 불가능했다. 그 모든 것으로 인해 그녀는 강력하고 신비스러운 마력에 완전히 굴복하게 되었다. 그 때문에 그녀는 스티븐과 헤어지는 것이 마치 모든 기쁨의 끝인 것처럼 느껴졌다. 또한 그에게 상처를 주는 것이 고문처럼 느껴지는 바람에 그녀의 모든 결심은 무너지고 말았다. 게다가 그와 함께 있는 그 순간의 기쁨은 그녀의 남은 에너지를 모두 흡수해 버리기에 충분했다.

그때 스티븐은 뒤에서 배 한 척이 오는 것을 보았다. 조수가 처음 흐르기 시작했을 때는 여러 척의 배가 그들을 지나쳐 갔다. 그중에는 머드포트로 가는 증기선도 있었다. 그러던 것이 한 시간 전부터는 한 척도 보이지 않았던 것이다. 그는 마치 새로운 생각이 떠오르기라도 한 듯 그 배를 점점 주의 깊게 쳐다보았다. 그러더니 매기를 바라보며 주저하였다.

"사랑하는 매기," 마침내 그가 말했다. "저 배가 머드포트나 북쪽 하안의 이동하기 편리한 곳으로 간다면 배를 타는 게 가장 좋을 듯합니다. 우리는 지쳤고 곧 비도 올 것 같군요. 보트를 타고 토비까지 가는 건 힘들 겁니다. 저 배는 상선(商船)이지만 그런 대로 편안할 겁니다. 보트에서 쿠션을 꺼내 갑시다. 그게 가장 좋을 듯해요. 우리를 기꺼이 태워줄 겁니다. 내게 돈이 많으니 충분히 사례를 할 수 있어요."

새로운 제안에 매기의 가슴은 또다시 놀라움과 불안감으로 두근거렸다. 그러나 그녀는 잠자코 있었다. 이 방법이건 저 방법이건 어렵기는 마찬가지였다.

스티븐은 배 위의 사람들에게 소리쳤다. 그것은 네덜란드 배로 머드포트로 가는 길이었다. 배 위의 영국 선원이 말해준 것이었다. 만일 바람이 이대로만 계속 불어준다면 이틀 안에 머드포트에 도착할 수 있을 거라고 했다.

"우리는 보트를 타다 너무 멀리 와버렸습니다." 스티븐이 말했다. "토비까지 가려고 했는데 날씨도 나쁘고 이 숙녀 분, 내 아내인데, 이이가 너무 지치고 허기질 것 같군요. 우리를 태워주시오. 보트도 올려주고. 사례는 후하게 하리다."

매기는 이제 거의 기절할 지경이었다. 그녀는 두려움으로 덜덜 떨면서 배에 올랐다. 네덜란드 선원들은 모두 찬탄의 눈으로 그녀를 지켜보았다. 선원들은 그녀가 불편할까 봐 걱정했다. 배에는 그런 예상치 못한 승객을 태울 채비가 전혀 되어 있지 않았던 것이다. 개인 선실이라고 해봐야 손바닥처럼 줍은 것 하나밖에 없었다. 그러나 그들에겐 네덜란드 사람 특유의 청결함이 있어서 불편해도 참을 수 있었다. 선원들은 민첩하게 보트에 있던 쿠션을 올려 뱃고물의 갑판에 깔았다. 그녀를 위해 일종의 소파를 만들어주려는 것이었다. 그런데 스티븐에게 의지하여 갑판을 왔다 갔다 하는 일, 그의 힘에 의지하는 것, 그것이 그녀에게 필요한 첫 번째 변화였다. 그다음 그녀는 음식을 먹고 쿠션 위에 편안히 누웠다. 오늘은 아무것도 결정할 수 없다는 생각이 들었다. 모든 것은 내일까지 기다려야만 했다. 스티븐이 곁에 앉아 그녀의 손을 잡았다. 그들은 낮은 소리로밖에 얘기할 수 없었다. 이따금씩밖에는 서로 쳐다볼 수도 없었다. 다섯 선원들의 호기심이 잦아들기까지는, 그리하여 그들이 수평선보다 가까운 다른 모든 물체들처럼 무심한 시선으로 이 멋진 낯선 젊은이들을 볼 수 있게 되기까지는 오랜 시간이 걸렸기 때문이다. 그러나 스티븐은 의기양양하고 행복했다. 다른 모든 생각이나 근심은 매기가 자기것이 될 거라는 확신 뒤에 묻혀버렸다. 이제 선을 넘은 것이다. 그는 양심의 가책 때문에 고통을 받았고, 압도하는 감정과 격렬한 싸움을 벌이며 주저하였다. 그러나 후회는 있을 수 없었다. 그는 더듬더듬 말하기 시작했다. 그의 행복과, 찬미와, 사랑에 대해. 그리고 그들이 함께하는 생활은 천국일 것이라는 믿음에 대해. 그는 그녀가 그와 함께 있음으로 인해 매일매일이 환희에 찰 것이며, 그녀가 원하는 걸 해주는 일은 다른 모든 행복에 우선하는 즐거움이라고 했다. 그녀를 위한 것이라면 무엇이든지 할 수 있다고도 했다. 물론 헤어지는 것만 제외한다면 말이다. 하지만 이제 그들은 절대로 헤어지지 않을 것이었다. 그는 영원히 그녀의 것이며, 그가 가진 모든 것은 그녀의 것이고 그녀의 것이 아니면 그것들은 그에게 아무 가치도 없었다. 젊은 정열의 현을 처음으로 울린 그 목소리로 더듬더듬 이어진 그러한 말들은 그 순간과 거리를 둔 경험 많은 사람들에게는 별반 감동을 주지 못했을 것이다. 그러나 불쌍한 매기는 그것들과 매우 가까이 있었다. 그것들은 목마른 입술에 가까이 대어준 천상의 음료와도 같았다. 이 지상의 인간들에게도 거칠고 냉혹한 삶만 있는 것은 아니었다. 아니 반드시 그렇지 않아야 한다. 그 새로운 삶에서 애정은 더 이상 자기희생이 아닐 것이다. 스티븐의 정열적인 말은 어느 때보다도 생생하게 그런 삶의 모습을 보여주었다. 잠시 동안 모든 현실은 그 모습 뒤로 가려졌다. 그리하여 저녁이 다가옴에 따라 물 위에 반사되어 부서지는, 행복의 약속처럼 느껴지는 햇살만이, 그녀 손을 잡은 또 하나의 손만이, 그녀에게 속삭이는 목소리만이, 말로 다 표현할 수 없는 사랑과 진지함을 담은 눈만이 현실 속에 남았다.

결국 비는 오지 않았다. 구름이 다시 수평선 쪽으로 물러가면서 긴 보랏빛 성벽과 보랏빛 섬들을 만들었다. 해가 질 무렵이면 나타나는 그 이상한 땅은 샛별이 내려다보는 신비스러운 나라다. 매기는 밤새 고물에서 자기로 했다. 그것이 아래로 내려가는 것보다 나았기 때문이다. 그래서 배에 있는 가장 따뜻한 덮개들은 모두 그녀에게 제공되었다. 아직 이른 시간이었지만 낮 동안에 지쳐 졸린 그녀는 완전한 휴식을 원했다. 그녀는 머리를 쿠션에 대고 석양빛이 사라져가는 서쪽 하늘을 바라보았다. 그곳에선 황금 램프 하나가 점점 더 밝게 빛나기 시작했다. 그러다가 그녀는 스티븐을 바라보았다. 그는 여전히 그녀 옆에 앉아서 뱃전에 팔을 기댄 채 그녀를 내려다보고 있었다. 부드러운 물결처럼 흘러가면서 그녀를 완전히 수동적으로 만든 지난 몇 시간의 감미로운 영상들 뒤로 어렴풋한 의식이 어른거렸다. 그것은 이 상황이 일시적인 것이며 내일이면 예전의 투쟁이 되돌아올 거라는 의식이었다. 지금 잊어버리고 있는 생각들은 내일이면 다시 돌아와 오늘의 망각에 대해 복수할 거라는 느낌도 있었다. 그러나 현재 그녀에게는 아무것도 분명하지 않았다. 그녀는 여전히 부드러운 물결에 휩싸인 채 서서히 잠 속으로 빠져들었다. 감미로운 영상들이 서쪽 하늘의 신비로운 나라처럼 잠에 녹아들어 희미해져 갔다.

14
깨어남

매기가 잠이 들자 스티븐은 심한 피로를 느꼈다. 전에 없이 노를 많이 저은 데다 지난 12시간 동안 내적으로도 극심한 갈등을 겪은 탓이었다. 그런데도 흥분 때문에 잠이 오지 않아 시가를 물고 자정이 넘도록 갑판 위를 이리저리 거닐었다. 그의 눈에는 어두운 물빛도 들어오지 않았고 별도 보이지 않았다. 그의 생각은 온통 앞으로 다가올 미래의 일들로 가득 차 있었던 것이다. 마침내 너무도 피로해진 그는 방수 돛베 한 자락을 몸에 둘둘 말고 매기 발치에 드러누웠다.

매기는 9시경에 잠이 들었다. 그러고는 한여름의 여명이 보일락말락할 때까지 6시간을 잤다. 그녀는 생생한 꿈 때문에 깨어났다. 우리는 숙면의 끝자락에서 그런 꿈을 꾸는 법이다. 꿈속에서 그녀는 스티븐과 함께 보트를 타고 있었다. 점점 질어지는 어둠 속에서 별 같은 것이 나타났다. 그것은 점점 커져 성모 마리아가 되었다. 성모는 세인트오그스의 보트에 타고 있었다. 보트가 점점 다가오면서 성모는 루시로 변했다. 노를 젓는 사람은 필립이었다. 그런데 다음 순간, 필립은 그녀의 오빠로 변하였다. 톰은 그녀에게는 아랑곳없이 노를 저어 지나갔다. 그녀는 일어서서 손을 내밀며 그를 불렀다. 그 바람에 그녀의 보트가 뒤집혔다. 그녀와 스티븐은 물에 가라앉기 시작했다. 공포에 질린 그녀는 잠에서 깨어났다. 그랬다가 이번에는 어린 시절로 되돌아갔다. 그녀는 황혼 녘의 거실에 있었고 톰은 정말로 화가 난 것이 아니었다. 그녀는 '꿈이었구나.' 하고 안도의 한숨을 내쉬었다. 그러나 다음 순간, 그녀는 진짜로 깨어났다. 뱃전에서 철벅대는 물결 소리와 갑판을 오가는 발소리가 들렸다. 그리고 별이 총총한 하늘이 보였다. 그녀는 잠시 멍했다. 얼기설기 얽힌 꿈에서 빠져나오는 데 시간이 걸렸다. 그러나 곧 끔찍한 진실의 무게가 그녀를 엄습하였다. 이제 스티븐은 그녀 곁에 없었다. 그녀는 자신의 기억과 공포를 홀로 대면해야 했다. 그녀의 인생을 더럽힐 돌이킬 수 없는 잘못은 이미 저질러졌다. 그녀는 신뢰와 사랑으로 그녀와 맺어져 있는 사람들의 생에 슬픔을 가져다주었다. 몇 주라는 짧은 기간의 감정 때문에 그녀는 자신이 혐오해 마지않던 끔찍한 죄악에 빠지고 만 것이다. 신의에 대한 배신, 지독한 이기심이라는 가증스러운 죄악에 말이다. 그녀는 의무에 의미를 부여하던 인간적 관계를 갈기갈기 찢었다. 그리하여 자신의 열정 외에는 아무런 길잡이도 없는 버림받은 영혼이 되고 만 것이다. 그것은 그녀를 어디로 인도할 것인가? 그리고 지금 그녀는 어디에 있는가? 그녀는 유혹에 굴복하느니 차라리 죽어버리겠다고 말했었다. 그녀의 추락 과정은 아직 외적 행동으로는 완성되지 않았다. 그러나 그녀는 그 타락의 결과를 벌써 느끼고 있었다. 그녀는 오랫동안 고결한 최상의 것들을 추구해 왔다. 그랬기에 그녀의 영혼은 아무리 현혹되고 유혹당하고 미혹당했을지라도 결코 의도적으로 저열한 것을 선택할 수는 없었다. 선택이라니, 무슨 선택이란 말인가? 아, 하느님, 그것은 결코 기쁨의 선택이 아니었다. 그것은 잔학과 고통의 의식적 선택이었다. 왜냐하면 그녀는 신뢰를 배신당하고 희망을 빼앗긴 루시와 필립의 영상을 결코 눈앞에서 지워버릴 수 없을 것이기 때문이다. 스티븐과의 생활에는 아무런 성스러움도 없을 것이다. 그녀는 영원히 추락하여 막연한 충동에 휩쓸린 채 방향을 잡지 못하고 떠돌 것이다. 인생의 좌표를 잃어버렸기 때문이다. 아득한 과거의 한때 그녀의 젊은 열망이 그토록 열렬히 매달렸던 그 좌표를. 그때 그녀는 인생의 모든 열락을 포기했었다. 그것을 알기도 전에, 그것이 그녀에게 오기도 전에. 필립이 옳았다. 그녀는 아직 포기가 무엇인지 모른다고 했지. 그때 그녀는 그것이 조용한 환희라고 생각했다. 그런데 이제 그것과 정면으로 마주하게 된 것이다. 그것은 인생의 좌표를 지탱하는 슬픈 인내로 이루어진 삶의 힘이었다. 그 가시 면류관은 이제 영원히 그녀의 이마 위에 얹히게 된 것이다. 어제 일은 결코 돌이킬 수 없다. 그것을 돌이킬 수만 있다면. 아무리 오랜 기간일지라도 혼자서 조용히 인내하면서 삭일 수만 있다면. 그녀는 안식처라도 되는 양 기꺼이 그 십자가를 받아들일 텐데.

아직 구조의 가능성이 남아 있는 최후의 순간에 필사적으로 그 가능성에 매달리듯이 그녀가 이렇게 그녀의 과거에 매달리는 동안, 여명이 밝아왔다. 동쪽 하늘이 점점 붉게 물들기 시작했다. 그녀 옆에서 곤히 잠들어 있는 스티븐의 모습이 보였다. 그런 그를 보자 괴로운 마음이 왈칵 치밀어 그녀는 오랫동안 소리 죽여 흐느꼈다. 스티븐의 고통은 그녀가 느낄 이별의 고통 중에서도 가장 참기 어려운 것이었다. 그 때문에 그녀는 누군가에게 도와달라고 외치고 싶은 심정이었다. 그러나 그 모든 것을 제치고 제대로 해내지 못하면 어떡하나 하는 경악스러운 생각이 떠올랐다. 다시 한 번 그녀의 양심이 마비되어 너무 늦어버릴 때까지 힘을 발휘하지 못한다면. 너무 늦었어! 이미 저질러진 일이야! 불행을 막기에는 너무 늦었어! 어쩌면 모든 것이 너무 늦었는지도 몰라! 하지만 비열한 최후의 행위, 찢어진 가슴들로부터 기쁨을 맛보는 그런 행위에서 달아나는 것은 아직 가능해!

이제 해가 떠오르고 있었다. 매기는 저항의 날이 시작되었다고 생각하면서 벌떡 일어나 앉았다. 숄을 머리에 뒤집어쓰고 천천히 떠오르는 태양을 바라보는 그녀의 속눈썹은 여전히 눈물로 젖어 있었다. 무엇인가가 스티븐을 동요시켰는지 그도 딱딱한 잠자리에서 일어나 그녀 곁으로 와서 앉았다. 열애에 빠진 사람의 예민한 감각으로 그는 그녀를 보자마자 본능적으로 뭔가 불안을 느꼈다. 그의 머릿속 한구석에는 늘 자신이 극복할 수 없는 매기의 저항에 대한 두려움이 자리 잡고 있었다. 그는 어제 자신이 매기에게서 선택의 자유를 빼앗았다는 것 때문에 양심의 가책을 느끼고 있었다. 그에게는 타고난 명예심이 있던 까닭에 만일 그녀의 의지가 반발한다면 자신의 행동은 몹시 나쁜 것이 되며 그녀로서는 그를 비난할 권리가 있다는 점을 인정하지 않을 수 없었던 것이다.

그러나 그녀는 그런 권리 같은 것은 전혀 생각하고 있지 않았다. 그녀는 자기 자신의 치명적인 나약함을 잘 알고 있었으며 또한 앞으로 스티븐에게 상처를 주어야 한다는 생각 때문에 더욱더 그에 대한 애정으로 가득 차 있었다. 그가 옆에 와서 앉았을 때 그녀는 그가 손을 잡도록 내버려두었으며 그에게 미소를 보냈다. 그러나 그녀의 눈은 슬픔을 머금고 있었다. 그녀는 이별의 순간이 다가올 때까지 그에게 고통을 주는 말을 하지 않기로 했다. 그래서 그들은 함께 커피를 마시고, 갑판을 거닐고, 머드포트에 5시 전에 도착할 거라는 선장의 말을 들었다. 그러나 그들의 가슴은 무거웠다. 스티븐은 뭔지 모를 불안감 때문에 가슴이 답답했지만 시간이 지나면 사라질 거라고 믿었다. 그녀의 가슴에서는 침묵 속에 굳게 다져가는 확고한 결심의 무게가 느껴졌다. 아침나절 동안 스티븐은 줄곧 그녀의 피로와 불편을 걱정하면서, 육지에 도착해서 상황이 변하고 마차를 타면 휴식도 좀 취할 수 있을 거라는 점을 넌지시 비췄다. 그렇게 해서 그는 모든 것이 자기가 계획한 대로 되어가고 있다는 점을 스스로에게 확신시키고 싶었던 것이다. 이런 그에게 매기는 그저 간밤에 잘 쉬었으며 배를 타고 있는 것이 괜찮다고 하는 정도로 얼버무렸다. 지금 상태는 망망대해에 나가 있는 것과는 다르며 단지 플로스강에서 보트놀이를 하는 것보다 좀 덜 쾌적할 뿐이라고. 그런데도 그녀의 마음속에 있는 결심이 시선을 통해 언뜻언뜻 드러났기 때문에, 또한 매기의 수동성이 완전히 사라진 것을 느꼈기 때문에 스티븐은 시간이 감에 따라 점점 더 불안해졌다. 그는 결혼에 대해, 그다음에 어디로 갈 것인지에 대해, 그리고 어떻게 자기 아버지와 다른 사람들에게 사정을 알릴 것인지에 대해 얘기하고 싶었지만 감히 말을 꺼내지 못했다. 그는 그녀의 암묵적 동의를 받았다는 사실을 확인하고 싶었다. 그러나 그가 그녀를 바라볼 때마다 매기의 얼굴에는 새롭고 차분한 슬픔의 빛이 점점 더 짙어가는 듯했다. 그는 더욱더 두려워졌다. 결국 그들은 갈수록 말을 하지 않게 되었다.

"저기 머드포트가 보이는군요." 마침내 그가 말했다. "사랑하는 매기," 그는 반쯤 애원하는 표정으로 그녀를 돌아보며 말했다. "이제 가장 피로한 여행은 끝났어요. 땅에서는 좀 빨리 움직일 수 있을 겁니다. 1시간 30분 후면 함께 마차를 타게 될 텐데 이런 여행 후에는 그것도 아마 휴식처럼 느껴질 겁니다."

매기는 이제 말해야 할 순간이 되었다고 생각했다. 그저 가만히 동의하는 척하는 것은 너무한 처사일 터였다. 그녀는 그와 마찬가지로 나직하게 말했다. 그러나 그녀의 목소리에는 단호한 결심이 어려 있었다.

"우리는 함께 있지 않을 거예요. 헤어져야 하니까."

스티븐의 얼굴에 피가 몰렸다.

"그럴 수 없어요," 그가 말했다. "그 전에 나는 죽게 될 겁니다."

과연 그가 두려워하던 대로였다. 갈등이 다가온 것이다. 그러나 두 사람 모두 감히 한마디도 더 할 수 없었다. 보트가 내려지고 이어 그들은 선착장에 도착했다. 그곳에는 세인트오그스행 증기선을 기다리는 승객들과 환송객들이 무리 지어 있었다. 부두에 내리자 스티븐은 그녀의 팔짱을 끼고 서둘러 나아갔다. 그때 무리들 속에서 누군가가 그녀에게 말이라도 붙일 듯이 그녀 쪽으로 다가왔다. 그러나 그녀의 신경은 앞으로 다가올 시련에 집중되어 있던 터라 그 모든 것에 무감각한 채 그저 서둘러 나아갔을 뿐이다.

짐꾼이 여관과 역사를 겸하는 가장 가까운 장소로 그들을 안내했다. 스티븐은 마당을 지나갈 때 마차를 부탁했다. 매기는 그것에 대해서는 가타부타 하지 않고 단지 "앉아서 쉴 수 있는 방으로 안내해 달라고 하세요."라고만 말했다.

방으로 들어간 매기는 자리에 앉지 않았다. 스티븐의 얼굴에는 절망적인 결심이 떠올라 있었다. 그가 하인을 부르는 종을 울리려고 하자 그녀는 단호한 목소리로 말했다.

"나는 가지 않아요. 여기서 헤어져요."

"매기," 그는 그녀를 향해 돌아서며 말했다. 잔혹한 고문이 시작되는 것을 예감하는 사람과도 같은 목소리였다. "날 죽일 작정인가요? 그래 봤자 이제 무슨 소용이 있어요? 모든 것이 끝났단 말입니다."

"아니요, 끝나지 않았어요." 매기가 말했다. "너무 많은 것이 끝났어요. 그걸 지울 수는 없어요. 그렇지만 더 이상은 하지 않겠어요. 이제 다시 날 유혹하지 마세요. 어제 일은 내가 선택한 게 아니에요."

대체 그는 어떻게 해야 한단 말인가? 그는 감히 그녀 근처에 갈 수가 없었다. 그녀의 분노가 터져 나와 또 하나의 장벽을 만들지도 모르므로. 그는 미칠 듯한 심정으로 방 안을 이리저리 왔다 갔다 했다.

"매기," 마침내 그는 그녀 앞에 멈춰 서서 비참함과 애원이 섞인 목소리로 말했다. "날 좀 불쌍하게 여겨줘요. 내 얘기 좀 들어요. 어제 일을 용서해 줘요. 이제 당신 말에 복종하겠어요. 무엇이건 당신이 완전히 동의하지 않는 일은 하지 않겠어요. 하지만 성급한 처사로 우리 인생을 영원히 망치지는 마요. 그건 아무에게도 도움이 안 되고 새로운 잘못만 초래할 뿐입니다. 좀 앉아요, 사랑하는 매기, 기다려요. 앞으로 하려고 하는 일을 다시 한 번 생각해 봐요. 나를 믿지 못할 치한 취급하지 마요."

그것은 가장 효과적인 호소 방법이었다. 그러나 매기는 앞으로의 고통에 대한 확고한 대비가 되어 있었다. 그녀는 고통을 선택하기로 결심하고 있었던 것이다.

"기다려서는 안 돼요." 그녀는 낮고 분명한 목소리로 말했다. "바로 헤어져야 해요."

"우린 절대로 헤어질 수 없어요, 매기." 스티븐은 더욱 단호하게 말했다. "난 그걸 참아낼 수 없어요. 날 그렇게 비참하게 만든들 무슨 소용이 있어요? 타격은, 그게 어떤 타격이건 간에, 이미 가해졌어요. 날 미치게 만든들 다른 사람들에게 무슨 도움이 되겠어요?"

"나는 절대로 해서는 안 될 일 위에 미래를 세울 수는 없어요." 매기는 떨리는 목소리로 말했다. "아무리 당신을 위한 것이라고 할지라도 말이에요. 전에 내가 배싯에서 한 말 있죠, 그걸 지금 느껴요. 그런 유혹에 굴복하느니 차라리 죽는 게 나았어요. 그때 영원히 헤어졌더라면 좋았을 것을. 그렇지만 지금이라도 헤어져야 해요."

"우린 절대로 헤어질 수 없어요." 스티븐은 본능적으로 문을 가로막으며 소리쳤다. 그는 조금 전에 자기가 말한 것을 모두 잊고 있었다. "난 그럴 수 없어요. 미쳐버릴 것 같아. 내가 무슨 짓을 할지 나도 모르겠으니까."

매기의 몸이 떨렸다. 매기는 지금 당장 헤어질 수 없다는 것을 느꼈다. 스티븐의 좋은 면에 호소해야 하는 것이다. 그녀의 결심이 생생할 때 박차고 나가는 것보다도 더 어려운 일을 준비해야만 했다. 그녀는 자리에 앉았다. 스티븐은 좀 전에 창백한 빛처럼 그를 엄습했던 그 절망의 눈빛으로 그녀를 바라보면서, 천천히 문에서 걸어와 그녀 곁에 바짝 다가앉으며 그녀의 손을 잡았다. 그녀의 가슴은 놀란 새처럼 파닥거렸다. 그러나 이런 직접적인 대면이 그녀에게 힘을 주었다. 그녀는 자신의 결심이 한층 더 굳어지는 것을 느꼈다.

"몇 주 전에 당신이 말한 것을 생각해 보세요." 그녀는 진지한 애원을 담고 말했다. "우리 두 사람이 함께 느낀 것을 생각해 보세요. 우리가 다른 사람들에게 빚지고 있다는 것 말이에요. 그것에 저해가 되는 감정을 극복하기로 했죠. 우린 결심을 지키지 못했어요. 하지만 잘못은 그대로 남아 있어요."

"아니요, 그대로가 아니에요." 스티븐이 말했다. "우린 결심을 지키지 못한다는 걸 알았어요. 서로를 향한 감정이 너무 강해서 극복할 수 없다는 걸 알았어요. 자연의 법칙은 모든 것을 압도해요. 그 때문에 생기는 충돌은 우리로서는 어쩔 수 없어요."

"그렇지 않아요, 스티븐. 그건 나쁜 것이에요. 생각하고 또 생각해 보았어요. 그런데 이제 확실해요. 우리가 그런 식으로 매사를 판단한다면 어떤 배신도, 잔혹함도 다 허용돼요. 그럼 이 세상에 존재하는 모든 관계 중에서 가장 신성한 유대에 대한 파괴도 정당화될 수 있어요. 만일 과거가 우리를 구속하지 못한다면 도대체 의무란 어디에 있는 건가요? 그렇게 되면 우리에겐 순간적인 욕망 이외에는 아무런 법칙도 남지 않아요."

"하지만 결심만으로 지켜질 수 없는 관계도 있는 법입니다." 스티븐이 벌떡 일어나 다시 걸어 다니기 시작하면서 말했다. "외면적인 충실이 무슨 소용이 있나요? 사랑 없는 충실처럼 공허한 것만으로 사람들이 우리에게 감사할까요?"

매기는 당장 대꾸하지 않았다. 그녀는 외적 시험뿐만 아니라 내적인 시험에도 함께 직면해 있었던 것이다. 마침내 그녀는 자신의 확신에 대해 열정적으로 말했다. 그것은 그에게 하는 이야기인 동시에 그녀 자신에게 하는 이야기이기도 했다.

"그건 처음에는 맞는 얘기같이 보이죠. 하지만 좀 더 생각해 보면 분명히 틀려요. 성실과 충실이란 우리 자신에게 쉽고 좋은 것이 아닌 다른 뭔가를 하는 것이에요. 그것은 다른 사람들이 우리에 대해 가지고 있는 신뢰에 배치되는 거라면, 우리에게 의지하는 사람들을 비참하게 만드는 거라면 무엇이든지 포기하는 것이죠. 만일 우리가, 만일 내가 더 나은, 고결한 사람이었더라면 내 양심이 깨어 있는 지금처럼 그것은 항상 내 안에 강렬히 각인되고, 항상 내 마음을 누르고 있었을 거예요. 그랬더라면 반대되는 감정은 결코 내 안에서 자라지 못했을 거예요. 즉시 꺼져버렸을 테니까요. 나는 진심으로 도움을 간구했을 것이고, 혐오스러운 위험에서 달아나듯이 바로 도망쳤을 거예요. 내 잘못은 분명해요. 핑곗거리도 없어요. 루시와 필립의 신뢰를 배반하다니. 내가 그렇게 나약하고 이기적이고 무정하지 않았더라면, 그 사람들의 고통을 나 자신의 고통처럼 생각할 수 있었더라면 모든 유혹을 물리칠 수 있었을 텐데. 아, 루시의 심정은 지금 어떨까? 나를 믿고, 사랑하고, 내게 그렇게 잘해 주었는데. 그녀를 생각해 봐요……."

"나는 그녀를 생각할 수 없어요." 스티븐은 괴로운 듯 발을 구르며 말했다. "당신 외에는 아무것도 생각할 수 없어요. 매기, 당신은 불가능한 것을 요구하는군요. 나도 한때는 그걸 생각했어요. 하지만 이제는 돌아갈 수 없어요. 게다가 당신이 그걸 생각한들 무슨 소용이 있어요? 나만 괴롭게 할 뿐이지. 이제 당신은 그 사람들을 고통에서 구할 수 없어요. 그저 내게서 당신을 떼어낼 뿐이고, 내 인생을 무가치하게 만들 뿐이에요. 그리고 만일 우리가 돌아가서 둘 다 우리의 약속을 지킨다 하더라도, 그게 만일 가능하다면 말이에요, 그건 가증스럽고 끔찍한 일이에요. 당신이 필립의 아내가 된다니, 당신이 사랑하지 않는 남자의 아내가 된다니. 그러니 우린 잘못으로부터 구원받은 거예요."

매기의 얼굴에 깊은 홍조가 떠올랐다. 그녀는 말을 할 수 없었다. 스티븐은 이것을 보았다. 그는 다시 앉아서 그녀의 손을 쥐고는 열정과 간청이 어린 눈으로 그녀를 바라보았다.

"매기! 사랑하는 매기! 나를 사랑한다면 당신은 내 것이에요. 당신에 대해 나만큼 권리가 있는 사람이 또 어디 있겠어요? 내 인생은 당신의 사랑에 달려 있어요. 과거의 어떤 것도 우리의 사랑을 무효화할 수 없어요. 우리 둘 모두 마음과 영혼을 다 바쳐 사랑한 것은 이번이 처음이에요."

매기는 잠시 동안 땅바닥을 바라보며 침묵하고 있었다. 스티븐의 가슴은 새로운 희망으로 요동쳤다. 그의 승리가 가까워진 것이다. 그녀는 눈을 들어 안타까움이 가득한 눈으로 그를 바라보았다. 그러나 그것은 결코 항복의 눈빛이 아니었다.

"아니요, 내 마음과 영혼을 다 바친 것은 아니에요, 스티븐." 그녀는 조심스럽게, 그러나 단호하게 말했다. "나는 결코 내 마음을 다해 동의한 적이 없어요. 추억과 사랑과 완벽한 선의에 대한 갈망이 나를 꽉 붙들고 있어요. 물론 잠깐씩 놓아주긴 해요. 그러나 결코 오랫동안 놓아주는 법은 없어요. 그러니 곧 돌아와 나를 고통스럽게 하고 후회를 불러일으킬 거예요. 나 자신과 하느님 사이에 고의적인 죄의 그림자가 드리운다면 나는 결코 평화롭게 살지 못할 거예요. 나는 이미 사람들을 슬프게 했어요. 그건 나도 알아요. 하지만 결코 의도한 건 아니었어요. 나는 '내가 행복한 한, 그 사람들은 고통받겠지.'라고 말해 본 적이 없어요. 나는 당신과의 결혼을 원한 적이 없어요. 당신에 대한 감정 때문에 내가 일시적으로 약해졌을 때 당신이 내 동의를 받아낸다 하더라도 당신은 내 영혼 전체를 얻지는 못해요. 어제 이전으로 돌아갈 수 있다면 나는 사랑의 기쁨 없이 잔잔한 감정에 충실하게 살기를 택했을 거예요."

스티븐은 그녀의 손을 놓고 신경질적으로 일어서서 화를 삭이느라 방 안을 이리저리 걸어 다니기 시작했다.

"하느님 맙소사!" 마침내 그가 폭발했다. "남자의 사랑에 비하면 여자의 사랑이란 얼마나 보잘것없는지. 나라면 당신을 위해서 범죄라도 저지를 텐데 당신은 머뭇거리더니 그런 식으로 선택을 하는군요. 당신은 날 사랑하지 않아요. 당신에 대한 내 사랑의 10분의 1만큼이라도 사랑한다면 한순간도 날 희생시킬 생각을 하지 못할 텐데. 내 인생의 행복을 송두리째 뺏어 가는 것쯤은 아무렇지도 않나 보군요."

매기는 무릎 위에 깍지 낀 채 올려놓은 두 손을 발작적으로 움켜잡았다. 말할 수 없는 두려움이 그녀를 엄습했다. 마치 깜깜한 어둠 속에서 번갯불의 섬광이 번뜩하면서 벼랑 끝에 있는 자신의 모습을 비춘 것 같았다. 그녀는 손을 풀어 앞으로 내밀었다.

"아니, 당신을 희생시키는 게 아니에요. 당신을 희생시킬 수도 없었고요." 그녀는 겨우 말문을 열었다. "하지만 그게 당신에게 좋다고 생각하지 않아요. 나는, 아니 우리 둘 다 서로에게 느끼는 감정이 다른 사람들에게 해가 된다는 것을 알아요.

우리는 행복을 선택할 수 없어요. 그게 어디에 있는지 모르기 때문이죠. 다만 우리는 지금 이 순간의 감정에 충실할 것인지, 아니면 그것을 희생하고 우리 마음속에 있는 신성한 목소리에 따를 것인지만을 선택할 수 있을 뿐이에요. 그건 우리의 삶을 승화시키고 의미를 주는 그런 목소리지요. 그걸 따르는 것은 무척 어려운 일이에요. 나도 몇 번이나 그 길에서 벗어났으니까요. 하지만 그걸 완전히 포기하면 죽는 날까지 아무런 빛도 없이 어둠 속을 헤매게 될 거예요."

"하지만 매기," 스티븐은 다시 그녀 옆에 앉으면서 말했다. "어제 일로 모든 것이 바뀌었다는 걸 왜 모릅니까? 어째서 모르죠? 그걸 보지 못하다니, 눈에 무엇이 씌었어요? 우리가 이랬어야 했다든가, 저렇게 하는 것이 좋았다든가 하는 말을 하기에는 너무 늦었어요. 이미 저질러진 일은 그대로 인정해야 해요. 그리고 이제 그에 맞게 행동해야 해요. 우리 상황은 달라졌어요. 그러니 예전에는 옳았던 일도 이제는 옳지 않아요. 우리는 스스로의 행동을 인정하고 그것으로부터 새로 시작해야 해요. 어제 우리가 결혼했다고 생각해 봐요. 지금 상황은 그것과 마찬가지에요. 다른 사람들 눈에는 다를 게 없으니까요. 다만 우리 자신들에게만 다르게 느껴질 뿐이지요." 스티븐은 쓰게 덧붙였다. "만일 결혼했더라면 당신도 나와의 관계를 다른 사람들과의 관계보다 더 중요하게 생각했을 겁니다."

매기의 얼굴이 다시 새빨개졌다. 그리고 아무 말도 하지 않았다. 스티븐은 다시 한 번 자기가 이기기 시작했다고 생각했다. 그는 자기가 이기지 못할 거라는 생각을 아직까지 한번도 해본 적이 없었다. 우리는 도무지 있을 법하지 않은 일에 대해서는 그 가능성을 전혀 염두에 두지 않기 때문에 겁내지도 않는 것이다.

"사랑하는 매기," 그는 그녀에게 기대어 팔로 그녀를 감싸며 깊고 그윽한 목소리로 말했다. "당신은 이제 내 것입니다. 온 세상이 그렇게 믿고 있어요. 우리의 모든 의무는 이 사실에서 시작되어야 해요. 몇 시간만 있으면 당신은 법적으로 내 것이 될 겁니다. 그러면 우리에게 권리를 주장하던 사람들도 승복할 겁니다. 그 사람들은 그들의 권리 이전에 더 중요한 권리가 있다는 것을 알게 될 겁니다. 키스해 줘요, 사랑하는 매기, 그 뒤로 정말 오래되었잖아요……."

가까이 다가오는 얼굴을 보고 매기는 공포에 질린 눈을 부릅떴다. 하얗게 질린 그녀는 벌떡 일어났다.

"아, 그럴 수 없어요." 그녀는 죽음의 고통을 맛보는 듯한 괴로운 목소리로 말했다. "스티븐, 내게 요구하지 마세요, 강요하지 마세요. 더 이상 말다툼할 수가 없어요. 뭐가 현명한지는 모르겠어요. 하지만 내 마음이 허락하지 않아요. 그 사람들의 고통이 보이고 느껴지는 듯해요. 그게 내 머릿속에 새겨지는 것 같아요. 나는 고통을 받았어요. 그런데 아무도 나를 동정하지 않았죠. 그런데 이제 내가 다른 사람들에게 고통을 주는군요. 그건 절대로 나를 놓아주지 않을 거예요. 그건 당신의 사랑을 오염시킬 거예요. 나는 진정으로 필립을 좋아해요, 방식은 다르지만……. 우리가 서로 주고받은 말을 전부 기억해요. 그 사람은 나를 자기 인생의 희망으로 생각했어요. 그 사람은 하느님이 내게 보내주신 사람이에요. 나더러 그 사람 인생의 짐을 좀 덜어주라고 말이에요. 그런데 내가 그 사람을 버린 거예요. 게다가 루시는 내게 속았어요. 누구보다 나를 믿었는데. 나는 당신과 결혼할 수 없어요. 그 사람들의 불행 위에서 나 자신의 행복을 구할 수는 없어요. 우리가 서로에 대해 느끼는 이 힘이 우리를 다스려서는 안 돼요. 그건 내 과거로부터, 내가 사랑하고 신성하게 생각했던 모든 것으로부터 나를 떼어놓고 말 거예요. 그걸 잊고 새 인생을 시작할 수는 없어요. 나는 돌아가서 그것에 매달려야 해요. 그러지 않으면 허공에 떠 있는 것 같을 거예요."

"하느님 맙소사, 매기!" 스티븐은 자리에서 일어나 그녀의 팔을 움켜잡으며 말했다. "말도 안 돼. 어떻게 결혼도 하지 않고 돌아갈 수 있단 말이오? 사람들이 뭐라고 할지 모르는군요, 사랑하는 매기. 당신은 정말 현실을 모르는군요."

"아니요, 알고 있어요. 하지만 사람들은 나를 믿을 거예요. 모든 걸 고백하겠어요. 루시는 나를 믿을 거예요. 당신을 용서해 줄 거예요. 그리고, 그리고, 아, 옳은 일을 하면 조금이라도 좋은 일이 생기겠지요. 사랑하는, 사랑하는 스티븐, 나를 보내 줘요! 더 큰 후회거리를 만들지 마요. 나는 완전히 동의한 적이 없어요. 지금도 동의하지 않고요."

스티븐은 매기의 팔을 놓았다. 그러고는 의자에 무너지듯 앉았다. 절망과 분노로 반쯤 넋이 나간 듯했다. 그는 잠시 동안 아무 말도 하지 않고 그녀를 쳐다보지도 않았다. 그동안 그녀는 이 갑작스러운 변화에 놀라 간절한 시선으로 그를 바라보고 있었다. 마침내 그는 그녀를 바라보지 않고 말했다.

"가요, 그럼, 날 내버려둬요. 더 이상 괴롭히지 마요. 견딜 수가 없어요."

그녀는 무심결에 그의 쪽으로 몸을 기울여 그의 손을 잡으려고 했다. 그러나 그는 마치 달군 쇠라도 닿은 듯 화닥닥 손을 움츠렸다. 그러고는 다시 말했다.

"날 그냥 내버려둬요."

매기는 그 회피하는 우울한 얼굴에서 몸을 돌려 방을 나갔다. 그러나 그것은 의식적인 결정에 의한 행동이 아니었다. 차라리 그것은 잊어버렸던 어떤 생각이 무의식적으로 작용하여 일어나는 자동적인 행위에 가까웠다. 그다음은 어떻게 될 것인가? 그녀는 꿈속처럼 몽롱한 가운데 계단을 내려갔다. 포석이 나왔다. 마차와 말이 있었다. 그다음에는 길이 나오고, 또 다른 길이 나왔다. 역마차가 손님을 태우고 있었다. 갑자기 그 역마차가 그녀를 멀리, 어쩌면 집으로 데려다 줄 것이라는 생각이 들었다. 하지만 그녀는 아무것도 물어볼 수 없었다. 그녀는 그냥 마차 안으로 들어갔다.

집. 어머니와 오빠가 있는 곳. 필립, 루시, 자신의 근심과 고난의 무대. 바로 그 안식처로 그녀의 마음은 달려가고 있었다. 그곳은 성스러운 유물이 있는 성소였다. 거기라면 더한 타락으로부터도 구원받을 수 있었다. 스티븐에 대한 생각은 무섭고 생생한 고통이었다. 그런 극심한 고통은 으레 온갖 상념을 불러일으킨다. 그런데 사람들이 그녀의 행동을 어떻게 여길 것인가 하는 생각은 그녀의 머릿속에 결코 떠오르지 않았

다. 사랑과 깊은 동정심과 회환의 고통으로 가득 찬 그녀로서
는 그런 생각을 할 겨를이 없었던 것이다.

마차는 그녀를 요크로 데려갔다. 집에서 더욱 멀어진 것이
다. 그녀는 자정에 그 오래된 도시에 내릴 때까지 그것을 인식
하지 못했다. 그러나 무슨 상관이랴. 그곳에서 자고 그다음 날
집으로 가면 되는 것을. 주머니 속에는 지갑이 있었고 거기에
는 그녀의 돈 전부가 들어 있었다. 지폐 한 장과 1파운드짜리
금화 한 닢. 그저께 물건을 사러 나갔다가 잊어버리고 넣어둔
것이었다.

그날 밤 오래된 여관방에 몸을 눕혔을 때, 그녀는 여전히
회개하는 마음으로 기꺼이 희생을 치르겠다는 확고한 결의에
차 있었던가? 인생의 커다란 투쟁은 그렇게 쉽지 않은 법이다.
인생의 큰 문제들은 그렇게 분명하지 않은 법이다. 그날 밤, 어
둠 속에서 그녀는 열정과 비난과 비참함이 가득한 스티븐의
얼굴을 보았다. 그녀는 다시 한 번 그녀 곁에 있는 그의 존재
가 주는 가슴 떨리는 기쁨을 맛보았다. 그것으로 인하여 그녀
의 인생은 조용하고 단호한 인내와 노력의 힘든 여정이 아니
라 기쁨의 물결 위를 떠다니는 여유로운 유영일 수 있었다. 그
녀가 단념한 사랑은 잔인한 매력을 동반한 채 되돌아왔다. 그
녀는 다시 한 번 그것을 받아들이려고 팔을 벌렸다. 그러자 그
것은 그녀에게서 빠져나가 희미해지더니 결국 사라져버렸다.
남은 것은 깊고 떨리는 목소리뿐이었다. 그것은 이 말만을 남
기고 사라져갔다. "가버렸어. 영원히 가버렸어."

7부
마지막 구원

1
물방앗간으로의 귀환

스티븐과 매기가 세인트오그스를 떠난 지 닷새째 되는 날 오후 4시에서 5시 사이, 톰 털리버는 돌코트 물방앗간의 오래된 집 바깥의 자갈 깔린 산책로 위에 서 있었다. 이제 그는 그곳의 주인이었다. 부친 임종 시의 소원 절반이 성취된 것이다. 그리고 수년간의 자제와 근면으로 도슨가와 털리버가의 자랑스러운 유산인 예전의 사회적 존경 이상의 것을 성취할 단계에 있었다.

그러나 여름날 오후의 뜨겁고 묵묵한 햇볕을 받으며 서 있는 톰의 얼굴에는 어떤 기쁨도, 어떤 승리감도 드러나 있지 않았다. 입가에는 쓰디쓴 표정이 감돌고, 엄해 보이는 이마에는 깊고 모진 주름이 패어 있었다. 그는 햇빛을 가리기 위해 모자를 눈썹 위까지 푹 내려 쓰고 주머니에 손을 찔러 넣은 채 자갈길을 오락가락했다. 봅 제이킨이 머드포트에서 증기선을 타고 돌아와 매기가 스티븐 게스트 씨와 함께 배에서 내리더라는 얘기를 전한 뒤에도 그녀에게서는 아무 소식이 없었다. 이전까지 사람들은 혹시 그들이 강에서 사고를 당한 것이나 아닐까 생각도 했지만 봅의 얘기로 그렇지 않은 것이 확실해졌다. 다음 소식은 그녀가 결혼했다는 것일까? 아니면 어떤 것? 아마도 그녀는 결혼하지 않았을 것이다. 톰은 있을 수 있는 최악의 경우를 상정했다. 그것은 죽음이 아니라 불명예였다.

톰이 대문을 등지고 물방앗간 쪽으로 콸콸 흐르는 급류를 향해 걷고 있을 때 우리가 익히 아는 검은 눈의 키 큰 모습이 대문 쪽으로 다가왔다. 그러고는 걸음을 멈추고 두근거리는 가슴으로 그를 바라보았다. 오빠는 어릴 때부터 그녀에게 가장 무서운 사람이었다. 그 두려움은 우리가 사랑하는 사람이 냉혹하고 타협을 모르며 또한 변하지 않는다는 것을 아는 데서 나오는 것이다. 우리는 결코 그 사람과 동류가 될 수 없으며 그렇다고 해서 소원해지기도 싫기 때문에 그 사람 앞에서 두려움을 느끼는 것이다. 이 뿌리 깊은 두려움 때문에 매기는 떨고 있었다. 그러나 그녀는 마치 당연한 피난처라도 되는 것처럼 오빠에게 돌아가기로 결심했다. 그녀 자신의 잘못을 돌아보면서, 그리고 그녀가 다른 사람에게 준 상처를 생각하면서 그녀는 톰의 극심한 비난을 자청했다. 예전에 자신이 자주 반항했던 톰의 모질고 엄격한 판단에 조용히 굴복하고 싶은 심정이었다. 지금의 그녀에게 그의 비난은 지당한 것처럼 느껴졌다. 그녀보다 의지박약한 사람이 또 어디 있겠는가? 그녀는 자신의 좋은 의도를 지탱해 줄 외부의 도움을 간절히 바랐다. 그것은 그녀의 양심의 거울이 되는 사람들 앞에서 자신의 잘못을 완전히, 그리고 순종적으로 고백함으로써 얻어질 수 있을 듯했다.

매기는 요크에서 하루 동안 앓아누웠다. 전날의 지독한 긴장 때문에 두통으로 머리가 지끈지끈했다. 그녀의 이마와 눈에는 아직까지 육체적 고통의 빛이 역력하였고, 지치고 심란한 그녀의 모습은 며칠 동안 옷을 갈아입지 못한 탓에 더욱 초췌해 보였다. 그녀는 걸쇠를 벗기고 대문을 열었다. 그러고는 천천히 걸어 들어갔다. 톰은 대문 소리를 듣지 못했다. 요란한 물소리가 나는 둑 곁에 있었던 것이다. 그가 돌아서서 고개를 들자 그녀가 보였다. 초췌한 몰골로 혼자 있는 품으로 보아 최악의 예상이 들어맞은 듯했다. 그는 멈춰 섰다. 안색이 하얘지고 혐오감과 분노로 부들부들 몸이 떨렸다.

매기도 멈춰 섰다. 그에게서 3미터쯤 떨어진 곳에. 그녀는 그의 얼굴에서 증오를 읽었다. 그 증오는 그녀의 몸 구석구석까지 스며드는 것 같았다. 그녀는 말을 해야만 했다.

"오빠," 그녀가 힘없이 입을 열었다. "오빠에게 돌아왔어. 집에 돌아왔어. 쉬려고. 모든 것을 말하려고."

"난 너 같은 동생 둔 적 없어." 그는 분노로 떨면서 말했다. "넌 우리 얼굴에 먹칠을 했어. 아버지 이름을 더럽혔어. 제일 친한 친구들을 욕보였어. 비열한 거짓말쟁이. 아무것도 널 막지 못하지. 난 너에 대해 손 씻었어. 이제 우린 남남이야."

그때 어머니가 현관을 나왔다. 매기의 모습을 보고, 또 톰의 얘기를 듣자 기절할 것만 같았다.

"오빠," 매기는 안간힘을 쓰며 말했다. "난 오빠가 생각하는 것처럼 그렇게 잘못하지 않았어. 내 마음 내키는 대로 한 건 아냐. 나는 그러지 않으려고 노력했어. 화요일에는 보트가 너무 멀리까지 가는 바람에 돌아오지 못했어. 그렇지만 최대로 빨리 돌아왔어."

"이젠 널 믿을 수 없어." 톰이 말했다. 처음의 흥분은 점차 냉정한 완고함으로 바뀌었다. "넌 스티븐 게스트와 비밀스러운 관계를 가져왔어. 전에 다른 사람과 그랬던 것처럼 말이야. 그 사람이 모스 고모 댁에 너를 보러 갔고 넌 그와 단둘이서 걸었어. 정숙한 여자라면 자기 사촌의 애인에게 절대로 그런 짓을 하지 않았을 거야. 루크레드 사람들이 네가 지나가는 것을 봤어. 다른 곳도 지나갔지. 넌 네가 무슨 짓을 하는지 알고 있었어. 너는 필립 웨이컴을 방패막이로 이용했어. 네게 그렇게 잘해 준 루시를 속이려고 말이야. 그 보답이 이거냐? 가서 보렴. 루시는 아파 드러누웠어. 한마디도 못 해. 어머니는 근처에도 가지 못하셔. 혹시 네 생각이 날까 봐 말이야."

매기는 아찔했다. 너무나 괴로워서 오빠의 비난이 자기가 실제로 한 잘못과 다르다는 생각도 들지 않았다. 더욱이 항변 같은 것은 떠오르지도 않았다.

"오빠," 그녀는 말할 용기를 얻기 위해 망토 밑으로 두 손을 꼭 쥐었다. "내가 무슨 짓을 했든 간에 정말 후회하고 있어. 보상을 하고 싶어. 뭐든지 참을게. 다시는 나쁜 짓을 하지 않게 막아줬으면 좋겠어."

"널 어떻게 막아?" 톰은 잔인하도록 쓰디쓰게 말했다. "종교도 소용없고, 감사와 명예심도 소용없는데. 그리고 그 사람 말이야, 만일 그게 소용이 있었다면 그는 총살당해야 마땅할 거야. 그런데 넌 그 사람보다 훨씬 더 나빠. 난 네 인격과 행동에 진저리가 나. 네 감정을 극복하려고 노력했다고? 그래! 나도 그런 감정이 있었어. 하지만 난 극복했지. 난 너보다 더 힘들게 살았어. 그렇지만 난 의무를 다하는 데서 위안을 찾았지. 난 너 같은 사람은 인정할 수 없어. 난 세상 사람들에게 내가 선악을 구분할 줄 안다는 걸 보여줄 거야. 먹고살 건 내가 대주지. 필요하면 어머니께 말해. 그렇지만 내 집에는 들어올 수 없어. 네 불명예를 안고 사는 것만 해도 끔찍해. 난 네가 꼴도 보기 싫어."

매기는 가슴속에 절망감을 안고서 천천히 돌아섰다. 그런데 그때 겁에 질려 있던 불쌍한 어머니가 나섰다. 그녀의 사랑은 어떤 두려움보다도 강했다.

"얘야! 내가 함께 가마. 네게는 이 엄마가 있단다."

아, 가슴이 찢어질 듯한 매기에게 어머니의 포옹은 얼마나 달콤한 위안이었던가! 결코 우리를 버리지 않는 소박한 인간적 동정은 이 세상의 모든 지혜보다 더 큰 도움이 되는 것이다.

톰은 돌아서서 집 안으로 들어갔다.

"들어오너라, 얘야." 털리버 부인이 소근거리듯 말했다. "들어와 내 침대에서 자도 톰은 아무 말 안 할 거야. 내가 부탁하면 그 정도는 거절 못 할 거야."

"아니요, 엄마." 매기는 신음하듯 낮게 말했다. "저는 절대로 들어가지 않을 거예요."

"그럼 밖에서 좀 기다려라. 준비 좀 해가지고 함께 가자꾸나."

어머니가 모자를 쓰고 나오자 톰도 밖으로 나와 그녀의 손에 돈을 쥐여주었다.

"어머니, 제 집은 항상 어머니 집이에요. 오셔서 원하시는 것은 무엇이든지 말씀하세요. 꼭 돌아오셔야 해요."

불쌍한 털리버 부인은 겁이 나서 아무 말도 못 하고 잠자코 돈을 받았다. 그녀에게는 불행한 자식과 함께 가겠다는 모성 본능만이 분명했을 뿐이다.

매기는 대문 밖에서 기다리고 있었다. 그녀는 어머니의 손을 잡고 한동안 아무 말 없이 걸어갔다.

"어머니," 마침내 매기가 말했다. "루크네 오두막으로 가요. 저를 받아줄 거예요. 어릴 때 제게 참 잘해 주었거든요."

"그 사람 집에는 자리가 없단다. 아이가 좀 많아야지. 난 어디로 가야 할지 모르겠구나. 이모 집들이 있기는 하지만 감히 거기는 못 가겠구나." 궁지에 빠진 불쌍한 털리버 부인은 어쩔 줄 몰라 했다.

매기는 잠시 잠자코 있더니 이윽고 말했다.

"봅 제이킨네로 가요, 어머니. 다른 하숙인이 없다면 방이 있을 거예요."

그들은 세인트오그스의 강가에 있는 낡은 집으로 갔다.

봅은 집에 있었다. 그는 몹시 마음이 무거웠다. 너무도 생기 넘치는 두 달 된 아기를 키우는 기쁨과 긍지조차도 그의 가슴을 짓누르는 무게를 물리치지 못했다. 머드포트의 부두에서 스티븐 게스트 씨와 함께 있는 매기의 모습을 보았을 때 그는 그저 의아한 정도였다. 그런데 돌아와서 톰에게 그것을 보고했을 때, 톰의 얼굴이 변하는 것을 보고 그는 사태의 심각성을 완전히 깨달았다. 그 이후, 그녀의 가출에 대한 여러 정황이 알려지면서 도피 행각이라는 나쁜 평판을 받게 되었다. 또한 그 소문은 세인트오그스의 상류사회를 벗어나 하인이나 심부름꾼 입에까지 오르내리는 항간의 화젯거리가 되었다. 그러므로 슬프고 지친 모습의 매기가 문 앞에 서 있는 것을 보았을 때 그는 특별히 물어볼 말이 없었다. 물론 한 가지 질문이 있기는 했다. 그러나 차마 입 밖에 낼 수는 없었다. 그것은 스티븐 게스트 씨가 어디 있는가 하는 것이었다. 밥으로서는 그가 타락한 신사들이 죽은 다음에 간다고들 하는 저승의 구역 중 가장 뜨거운 곳에 있기를 바랐다.

하숙방들은 비어 있었다. 그리고 큰 제이킨 부인과 작은 제이킨 부인은 '마나님과 아가씨'를 불편 없이 모시라는 지시를 받았다. 아! 매기가 아직도 아가씨라니. 영리한 밥도 어떻게 해서 그런 결과가 생겼는지 도무지 이해할 수 없었다. 어떻게 스티븐 게스트 씨가 그녀에게서 떠날 수 있었는지, 아니면 어떻게 그녀를 떠나게 내버려둘 수 있었는지! 그녀와 함께 있을 기회가 생겼는데도 말이다. 그러나 밥은 입을 다물었으며 아내에게 입도 벙긋하지 못하게 했다. 그는 방에 들어가지도 않았다. 방해가 될까 봐, 괜히 동정을 살피는 것처럼 비칠까 봐 염려했던 것이다. 이처럼 그는 예전에 책을 선물로 사주었을 때처럼 검은 눈의 매기에게 변함없이 기사도를 발휘하였다.

그런데 하루 이틀이 지나자 털리버 부인은 톰의 살림을 돌보기 위해 몇 시간 동안 물방앗간에 가게 되었다. 매기도 그것을 바라고 있었다. 이루어야 할 목표가 없어진 직후, 그녀는 얼마 동안 감정의 격동에 휘말려 있었다. 하지만 그것이 지나가고 나자 어머니의 존재가 덜 필요해졌다. 뿐만 아니라 그녀는 혼자서 슬픔에 잠기고 싶어지기도 했다. 그녀가 강 쪽으로 면한 낡은 거실에 혼자 남게 된 지 얼마 되지 않아 문을 두드리는 소리가 났다. 그녀는 슬픈 얼굴로 돌아보며 말했다. "들어오세요." 그러자 봅이 아기를 안고 들어왔다. 멈스도 그를 따라 들어왔다.

"아가씨, 방해가 되면 도로 가겠어요." 봅이 말했다.

"아니에요." 매기가 낮은 목소리로 말했다. 그녀는 미소를 띠고 싶었지만 그게 여의찮았다.

봅은 문을 닫고 그녀 앞에 와서 섰다.

"보세요, 아가씨. 우리 아기예요. 한번 보시고 안아주셨으면 좋겠어요. 우리 마음대로 아가씨 이름을 따서 지었거든요. 그러니 잘 봐주세요."

매기는 아무 말도 할 수가 없어서 잠자코 팔을 내밀어 그 작은 아기를 받았다. 멈스는 걱정스러운 듯 아기 냄새를 맡았다. 마치 그렇게 아기를 옮겨도 괜찮은지 확인하는 것 같았다. 봅의 행동과 말에 매기는 가슴이 뭉클했다. 그것은 그가 그녀에게 동정과 경의를 표시하는 방법이었던 것이다.

"봅, 좀 앉아요." 그녀가 이렇게 말하자 그는 잠자코 의자에 앉았다. 이상하게도 혀가 말을 안 들어서 자기가 하려 했던 말을 할 수가 없었다.

"봐," 얼마 후 그녀가 아기를 내려다보며 말했다. 마치 아기가 자기 마음과 손에서 미끄러질까 걱정되는 듯 조바심하며 안고 있었다. "부탁이 있어요."

"그런 말씀 마십시오, 아가씨." 봅은 멈스의 목덜미를 잡으며 말했다. "아가씨를 위해서라면 무슨 일이든지 할 수 있습니다. 제 일이나 마찬가지니까요."

"켄 박사님을 찾아뵙고 어머니가 안 계신 동안 여기로 좀 와주십사 말씀 좀 드려주세요. 어머니는 저녁때까지 안 돌아오실 거예요."

"저, 아가씨. 곧 갈 수는 있어요. 바로 근처니까요. 그런데 켄 박사님 부인이 돌아가셨어요. 내일이 장례식이에요. 제가 머드포트에서 돌아온 날 돌아가셨어요. 하필 아가씨께서 필요하실 때 부인이 돌아가시다니. 아직 찾아뵙기는 좀 그렇네요."

"아, 그렇고말고요, 봅." 매기가 말했다. "그냥 두세요. 며칠 기다려야겠네요. 다시 외출하시게 될 때까지. 그런데 멀리 떠나시기라도 하면 어쩌지요." 이 생각이 떠오르자 그녀는 다시한 번 낙담했다.

"아닐 겁니다, 아가씨." 봅이 말했다. "그분은 떠나실 분이아닙니다. 아내가 죽었다고 온천장에 가서 우는 그런 분이 아니지요. 다른 일이 있으니까요. 그분은 교구를 빈틈없이 돌보시죠. 정말 그래요. 그분이 이 아이에게 세례를 주셨어요. 제가 교회에 빠지기라도 하면 일요일에 뭘 했느냐고 물어보세요. 그래서 저는 일요일에는 대개 여행을 한다고 말씀드렸죠.

항상 서 있으니까 그렇게 오래 앉아 있을 수도 없고. '그리고 목사님,' 제가 이렇게 말했죠. '등짐장수는 교회를 조금만 다녀도 됩니다. 독하니까요. 그러니 지나치게 할 필요가 없습니다.' 참, 아가씨. 아기가 아가씨를 잘 따르네요. 아가씨를 아는 것 같아요. 제가 장담하는데 새들이 아침을 아는 것처럼 말이에요."

봅의 혀가 이제 익숙지 않은 구속 상태에서 풀려난 것이 분명했다. 필요 이상의 말을 할 위험도 있었다. 하지만 그가 알고 싶어 하는 얘기는 접근하기가 너무 어려워서 그 얘기를 꺼내기보다는 그냥 아무 얘기나 되는대로 떠들기 쉬웠다. 봅 자신도 그것을 깨닫고는 잠시 입을 다물고 그 질문을 어떻게 해야 하나 곰곰 생각했다. 마침내 그가 입을 열었다. 평소보다 조심스러운 목소리였다.

"아가씨, 딱 한 가지만 물어봐도 될까요?"

매기는 깜짝 놀랐다. 하지만 이렇게 대답했다. "그래요, 봅. 나에 관한 것이라면, 다른 사람 얘기가 아니라면."

"저, 아가씨. 제 질문은 이겁니다. 누군가에게 원한이 있으세요?"

"아니요, 없어요." 매기는 묻는 듯한 표정으로 그를 바라보며 말했다. "그런데 왜요?"

"아, 아가씨." 그는 멈스의 목덜미를 더욱 세게 움켜잡으며 말했다. "저는 아가씨가 원한이라도 있었으면 좋겠어요. 제게 말씀해 주시면 그놈을 흠씬 패주겠어요. 그 후에는 어떤 법의 심판이라도 달게 받겠어요."

"아, 봅," 매기는 힘없이 미소 지었다. "당신은 참 좋은 친구예요. 하지만 나는 누구도 벌주고 싶지 않아요. 내게 나쁜 짓을 했다 하더라도 말이에요. 나도 잘못한 일이 많거든요."

봅은 매기의 이런 생각에 어리둥절했다. 스티븐과 매기 사이에 어떤 일이 일어났는지 더욱더 이해할 수가 없었다. 하지만 아무리 그럴듯하게 말한다 하더라도 그 이상의 질문은 실례가 될 것이었다. 그래서 그는 아기를 데리고 아내에게 돌아갈 수밖에 없었다.

"멈스를 데리고 있지 않으시겠어요?" 아기를 안은 다음 그가 말했다. "멈스 저놈만 한 친구가 없죠. 뭐든지 다 알고 있지만 아는 척하지 않죠. 제가 지시를 하면 아가씨 앞에 꼼짝하지 않고 엎드려서 아가씨를 지킬 겁니다. 제 짐을 지킬 때처럼 말이죠. 잠깐 데리고 계세요. 아마 저놈도 아가씨를 좋아할 겁니다. 아, 말 없는 짐승이 우리를 따르는 건 참 좋지요. 충실하면서도 말이 없으니까요."

"네, 그럼 두고 가요." 매기가 말했다. "멈스와 친구가 되면 좋겠어요."

"멈스, 거기 엎드려." 봅은 매기 앞의 땅바닥을 가리키며 말했다. "그리고 아가씨가 말씀하실 때까지 꼼짝 마."

멈스는 즉시 엎드리더니 주인이 나가도 꼼짝하지 않고 그대로 있었다.

2
세인트오그스의 심판

털리버 양이 돌아왔다는 사실은 곧 세인트오그스 전체에 알려졌다. 그러니까 그녀는 스티븐 게스트 씨와 결혼하려고 도망친 것이 아니고, 어찌되었건 스티븐 게스트 씨는 그녀와 결혼하지 않았다. 그녀의 잘못에 관한 한 이 둘은 결국 같은 것이었다. 우리는 결과를 가지고 다른 사람을 심판한다. 어찌 안 그러겠는가? 어떻게 그런 결과가 생겼는지 그 과정을 모르는 바에야. 만약 털리버 양이 몇 달간 적절한 여행을 한 다음, 스티븐 게스트 부인이 되어 결혼 후에 장만한 옷 보따리를 가지고 돌아왔다면 다른 곳과 마찬가지로 세인트오그스 사람들도 그 결과에 맞추어 평가를 내렸을 것이다. 그녀가 아무리 마땅치 않은 며느리감이라 할지라도 집안에 단 하나밖에 없는 외아들의 아내인 까닭에 온갖 유리한 조건을 갖추고 있었을 테니 말이다. 그럴 때의 여론이란 대체로 여성들, 즉 세상이 아니라 세상 아내들의 의견이었다. 그리고 그녀들은 이 사건을 이렇게 평가했을 것이다. 잘생긴 두 남녀가, 남자 쪽은 세인트오그스의 제일가는 집안인데, 경우 바르지 못한 입장에 처하게 되어 아무리 좋게 말해도 지각없다고밖에는 말할 수 없는 짓을 해서 다른 사람들, 특히 그 사랑스러운 딘 양에게 고통과 실망을 안겨주게 되었다. 스티븐 게스트 씨의 행동은 분명 잘못된 것이다. 하지만 젊은 남자들이란 그런 갑작스러운 열정에 사로잡힐 수도 있는 법이다. 스티븐 게스트 부인으로 말하자면, 사촌의 애인에게서 조금이라도 구애를 받아들인 건 잘못이지만(웨이컴 씨 아들과 약혼했다는 말도 있고) 그래도 아직 어리니까. "게다가 불구의 청년이란, 당신도 잘 알잖아! 젊은 게스트 씨는 정말 멋지고, 사람들 말이 거의 숭배에 가깝게 그녀를 사랑했다지.(물론 그런 건 오래가지 않지만!) 그리고 그녀의 의지에 반해서 보트를 태워 갔다니까, 그녀로서도 어쩌겠어? 그냥 돌아올 수는 없는 노릇이지. 그랬다면 아무도 그녀를 알은체도 안 했을 테니까. 그런데 저 노란 비단은 어쩌면 저렇게 얼굴빛과 잘 어울릴까. 옷 앞의 주름 장식이 요즘 유행인가 보지. 몇 벌이나 저런 스타일이더라니까. 사람들이 그러는데 그 사람은 아내를 위해서라면 아까운 게 없다더군. 불쌍한 딘 양! 정말 불쌍하지. 하지만 정식으로 약혼한 것도 아니었으니까. 바닷가 공기를 쐬면 좀 나아지겠지. 게다가 젊은 게스트 씨가 그녀를 그 정도로밖에 생각 안 했다면 차라리 결혼하지 않은 게 낫지. 털리버 양 같은 처녀에겐 정말 멋진 결혼이야. 정말 낭만적이지! 그런데 젊은 게스트 씨는 다음 선거 때 하원의원에 출마한다더라고. 글쎄, 요즘은 장사만 한 게 없다니까! 젊은 웨이컴은 거의 얼이 빠졌다더군. 그 사람이야 늘 좀 이상했으니까. 그래도 방해하지 않으려고 또 외국으로 갔다던데. 불구자로서는 최선의 길이지. 유니트 양은 스티븐 게스트 부부를 절대로 방문하지 않겠다고 선언했다더군. 말도 안 되는 소리! 다른 사람들보다 고고한 척하려는 거지 뭐야. 그런 식으로 사생활을 세세하게 간섭하면 사회생활이란 불가능해. 게다가 기독교에서는 나쁜 생각을 하지 말라고 하잖아. 아마 유니트 양은 초대장을 못 받아서 그럴 거야."

하지만 우리가 알고 있듯이 실제 결과는 그처럼 과거의 잘못을 가볍게 해줄 수 있는 성질의 것이 아니었다. 매기는 옷보따리도 없이, 남편도 없이 돌아왔다. 잘못을 저지르면 당연히 떨어지게 된다고들 하는 저 타락하고 버림받은 상태로. 그리고 세상의 아내들은 사회를 유지하는 그 본능적 감각에 의해 털리버 양의 행실이 가장 심각한 종류라는 것을 단번에 알아차렸다. 그보다 더 가증스러운 것이 있을까? 친지들에게 그토록 도움을 많이 받아놓고서──그 여자뿐만 아니라 어머니도 딘 씨네 도움을 엄청 받았다지──자기를 친자매같이 대해 주었던 사촌의 애인의 애정을 차지하려고 하다니. 애정을 차지한다고? 털리버 양 같은 여자에게 그런 말은 적당치 않아. 차라리 여자답지 않은 대담성과 고삐 풀린 정열이라고 하는 게 낫지. 그녀에게는 예전부터 뭔가 의심스러운 데가 있었어. 젊은 웨이컴과의 관계만 해도 그래. 여러 해 계속되었다지.

그것도 정상이 아냐. 사실 구역질 나지! 하지만 어쩌겠어, 그런 여자인걸! 세상의 아내들은 뛰어난 본능에 의해 털리버 양의 외모에서조차 이미 뭔가 해악의 기운을 알아차렸다. 불쌍한 스티븐 게스트 씨로 말하자면 그는 차라리 동정을 받아 마땅했다. 스물다섯 살의 청년을 너무 가혹하게 심판하면 안 되지. 교활하고 대담한 여자에게 농락당한 거니까. 어쩔 수 없이 끌려 들어간 것이 분명해. 그러니까 가능한 한 곧바로 떨쳐버렸잖아. 둘이 그렇게 빨리 헤어진 건 정말 나빠 보여. 그 여자 잘못이지. 물론 게스트 씨는 편지를 써서 모든 잘못을 자신에게로 돌렸지. 여자에겐 아무 잘못이 없는 것처럼 보이도록 사건을 매우 낭만적으로 설명했어. 그야 그럴 수도 있겠지! 그러나 세상의 아내들의 뛰어난 본능은 속지 않았다. 하느님 감사합니다! 안 그러면 사회는 어찌될 것인가? 아니, 그녀의 친오빠에게 문전박대를 당했다지? 분명 모든 걸 알고 있으니 그렇게 했겠지. 톰 털리버 씨는 정말 존경할 만한 젊은이야. 분명 출세할 거야. 누이동생의 망신은 확실히 큰 타격일 거야. 그 여자가 여기를 떠나서 미국 같은 데로 멀리 가버리면 좋을 텐데. 그녀 때문에 오염된 세인트오그스의 공기를 정화할 수 있도록. 이곳 딸들에게는 정말 위험한 본보기야. 그 여자에게는 이제 좋은 일은 전혀 생기지 않을 거야. 오직 뉘우치기를, 그래서 하느님의 자비가 내리기를 바라야지. 그도 그럴 것이 하느님은 세상의 아내들처럼 사회의 일을 직접 챙기지는 않으니까.

세상 아내들의 뛰어난 본능이 이런 확신을 갖기까지는 거의 두 주가 걸렸다. 실제로 스티븐의 편지는 일주일이 지난 후에야 왔다. 그는 아버지에게 사건을 설명하고, 이어서 자신이 네덜란드에 건너가 있는데, 그 전에 머드포트의 대리점에서 돈을 인출했으며, 현재로서는 어떤 결정도 내릴 수 없다고 덧붙였다.

그동안 매기는 보다 고통스러운 걱정에 사로잡혀 있던 터라 자신에 대한 세인트오그스 사회의 평판에는 신경 쓸 겨를이 없었다. 스티븐, 루시, 필립에 대한 걱정이 사랑, 후회 그리고 동정이 뒤섞인 폭풍이 되어 그녀의 불쌍한 가슴에 쉴 새 없이 모질게 휘몰아치고 있었던 것이다. 설령 세상의 배척과 불공평에 대해 생각했다 하더라도 그녀는 이미 최악을 맛보았다고 여겼을 것이다. 오빠의 입에서 그런 말을 들은 까닭에 어떤 것도 이제 그녀에게 견딜 수 없는 타격을 가할 수 없었을 것이다. 사랑하는, 그리고 상처받은 사람들에 대한 걱정 사이사이로, 톰의 말은 끊임없이 그녀를 아프게 찔렀다. 그 끔찍한 고통은 환희의 천국까지라도 비참과 공포를 몰고 갈 정도였다. 언젠가 다시 행복해질 수 있으리라는 생각은 아예 하지도 않았다. 그녀의 모든 감각은 완전히 고통에 익숙해져서 다시는 다른 것에 반응하지 않을 것 같았다. 그녀 앞의 인생은 오직 참회의 도정일 뿐이었다. 미래에 대한 그녀의 유일한 바람은 지금보다 더 타락하지 않는 것이었다. 의지가 약한 탓에 미래에도 여러 가지 무서운 잘못을 저지를 수 있다는 생각에 그녀는 안전한 피신처로 피하는 것 이외의 어떤 평화도 상상할 수가 없었다.

그러나 그녀가 실제적인 생각을 전혀 하지 않았던 것은 아니다. 독립심은 타고난 천성인 데다 습관이었기 때문에 밥벌이 생각을 하지 않을 수 없었다. 다른 계획을 세우기 어려운 상황인지라 그녀는 삯바느질을 해서 봄에게 낼 하숙비를 벌 생각이었다. 어머니는 물방앗간으로 돌아가 톰과 함께 살도록 설득할 작정이었다. 그리고 그녀 자신은 어떻게 해서라도 세인트오그스에서 버틸 생각이었다. 켄 박사는 아마 그녀를 도와주고 충고도 해줄 수 있을 것이었다. 바자회에서 그가 떠나기 전에 한 말과 그와 이야기하고 있을 때 그녀 가슴속에 솟아났던 신뢰감이 기억났다. 그래서 그녀는 그에게 모든 것을 털어놓을 기회를 간절한 마음으로 기다렸다. 어머니는 루시의 용태를 알아보려고 매일 딘 씨 댁으로 갔다. 답변은 언제나 슬픈 것이었다. 아직까지 첫 충격 때 받은 무기력 상태에서 벗어나는 기미가 전혀 없었다. 그런데 필립에 대해서는 틸리버 부인도 아는 것이 전혀 없었다. 그녀와 만나는 사람들은 당연히 그녀의 딸과 관련된 얘기를 꺼내지 않았기 때문이다. 그러나 그녀는 마침내 용기를 내어 글레그 언니 집으로 갔다. 글레그 부인은 모든 것을 알고 있었고, 또한 틸리버 부인이 없는 동안 톰을 만나러 물방앗간을 방문하기도 했다. 물론 톰은 그때 있었던 일에 대해서는 일절 말하지 않았다.

어머니가 나가자마자 매기는 모자를 썼다. 목사관에 가서 켄 박사와의 면담을 요청할 작정이었다. 그는 깊은 슬픔에 잠겨 있었다. 그러나 그런 경우, 다른 사람의 슬픔은 신경에 거슬리지 않는 법이다. 매기가 문밖 출입을 하는 것은 돌아온 뒤로 이번이 처음이었다. 그런데도 그녀는 자신의 외출 목적에 골몰해 있던 터라 도중에 사람들을 만나 시선을 받는 것이 불쾌할 거라는 생각을 전혀 하지 못했다. 그러나 봅의 집 앞 좁은 골목길을 벗어나자마자 그녀를 쳐다보는 이상한 시선을 의식하게 되었다. 이러한 의식 때문에 그녀는 신경을 곤두세우고 발걸음을 재촉했다. 좌우를 돌아보기도 겁이 났다. 그녀는 곧 턴불 부인과 턴불 양을 맞닥뜨렸다. 예전부터 가족끼리 잘 아는 사이였지만 그들은 그녀를 이상하게 쳐다보더니 아무 말도 하지 않고 살짝 옆으로 비켜섰다. 모진 눈초리는 매기에게 고통을 주었다. 하지만 자책감이 너무 큰 탓에 결코 남을 원망하지 않았다. 그녀는 이렇게 생각했다. 내게 말을 걸지 않는 게 당연해. 루시를 좋아하니까. 그러나 곧 그녀는 당구장 문 앞에 서 있는 일단의 남자들 곁을 지나게 되었다. 젊은 토리가 외알 안경을 걸치고 약간 앞으로 나서더니 친한 술집 여자에게나 하는 그런 천연덕스러운 태도로 그녀에게 인사를 했다. 자존심이 강한 매기로서는 슬픔 속에서도 그 아픔을 느끼지 않을 수 없었다. 그제야 비로소 그녀는 루시에 대한 신뢰의 배반 때문에 마땅히 받아야 할 불명예 외에 또 다른 불명예가 있다는 것을 깨달았다. 그녀는 곧 목사관에 도착했다. 심판은 누구의 입에서건 나올 수 있다. 모질고 잔인하고 지각없는 거리의 부랑아라도 할 수 있다. 그러나 도움과 동정은 드문 것이다. 그런 까닭에 그것은 올바른 사람들에게 더욱 필요한 미덕인 것이다.

이름을 대자 그녀는 곧 켄 박사의 서재로 안내되었다. 서재에는 책이 산더미처럼 쌓여 있었지만 박사는 그것에는 전혀 흥미가 없는 듯 세 살배기 막내딸의 머리에 뺨을 대고 앉아 있었다. 하녀가 아이를 데리고 나가자 켄 박사는 매기에게 의자를 권하며 말했다.

"털리버 양을 보러 가려고 했는데 이렇게 먼저 찾아와 줘서 기쁩니다."

매기는 바자회에서와 마찬가지로 어린애같이 똑바로 그를 쳐다보며 말했다. "모든 걸 털어놓고 싶어요." 그런데 말하는 도중, 눈에 눈물이 가득 차올랐다. 수모를 받으며 걸어오는 동안 눌러두었던 설움이 복받쳐 더 이상 말을 할 수가 없었다.

"자, 다 털어놓아요." 켄 박사의 깊고 확고한 목소리에서는 온화한 친절이 배어났다. "나는 경험이 많으니까 도움을 줄 수 있을지도 몰라요. 그러니 마음 놓고 얘기해요."

매기는 띄엄띄엄 힘들여 얘기하기 시작했다. 일단 이야기를 시작하자 신뢰에서 오는 안도감 때문에 말하기가 점점 쉬워졌다. 그녀가 털어놓은 짧은 투쟁의 이야기는 아마도 긴 슬픔의 시작일 터였다. 켄 박사는 어제야 비로소 스티븐의 편지 내용을 알게 되었으며 즉시 그것을 믿었다. 매기의 입을 통해 확인할 필요도 없었다. 무의식적인 신음과도 같았던 "아, 저는 가야만 해요."라는 말은 그녀의 내적 갈등의 징표로서 그의 기억에 뚜렷이 남아 있었던 것이다.

매기는 자신으로 하여금 어머니와 오빠에게 돌아오게 만든 감정, 즉 과거의 모든 기억에 매달리게 한 감정을 가장 길게 설명했다. 그녀가 이야기를 마쳤을 때 켄 박사는 잠시 동안 침묵을 지켰다. 한 가지 어려움이 있었던 것이다. 그는 의자에서 일어나 뒷짐을 지고 난로 앞을 왔다 갔다 했다. 마침내 그는 다시 앉아서 매기를 쳐다보며 말했다.

"아가씨로 하여금 가장 친한 친구들에게 돌아가도록 만들고 과거의 유대 관계를 버리지 않게 만든 것은 진정한 양심의 소리입니다. 그것은 교회의 원초적 교의와 계율에 부합하지요. 그래서 회개하는 사람을 쌍수를 들어 받아들이고 마지막까지 어린 양들을 지켜보며 구원의 가망이 있는 한 절대로 버리지 않습니다. 그런데 교회는 또 공동체의 여론을 대표해야 하기도 합니다. 그래야만 교구는 영적인 아버지 밑에 기독교적 우애로 맺어진 가족이 될 수 있지요. 그런데 계율과 기독교적 우애의 정신은 매우 해이해졌어요. 사람들 마음속에 거의 남아 있지 않다고 해도 과언이 아니지요. 단지 파벌화된 협소한 공동체들 안에서 편파적이고 모순된 형태로 남아 있을 뿐이에요. 하지만 내게는 인간의 필요에 맞는 유일한 교의인 그 원초적 교의를 결국에는 완전히 회복할 것이라는 굳은 신념이 있어요. 만일 그것이 내게 없다면 나는 우리 신도들 사이에 형제애와 상호적 책임감이 결핍되어 있는 것을 보고 많이 실망했을 겁니다. 오늘날에는 모든 것이 연대감의 해이 쪽으로 나아가는 것 같아요. 과거에 뿌리박고 있는 의무보다는 제멋대로 자기가 좋아하는 걸 선택하는 것 말이지요. 털리버 양의 양심과 마음은 이 점에 대해 진정한 빛을 던져주었어요. 내가 이 모든 얘기를 한 건, 다른 걸 감안하지 않고 오직 내 감정과 판단에만 따른다면 아가씨에 대한 나의 소망과 나의 조언이

과연 무엇인가라는 걸 알려주고 싶었기 때문입니다."

켄 박사는 잠시 말을 멈추었다. 그의 태도는 결코 자애롭지 않았다. 그의 엄숙한 시선과 목소리는 차라리 냉랭하기까지 했다. 그의 자애심은 은근하고 끈기 있는 것이었다. 만일 매기가 그 표현이 신중한 만큼 오래간다는 사실을 몰랐더라면 무척 낙담하고 겁을 집어먹었을 것이다. 그러나 그녀는 그가 좋은 조언을 해주리라는 확신을 가지고 그의 말을 들었다. 그가 말을 계속했다.

"털리버 양은 세상을 모르기 때문에 아가씨의 행동에 대해 사람들이 부당한 판단을 내릴 수도 있다는 점을 제대로 감안하지 못했어요. 일단 그런 판단을 내리면 반대 증거가 충분히 있는데도 아가씨에게 해로운 영향을 끼치지요."

"아, 저도 알고 있어요. 이제야 알 것 같아요." 매기는 조금 전에 느낀 고통이 다시 떠올라 말했다. "창피를 당하고, 실제보다 더 나쁜 사람으로 평가될 거라는 것을 알겠어요."

"아마도 이건 아직 모르겠지요." 켄 박사는 전보다 더 동정심을 보이며 말했다. "편지가 왔어요. 당신을 조금이라도 아는 사람이라면 누구라도 당신이 매우 어려운 순간에 바른길로 돌아오는 지극히 험난한 길을 택했다는 것을 확신할 수 있을 만한 그런 편지였지요."

"아, 그 사람은 어디 있나요?" 불쌍한 매기의 얼굴이 붉어지고 몸이 떨렸다. 다른 사람 앞이어도 그것을 억제할 수 없었다.

"외국으로 갔어요. 그간의 사정을 전부 자기 아버지에게 편지로 알렸는데 최대한으로 당신을 변호했더군요. 이 편지가 당신 사촌에게 알려지면 좋은 효과가 있을 거라고 생각해요."

켄 박사는 매기가 다시 진정하기를 기다렸다가 말을 계속했다.

"내가 말했듯이 이 편지는 물론 당신에 대한 나쁜 인상을 없애주기에 충분할 겁니다. 그렇지만 털리버 양, 내 경험에 비추어 보거나, 또 지난 사흘간의 관찰로 미루어 보면 아가씨는 잘못된 편견에서 빠져나오기 어려울 것 같군요. 당신이 겪은 것과 같은 양심의 갈등과 싸울 능력이 없는 사람일수록 당신에 대해 부당한 심판을 내리고 당신을 외면하기 쉽습니다. 그들은 당신의 내적 투쟁을 믿지 않기 때문이지요. 당신이 여기서 살면 많은 고통과 장애에 부딪히게 될 것입니다. 이런 이유로, 단지 이 이유뿐입니다만, 처음에 생각했던 대로 먼 곳에 일자리를 얻어 가는 것이 나을 거라고 생각합니다. 내가 나서서 일자리를 알아보지요."

"아, 여기서 머무를 수만 있다면!" 매기가 말했다. "낯선 곳에서 새로 시작할 마음은 없어요. 의지가지없게 될 테니까요. 과거와 단절된 외로운 방랑자 같을 거예요. 제게 일자리를 주었던 분에게 사과 편지를 썼어요. 여기 있으면 루시와 다른 사람들에게 속죄할 수 있을지도 몰라요. 언젠가는 그들도 제가 미안해한다는 것을 믿어줄지 몰라요." 그러고는 예전의 자존심이 되살아나는 듯 이렇게 덧붙였다. "저는 사람들의 비난 때문에 도망가지는 않겠어요. 언젠가는 그들도 태도를 고치게 되겠지요. 다른 사람들이 원하기 때문에 결국에는 떠나야 할지도 모르지만 적어도 지금은 가지 않겠어요."

"좋아요." 켄 박사는 잠시 생각한 후에 말했다. "털리버 양이 그렇게 결심했다면 힘자라는 데까지 도와드리겠습니다. 교구 목사니까 당연히 당신을 돕고 후원해야겠죠. 하지만 그것만이 아닙니다. 나는 개인적으로 아가씨의 평화와 복지에 대해 큰 관심을 가지고 있습니다."

"독립해서 먹고살 수 있는 일거리만 있으면 돼요." 매기가 말했다. "제가 원하는 것은 많지 않아요. 지금 제가 사는 곳에서 계속 살아도 되고요."

"그 문제는 시간을 두고 생각해 보지요." 켄 박사가 말했다. "며칠 후면 여론을 좀 더 잘 알 수 있을 겁니다. 내가 아가씨를 찾아가지요. 항상 당신 문제를 염두에 두고 있겠습니다."

매기가 물러간 후, 켄 박사는 뒷짐을 지고 바닥의 카펫을 응시하며 생각에 잠겨 서 있었다. 유감스럽게도 일은 상당히 어려워 보였다. 그가 읽어본 스티븐의 편지의 어조나 그 일에 관련된 사람들의 이야기로 미루어 보건대 그 상황에서 최선은 매기와 스티븐이 결혼하는 것이라는 생각을 지울 수 없었다. 몇 년 동안 떨어져 있고 난 후라면 또 모를까 지금 당장으로는 매기와 스티븐이 결혼하지 않은 채 세인트오그스에서 같이 지내기는 매우 곤란한 일이었다. 그 때문에 매기가 여기 계속 머무르는 것은 현실적으로 불가능에 가까워 보였다. 그러나 다른 한편으로 그는 정신적 갈등을 경험한 적이 있었고 또한 다년간 다른 사람에게 헌신적으로 봉사하는 생활을 해 온 사람이었다. 그래서 결혼을 거의 신성모독처럼 느끼는 매기의 심정과 양심 상태를 충분히 이해할 수 있었다. 그녀의 양심에 간섭해서는 안 된다. 그녀의 행동을 결정지은 원칙은 결과에 의해 좌지우지되는 기준보다 훨씬 안전한 지침이었다. 그는 그 문제에 간섭하는 것은 책임을 동반하며, 그 책임은 결코 경솔하게 떠맡을 수 있는 것이 아니라는 걸 경험으로 알고 있었다. 루시와 필립과의 예전 관계의 회복, 혹은 새로운 애정에 대한 순응, 그 둘 중 어느 것도 결국 어떤 결과를 초래할지 확신할 수 없었다. 어느 쪽이든 다 같이 곤란한 문제점을 노정하고 있었기 때문이다.

열정과 의무 사이의 가변적 관계를 이해하는 사람이라면 어느 누구도 그것에 대해 분명하게 판단할 수 없다. 어떤 사람이 이제 체념이 불가능한 단계, 즉 죄라고 생각하여 맹렬히 저항했던 자신의 열정을 받아들일 수밖에 없는 단계에 도달하였느냐 아니냐 하는 문제의 경우, 우리에겐 모든 경우에 적용되는 만능의 해결책이 없다. 궤변론자들은 비난과 조소의 대상이 되었다. 그러나 모든 것을 세세하게 구별하려는 그들의 생각은 사람들이 잘 보지 못하는 진리를 나름대로 포함하고 있다. 물론 궤변론자들의 논리는 이 진리를 마음대로 왜곡하는 까닭에 진리라기보다는 진리의 허상에 불과하기는 하지만 말이다. 그런데 그 진리란 바로 개인의 특수한 사정을 고려하지 않은 도덕적 판단은 거짓되고 공허하다는 사실이다.

포용력이 크고 분별력 있는 사람들은 격언을 맹신하는 사람들에게 본능적 거부감을 가지고 있다. 왜냐하면 이들은 우리네 인생이란 매우 복잡하고 신비스러운 것이어서 격언 따위로는 이해될 수 없다는 사실을 일찍이 깨우쳤기 때문이다. 또한 그런 공식에다 우리 자신을 얽어매는 것은 통찰력과 동정심이 증가함에 따라 생겨나는 신성한 자극과 영감을 억제하는 것이라는 사실을 알고 있기 때문이다. 그러나 격언을 맹신하는 사람들은 상당히 많으며 실제로 그들은 일반적 원칙에만 의거해 도덕 판단을 내리는 사람들을 대표한다고 말할 수 있다. 그들은 일반적 원칙만 있으면 기존의 상투적인 방식으로 정의에 도달할 수 있다고 믿는다. 따라서 그들은 인내심과 분별력과 공정성을 획득하기 위해 노력하지 않는다. 또한 유혹에 직면하여 투쟁한 후, 혹은 인류 전체를 동지애로 포용할 수 있을 만큼 생생하고 열정적인 삶을 영위한 후에나 얻어지는 통찰력이 자신에게 있는지 자문해 보지 않는다.

3
옛 친구들이 우리를 놀라게 하다

집에 돌아온 매기는 어머니에게서 글레그 이모가 예상치 못한 태도를 보여주었다는 소식을 전해 들었다. 매기에게서 소식이 없는 동안 글레그 부인은 덧창을 반쯤 닫고 차양을 내리고 있었다. 그녀는 매기가 익사했다고 생각했던 것이다. 그녀의 조카이자 상속인이 애정 때문에 집안의 명예에 상처를 입힐 행동을 했을 거라는 생각보다는 그쪽이 더 있음직한 일이었다. 마침내 톰에게서 매기가 집에 돌아왔다는 사실과 함께 매기의 설명을 전해 듣자 그녀는 톰이 확실히 알지도 못하면서 사태를 최악의 방향으로 해석한다고 화를 냈다. 네 친척에게 눈곱만큼의 명예라도 남아 있는 한 그들을 옹호해야지 그렇지 않으면 도대체 누구를 옹호한단 말이냐? 네 가족이 유언장을 고쳐야 할 정도로 나쁜 짓을 했다는 사실을 그렇게 경솔직하게 인정하는 것은 도슨 집안의 관습이 아니다. 물론 남들이 나만큼 앞을 내다보는 눈이 없었을 때도 나는 항상 매기의 미래에 대해 나쁜 예상을 하고 있었다. 그러나 페어플레이란 중요한 것이다. 그리고 매기의 불명예가 확실하지도 않은 마당에 친구들이 먼저 그녀의 명예를 빼앗고 가족의 보호에서 내쫓음으로써 세상의 조소거리가 되게 해서는 안 된다. 이것이 그녀의 주장이었다. 글레그 부인은 이런 일을 경험한 적이 없었다. 도슨 가문에서는 유례가 없는 일이었으므로. 그러나 이번 사태에 직면해 글레그 부인의 타고난 강직함은 가문에 대한 충실과 결합했는데, 실제로 평생 그녀가 금전 문제에서 공평성을 유지한 것도 바로 이 두 가지의 결합에 기인한 것이었다. 그녀는 루시를 좋아하기 때문에 당사자인 딘 씨만큼이나 매기에 대해 가혹한 심판을 내리는 글레그 씨와 다투었고, 동생인 털리버 부인에게는 곧바로 자기를 찾아와서 조언과 도움을 구하지 않았다고 역정을 냈다. 그러고는 백스터의 『성자의 영원한 안식』을 읽으며 아침부터 밤까지 방 안에 틀어박혀 누구도 만나려 들지 않았다. 글레그 씨가 딘 씨에게서 스티븐의 편지에 관한 소식을 가져오자 그녀는 싸울 만한 입지가 생겼다고 판단하여 백스터의 책을 놓고 손님 맞을 채비를 갖추었다. 풀릿 부인은 고개를 저으며 울기나 하고, 또한 차라리 사촌 애버트나 다른 사람이 여럿 죽는 편이 낫겠다고 한탄이나 하고 있었다. 이런 사건은 유례가 없는 것이어서 도무지 어떻게 해야 할지 모르겠다, 사람들이 다 이 일을 알고 있으니 이제 다시는 세인트오그스에 발을 들여놓지 못하겠다는 것이 그녀의 하소연이었다. 이에 반해 글레그 부인은 울 부인이나 다른 사람들이 와서 자기 조카딸에 대한 잘못된 얘기를 늘어놓기만 기다리고 있었다. 그녀는 뭘 모르는 사람들에게 어떤 말을 해줘야 하는지 잘 알고 있었다!

글레그 부인은 다시 한 번 톰을 만나 현재 자신의 입지가 강화된 만큼 더욱 엄중하게 나무랐다. 그러나 톰은 움직이지 않는 다른 모든 것과 마찬가지로 자신을 흔들려는 기도가 있자 더욱 고집스럽게 꿈쩍도 하지 않고 버티었다. 불쌍한 톰! 그는 자기가 볼 수 있는 것에 의거해 판단을 내렸다. 그 판단은 그 자신에게도 고통스러운 것이었다. 수년간 그의 눈으로 관찰한 바에 의하면 매기의 본성은 도대체 믿을 수 없으며 나쁜 성향을 가지고 있었다. 따라서 그는 결코 그녀를 관대하게 다루어서는 안 된다고 판단했다. 물론 그는 자신의 눈이 불완전할 수도 있다는 생각 같은 것은 전혀 해본 적이 없었다. 그러므로 어떤 일이 있더라도 자신이 관찰한 바에 따라 행동하겠다고 결심하고 있었다. 그러나 그 생각 때문에 그는 괴로운 하루하루를 보내고 있었다. 톰은 우리 모두와 마찬가지로 본성이라는 울타리 안에 갇혀 있었다. 교육은 그의 내면까지 침투하지 못하고 그저 외면에만 얇은 세련의 막을 입혔을 뿐이다. 여러분이 그의 엄격함을 비판하고 싶다면, 관용의 책임은 보다 넓은 시각을 가진 사람에게 있다는 사실을 기억하기 바란다. 톰이 매기에게 그토록 강한 혐오감을 갖게 된 것은 고사리 같은 손가락을 걸던 어린 시절의 사랑과 공통의 의무와 슬픔을 겪으며 자라난 친밀감 때문이었다. 따라서 그가 그녀에게 말했다시피, 그는 그녀의 모습이 증오스러웠다. 글레그 부인은 톰이라는 도슨 가족의 한 가지에서 그녀 자신보다 더욱 강한 성격을 발견했는데, 톰이 가진 가족의 감정에는 가족끼리의 상부상조 정신이 없는 대신 개인적 자존심이라는 성격이 짙게 물들어 있었다. 글레그 부인 역시 매기가 벌을 받아야 한다는 점을 인정했다. 그런 것을 부정할 여자가 아니었다. 행실이라는 것이 무엇인지 알고 있으므로. 하지만 벌은 증명된 죄에 비례해야지 자기들 가문이 더 훌륭하다는 것을 보여주고 싶어 하는 그런 외부 사람들이 매기에게 뒤집어씌운 죄에 비례해서는 결코 안 된다고 생각했다.

"애야, 글레그 이모가 어찌나 야단을 치는지." 털리버 부인이 매기에게 말했다. "일찍 찾아오지 않았다고 말이야. 이모가 나를 찾아오는 건 법도가 아니라는구나. 하지만 언니다운 데도 있었어. 항상 그랬지, 비위 맞추기도 어렵고. 아이고, 맙소사! 하지만 애야, 너에 대해서 지금까지 듣던 중 제일 따뜻한 말을 했어. 이모 말씀이 당신 집에다 누굴 들여놓거나 수저를 더 놓거나 방해받는 것은 싫지만, 그래도 네가 얌전히 이모 집에 온다면 받아주겠다는 거야. 또 쓸데없이 너에 대해 나쁜 말을 하는 사람들로부터 너를 감싸주겠대. 그래서 나는 네가 나 이외의 사람을 만나는 것을 견디지 못할 거라고 했다. 너무 상심해 있어서 말이야. 그랬더니 이모 말이 '그 애에게 나쁜 말은 하지 않을 거야. 그런 건 우리 가족 아닌 사람들이 할 테니까. 그래도 충고는 해야겠지. 그 애도 겸손하게 받아들여야 할 테고.' 하더구나. 이번에는 제인 언니가 참 놀랍더구나. 언니는 항상 나를 탓했거든. 건포도로 담근 포도주 맛이 나쁘거나 파이가 너무 뜨겁거나 하면, 어쨌든 뭐든지 날 책망했으니까."

"아, 어머니," 불쌍한 매기는 자신의 상처받은 마음이 감내해야 할 온갖 접촉을 생각만 해도 겁이 났다. "이모님께 제가 고마워한다고 전해 주세요. 될 수 있는 대로 빨리 뵈러 갈게요. 하지만 아직까지는 아무도 만날 수가 없어요. 켄 박사님만 빼고요. 그분을 만나고 왔어요. 제게 충고도 해주시고 일거리도 알아봐 주실 거예요. 저는 어느 누구와도 함께 살 수 없고 또 의존할 수도 없다고 이모님께 말해 주세요. 저는 제가 벌어서 살아야 해요. 그런데 필립, 필립 웨이컴 얘기는 못 들으셨어요? 그의 얘기를 하는 사람은 못 만나셨어요?"

"아니, 얘야. 루시네에 들렀다가 딘 이모부를 만났는데, 이모부 말이 루시에게 편지를 읽어주었다는구나. 또 그 애가 게스트 양을 알아보고 여러 가지를 물어봤대. 의사도 좀 차도가 있는 것 같다고 했단다. 무슨 놈의 세상이 이렇담. 아이고, 말도 많고 탈도 많지! 소송이 발단이었지. 그러더니 엎친 데 덮친 격으로 자꾸 더 나빠지는구나. 운이 좀 피는가 했더니 말이지." 이것은 매기에 대한 털리버 부인의 첫 한탄이었다. 글레그 언니와 얘기를 하다 보니 옛날 습관이 되살아났던 것이다.

"아, 불쌍한 우리 어머니!" 매기는 연민과 양심의 가책으로 가슴이 저며와 어머니의 목에 매달리며 부르짖었다. "저는 늘 말썽꾸러기에 골칫거리였어요. 저만 없었으면 지금쯤은 행복하셨을 텐데."

"아, 애야," 털리버 부인은 젊고 따뜻한 뺨에 얼굴을 갖다 대며 말했다. "내 자식인데 어떡하겠니, 자식이 앞으로 더 있을 것도 아니고. 자식들이 골치를 썩이면 그걸 낙으로 삼아야지. 달리 낙도 없잖니? 내 가구는 옛날에 다 없어졌고. 게다가 너도 참 좋은 아이였는데. 어쩌다 이렇게 되었는지 모르겠구나."

이삼일이 지나도록 매기는 전혀 필립의 소식을 듣지 못했다. 매기는 무엇보다도 필립이 염려되었다. 그래서 켄 박사가 방문했을 때 그녀는 마침내 용기를 내어 그에 대해 물어보았다. 켄 박사는 필립이 집에 있는지 어떤지조차 알지 못했다. 늙은 웨이컴 씨는 여러 가지로 속상한 일이 겹쳐 기분이 나빴다. 그가 애착을 갖고 있던 젊은 젯섬에게 실망한 데다 곧바로 아들의 희망이 박살 나는 재난이 겹친 것이다. 기껏 자기 감정을 죽이고 아들의 소망을 받아들였고, 또한 세인트오그스 사람들에게 귀띔까지 한 터라 누가 아들에 대해 물어보기라도 하면 벌컥 화부터 냈다. 그러나 필립이 아픈 것은 분명 아니었다. 그랬더라면 의사의 왕진을 통해 그 사실이 알려졌을 터이므로. 이러한 정황으로 미루어 볼 때 그는 어쩌면 잠시 동안 마을을 떠나 있는지도 몰랐다. 매기는 소식을 알지 못해 더욱 불안해졌다. 그리고 더욱 집요하게 필립이 겪고 있을 고통을 상상하기 시작했다. 그는 그녀에 대해 어떻게 생각하고 있을까?

마침내 봅이 우체국 소인이 없는 편지를 가지고 왔다. 매기는 봉투에 쓰인 자기 이름에서 필적을 알아보았다. 그것은 아주 오래전, 문고판 셰익스피어 책의 헌사로 그녀의 이름을 썼던 그 필적이었다. 그녀는 응접실에서 편지를 받았다. 어머니도 함께였다. 격렬한 감정의 동요를 느낀 매기는 혼자서 편지를 읽기 위해 서둘러 2층으로 올라갔다. 편지를 읽는 그녀의 관자놀이가 펄떡펄떡 뛰었다.

매기, 나는 너를 믿어. 네가 결코 나를 속일 생각이 없었다는 걸 알아. 네가 나에 대해, 그리고 모든 사람들에 대해 신의를 지키려고 노력했다는 걸 알아. 너의 천성 외에는 아무런 다른 증거가 없을 때에도 그것을 믿었어. 너와 마지막으로 헤어진 날 밤 나는 무척 괴로웠어. 네가 자유롭지 않다는 것을, 내가 결코 갖지 못했던 그런 영향력을 가진 사람이 있다는 것을 확신할 만한 것들을 보았으니까. 그러나 여러 가지 상상, 분노와 질투 때문에 살기까지 띠게 된 상상을 하면서도 나는 결국 너의 진실함을 믿었어. 네가 내게 말했듯이 나에게 집착한다는 것, 그를 거부했다는 것, 나와 루시를 위해서 그를 단념하려고 노력한다는 걸 확신했지. 하지만 아무리 생각해 봐도 네가 불행해지지 않을 수 있는 방법이 보이지 않았어. 그리고 그 염려 때문에 너를 단념할 수가 없었어. 나는 그가 너를 결코 포기하지 않으리라고 예상했고 그때와 마찬가지로 지금도 나는 이렇게 믿고 있어. 너희 두 사람을 서로에게로 끌어당기는 그 강한 인력은 네 인격의 한 부분에서만 나오는 것이며, 인간의 운명이란 비극에 대해 절반의 책임이 있는 분열된 인간 본성의 작용이라고 말이야. 네 천성 속에서 내가 항상 감지해 오던 예민한 감수성이 그에게는 없다고 생각했어. 그렇지만 내가 틀렸는지도 모르지. 마음을 다 바쳐 애정을 갖고 구상해 오던 경치에 대해 화가가 느끼는 것처럼 나도 너에 대해 그렇게 느꼈는지도 몰라. 화가는 그것이 다른 사람에게 맡겨질까 두려워하지. 그 경치에서 자신이 느꼈던 의미와 아름다움을 다른 사람도 마찬가지로 느낄 수 있다는 걸 절대로 믿을 수 없으니까.

그날 아침 너를 볼 용기가 없었어. 나는 이기적인 열정으로 가득 차 있었으니까. 온갖 상상에 시달리며 하룻밤을 지새운 터라 완전히 기진맥진해 있었지. 예전에 내가 너에게 말한 적이 있지. 내 능력이 시원치 않다는 것을 체념하고 받아들일 수 없다고 말이야. 그러니 내가 어떻게 나에게 그토록 깊은 즐거움과 함께 지금까지의 고통에 새롭고 축복받은 의미를 줄 수 있는 사람을 단념할 수 있었겠어? 나의 사무치는 애정을 승화시켜, 욕구가 늘 새롭게 솟아나고 늘 충족될 때 맛볼 수 있는 저 엄청난 환희로 바꾸어줄 그런 사람을 어떻게 단념할 수 있었겠어?

하지만 그날 밤의 고통 덕택에 나는 이튿날의 일에 대해 어느 정도 마음의 준비를 할 수 있었어. 그건 전혀 놀라운 일이 아니었으니까. 자기를 위해 모든 것을 희생하도록 그가 너를 설득했겠지. 그래서 나는 곧 결혼 소식이 오리라고 확신했어. 내 사랑에 비추어 너와 그의 사랑을 짐작했던 거지. 그렇지만 매기, 내 생각이 틀렸더군. 너에게는 그에 대한 사랑보다 더 강한 것이 있었어.

그동안 내가 어땠는지는 말하고 싶지 않아. 하지만 가장 괴로운 순간에도, 심지어는 사랑이 이기적인 욕망에서 벗어나기 위해서는 겪지 않을 수 없는 저 무서운 고통의 순간에도 나는 자살하지 않았어. 다른 것은 제쳐놓고라도 너에 대한 사랑만으로도 나는 자살할 수 없었어. 내가 아무리 이기적이라고 해도, 나로서는 나의 망령이 네 기쁨에 어두운 그림자를 던지게 할 수가 없었던 거야. 네가 아직 살아 있고, 또한 네가 나를 필요로 할지도 모르는 이 세상을 버릴 수가 없었어. 그건 내가 너에게 약속한 것의 일부니까. 기다리고 참는다는 그 약속 말이야. 매기, 이것은 바로 내가 지금 너에게 하려는 말에 대한 보증이 될 거야. 매기, 너로 인해 내가 아무리 고통을 겪는다 하더라도 그것은 너를 사랑한 덕택에 얻게 된 새로운 삶의 대가로 결코 비싼 것이 아니야. 나를 슬프게 한 것 때문에 괴로워하지 마. 나는 박탈감 속에서 자라났어. 행복이란 꿈도 꾸지 않았지. 그런데 너를 알고, 너를 사랑하면서 나는 삶과 화해할 수 있었고, 그것은 지금도 계속되고 있어. 빛과 색깔이 내 눈을 뜨게 해주고 음악이 내 내면의 귀를 열어준 것처럼 넌 내 사랑의 눈을 뜨게 해주었어. 막연한 감정을 생생한 의식으로 높여준 것이지. 나 자신보다는 네 기쁨과 슬픔을 더 중요시하는 데서 나는 새로운 삶을 발견했고, 그것은 반항적인 불평을 자발적인 인내심으로 바꿔놓았어. 그리고 그것을 통해 나는 큰 공감을 발견할 수 있었지. 그런 완전하고 강렬한 사랑만이 보다 폭넓은 삶으로 나를 인도해 줄 수 있었다고 생각해. 왜냐하면 그런 삶이란 남의 삶을 내 것으로 포용함으로써 점점 커질 수 있는 것인데, 예전에 나는 언제나 고통스러운 자의식에 시달리느라 그것에 다가가지 못했으니까. 때로 나는 너를 사랑함으로써 얻게 된 선물, 즉 남을 대신하는 삶이라는 선물이 나에게 새로운 힘을 준다고 생각하기도 해.

그러니까, 사랑하는 매기, 모든 것에도 불구하고 넌 내 인생의 축복이야. 나 때문에 자책하지 마. 오히려 자책해야 할 사람은 나야. 내 감정을 네게 강요하고, 또 너에게 구속감을 느낄 말을 하도록 서둘렀으니까. 넌 그 말에 충실하려고 했어. 그리고 실제로 넌 충실했어. 네가 얼마나 큰 희생을 했는지 짐작이 가. 너와 함께한, 그리고 네가 누구보다 더 나를 사랑하기를 꿈꾸었던 그 30분간의 감정에 비추어서 말이지. 하지만 매기, 나는 너에게 다정한 추억 이상을 요구할 권리가 없어.

한동안 나는 너에게 편지 쓰기를 저어했어. 네 앞에 나서고 싶어 하는 듯이 보이는 것조차 망설여졌기 때문이지. 그러면 또 나의 과오를 되풀이하게 될 테니까. 그렇지만 넌 나를 오해하지 않겠지. 우리는 오랫동안 떨어져 있어야 할 거야. 다른 건 차치하고 사람들의 쑥덕거림 때문에라도 헤어져 있지 않을 수 없겠지. 그러나 나는 결코 멀리 가진 않을 거야. 내가 어디를 가더라도 내 마음은 네가 있는 곳에 있을 거야. 그리고 기억해. 나는 변함없이 네 사람이라는 걸. 이기적인 소망이 아니라 그런 소망조차 배제하는 헌신적인 애정으로 너를 사랑하는 네 사람이라는 걸.

신의 위로가 있기를, 정 많은 내 사랑 매기에게. 모든 사람이 너를 오해했다 하더라도 나는 결코 너를 의심한 적이 없다는 걸 기억해. 10년 전에 너의 사람됨을 알아보았을 때와 마찬가지로.

내가 밖에 나가지 않는다는 이유로 내가 아프다고 말하는 사람들 말은 믿지 마. 나는 신경성 두통을 앓고 있는 것뿐이니까. 전에 가끔 앓던 것보다 심한 건 아니야. 그렇지만 낮에는 너무 더워서 꼼짝 않고 가만히 있어야 해. 말이나 행동으로 너를 도울 수 있는 일이 있다면 알려줘. 언제라도 복종할 수 있을 만큼 충분히 튼튼하니까.

마지막까지 너의
필립 웨이컴

매기는 침대 곁에 꿇어앉아서 편지를 품에 안고 흐느꼈다. 그녀의 감정은 나지막한 절규로 분출되었다. 몇 번이고 반복된 그 말은 언제나 똑같았다.

"아, 하느님, 어떤 크나큰 사랑의 행복이 나로 하여금 그들의 고통을 잊도록 해줄까요?"

4
매기와 루시

그 주가 끝나갈 무렵, 켄 박사는 매기에게 세인트오그스에서 적당한 생활을 보장해 줄 수 있는 방법은 단 하나밖에 없다는 결론에 도달했다. 교구 목사로서 20년간의 경험에도 불구하고 그는 아연실색할 수밖에 없었다. 왜냐하면 사람들은 명백한 증거가 있는데도 고집스럽게 그녀에 대한 비난을 계속했기 때문이다. 지금까지 그는 귀찮을 정도로 추앙받고 상담을 의뢰받았다. 그런데 부인들에게 매기 털리버에 대해 이성적 태도를 보이라고, 양심적으로 공정한 판단을 내리라고 설득하기 시작하면서 그는 갑자기 자신의 무력함을 실감하게 되었다. 그것은 그가 부인들에게 모자 모양을 바꾸라고 설득하는 것과 다름없었다. 물론 아무도 켄 박사의 말에 반박할 수는 없었다. 사람들은 묵묵히 그의 말을 들었다. 그러나 그가 방을 떠난 후, 그의 말을 들은 사람들의 의견을 들어보면 전과 조금도 달라진 것이 없었다. 털리버 양의 행동은 그 방식에서 분명히 비난받을 만하다. 켄 박사도 그걸 부정하지 않았다. 그런데 어떻게 그는 그녀의 행동에 대해 무엇이나 그토록 좋게 해석할 수 있단 말인가? 털리버 양에 대한 모든 소문이 거짓이라고 가정해 보자. 물론 그건 정말 믿기 힘든 일이지만 말이다. 어쨌든 그렇다 치더라도 그런 소문이 있다는 것은 사실이고, 그 때문에라도 그녀 주위에서는 좋지 않은 냄새가 났다. 그러니 자신의 평판과 사회를 소중하게 생각하는 여자라면 누구나 그녀를 회피해야 할 터였다. 매기의 손을 잡고 "아가씨에 대한 증명되지 않은 나쁜 소문을 믿지 않아요. 나는 그런 말이라면 하지도 듣지도 않겠어요. 나도 역시 실수할 수 있는 인간이라 잘못할 수도 있고, 또 열심히 노력해도 잘 안 될 수 있어요. 당신의 경우는 나보다 더 어려웠어요. 당신이 받은 유혹이 더 컸으니까요. 우리 서로 도와서 더 이상 넘어지지 않고 걸어가도록 합시다."라고 말할 수 있으려면 용기와 깊은 동정심과 자기성찰, 그리고 관대한 신뢰가 필요하다. 또한 남을 씹으면서 통쾌함을 느끼지도 않고, 남을 단죄하면서 의기양양해 하지도 않으며, 그럴듯한 이론에 빠져 완전한 진리와 정의, 그리고 우리가 사는 동안 마주치는 사람들 개개인에 대한 사랑 없이도 도덕적 생활과 지고한 종교가 가능하다는 식으로 스스로를 기만하지 않는 그런 정신이 필요하다. 세인트오그스의 부인들이 어떤 거창한 이론에 현혹당해 있었던 것은 아니다. 그러나 그녀들은 자기 나름대로 유달리 선호하는 개념을 가지고 있었는데, 그것은 사회라는 개념이었다. 그 개념 덕택에 그녀들은 매기 털리버에 대해 최악을 말하고, 또한 그녀에게 등을 돌리는 것과 같은 자신들의 이기심을 만족시키는 일을 하면서도 전혀 양심의 가책을 느끼지 않았다. 2년 동안 여성 신도들에게 넘치는 숭앙을 받아온 켄 박사로서는 갑자기 그들이 자기와 반대되는 의견을 고집하자 당연히 실망감을 느꼈다. 게다가 그에 대한 반대는 곧 그들 자신들이 더 오랫동안 숭상해 왔던 보다 높은 권위에 대한 반대이기도 했다. 사회적 의무가 어디서부터 시작하는지에 대해 질문하고 그 출발점에 대해 느슨한 개념을 선호하는 사람들에게 그 권위 있는 문서는 이미 분명한 대답을 해주었기 때문이다. 그 대답에 따르면, 그 의무는 사회의 궁극적 선이 아니라 길을 가다가 환난을 당한 '어떤 사람'에서부터 시작한다.[59]

　물론 세인트오그스에 따뜻한 마음과 양심을 가진 여자들이 없었던 것은 아니다. 분명 그곳에도 당시의 여느 작은 상업 도시 못지않게 착한 사람들이 상당수 있었을 것이다. 그러나 착한 남자들이 모두 훌륭하지 않은 경우, 착한 여자들은 대체로 소심할 수밖에 없다. 심지어 그들은 자신들의 판단이 아무리 훌륭해도 그것이 사회의 주류적 여론과 다를 경우에는 그 판단의 정확성조차 확신하지 못한다. 그런데 세인트오그스의 남자들 모두가 훌륭한 것은 결코 아니었다. 그렇기는커녕 몇몇은 추문을 좋아하기까지 했다. 그런 면에서 그들의 대화는 여

---

59) 『신약성서』 「누가복음」 10장 25~37절. '착한 사마리아인'.

자들의 수다와 별다를 바가 없었다. 간간이 남성적인 농담이 섞이고 여성 혐오라는 공통된 대목에서 어깨를 으쓱하는 것을 제외하면 말이다. 세인트오그스의 남자들은 대체로 여자들 일에 간섭하지 않는다는 입장이었다.

그러므로 매기에게 사회적 인정과 일거리를 찾아주려고 백방으로 노력했던 켄 박사는 실망할 수밖에 없었다. 제임스 토리 부인은 임시로나마 매기를 가정교사로 채용하는 것을 생각조차 할 수 없다고 했다. '그런 얘기가 돌아다니는', 게다가 '남자들의 농담거리가 된' 젊은 여자이므로. 척추가 좋지 않아 책 읽어주는 사람을 구하고 있던 커크 양은 매기의 정신이 위험하기 때문에 상종할 수 없다고 했다. 왜 털리버 양은 글레그 부인 댁에 가지 않는 거죠? 그런 처녀가 그 자리를 거절하는 것은 경우에 맞지 않아요. 이도 저도 아니면 왜 아무도 모르는 곳에 가서 일자리를 구하지 않지요?(마치 세인트오그스 사람들이 모르는 가족들에게 그녀가 위험한 영향을 끼치는 것은 아무렇지도 않은 것처럼.) 그렇게 사람들이 쳐다보고 수근대는 곳에 있기를 고집하다니 정말 모질고 뻔뻔하군요.

원래 매우 단호한 성격인 켄 박사는 이런 반대에 직면하자 단호한 사람들이 대개 그러듯이 목적을 달성하는 데 필요 이상으로 강한 결심을 하게 되었다. 사실 그의 집에도 매일 통근하는 가정교사가 필요했지만 그는 매기를 그 자리에 고용하는 것을 꺼렸다. 그러나 그녀가 중상 때문에 망가지고 배척당하는 것을 보자, 그것에 대해 개인으로서, 그리고 목사로서 할수 있는 한 최대로 강하게 항의해야겠다고 결심했다. 매기는 기꺼이 그 일자리를 받아들였다. 그것은 생활 수단일 뿐만 아니라 고상한 임무이기도 했다. 이제 그녀의 하루는 보람 있는 일로 채워질 것이고 홀로 지내는 저녁 시간은 반가운 휴식이 될 것이었다. 자신과 지내느라 어머니가 감수하는 희생도 이제는 필요가 없었다. 그래서 그녀는 어머니를 설득하여 물방앗간으로 돌려보냈다.

그러자 지금까지 매우 모범적으로 보였던 켄 박사에게 변덕이랄까 약점이랄까, 하여간 그런 것이 있다는 말이 돌기 시작했다. 세인트오그스의 남자들은 미소를 지으며 켄 박사가 매일 아름다운 눈을 보기를 즐긴다고 했다. 또한 과거를 가볍게 생각한다고도 했다. 당시 남자들보다 약하다고 여겨지던 여자들은 이것에 대해 좀 더 슬픈 쪽으로 생각했다. 만일 켄 박사가 털리버 양에게 홀려서 결혼이라도 하게 된다면! 아무리 좋은 남자라도 너무 자만하면 안 되는 것이야. 사도들 중에서도 잘못을 저지르지 않았는가. 그래서 나중에 후회하며 울지 않았는가. 물론 베드로가 예수를 부인한 사건은 이와 유사한 예는 아니지만 그래도 후회한다는 점에서는 비슷하지 않을까.

이처럼 사람들은 매기가 언젠가는 목사의 아내가 될지도 모른다는 끔찍한 가능성에 대해 은밀히 얘기를 나누었다. 그리하여 매기가 목사관에 출근하기 시작한 지 3주가 채 못 되어 부인들은 이제 그녀가 목사 부인이 되면 어떻게 대해야 하는지를 의논하기 시작했다. 어느 날 아침 켄 박사가 아이들 방에서 30분이나 털리버 양이 수업하는 것을 지켜봤다는 둥 소문이 무성했다. 한번은 집에까지 데려다주었다는데. 거의 매일 데려다준대. 아니면, 저녁에 그 집에 간다더군. 정말이지 교활한 여자야! 그런 여자가 그 애들 엄마가 되다니! 켄 부인이 죽은 지 몇 주도 지나지 않아 아이들을 그런 여자에게 맡기다니. 부인이 무덤에서 돌아눕겠군. 이 해가 다 가기도 전에 그 여자와 결혼할 만큼 양식이 없는 걸까? 남자들은 더 냉소적이어서 결코 결혼하지 않을 거라고 생각했다.

　게스트가의 딸들은 목사의 미친 짓에서 약간의 위안을 느꼈다. 적어도 그녀들의 오빠는 안전할 것이기 때문이다. 그들은 스티븐이 끈질기다는 것을 알고 있었던 까닭에 그가 돌아와서 매기와 결혼할까 봐 내내 걱정하고 있었다. 그들은 오빠의 편지를 믿었다. 그러나 매기의 단념이 끝까지 계속되리라는 것을 믿을 수 없었다. 그들 생각으로는, 매기는 도피 행각을 거절한 것이지 결혼 자체를 거절한 것이 아니었다. 그래서 세인트오그스에 들러붙어서 그가 돌아오기를 기다리고 있는 것이 아닐까. 그들은 항상 그녀가 마음에 들지 않았지만 이제는 교활하고 자만심으로 가득 차 있다고까지 생각했다. 물론 그것은 근거 없는 판단이었다. 하지만 사람들은 대부분 이런 경우 자신들의 판단에 상당한 근거가 있다고 생각한다. 예전에 그들은 루시와의 결혼을 달가워하지 않았다. 그러나 이제는 스티븐과 매기의 결혼에 대한 두려움 때문에 상처받은 상냥한 처녀를 향한 동정심과 분노를 더욱 크게 느꼈으며 그가 루시에게 돌아오기를 더욱 바라게 되었다. 루시가 여행을 할 수 있을 만큼 회복되면 바로 게스트가의 딸들과 함께 해변에서 8월의 찌는 더위를 식히기로 예정되어 있었다. 스티븐에게도 그곳에 오라고 할 계획이었다. 매기와 켄 박사의 관계가 화 젯거리가 되자 그들은 바로 그 소문을 스티븐에게 전했다.

　매기는 어머니와 글레그 이모, 그리고 켄 박사를 통해서 루시의 회복 소식을 자주 들었으며 그녀의 생각은 끊임없이 딘 이모부 집 근처를 맴돌았다. 그녀는 단 5분만이라도 루시를 만나기를 갈망했다. 사과를 하고 루시의 눈과 입을 통해 그녀가 사랑하고 믿었던 사람들이 고의로 그녀를 배신했다고는 믿지 않는다는 말을 듣고 싶었다. 그러나 매기는 잘 알고 있었다. 화가 난 이모부가 그녀에게 자기 집 문을 닫지는 않았다 하더라도 루시의 건강 때문에 그런 면담은 금지되어 있다는 것을. 단지 그녀를 보기만 해도 좀 나을 것 같았다. 루시의 얼굴이 매기의 머리에서 떠나지 않았기 때문이다. 그 얼굴이 사랑스러운 만큼 매기의 고통은 더욱 컸다. 신뢰와 사랑을 담뿍 담고 그녀를 바라보던 다정하고 사랑스러운 얼굴이 아득한 추억 속에 되살아났다. 그것은 이제 첫 상처가 할퀴고 간 슬프고 지친 얼굴로 변했다. 날이 감에 따라 그 창백한 모습은 더욱더 뚜렷해졌으며 회한 때문에 더욱 생생해졌다. 고통스러운 표정으로 매기를 굽어보는 담갈색의 눈에서 분노라고는 찾아볼 수 없었다. 그래서 매기는 더욱 괴로웠다. 그러나 루시는 아직 교회에도 갈 수 없었고 매기가 그녀를 볼 수 있는 다른 어느 곳에도 외출할 수 없었다. 게다가 언젠가 먼빛으로 그녀를 볼 희망조차 사라졌다. 글레그 이모에게서 루시가 며칠 후 게스트가의 딸들과 함께 스카보로로 떠난다는 소식을 들었던 것이다. 게스트 양들의 말에 따르면 스티븐 역시 그곳으로 올 거라고 했다.

극도의 내적 갈등을 느껴본 사람만이, 글레그 이모에게서 그 소식을 들은 날 저녁, 홀로 앉은 매기의 심정을 알 수 있을 것이다. 밤을 새워 자식을 간호하는 어머니가 자기 자신의 고통을 덜어줄 수면제를 두려워하는 것처럼 그토록 강렬하게 자신의 이기적인 욕망을 두려워해 본 사람만이 그것을 알 수 있다는 것이다.

그녀는 강 쪽의 창문을 활짝 열어놓고 촛불도 켜지 않은 채 어스름한 저녁 빛 속에 앉아 있었다. 찌는 듯한 더위의 무게가 그녀 운명의 무게에 더해진 듯했다. 창문 앞의 의자에 앉은 그녀는 창틀에 팔을 올려놓고 빠른 강물을 멍하니 쳐다보고 있었다. 그녀는 슬픈, 그러나 결코 비난이 섞이지 않은 사랑스러운 얼굴을 놓치지 않으려 애썼다. 때때로 그 모습이 두 사람 사이에 불쑥 나타나 어둠을 드리우는 다른 한 사람의 모습 뒤로 사라지려 했기 때문이다. 문 열리는 소리가 들리자 그녀는 평소처럼 제이킨 부인이 저녁 식사를 가져왔다고 생각했다. 슬프고 비참할 때면 간단한 인사말조차 하기 싫은 법이다. 그래서 그녀는 뒤도 돌아보지 않은 채 아무것도 필요 없다고 말했다. 그러면 착한 제이킨 부인은 분명 식사를 권하는 말을 할 것이었다. 그런데 그다음 순간, 매기는 발소리도 듣지 못했는데 가벼운 손이 어깨 위에 얹히는 것을 느꼈으며 가까이서 누군가가 "매기!" 하고 부르는 소리를 들었다.

그 얼굴이 거기 있었다. 변하기는 했지만 그래서 더 사랑스러운 얼굴이, 가슴을 파고드는 부드러운 담갈색 눈이 있었다.

"매기!" 부드러운 목소리가 말했다. "루시!" 하고 응답하는 목소리에는 고뇌가 스며 있었다. 루시는 매기의 목을 끌어안고 창백한 뺨을 타는 듯한 얼굴에 갖다 대었다.

"몰래 빠져나왔어." 루시는 매기의 손을 잡고 앉으면서 속삭이듯 말했다. "아버지와 다른 식구들이 없는 동안 말이야. 앨리스와 함께 왔어. 날 좀 도와달라고 했거든. 하지만 금방 가야 해, 너무 늦었거든."

처음에 이 말을 하는 것은 쉬웠지만 다음 말은 어려웠다. 그들은 서로 바라보며 앉아 있었다. 그냥 그렇게 묵묵히 앉아 있다가 헤어질 것만 같았다. 말을 꺼내기가 너무 어려웠던 것이다. 돌이킬 수 없는 잘못을 상기시키는 말을 하는 것은 너무도 괴로울 것 같았다. 그러나 바라보고 있는 사이, 매기의 가슴에는 사랑과 참회의 감정이 밀물처럼 몰려와 모든 생각을 지워버렸다. 그러자 흐느낌과 함께 말문이 터졌다.

"이렇게 와줘서 고마워, 루시."

두 사람 모두 엉엉 울기 시작했다.

"매기, 사랑하는 매기, 걱정 마." 루시는 다시 매기의 뺨에 자기 뺨을 갖다 대며 말했다. "울지 마." 그녀는 가만히 매기를 어루만지며 달랬다.

"널 속이려고 한 건 아냐, 루시." 매기는 다시 말문이 열리자 곧 이렇게 말했다. "내 감정을 너에게 털어놓을 수 없어서 무척 괴로웠어……. 말을 안 한 건, 극복할 수 있다고 생각했기 때문이야. 네가 전혀 모르고 지나갈 테니 괜히 상처를 줄 필요가 없다고 말이야."

"나도 알아, 매기." 루시가 말했다. "네가 나를 불행하게 만들려고 했을 리가 없어……. 그건 우리 모두가 겪는 시련이지. 너는 나보다 더 감내해야 할 것이 많아. 넌 그 사람을 단념했지만……. 넌 굉장히 어려운 일을 한 거야."

그들은 잠시 동안 손을 맞잡고, 뺨을 마주 댄 채 가만히 있었다.

"루시," 매기가 다시 말을 시작했다. "그 사람도 노력했어. 네게 충실하려고 했어. 네게 돌아갈 거야. 그를 용서해 줘. 그럼 그 사람도 행복할 거야……."

매기는 마치 가슴속 깊은 곳에서 긁어내듯 어렵게 이 말을 짜내었다. 이 말을 하려고 그녀는 마치 물에 빠진 사람이 뭔가를 움켜잡듯 안간힘을 썼다. 루시는 전율하며 아무 말도 하지 못했다.

문에서 작은 노크 소리가 났다. 하녀인 앨리스가 들어와서 말했다.

"더 이상은 안 돼요, 아가씨. 탄로 날 거예요. 그럼 이렇게 늦게 외출하셨다고 화를 내실 거예요."

루시가 일어나서 말했다. "알았어, 앨리스. 금방 갈게."

"난 금요일에 떠나, 매기." 앨리스가 문을 닫고 나가자 루시가 이렇게 덧붙여 말했다. "내가 튼튼해져서 돌아오면 내 마음대로 할 수 있을 테니까 그때는 언제든지 너를 보러 올 수 있어."

"루시," 매기는 다시 한 번 기운을 짜내어 말했다. "나 때문에 네가 괴로워할 일이 없도록 항상 하느님께 기도할게."

매기는 루시의 작은 손을 두 손으로 움켜쥐고 루시를 올려다보았다. 루시는 그 얼굴을 절대로 잊지 못했다.

"매기," 루시는 낮은 목소리로 고백하듯 말했다. "넌 나보다 훌륭해. 난 그럴 수가 없어……."

루시는 거기서 말을 끊고 더 이상 말이 없었다. 그러나 그들은 다시 한 번 서로를 껴안고 마지막 포옹을 나누었다.

5
최후의 투쟁

9월 둘째 주, 매기는 여전히 자기 방에 외로이 앉아서 겨우 죽었다 싶으면 또 살아나는 오래된 암흑의 적들과 싸우고 있었다. 자정이 지난 시각이었다. 요란한 신음 소리를 내며 몰아치는 광풍에 실려 온 거센 빗줄기가 창문을 때리고 있었다. 루시의 방문이 있은 다음 날부터 날씨가 돌변하였다. 더위와 가뭄 대신 차고 변덕스러운 바람이 몰려왔으며 간간이 비가 억수같이 쏟아졌다. 그래서 루시는 예정했던 여행을 감행하지 못하고 날씨가 좋아지기를 기다리고 있었다. 플로스강 상류 지역의 경우, 비가 그치지 않아 추수를 마치지 못했다. 하류인 이곳도 지난 이틀 동안 끊임없이 줄기차게 비가 내렸다. 노인들은 머리를 절레절레 내저으며 60년 전 이야기를 했다. 당시 추분 무렵의 날씨가 지금과 비슷했는데 큰 홍수가 나서 다리가 떠내려가고 마을이 굉장히 큰 피해를 입었다는 것이다. 그러나 작은 홍수를 여러 번 경험한 젊은 사람들은 그런 어두운 옛이야기나 예감을 대수롭지 않게 생각했다. 그래서 자기를 운 좋은 사람이라고 생각하는 봅 제이킨은 강가에 집을 산 것을 후회하는 어머니에게 코웃음을 쳤다. 홍수가 나면 먼 곳까지 식량을 구하러 가야 할 텐데 그때는 소유물 중에서 보트가 가장 중요할 것이다, 그런데 강가 집이 아니라면 보트도 없었을 것 아니냐는 게 그의 주장이었다.

그런데 이제 조심성 없는 사람들도, 걱정하던 사람들도 모두 잠들어 있었다. 모두들 내일이면 비가 잦아들리라고 기대했다. 젊은이들은 갑작스러운 해빙으로 눈 녹은 물이 한꺼번에 밀어닥쳤을 때의 위험을 쉽게 잊어버렸다. 그리고 최악의 경우에도 만조와 겹쳐서 더 하류 쪽의 제방이 터질 것이고 그러면 물이 쉽게 빠져나가 일시적인 불편이나 빈민들이나 느낄 정도의 피해밖에는 입지 않을 거라고들 생각했다. 그것쯤이야 성금을 내서 도와주면 될 터였다.

이제 자정도 지나고 모두들 잠자리에 들어 있었다. 매기처럼 외롭게 밤을 지키는 몇몇 사람만을 제외하고. 그녀는 강을 향해 있는 그녀의 작은 방에 촛불 하나를 켜놓고 앉아 있었다. 그녀 앞의 탁자에 놓여 있는 편지를 제외하면 모든 것이 어둠 속에 잠겨 있었다. 그녀가 이렇게 늦도록 깨어 있는 것은 그날 낮에 받은 바로 이 편지 때문이었다. 그녀는 시간도 의식하지 못했고 휴식을 취할 생각도 하지 않았다. 그녀에게는 다시는 깨어나지 않을, 깨어나 다시 그 어려운 투쟁의 삶 속으로 들어가지 않아도 되는 그 머나먼 휴식 외에는 어떤 휴식도 있을 수 없었다.

편지를 받기 이틀 전, 그녀는 목사관을 마지막으로 방문했다. 물론 그 뒤로는 비 때문에 그곳에 갈 수도 없었다. 그러나이에는 또 다른 이유가 있었다. 처음에 켄 박사는 매기에 대한 헛소문과 비방의 내용이 변했다는 것을 몇몇 암시로 눈치챘을 뿐이었다. 그런데 최근에 그는 교구의 일반적 여론에 그렇게 저항하는 것은 경솔하다고 꾸짖는 한 남성 신도의 훈계를 듣고 그 소문을 제대로 알게 되었다. 그 문제에 관해 양심에 거리낄 게 없는 켄 박사로서는 계속 버티고 싶었고 가증스럽고 경멸스러운 대중의 감정에 굴복하기 싫었다. 그러나 마침내 그는 목사직에 따르는 특별한 책임을 고려하여 죄악만이아니라 죄악의 기색, 즉 죄악처럼 보이는 것까지도 회피하기로결심했다. 그런데 그 '기색'이란 항상 주위 사람들의 평균적 자질에 의해 결정되는 것이다. 그들이 저속하고 야비하면 그 '기색'의 범위도 넓어진다. 그의 행동은 어쩌면 고집의 소산인지도 몰랐다. 어쩌면 굴복하는 것이 그의 의무인지도 몰랐다. 양심적인 사람들은 가장 고통스러운 길을 가는 것이 그들의 의무라고 생각하는 경향이 있다. 그런데 자기 의견을 굽히는 것은 켄 박사에게 언제나 고통스러웠다. 그는 매기에게 잠시 동안 세인트오그스를 떠나 있으라고 충고하기로 결심했다. 그리고 그 어려운 일을 최대한 신중하게 처리했다. 그는 완곡한 말로 사정을 설명했다. 그로서는 그녀가 여기서 사는 것을 도우려고 했지만 그 때문에 자신과 교구민 사이에 불화가 생겼고 그것은 그가 성직자로서 일하는 데 방해가 된다. 그 설명 후에 그는 그녀에게 목사인 자기 친구에게 편지 쓰는 것을 허락해 달라고 부탁했다. 그 친구는 그녀를 자기 집 가정교사로 채용할 수도 있고, 또 그것이 불가능할 경우에도 켄 박사가 특별히 관심을 갖는 처녀이니만큼 다른 일자리를 알아봐 줄 수 있을 것이었다.

이야기를 듣는 동안 불쌍한 매기는 입술이 덜덜 떨렸다. 그녀는 모깃소리만 한 작은 목소리로 "고맙습니다. 은혜는 잊지 않겠습니다."라고 말할 수 있었을 뿐이다. 그러고는 새로운 절망을 안고 퍼붓는 빗속에 집으로 돌아왔다. 그녀는 외로운 방랑자가 되어야 했다. 새로운 얼굴들 사이로 가야만 했다. 그 얼굴들은 의아한 표정으로 그녀를 바라볼 것이다. 그녀는 전혀 즐거워 보이지 않을 터이므로. 그녀는 새로운 인생을 시작해야 했다. 힘을 내어 새로운 인상을 받아들여야 했다. 하지만 그녀는 말할 수 없이, 정말이지 너무도 지쳐 있었다. 길 잃은 양에게는 집도 없고 도움의 손길도 없었다. 그녀를 동정하는 사람들조차도 냉정해질 수밖에 없었다. 하지만 이렇게 불평해도 되는 것일까? 길고 긴 속죄의 삶을 이렇게 겁내도 되는 것일까? 그런 삶만이 고통받는 다른 이들의 짐을 가볍게 해줄 수 있으며 그리하여 자기 열정의 죄를 인간에 대한 이타적 사랑이라는 새로운 힘으로 바꿀 수 있는 마당에? 다음 날 그녀는 하루 종일 구름과 폭우로 컴컴한 창문을 마주하고 외로운 방 안에 홀로 앉아서 그런 미래를 생각하고 인내를 갈구하며 싸우고 있었다. 정말 불쌍한 매기가 싸움 없이 얻을 수 있는 휴식은 어디 있단 말인가?

사흘째 되는 날, 그러니까 앉은 채로 자정을 넘긴 바로 그날, 편지가 왔다. 지금 탁자 위에 놓여 있는 편지가 바로 그것이었다.

스티븐의 편지였다. 그는 아무에게도 알리지 않고 네덜란드에서 돌아와 머드포트에 있었다. 그리고 그곳에서 그녀에게 편지를 쓴 다음, 세인트오그스에 있는 믿을 만한 사람에게 보냈다. 처음부터 끝까지 그것은 열정과 비난의 절규였다. 그녀가 그를 포기하는 것은 헛되고 쓸데없는 일이며 그녀의 선의 개념은 잘못된 것이다. 그녀는 결국 현실적인 선이 아니라 공허한 관념 때문에 그의 모든 희망을 박살내 버리지 않았는가. 그녀가 사랑하고 또한 한 남자가 평생 한 번밖에 줄 수 없는 넘치는 정열과 숭배를 가지고 그녀를 사랑하는 그의 모든 희망을 말이다.

당신이 켄 박사와 결혼할 거라고 편지에 쓰여 있더군요. 내가 그것을 믿을 거라고 생각했을까요? 사람들이 당신에게 나에 대해서도 그런 거짓말을 했을지 모르겠군요. 내가 '여행' 중이라고 했겠지요. 내 몸은 어디론가 끌려가고 있어도 나는 결코 당신이 내게서 떠난 그 가증스러운 장소를 떠난 적이 없습니다. 분노 때문에 무기력에 빠져 있다가 퍼뜩 정신을 차려보니 당신은 떠나고 없더군요.

매기! 나보다 더 고통스러운 사람이 있을까요? 나보다 더 상처받은 사람이 있을 수 있을까요? 누가 그처럼 깊은 사랑의 시선을 받아보았을까요? 내 영혼은 그 시선에 타버렸어요. 그래서 어떤 다른 영상도 들어올 자리가 없어요. 매기, 나를 다시 당신 곁으로 불러줘요! 나를 생명과 선 곁으로 불러줘요. 지금 나는 그곳에서 추방당했어요. 아무 의욕도 없고 아무 관심도 없습니다. 당신이 없으면 인생은 아무 의미가 없어요. 두 달이란 세월은 오직 그 사실만 확인시켜 주었을 뿐입니다. 한마디만 써서 보내주세요. "오세요."라고만 말하세요. 그러면 이틀 안에 당신 곁에 가겠어요. 매기, 우리가 함께 있을 때의 느낌을 잊었나요? 가까이서 서로 시선을 주고받고 목소리를 듣는 것이 어떤 것인지 잊었나요?

매기가 처음 이 편지를 읽었을 때 진짜 유혹은 이제부터라는 생각이 들었다. 춥고 컴컴한 동굴 입구에서라면 우리는 아직 지치지 않은 용기를 가지고 바깥의 따뜻한 빛에서 등을 돌릴 수 있다. 그러나 어떻게 할 것인가? 축축한 어둠 속으로 한참을 걸어간 후에 지치고 피곤한 우리 머리 위로 갑자기 구멍이 뚫린다면, 그리하여 생명이 가득한 광명의 세상으로 나갈 수 있는 길이 열린다면? 고통의 압력 아래서 느끼는 자연스러운 갈망은 너무도 강력하다. 그래서 그 고통에서 빠져나갈 때까지 우리는 다른 모든 시급하지 않은 동기를 잊어버린다.
몇 시간이나 계속해서 매기에게는 지금까지의 투쟁이 헛된 것처럼 느껴졌다. 몇 시간 동안이나 계속해서 매기는 다른 생각을 하려고 애썼다. 그러나 그 생각들은 그녀의 한마디 말을 기다리고 있을 스티븐의 영상에 가려 사라졌다. 그녀는 편지를 읽은 것이 아니라 그의 육성을 들었다. 그 목소리는 예전처럼 이상한 힘으로 그녀를 동요시켰다. 그 전날 하루 종일 그녀는 오직 자신의 신념에만 의지하여 후회의 무게를 홀로 지탱하며 살아가야 하는 외로운 미래를 상상했다. 그런데 여기 손에 닿는 곳에 또 하나의 의무와도 같은 다른 미래가 나타났다. 어려운 인내와 노력 대신 사랑하는 사람의 힘에 의지하는 쉽고 감미로운 미래 말이다. 그러나 매기를 진정으로 유혹한 것은, 슬픔 대신 기쁨을 갖게 된다는 사실이 아니었다. 그녀 판단의 저울이 흔들린 것은 바로 스티븐의 불행한 목소리, 그리고 그녀의 결심이 옳다는 확신의 결여 때문이었다. 그래서 한순간 그녀는 의자에서 벌떡 일어나 펜과 종이를 집어 "오세요!"라고 쓰려고까지 했다.

그러나 그 순간, 그녀는 움찔했다. 지금의 행동은 과거, 특히 그녀의 의지가 강하고 생각이 명석하던 때의 행동과 모순되는 것이다. 그것은 타락이었다. 안 돼, 기다려야 해. 기도해야 해. 그녀에게서 사라진 그 빛이 다시 돌아오기를. 그녀가 스티븐에게서 도망쳤을 때 느꼈던 그것을 다시 느껴야 해. 고뇌를 이기고 사랑마저도 극복할 만큼 강한 그 영감을 다시 느껴야 해. 루시가 그녀 곁에 있을 때, 그리고 필립의 편지를 읽었을 때 느꼈던 그 감정을 다시 느껴야 해. 그때 그녀는 몸과 마음이 모두 평화로웠던 과거와 연결되어 있음을 느꼈더랬다.

그녀는 밤이 이슥하도록 꼼짝도 하지 않고 앉아 있었다. 자세를 바꿀 엄두도 내지 않았다. 기도조차 할 수 없었다. 그저 믿음을 가지고 마음의 빛이 되돌아오기만을 기다리고 있었다.

그 빛은 어떤 정열도 결코 지워버릴 수 없는 기억들과 함께 돌아왔다. 오랜 과거가 돌아왔다. 그와 더불어 자기를 희생하는 동정과 사랑, 그리고 신의와 결의가 되살아났다. 오래전에 외운 그 낡고 작은 책 위에 차분한 필체로 쓰인 말들이 떠올랐다. 그 말들은 그녀 입에서 조용한 중얼거림으로 되살아났지만 곧 창문을 때리는 요란한 빗방울 소리와 바람의 신음 소리에 묻혀버렸다. "나, 주님의 십자가를 받았노라. 주님의 손으로 받았노라. 주님께서 내게 주셨으니 그 십자가 지고 가리, 죽을 때까지."

그러나 곧 다른 말이 떠올랐다. 그 말과 함께 흐느낌이 터져 나왔다. "나를 용서해 줘요, 스티븐. 이건 곧 지나가 버릴 거예요. 당신은 루시에게 돌아갈 거고요."

그녀는 편지를 집어 촛불에 갖다 댄 뒤 난로에 던졌다. 편지는 천천히 타들어 갔다. 내일 그에게 마지막 이별의 편지를 쓰리라.

"십자가를 지겠어, 죽을 때까지……. 하지만 죽음이 오려면 또 얼마나 오래 기다려야 할까? 나는 이렇게 젊고 건강한데. 어떻게 꿋꿋이 참을 수 있을까? 아, 하느님, 또 싸우고 쓰러지고 후회하게 되는 것일까요? 또 다른 시련들을 겪어야 하나요?"

절망의 외침과 함께 매기는 탁자에 기대어 무릎을 꿇고는 슬픔에 잠긴 얼굴을 묻었다. 그녀의 영혼은 끝까지 그녀와 함께할 영계(靈界)의 연민을 향해 나아갔다. 분명히 이런 곤경을 통해 그녀는 무엇인가 배우고 있는 것이다. 방황하지 않은 사람들은 알지 못하는 인간의 애정과 오랜 고통의 비밀을 배우는 것이다. "아, 하느님, 오래 살아야 한다면 축복과 위로의 삶을 살게 하소서……."

그 순간 매기는 화들짝 놀랐다. 무릎과 발에 찬 기운이 느껴졌던 것이다. 물이었다. 그녀는 벌떡 일어났다. 복도 쪽의 문 밑에서 물이 흘러들고 있었다. 그녀는 조금도 당황하지 않았다. 홍수라는 것을 직감적으로 눈치챈 것이다!

지난 12시간 동안 그녀가 감내해 온 감정의 격동 때문에 그녀는 매우 차분해질 수 있었다. 그녀는 아무 소리도 내지 않고 촛불을 들고 봅 제이킨의 침실로 서둘러 올라갔다. 침실 문이 빼쭉이 열려 있었다. 그녀는 방으로 들어가 봅의 어깨를 흔들어 깨웠다.

"봅, 홍수가 났어요! 집에 물이 찼어요! 보트를 쓸 수 있는지 보러 가요."

그녀는 방의 양초를 켰다. 봅의 아내는 아기를 들쳐 안고 소리를 지르기 시작했다. 매기는 물이 빨리 올라오는지 보려고 다시 아래층으로 내려갔다. 아래층의 방으로 들어가려면 층계 아래쪽에서 다시 계단 하나를 내려가야 하는데 물은 벌써 그 계단까지 차올라 있었다. 그녀가 그것을 바라보고 있는데 갑자기 뭔가가 쾅하고 창문에 부딪치더니 창유리의 납 테두리와 낡은 창틀이 와지끈 부서져 방 안으로 들어왔다. 뒤이어 물이 콸콸 쏟아졌다.

"보트예요!" 매기가 소리쳤다. "봅, 어서 내려와요. 보트를 잡게!"

그러고는 잠시도 머뭇거리지 않고 그녀는 무릎까지 올라오는 물속으로 들어가 층계에 놓아둔 양초의 흔들리는 불빛에 의지하여 창턱에 올라가 뱃머리가 창문 안으로 삐죽이 들어와 있는 보트 속으로 기어 들어갔다. 곧 봅이 그녀를 따랐다. 서두르느라 신발도 양말도 신지 않았지만 손에는 등불을 쥐고 있었다.

"아, 두 척이 다 있군요. 보트 말이에요." 그는 매기가 타고 있는 보트에 기어오르며 말했다. "배를 매놓은 줄과 잠금쇠가 둘 다 멀쩡하다니 정말 다행이에요."

봅은 다른 보트로 옮아가 줄을 풀어내고 노를 잡느라 바빠서 매기의 위험을 생각할 겨를이 없었다. 위기에 처했을 때 우리는 겁내지 않는 사람에 대해서는 걱정하지 않는다. 게다가 봅은 집 안에 있는 사람들을 구할 방도를 찾는 데 골몰해 있기도 했다. 매기가 일어나서 그를 깨우고, 앞장서서 행동을 했다는 사실 때문에 봅은 무의식중에 그녀를 남을 도울 사람으로 생각했지 결코 도움이 필요한 사람으로는 생각하지 않았다. 매기도 노를 잡았다. 그러고는 창문에 걸려 있는 배를 빼내기 위해 노로 벽을 밀었다.

"물이 너무 빨리 불어나는군요." 봅이 말했다. "금방 침실까지 차겠어요. 집이 너무 낮아서 프리시와 아기와 어머니를 보트에 태워야겠어요. 집은 전혀 안전하지 못하니까요. 보트를 풀어놓으면……. 그런데 아가씨는?" 봅이 갑자기 등불을 매기에게 비추면서 소리쳤다. 그녀는 손에 노를 들고 빗속에 서 있었다. 그녀의 검은 머리에서 빗물이 줄줄 흘러내렸다.

매기는 대답할 겨를이 없었다. 갑자기 물결이 늘어선 집들을 따라 들이치면서 보트 두 척을 강 쪽으로 휩쓸고 갔다. 엄청난 힘이어서 보트는 강 한복판으로 깊숙이 밀려갔다.

처음 얼마 동안 매기에게는 자신이 그렇게도 두려워하던 삶으로부터 갑자기 떠나버렸다는 것 외에는 아무런 느낌도, 아무런 생각도 없었다. 마치 단말마의 고통 없이 죽음으로 직행한 것 같았다. 그녀는 어둠 속에서 홀로 신과 대면하게 된 것이었다.

모든 것이 너무 빨랐고 또 너무 꿈같아서 보통 때 연상을 이어주던 실마리가 끊긴 듯했다. 그녀는 기계적으로 노를 움켜잡고 자리에 주저앉았다. 한참 동안 그녀는 자기가 어떤 상황에 처해 있는지 파악하지 못한 채 멍하니 있었다. 비가 그치는 바람에 그녀는 퍼뜩 정신이 들었다. 희미한 빛이 그녀 머리 위의 어둠과 그 아래 끝없이 펼쳐져 있는 물의 어둠을 둘로 갈랐다. 그녀는 홍수에 휩쓸려 가고 있었다. 그것은 아버지가 말하던 하느님의 무서운 벌이었다. 어릴 때 그녀는 그것 때문에 악몽에 시달리곤 했다. 그것에 생각이 미치자 옛날 집과 톰과 어머니가 생각났다. 그들은 그 얘기를 함께 듣곤 했던 것이다.

"아, 하느님, 여기가 어딘가요? 집으로 가려면 어디로 가야 하나요?" 그녀는 어둠 속에서 외로움에 떨며 소리쳤다.

물방앗간에 있는 사람들은 어떻게 되었을까? 예전에도 홍수 때문에 물방앗간이 거의 파괴된 적이 있었다. 어쩌면 위험에 처해 곤경에 빠져 있는지도 몰랐다. 어머니와 오빠가 구원의 손길이 미치지 못하는 그곳에 홀로 있다니! 그 생각을 하자 그녀의 영혼이 팽팽히 긴장되었다. 어둠 속에서 오지 않는 도움의 손길을 애타게 기다리는 그들의 얼굴이 보이는 듯했다.

이제 그녀는 잔잔한 물 위에 떠 있었다. 아마도 홍수에 잠긴 밭 깊숙한 곳인 듯했다. 옛집을 생각하는 그녀에게는 현재의 위험 같은 것은 염두에도 없었다. 그녀는 자신이 있는 곳을 짐작하기 위해, 그리고 자신의 모든 걱정이 향하는 곳을 지시해 줄 실마리를 잡기 위해 어둠의 장막을 뚫어지게 쳐다보았다.

음산한 수면이 넓어지고 구름으로 덮인 하늘이 점차 높아지고 거울처럼 반반한 어둠 위로 시커먼 물체들의 형상이 드러났다. 이 얼마나 반가운 일인가! 그랬다. 그녀는 들판 위에 있는 것이 틀림없었다. 저것들은 산울타리 나무들의 꼭대기렸다. 강은 어느 쪽이었던가? 뒤를 돌아보니 시커먼 나무들이 줄지어 늘어서 있었고 앞쪽에는 하나도 없었다. 그렇다면 강은 앞쪽에 있는 것이다. 그녀는 노를 잡고 배를 저어 앞으로 나아갔다. 희망이 생기자 힘이 새로이 솟아나는 것 같았다. 그녀가 행동을 개시하자 동이 트는 것도 빨라진 듯했다. 말 못하는 불쌍한 짐승들이 둑 위에 옹기종기 모여 있는 것이 보였다. 점점 밝아오는 여명 속에 그녀는 그곳을 지나 양쪽으로 번갈아 노를 저어 갔다. 젖은 옷이 몸에 달라붙고 물이 흘러내리는 머리가 바람에 이리저리 휘날렸다. 그러나 그녀는 거의 아무런 육체적 감각도 느끼지 못했다. 그저 격한 감정에 자극받아 힘이 넘쳐나는 것만을 느낄 수 있었을 뿐이다. 옛집에 있는 오랜 기억 속의 사람들이 처한 위험과 구조의 가능성 외에 오빠와의 화해에 관한 막연한 생각이 떠올랐다. 커다란 재난에 처해 우리 삶의 인위적 껍질이 벗겨지고 우리 모두가 근본적인 죽음의 위기 앞에서 하나가 된 그런 순간에 어떤 싸움인들, 어떤 모진 행동인들, 그리고 어떤 상호 불신인들 존속할 수 있으랴? 매기는 막연하게나마 그것을 느꼈다. 그러자 오빠에 대한 사랑이 왈칵 솟아올랐다. 오빠의 모질고 잔혹한 행동과 오해는 다 잊혀지고 오로지 깊고 근원적이며 흔들리지 않는 어린 시절 우애의 기억만이 남았다.

멀리 커다랗고 시커먼 물체가 보였다. 가까이서는 강물의 흐름이 드러났다. 시커먼 물체는, 분명, 그래 맞다, 세인트오그스였다. 이제 그녀는 익히 알고 있는 나무들을 찾으려면 어느 쪽을 보아야 하는지 알 수 있었다. 회색 버드나무들, 지금은 노랗게 물들어 가고 있는 밤나무들, 그리고 그 위에 있는 정든 지붕. 그러나 지금은 아무런 색깔도 없고 아무런 모습도 보이지 않았다. 모든 것이 희미하고 어슴푸레했다. 그녀는 점점 더 힘이 났다. 마치 그녀의 생을 통해 축적된 모든 힘이 그 순간에 전부 소진되는 것 같았다. 미래에는 그런 힘이 필요하지 않기라도 하듯.

그녀는 플로스강의 흐름 속에 배를 진입시켜야 했다. 그러지 않으면 리플강을 건너 집에 접근할 수가 없다. 옛집 근처의 상황을 점점 더 생생하게 떠올리자 이 생각이 났다. 그러나 그럴 경우, 너무 멀리 흘러 내려가 물살 속에서 빠져나올 수 없을지도 몰랐다. 그러자 처음으로 그녀가 처한 위험에 생각이 미쳤다. 하지만 선택의 여지가 없었다. 망설일 시간도 없었다. 그녀는 물살 속으로 들어갔다. 이제 그녀는 힘들이지 않고 빨리 나아갈 수 있었다. 거리가 가까워지고, 날이 점점 밝아오자 그녀는 익히 아는 나무들과 지붕들을 알아볼 수 있었다. 그랬다, 그녀는 이상하게 변한 리플강의 흙탕물의 급류에서 별로 멀리 떨어져 있지 않았던 것이다.

하느님 맙소사! 급류 속에는 커다란 덩어리들이 떠내려 가고 있었다. 그녀가 지나가는 동안 그것들이 보트에 부딪치기라도 하면 그녀는 너무 빨리 죽게 되고 마는 것이다. 그런데 그 덩어리들은 무엇일까?

처음으로 매기는 두려움 때문에 가슴이 두근거렸다. 그녀는 어떻게 해볼 도리가 없어 그저 가만히 앉아 있었다. 미구에 닥쳐올 충돌에 정신이 집중되어 있던 터라 그녀는 자신이 떠내려가고 있다는 것을 막연하게밖에 느끼지 못했다. 그러나 공포는 일시적인 것이었다. 세인트오그스의 창고에 도달하기 전에 그것은 사라져버렸다. 그녀는 리플강 어귀를 지났다. 그러니 이제 온 힘을 다해, 그리고 모든 기술을 동원하여 보트를 조정해 물살에서 벗어나야 했다. 이제 그녀는 다리가 무너진 것을 볼 수 있었다. 물이 들어찬 들판 저편으로 좌초한 배들의 돛대들을 볼 수 있었다. 그러나 강 위에서 움직이는 배는 한 척도 없었다. 수습된 배들은 모두 물에 잠긴 거리에서 사용되고 있음이 틀림없었다.

매기는 새로운 결의에 불타서 노를 움켜잡고 젓기 위해 일어섰다. 하지만 물살의 속도에 썰물이 더해져 그녀는 금방 다

리를 지나치고 말았다. 강물에 면해 있는 창문들에서 외치는
소리가 들렸다. 마치 사람들이 그녀를 부르는 것 같았다. 토프
턴 근처에 왔을 때에야 겨우 그녀는 물살에서 벗어날 수 있었
다. 그녀는 더 멀리 강 하류에 있는 딘 이모부 집 쪽으로 그리
운 눈길을 던진 다음 양손에 하나씩 노를 잡고는 있는 힘을
다해 물에 잠긴 들판을 건너 물방앗간 쪽으로 돌아갔다. 이제
서서히 색깔이 돌아오고 있었다. 돌코트 들판이 가까워지자
그녀는 나무들의 빛깔을 구별할 수 있었다. 오른쪽 저편에 늙
은 스코틀랜드 전나무가 보였고 집의 밤나무도 보였다. 아, 그
런데 저렇게 깊이 물에 잠겨 있다니. 언덕 이쪽에 있는 나무들
보다 더 깊이 잠겨 있군. 그런데 방앗간 지붕은? 어디였더라?

리플강을 급히 떠내려가던 그 육중한 파편들, 그게 무엇이
었을까? 집은 아니었다. 집은 끄떡없이 버티고 있었다. 2층까
지 물에 잠겼지만 그래도 여전히 끄떡없었다. 아니, 어쩌면 방
앗간 쪽 끄트머리가 좀 부서졌는지도?

마침내 도착했다는 기쁨에 모든 고난을 잊고 그녀는 가슴
을 두근거리며 집 정면으로 접근했다. 아무 소리도 들리지 않
고, 아무것도 움직이지 않았다. 그녀의 보트는 2층 창문과 같
은 높이에 있었다. 그녀는 절규하듯 고함을 쳤다.

"오빠, 어디 있어? 어머니, 어디 계세요? 매기가 왔어요!"

곧 다락의 중앙 창문에서 톰의 목소리가 들렸다.

"누구세요? 배를 가져왔나요?"

"오빠, 나야, 매기. 어머니는 어디 계셔?"

"여기 안 계셔. 그저께 가룸에 가셨어. 아래층으로 내려갈게."

"매기, 너 혼자니?" 톰은 배와 같은 높이에 있는 창문을 열면서 깜짝 놀란 목소리로 물었다.

"응, 오빠. 하느님이 도우셔서 여기까지 올 수 있었어. 빨리 타. 다른 사람은 없어?"

"응," 톰이 보트에 오르면서 말했다. "아마 물에 빠져 죽었나 봐. 물방앗간이 나무와 돌에 부딪쳐 무너질 때 리플강에 휩쓸려 간 것 같아. 몇 번이나 소리쳐 불렀지만 대답이 없었어. 노를 이리 줘, 매기."

톰은 배를 밀어 넓은 물로 나왔다. 그러고는 매기의 얼굴을 마주 보았다. 그러자 비로소 톰은 지금까지 일어난 일의 의미를 완전히 깨달을 수 있었다. 너무도 강렬한 그 깨달음의 충격 때문에 그는 한마디도 물을 수 없었다. 그것은 인생의 깊이에 대한 새로운 계시와도 같았다. 그 깊은 세계는 그가 매우 예리하고 분명하다고 자부했던 자신의 통찰력 너머에 존재했던 것이다. 그들은 아무 말도 하지 않고 서로를 바라보기만 했다. 매기는 피곤하고 지친 얼굴이었지만 눈은 삶의 활기로 가득하였다. 톰은 경탄과 부끄러움으로 창백했다. 입은 굳게 다물려 있었지만 생각은 바삐 움직이고 있었다. 톰은 아무것도 묻지 않았지만 거의 기적이라고 할 만큼 신의 가호가 함께한 매기의 노력을 상상할 수 있었다. 마침내 그의 청회색 눈에 물기가 어렸다. 입에서는 그가 말할 수 있는 단 한마디 말이 터져 나왔다. 그것은 어릴 적에 그가 부르던 이름이었다. "맥지!"

매기는 아무 대답도 하지 못하고 그저 오랫동안 흐느껴 울기만 했다. 고통과 함께하는 신비스럽고 놀라운 행복감에서 나오는 울음이었다.

말을 할 수 있게 되자 그녀가 서둘러 말했다. "오빠, 루시에게 가자. 안전한지 보게 말이야. 그런 다음에 다른 사람들을 도와주자."

톰은 지칠 줄 모르는 정력으로 노를 저었다. 불쌍한 매기의 속도와는 전혀 달랐다. 보트는 곧 강의 물살 속으로 진입했다. 이제 곧 토프턴에 도착할 터였다.

"파크 하우스는 홍수가 미치지 못하는 높은 곳에 있어." 매기가 말했다. "어쩌면 루시를 거기로 데려갔는지도 몰라."

그 외에는 아무 말도 하지 않았다. 새로운 위험이 강물로부터 다가왔다. 부두의 목재 구조물이 무너져 커다란 잔해들이 물에 떠내려 왔다. 이제 해가 떠오르고 있었다. 물로 가득 찬 황폐한 풍경이 넓게 퍼져 있는 것이 무서울 정도로 똑똑히 보였다. 그런 분명함 속에서 위협적인 덩어리들이 빠르게 떠내려 오고 있었다. 토프턴의 집들 너머 하류에서 보트를 타고 가던 많은 사람들이 그들의 위험을 지켜보면서 소리쳤다. "강물에서 나와요!"

하지만 당장 그렇게 할 수는 없었다. 앞을 바라보던 톰은 죽음이 그들을 향해 달려오는 것을 보았다. 커다란 잔해들이 마지막 안간힘을 쓰듯 함께 엉겨붙어 강물 전체에 커다란 덩어리를 이루고 있었다.

"자, 온다, 매기!" 톰은 깊고 거친 목소리로 말하며 노를 놓았다. 그러고는 매기를 꼭 끌어안았다.

다음 순간, 보트는 물 위에서 사라졌다. 거대한 덩어리만이 끔찍한 승리를 구가하듯 급히 떠내려가고 있을 뿐이었다.

곧 보트의 용골이 다시 나타났다. 그것은 황금빛 물 위에 떠 있는 하나의 검은 점 같았다.

보트도 다시 모습을 드러냈다. 그러나 남매는 결코 다시는 헤어지지 않으려는 듯 서로 끌어안은 채 물속으로 들어가고 말았다. 지고의 그 순간, 그들은 손을 꼭 잡은 채 데이지가 만발한 들판을 함께 헤매던 그 시절로 돌아갈 수 있었다.

에필로그

자연의 상흔은 햇빛과 인간의 노력으로 치유될 수 있다. 5년 후, 땅 위에는 홍수가 할퀴고 간 흔적이 거의 눈에 띠지 않았다. 다섯 번째 가을은 풍년이었다. 먼 관목 울타리를 배경으로 들판에는 황금빛 옥수숫대가 빽빽하게 솟아 있었다. 플로스 강의 부두와 창고는 다시 분주해졌다. 기대에 차서 짐을 싣고 내리는 사람들의 목소리에는 열의가 가득하였다.

이 이야기에 나온 남자와 여자 중 우리가 그 최후를 아는 사람들을 제외한 모두는 아직까지 생존해 있다.

자연의 상흔은 치유된다. 그러나 완전히 치유되는 것은 아니다. 뿌리 뽑힌 나무들은 다시 뿌리를 내리지 못하였고, 갈라진 언덕들에는 상흔이 남아 있다. 새로이 자라난 나무들은 결코 그 옛날의 나무가 아니며, 언덕을 뒤덮은 무성한 푸른

풀 아래에는 갈라졌던 과거의 흔적이 남아 있다. 과거를 기억하는 사람들의 눈에는 완전한 복구란 있을 수 없다.

돌코트 물방앗간은 재건되었다. 돌코트 교회의 묘지도 푸른 잔디와 신성한 고요를 되찾았다. 그곳 역시 우리가 아는 어떤 아버지의 벽돌무덤 위로 묘비가 쓰러져 있던 5년 전의 홍수 피해 대부분이 복구되었다.

홍수 직후, 꼭 껴안은 채 발견된 두 시체를 위한 무덤이 벽돌무덤 근처에 세워졌다. 남자 둘이 자주, 그러나 항상 서로 다른 때에 그 무덤을 찾아왔다. 그곳에는 그 남자들의 가장 큰 기쁨과 슬픔이 영원히 묻혀 있다.

그중 한 명은 사랑스러운 여자와 함께 다시 그 무덤을 찾아왔다. 몇 년이 흐른 후의 일이다.

나머지 한 명은 언제나 혼자였다. 그는 붉은 계곡의 숲에서 많은 시간을 보냈다. 그곳에는 슬픔 속에 묻어버린 기쁨이 여전히 떠돌고 있는 것 같았다. 구천을 떠도는 영혼처럼.

그 무덤에는 톰과 매기 털리버라는 이름이 새겨져 있었다. 그리고 그 이름 아래에는 이렇게 쓰여 있었다.

그들은 죽을 때에도 서로 떠나지 아니하였도다.[60]

---

60) 『구약성서』 「사무엘 하」 1장 23절에 나오는 다윗의 탄식.

작품 해설

세상의 요구에 대한 반항과 화해

『플로스강의 물방앗간』은 1860년에 출판된 작품으로 평자들의 통상적인 구분상 조지 엘리엇의 전기 작품에 속한다. 화자가 돌코트 물방앗간 의자에 앉아 약 30년 전 과거인 1829년을 회상하는 형식으로 서술되며, 워릭셔(Warwickshire) 지방의 플로스 강가에 위치한 물방앗간을 중심으로 전개된다. 공간적 배경인 세인트오그스(St.Ogg's)는 인근 지역에서 상업 중심지 역할을 하는 오래된 소읍으로, 가부장적 전통 사회에서 산업 자본주의 사회로 이행 중인 마을이다. 마을의 이름은 뱃사공 오그(Ogg)가 아이를 안은 여자의 간청대로 강을 건네주어 성모 마리아의 축복을 받고 수호성인이 되었다는 전설에서 유래했는데, 전설처럼 과거의 세인트오그스 사회는 인간에 대한 따스한 정이 살아 있던 곳이지만, 산업 사회로 변화하는 과정에서 이전의 인정을 점차 상실하게 되었다. 따라서 많은 '세습적 관습'과 편견에 좌우되는 이 사회에는 과거의 전통과 점차 우세해진 새로운 산업 자본주의의 현실적 가치가 함께 숨 쉬고 있다.

작가는 "개미 같은" 도슨가와 털리버가가 답답한 느낌을 준다고 하는데, 두 집안의 특성을 좀 더 자세히 살펴보자. 먼저 "도슨가의 종교는 관습적이고 신분이 높은 것이라면 무엇이든 존중하는 것"이라는 언급을 통해, 이 집안이 정신적으로 편협하고 관습적임을 알 수 있다. 그러나 가문의 명예를 "철저한 성실과 철저한 일, 그리고 인가된 규칙에 대한 충실"과 동일하게 여기는 도슨가의 자부심은 몇 가지 측면에서 건전한 자부심으로 인정되며, 버터와 우유 밀죽을 잘 만들고, 그걸 잘 못 만든다면 수치스럽게 여기는 도슨가 여성들의 실질적인 미덕도 함께 제시된다. 반면 털리버가는 너그럽고 따뜻한 애정을 지녔지만, 성급하고 신중하지 못한 "다혈질적인 혈통"을 지녔다. 그런데 편협하지만 실질적인 미덕을 지닌 도슨가 사람들은 대체로 세인트오그스 사회에 잘 적응하는 반면, 충동적이며 비현실적인 털리버가 사람들은 잘 적응하지 못한다는 사실을 통해 따뜻한 인정보다 실질적 가치에 지배되는 이 사회의 특성이 간접적으로 암시된다.

톰과 매기는 각기 두 집안을 대변한다고 할 수 있다. 우선 매기는 여러 가지 특성상 털리버가 사람이다. 가령 "머리에 뱀이 달린 작은 메두사"라는 별명은 그녀의 충동적이며 도전적인 성격을 나타낸다. 이러한 성격은 그녀가 어머니의 걱정을 듣고 충동적으로 자기 머리카락을 남자처럼 짧게 잘라버린다거나, 금발 여주인공과는 달리 늘 불행해지는 검은 머리 여주인공 이야기를 더 이상 읽고 싶지 않다면서 『코린』을 필립 웨이컴에게 돌려주는 행동에서 드러난다. 그러나 그녀는 천성적으로 따뜻한 마음씨를 지녔다. 매기가 도슨가의 이모들보다 고모인 그리티 모스를 더 따르는 이유도 비현실적인 성격 탓에 가난한 농부와 결혼하여 여덟 명이나 되는 자녀들의 양육과 가사 노동이라는 짐을 짊어지고 있지만 마음이 따뜻한 고모에게 더 동질감을 느끼기 때문이다. 반면 톰은 정직함과 부지런함, 검소함 등의 실질적 미덕과 "전통적인 의무나 예의" 등의 관습을 중시하는 도슨가의 혈통을 물려받았다. 가령 톰이 깜빡 잊고 토끼를 굶겨 죽인 매기의 잘못을 용서하지 않는, 죽은 토끼 일화는 동기와 무관하게 결과로만 사물을 판단하는 편협한 도슨가의 특성을 단적으로 보여준다. 또한 "일반적 원칙"으로만 판단하고 자신이 잘못된 도덕적 판단을 내릴 가능성을 전혀 고려하지 않을 만큼 톰은 상상력과 융통성이 결여되었다. 이런 대조적인 성격 때문에 매기와 톰은 계속 갈등 관계다.

이런 연결 고리에서 도슨가 이모 부부들의 삶은 톰의 성격에 큰 영향을 미칠 뿐 아니라, 빅토리아시대 초기 중간계급 남녀의 삶을 반영한다. 비평가 주디스 뉴턴(Judith Newton)은 이들 부부를 신사 계층 농부인 풀릿 부부, 은퇴한 양털 상인 글레그 부부, 물방앗간 주인이자 소규모 땅을 경작하는 농부인 털리버 부부, 새로운 산업 자본주의 세계에서 재빠르게 출세하는 미래지향적 활동가인 딘 부부로 분석한 바 있다.

이 작품은 남매의 성장을 보여준다는 점에서는 성장소설이라 하겠다. 그러나 어린 시절 남녀라는 젠더(gender)가 어떻게 형성되며 비슷한 환경에서 남매가 어떻게 다르게 성장하는가, 특히 강렬한 지적 동경을 지닌 매기가 크고 작은 좌절을 어떻게 겪게 되는가를 보여준다는 점에서는 여느 성장소설과 다르다.

이제 남매의 어린 시절을 그린 1~3부, 집안의 파산으로 변화하는 4~5부, 매기가 스티븐과 만나 서로 끌리는 6부, 그리고 홍수 속에서 톰과 함께 죽는 7부로 나누어 살펴보자. 우선 1~3부에서 묘사되는 매기는 큰 키와 검은 피부, 검은 머리 등의 외양과 영리하고 도전적이며 반항적인 성격 등 여러 면에서 전통적인 여주인공과는 다르다. 그러나 매기 주변의 인물들은 빅토리아시대에 중간계급 여성에게 기대되는 전통적 역할만을 강요한다. 어머니인 털리버 부인은 천방지축으로 날뛰는 딸의 얌전치 못한 행동에 걱정을 금치 못한다. 사회적 통념에 매인 도슨가의 이모들도 매기보다 의자에 앉혀놓으면 한 시간이나 꼼짝 않고 앉아 있을 정도로 순종적이며 예쁜 곱슬머리에 금발인 사촌 루시 딘을 더 예뻐한다. 딸을 "귀여운 꼬마(my little wench)"라 부르며 아끼는 털리버 씨는 매기의 영리함을 자랑스럽게 여기면서도, 지나치게 똑똑한 딸의 장래를 걱정하기도 한다. 이런 복합적인 반응은 "여자애가 그렇게 똑똑해선 안 되는데. 그건 아마도 화가 될 거야."라는 그의 말에서 단적으로 드러난다. 털리버 씨가 톰에 대한 교육 문제를 상의하기 위해 부른 지방 경매인 라일리 씨도 자신에게 대니얼 디포의 『악마의 역사』에 나오는 마녀 그림을 설명해 주는 매기를 영리하다고 칭찬하기는커녕 여자애는 그런 책을 읽으면 안 된다고 야단친다.

그뿐 아니라 톰과 매기는 전혀 다른 교육을 받게 된다. 젊은 숙녀를 위한 퍼니스 양의 기숙학교에서 매기가 받는 교육은 단 한 문장으로 처리되는 반면, 톰이 받는 교육은 집안의 중대 관심사로 다뤄진다. 아들이 자신보다 크게 출세하기를 바라는 털리버 씨는 톰이 다닐 학교를 정하기 위해 라일리 씨의 조언을 구하는가 하면, 처가 식구들을 부른 자리에서 톰에 대한 교육 계획을 밝히기도 한다. 이처럼 1부의 상당 부분과 스텔링 씨의 학교 교육(킹스 로턴 학교)을 다루는 2부 거의 전체에서 톰에 대한 교육이 상세히 묘사된다.

이와 같이 남녀에게 다른 역할을 기대하는 차등교육의 결과, 톰은 자신의 판단력과 성취력을 긍정적으로 평가하지만 매기는 교육과 기회의 결여 때문에 자신의 성취력에 대한 자신감을 상실한다.

남매의 어린 시절이 소상히 묘사된 1~3부에서 매기는 순종적인 여성을 기대하는 주변 인물들과 사회의 요구, 그리고 차등교육으로 인해 톰과 갈등을 겪는다. 남매 관계를 더욱 변화시키는 결정적 계기는 털리버 씨가 웨이컴과의 소송에 져서 집안이 파산하는 사건이다. 집안의 파산 이후 톰에게는 일자리를 얻어 웨이컴의 빚을 갚고 가정의 재산을 회복하는 역할이 기대되며, 그는 이 기대에 부응하여 딘 이모부의 회사에서 근면하게 일하는가 하면 봅 제이킨과 동업하여 큰 이익을 남겨 친척들에게 인정을 받는다. 그러나 매기에게는 일을 얻어 가정 경제를 재건하기보다 털리버 부인과 함께 집에 얌전히 있는 것이 권장된다.

4부와 5부에서 톰의 억압이 강화되자, 반항적이었던 매기는 순종을 내면화하는 등 극단적으로 변화한다. 이러한 변화는 집안의 파산 및 파산 이후의 정신적 물질적 결핍감에서 비롯된 것이다. 아버지와 오빠는 웨이컴에게 복수하기 위해 돈을 벌어 빚을 갚는 경제활동에 몰두하여 그녀의 내면적 욕구에 더욱 무심해진다. 뿐만 아니라 파산으로 인한 극도의 내핍은 그녀의 물질적 결핍감을 증폭시킨다. 이 결핍감 때문에 "갇힌 열정이 화산처럼" 솟구치는 분노의 정점에 도달해 용암처럼 흘러넘치는 "분노와 증오의 발작"으로 그녀는 자신이 "악마"가 되는 게 그리 어렵지 않다고 느낀다.

그녀는 무력감과 결핍, 그리고 격렬한 분노만을 느끼게 하는 현실에서 탈피하고 무거운 짐을 견디게 해줄 "어떤 열쇠"를 모색하지만, 고작 "현실과 책, 몽상이라는 세 겹의 세계"만을 나름의 타개책으로 찾아낸다. 이 세 가지 중에서 "남성적 지혜"를 주리라 믿고 뒤적인 라틴어와 유클리드, 논리학 등 톰의 교과서에서도, 월터 스콧처럼 위대한 사람에게 자기 형편을 하소연하는 현실도피적 꿈이나 "집에서 도망치는 터무니없는 로맨스"에서도 위로를 얻지 못한다. 이때 그녀는 봅 제이킨이 갖다준 중세철학자 토마스 아 켐피스의 『그리스도를 본받아(The Imitation of Christ)』에서 체념과 자기부정의 철학을 발견한다. 그녀는 이 철학에서 자신의 현실 타개책을 발견하고 위안을 얻어 자신에게 주어진 삶의 한계를 기꺼이 받아들이려 한다.

그러나 심오한 종교적 차원의 체념을 설교하는 이 교훈은 그녀로 하여금 여성에게 주어진 한계에서 벗어나려는 자신의 성취욕을 지나친 이기적 욕망으로 간주하게 한다. 이와 같이 켐피스의 철학은 매기가 어린 시절의 반항과 양보 중에서 후자에 치우치게 함으로써, 어떤 면에서는 여성 순화의 도구가 되며 양보와 순종을 오히려 적극적 가치로 이상화하게 한다. 즉 매기가 당대 사회의 성 이데올로기를 내면화하는 하나의 분수령이 된다. 이러한 매기의 변화는 "한때 반항적이었던 이 아이가 순종적인 아이가 되고, 자기 의지를 주장하기를 꺼린다"고 기뻐하는 어머니의 반응에서 단적으로 드러난다. 지극히 야심만만하고 반항적이던 매기는 거의 '개종'이라 할 만큼 순종적인 성격으로 변한다.

6부에서 매기가 루시의 비공식적 약혼자인 스티븐과 맺는 관계는 지금까지도 많은 평자에게 불만을 초래해 온 주제이다. 그런데도 매기가 스티븐에게 매혹되는 것은 이해할 만한 정황으로 제시되며, 그들의 관계에는 만나는 시기와 그녀가 당시 겪고 있던 극심한 결핍감이 크게 작용한다. 가령 그들이 만나는 시점은 그녀가 2년간의 교사 생활(17~19세)에서 막 돌아온 직후다. 그녀의 학교 생활은 하기 싫은 일을 하는 "기쁨 없는 나날"이었고, "삼류학교 교실의 삐걱거리는 소리와 하찮은 여러 직무"에 파묻힌 생활이었다. 매기는 필립이 경고한 대로 켐피스의 철학과 고달픈 교사 생활에 자족하던 수년간의 "단념" 끝에 욕망과 동경이 되돌아온 상태에 놓이며, 루시의 집에서 유한계급 여성의 자유롭고 풍족한 생활에 큰 영향을 받는다.

이런 환경에서 매기는 넉넉한 부와 신체적 매력을 지닌 스티븐에게 거의 무방비 상태로 이끌린다. 그녀는 "음악과 사치"로 대변되는, 그동안 굶주렸던 문화적 욕구와 세속적 즐거움을 의식하게 된다. 더욱이 그들의 관계에는 "각자 상대방의 존재를 숨 막힐 듯 거의 손끝까지 의식"할 정도로 필립과의 관계에서는 충족시킬 수 없었던 성적 이끌림이 개입한다. 게다가 그가 "다이아몬드 반지를 낀" 데다 "장미유 향기"를 풍기며 "낮 12시에 한가롭게 빈둥거릴 수 있는 여유"를 지닌 것은 세인트오그스에서 가장 큰 착유 공장과 부두를 소유했기 때문이다. 이처럼 매기가 스티븐에게 이끌리는 데는 하류중간계급(lower-middle-class) 여성의 정신적 물질적 결핍감이 크게 작용한다.

따라서 매기는 스티븐과 만날 때 감각적 해방에 자신을 맡겨 순간적으로 의지가 마비되기도 한다. 가령 매기는 함께 보트를 타고 노 젓기를 배우다 발이 미끄러져 스티븐이 잡아주자 "자신보다 더 크고 강한 사람"의 보살핌을 받는 게 좋은 일이라 느낀다. 그녀는 겹친 우연으로 스티븐과 배를 타고 가다 목적지를 지나친 줄 알면서도 스티븐의 영향 아래 의지와 판단력이 마비된 채 무의식 상태에서 흐르는 강물을 따라 떠내려감으로써, 스티븐과 마을을 떠났다가 닷새 만에 돌아온다.

그런데 이런 스티븐이 "충만한 삶"에 대한 높은 이상을 지닌 매기에게 어울리는 대상이 될 수 있을지는 매우 의심스럽다. 스티븐은 "아름답고 즐거운 모든 것을 열망하고 모든 지식에 목마른" 매기와는 다른 부류의 인간, 즉 고귀한 정신이 결여된 인물이다. 한마디로 딘 이모부와 동업 관계인 게스트 회사 소유주의 아들인 스티븐은 속물적 존재로, "충만한 삶"을 원하는 매기의 정신적 결핍감을 충족시키고 그녀의 자아성취를 도와줄 배우자가 못 된다.

매기가 모스 고모 집까지 따라와 구혼하는 그를 거절하는 이유는 자신이 생각하는 "완벽한 선의에 대한 갈망"이나, 톰과 루시, 필립 등과 맺은 "가장 신성한 유대", 즉 과거의 관계나 의무에 충실하기 위해서다. 그녀는 한 가지 분명한 자신의 의무란 "그 사람들의 불행 위에서 나 자신의 행복을 구하지 않는" 것이라고 밝힌다.

이 작품의 결말인 7부에서는 매기가 재차 구혼하는 스티븐의 편지를 받고 톰을 비롯한 마을 사람들에게 오해를 받는 견디기 어려운 상황에서 벗어날 수 있는 "다른 미래"에 유혹을 느끼던 중, 그날 밤 갑작스레 홍수가 밀어닥치자 톰을 구하고 그와 잠시 화해한 다음 남매가 손을 잡고 함께 익사하는 것으로 처리된다. 이 홍수는 후렴처럼 반복된 "매기는 언젠가 물에 빠져 죽고 말 거야."라는 털리버 부인의 말이나, 과거의 홍수에 대한 여러 사람의 언급, 세인트오그스의 전설, 그리고 마녀 이야기 등을 통해 꾸준히 준비되어 왔다. 그러나 이 결말은 매기가 과연 계속 살아 있다면 스티븐을 거절했을지 알 수 없으므로, 작가가 매기의 열망을 존속시키거나 해결할 수 없는 딜레마에 처하여, 이제껏 제기해 온 매기의 문제를 우연히 닥친 홍수로 중단해 버렸다는 느낌을 준다.

이 결말에 대해서는 부정과 긍정의 입장이 다 있다. 부정적인 입장에서는 홍수로 범람한 플로스강에 떠다니던 거대한 "목재 구조물"에 부딪혀 남매가 함께 죽는다는 사실을 강조한다. 또한 마녀 이야기에 대해 "물에 빠져 죽고 난 다음 마녀가 아니라고 판명되는 게 무슨 소용"이 있느냐고 묻는 매기의 질문처럼, 죽기 전에 매기의 진정한 가치를 깨닫는다는 톰의 새로운 인식이 그녀가 겪어온 고통을 보상해 줄 수 없다는 점에서 볼 때, 이 결말은 부정적이다. 한편 긍정적인 입장에서는 매기에게 톰을 구하는 우월한 위치가 잠시 허용되며 그와 화해하고 죽는다는 점, 즉 매기가 톰을 구조하며 목숨을 건 그녀의 구조 행위로 말미암아 남매의 화해가 이루어졌다는 점을 강조한다. 비가 퍼붓는 밤에 혼자 보트를 저어 물방앗간에 있는 톰을 구하는 등 홍수에 적극적으로 대처하는 매기의 모습은 이런 긍정적 해석을 뒷받침한다. 또한 복선처럼 암시된 마녀 이야기와 결말을 관련지어 볼 때, 매기는 죽어서 무죄를 입증하고 톰과 화해도 하기 때문에 그녀의 죽음은 헛되지 않으며 이 화해 역시 의미 있다고 볼 수도 있겠다.

이러한 남매의 화해를 유부남인 조지 루이스와의 결혼 때문에 오빠 아이작과 불화했던 작가 자신의 전기적 사실과 관련하여 소원성취적 반전으로 이해하려는 시각도 있다. 어쨌거나 "그들은 죽을 때에도 서로 떠나지 아니하였도다."라는 이

작품의 마지막 문장이자 묘비명은 핵심 단어인 '죽음'에서 독자의 주의를 분산시켜 그들의 불화가 죽음을 통해 치유되었음을 강조한다.

이처럼 1부에서 5부까지 남매 관계에서 매기가 겪는 갈등, 즉 매기의 강도 높은 반항 의식과 여성에 대한 당대 사회의 요구에 순응하려는 만만치 않은 충동 사이의 갈등은 이 작품 내에서뿐만 아니라 엘리엇의 작품들 중에서 가장 큰 진폭으로 울려온다. 이 작품이 20세기 후반과 21세기에도 강력한 페미니즘 작품으로 계속 활발하게 논의되는 이유는 바로 매기의 이와 같은 강한 자아성취욕과 반항 때문이라 할 수 있다.

작가 연보

1819년   11월 22일, 워릭셔 아버리(뉴디게이트 가문의 영지)의 사우스팜에서 메리 앤 에번스(Mary Anne Evans, 조지 엘리엇의 본명)가 태어났다.

아버지 로버트 에번스는 정규교육을 거의 받지 못했으나 독학하여 프랜시스 뉴디게이트(Francis Newdigate)의 유능한 토지 관리인으로 성공했다. 『애덤 비드(Adam Bede)』에 나오는 애덤의 모델이기도 한 그는 1801년에 헤리엇 포인턴과 결혼하여 로버트, 프랜시스, 루시를 낳고 아내가 죽은 후 1813년 크리스티아나 퍼슨과 재혼, 크리스티아나, 아이작, 메리 앤을 낳았다.

1820년   칠버스 코턴 교구의 그리프 하우스로 이사.

1824년   어머니가 병약했던 탓에 다섯 살 때부터 학교에 보내

져 1835년까지 그리프, 애틀보로, 너니턴, 코번트리 등
지에서 여러 기숙학교를 다녔다.

1828년   언니와 함께 너니턴의 기숙학교에 입학. 복음주의인
교장 마리아 루이스의 영향을 받았다.

1832년   코번트리의 프랭클린 양 학교로 전학했다.

1835년   어머니의 병환으로 집에 돌아왔다.

1836년   어머니 사망.

1837년   언니의 결혼으로 약 10년간 어머니 대신 주부 역할을
하게 되었다. 그동안에도 여러 교사들의 가르침 아래,
혹은 독학으로 공부를 계속했다.

1841년   아버지와 코번트리의 폴실로 이사.

오빠 아이작 결혼.

찰스 브레이 부부, 찰스 헤넬과 그의 누이동생 카라 헤
넬을 알게 되었다. 유니테리언이었던 이들은 자유주의
적 사상을 지니고 있었다.

1842년   교회에 나가기를 거부하여 아버지와 사이가 나빠졌다.
가족들은 이것이 브레이 일가의 영향 때문이라고 생각
했으나 사실상 이전부터 그녀는 기존의 기독교 신앙에
회의를 가지고 있었다. 5월에 아버지와 화해. 정통 기독
교 신앙 포기.

1844년   슈트라우스(D. F. Strauss)의 『예수의 생애(The Life of
Jesus)』 번역에 착수했다.

1846년   『비평적으로 검증한 예수의 생애(The Life of Jesus,
Critically Examined)』라는 제목으로 번역 출판했다.

1849년 스피노자의 『신학 정치론(Tractatus Theologico-Politicus)』 번역에 착수했다.

아버지 사망.

브레이 일가와 함께 대륙 여행.

1850년 3월에 귀국. 존 채프먼(John Chapman)을 알게 되었다.

1851년 3년간 런던의 채프먼 집에 거주. 채프먼이 발행하던 잡지 《웨스트민스터 리뷰》의 부편집인이 되면서 많은 에세이 발표. 허버트 스펜서, 조지 루이스 등 당대 영국의 핵심적 지식인들과 교우했다.

1854년 저널리스트이자 비평가, 소설가, 번역가인 당대의 재사 조지 루이스와 동거 시작. 그의 아내는 자유연애주의자로서 이미 루이스와 헤어져 다른 사람과 동거 중이었으나, 법적으로는 이혼이 성립되지 않았으므로 조지 엘리엇과 루이스의 합법적 결혼은 불가능했다. 이들의 동거 생활은 사회적으로 큰 물의를 불러일으켰으며 조지 엘리엇은 가족과 단절하게 되었다.

포이어바흐(Feuerbach)의 『기독교의 본질(The Essence of Christianity)』을 번역 출판했다.

괴테 전기를 쓰고 있던 루이스와 독일 여행.

1856년 소설을 쓰기 시작했다.

1857년 처녀작인 중편 「아모스 바턴(Amos Barton)」 제1부를 《블랙우즈 매거진》에 기고, 이어서 「길필 씨의 사랑 이야기(Mr. Gilfil's Love-Story)」, 「자넷의 참회(Janet's Repentance)」 발표. 이때부터 조지 엘리엇이라는 필명을 사용했다.

첫 장편 『애덤 비드』 집필 시작.

위의 세 중편을 묶어 《블랙우즈 매거진》에서 『성직 생활의 단면들(Scenes of Clerical Life)』 출판. 『로몰라(Romola)』를 제외한 조지 엘리엇의 전 작품이 이곳에서 출판되었다.

루이스와의 동거 소식을 들은 아이작이 메리 앤과 절교를 선언했다.

1859년   『애덤 비드』를 필명인 조지 엘리엇으로 출판하여 대성공을 거두었다. 저자에 대한 논란이 분분해지자 자신이 조지 엘리엇임을 밝혔다.

『플로스강의 물방앗간』 집필 시작.

1860년   루이스와 4년간 런던의 블랜드포드에서 생활했다.

『플로스강의 물방앗간』 출판.

이탈리아 여행.

『사일러스 마너(Silas Marner)』 집필 시작.

1861년   『사일러스 마너』를 출판했다.

1863년   《콘힐 매거진》에서 『로몰라』 출판.

여러 소설로 벌어들인 수입으로 런던의 리젠트 파크에 있는 '프라이어리(The Priory)'라는 이름의 저택을 구입하고, 여기서 루이스와 16년간 거주했다.

1865년   『급진주의자 펠릭스 홀트(Felix Holt, the Radical)』 집필 시작.

1866년   『급진주의자 펠릭스 홀트』 출판.

1868년   서사시집『스페인 집시(The Spanish Gypsy)』출판.

1869년   『미들마치(Middlemarch)』집필 시작.

이들 내연의 부부가 이탈리아를 여행하던 중 로마에서 존 월터 크로스(John Walter Cross, 1840~1924)를 만남. 이후 그는 이들의 절친한 친구가 되었다.

1871년   『미들마치』출판.

1875년   『다니엘 데론다(Daniel Deronda)』집필 시작.

1876년   『다니엘 데론다』출판.

1878년   조지 루이스가 암으로 사망. 병을 숨겨온 탓에 그의 죽음은 조지 엘리엇에게 커다란 충격을 주었다.

1880년   존 월터 크로스와 결혼. 약 26년간 절교했던 오빠 아이작에게 축하 편지를 받았다.

첼시의 체인워크 4번지로 이사.

12월 22일 사망하여, 하이게이트 공동묘지에 묻혔다.

세계문학전집 143

플로스 강의 물방앗간 2

1판 1쇄 펴냄 2007년 3월 30일
1판 19쇄 펴냄 2023년 1월 13일

지은이 조지 엘리엇
옮긴이 한애경, 이봉지
발행인 박근섭, 박상준
펴낸곳 (주)민음사

출판등록 1966. 5. 19. (제 16-490호)
서울특별시 강남구 도산대로1길 62(신사동) 강남출판문화센터 5층 (우편번호 06027)
대표전화 02-515-2000 팩시밀리 02-515-2007
www.minumsa.com

© 한애경, 이봉지, 2007. Printed in Seoul, Korea

ISBN 978-89-374-6143-9 04800
ISBN 978-89-374-6000-5 (세트)

민음사 세계문학전집

세계문학전집 목록

세계문학전집은 계속 간행됩니다.